사할린

③

사할린

3

이규정 현장취재 장편소설

산지니

개정판을 내면서

출판된 지 20년이 넘은 소설을 다시 내게 된 동기는, 신문 기자 (문학담당 기자였으나 지금은 간부)의 일깨움과 몇몇 뜻있는 문우들의 권유에 의해섭니다. 이 소설은 문학적 성취도나 일제에 의해 우리가 당한 그 숱한 수탈과 착취, 질곡의 현대사 등을 생각할 때 너무 읽히지 못한 채 묻혀버린 아쉬움이 있다는 것이었습니다. 그래서 다시 출간하려는 용기를 냈지만 출판사에 손해나 끼치지 않을지 내심 걱정이 됩니다.

부산의 일본 영사관 앞에 앉힌 위안부 소녀상 문제로 지금도 일본과는 껄끄러운 관계가 이어지고 있습니다. 사과 한 마디 없이, 10억 엔을 주었으니 이제 아무 소리 말고 소녀상도 철거하라는 일본 당국자를 텔레비전에서 볼 때마다 그 낯짝에 오물을 뒤집어씌우고 싶습니다. 2015년 말에 일본 당국자와 서툰 협상을 벌여 일본에 꼬투리를 잡힌 등신 같은 우리 정부 당국자가 한없이 원망스럽습니다. 우리 정부의 총체적 능력의 한계를 보는 듯한 비애를 느끼기 때문입니다. 정부가 무능하면 그것은 국가의 위상 추락은 물론, 국가 존망에까지 영향을 미칩니다. 대한제국 정부의 무능이 결국 나라를 망친 것은 역사의 교훈입니다. 위안부 문제 협상은 반드시 다시 이루어져야 합니다.

이 소설에도 우리 소녀들이 사할린에까지 끌려가 시달리는 대목이 여러 군데 나옵니다만, 이 소설을 쓸 때는 위안부란 말도 없었고 정신대(挺身隊)라고만 했습니다. 정신(挺身)이란 말은 무슨 일에 몸을 일으켜 앞장서는 것을 뜻합니다. 정신대는 그런 사람들의 무리란 뜻인데, 바로 말하면 왜병들의 성 노예로 꽃다운 우리 소녀들을 수없이 강제로 끌고 가면서 왜것들이 붙인 말입니다. 그런 소녀가 제 어릴 때 우리 동네에서도 있었습니다.

이 소설을 다시 읽어보니, 스스로 말하기는 쑥스럽지만 참 재미있고, 이런 소설을 쓰겠다고 사할린까지 갔던 1991년 5월이 어제의 일처럼 기억되면서 그때가 그립습니다. 다시는 그런 취재여행을 못할 정도로 저는 이미 늙었기 때문입니다. 그러나 몸은 늙었어도 저의 영혼은 늙지 않았습니다. 우리 국민들의 일본 관광 여행조차 저는 꺼리는 사람입니다.

이 소설을 쓰기 위해 여러 가지 문헌 자료를 구하느라고 애썼던 기억이 새롭습니다. 그 문헌들의 일부는 아직도 남아 있습니다. 지금은 쓰던 장편도 건강상의 문제로 일시 중단 상태에 있습니다. 이 장편도 재일동포의 설움과 애환을 다룬 것이고, 이를 쓰기 위해서 몇 번이나 일본을 다녀왔는데 그때마다 의식 없는 우리 관광객들을 수없이 보고 한숨을 쉬었습니다. 온천 여관에서 일시 제공한 실내복 왜옷을 입고 온 골목을 활보하고 다니는 우리 관광객들!

소설을 재출간하면서 제목을 『먼 땅 가까운 하늘』에서 그냥 『사할린』으로 바꾸었습니다. 뜻있는 몇몇 분들의 의견을 참고한 결과입니다.

감사해야 할 분들이 많습니다. 이 소설의 문학적 가치를 평가하면서 결코 그냥 묻힐 작품이 아니라고 저를 일깨워 주신 언론인, 저에게 재출간을 종용하면서 용기를 주신 문우들, 그리고 그 많은 분량의 원고를 다시 타자해 주신 중학교 영어 교사 이인경 님에게 고맙다는 인사를 합니다. 또 오래전에 읽은 감동만 가지고 촌철살인격의 촌평을 써 주신 이만열 교수님, 바쁘신 가운데도 작품을 다시 읽고 단평을 써 주신 소설가 조갑상 교수와 평론가 남송우 교수의 우정에 감사합니다. 그리고 꼼꼼하게 편집과 교정, 장정의 힘든 작업에 정성을 쏟아 주신 권경옥 편집장, 정선재 편집자 외 여러분과 강수걸 사장께도 깊은 감사를 드립니다.

다음 글은 이 책을 처음 낼 때인 1996년 여름에 쓴 '작가의 말'인데 그대로 여기에 다시 싣습니다.

2017년 1월의 아주 추운 어느 날
저자 이규정 씀

　내가 사할린에 대하여 관심을 가진 것은 20년이 넘었다. 우리 역사의 상처, 우리 민족의 맺힌 한, 이런 것들에 대하여 정부 당국이 미처 손쓰지 못한 일이 있다면 이야말로 작가의 몫이라고 생각해 왔기 때문이다. 그래서 고의든 실수든 해결해야 할 문제의 완급에 정확한 판단을 내리지 못하고 있는 역대 정부 책임자들에 대하여 각성을 환기시키고 싶었다. 국내외적으로 처리해야 할 문제가 산적해 있기는 했지만, 그렇다고 언제까지나 사할린 동포의 그 단장의 망향을 방치해 두고만 있을 것인가, 하는 나름대로의 분노 때문이기도 했다.

　또 있다. 이것은 우리 작가들 쪽에 대한 불만이기도 한데, 2차대전이 끝난 지 50년이 지난 지금까지 일제의 만행에 대하여 얼마만큼의 작품을 생산해 내었는가 하는 것이다.

　가령, 독일의 나치가 유대민족에 가한 죄악과는 비교도 안 될 만큼, 일제가 우리 민족에 가한 죄악은 그 질량 면에서 크고도 많은데, 이 문제에 대하여 작가들조차도 거의 망각하고 있는 것이 불만스러웠다. 2차대전 당시 나치의 잔학상은 지금도 끊임없이 소설로, 영화로 제작되어 온 세계에 배포되고 있지 않은가. 이는 세계 곳곳에 흩어져 있는 유대인들의 무서운 민족의식 내지 유대계 지식인들의 투철한 역사의식의 소산이라고 생각한다.

이들 유대인들은 타 민족의 작가를 사서라도 나치 죄악상의 자료를 제공하고 거액의 원고료를 지불하면서까지 이를 작품화하고 그 작품을 바탕으로 다시 영화화하는 일에 끊임없이 열정을 쏟고 있는 것이다. 세계 각국의 유대인 출판업자들이 이러한 사업을 자진해서 맡아 하고, 또 유대계 영화인들의 그런 영화 제작에 온 열정을 쏟고 있는 것이다. 그래서 2차대전 영화라면 지금도 거의 히틀러 군대의 죄악상만 쏟아져 나오고 있는 것이다.

이러한 사실을 생각할 때, 그동안 우리 역대 정부는 무슨 일을 해 왔으며, 우리 작가들은 어떤 글을 써 왔으며, 출판사들은 어떠한 책을 출판해 왔는지 깊이 생각해 보지 않으면 안 될 것이다. 화해를 지향하는 국제화 추세에 우리도 마땅히 동참해야 한다. 이것을 반대하는 사람은 없을 것이다. 그러나 따질 것은 따져, 정리하고 청산해야 할 것을 마땅히 정리, 청산해야 하는데도 어느 정부가 언제 일본과 맞서 이 문제를 당당하게 따져 보았던가.

역사의 파수꾼이어야 하고, 현실의 증거자이어야 할 작가들은 과연 그 몫을 다해 왔던가. 이러한 나름대로의 생각 때문에 나는 사할린 동포의 한(恨), 사할린 동포와 이산가족이 돼 있는 기구한 운명의 국내 사람들의 분노와 슬픔을 소설로 쓰고 싶었다. 그래서 국내 일간지에 게재되는 사할린 관계 기사, 이미 출판된 사할린 관계서적을 보는 대로 모아서 정리하고 읽고 또 읽었다.

한편 나는 또 오래전부터, 아직도 해결의 실마리를 보이지 않고 있는 소위 '보도연맹' 문제에 대하여도 깊은 관심을 가지고 많은 자료를 수집하고 있었다. 그래서 지난 80년에 출판한 전작 장편 『돌아눕는 자의 행복』을 쓸 때, 이 문제를 다루었다. 79년에 박정희 대통령이 서거한 뒤 많은 사람들이 서울에 봄이 왔다고 착각했던 것처럼 나도 그때 이 땅에 진정한 자유가 온 줄로 착각하고 겁도 없이 보도연맹 문제를 다루었다. 소설의 제목도 『불바람』으로 해서 출판사에서는 다 된 책을 문공부에 납본했다. 검열을 받기 위해서였다. 그때 나는 서울에 봄이 오기는커녕, 이 땅에 진정한 자유가 오기는커녕, 살벌한 겨울이 되돌아왔음을 깨달았던 것이다. 신군부 정권은 『불바람』이라는 제목의 내 장편을 난도질해서 제목부터 불온하다고 쓰지 못하게 했다. 출판사에서는 내가 심혈을 기울여 다룬 보도연맹 문제를 몽땅 삭제한 채, 표제도 책 중의 한 장(章)의 제목인 『돌아눕는 자의 행복』이라고 적당히 붙여 출판했던 것이다. 그래서 나는 이 불구와 같은 장편을 지금도 잘 내세우지 않고 있다.

이번 이 작품에는 그때 쓰지 못했던 보도연맹 사건도 결부시켰다. 주인공 이문근이란 인물이 보도연맹에 연루되어 학살의 현장에서 기적적으로 살아나, 아내가 있는 사할린으로 찾아가도록 하고 싶었다.

그러나 작가의 상상력이란 한계가 있는 법이고, 한계를 넘어선 상상력이란 리얼리티를 상실하게 마련이다. 이제 남은 일은 사할린을 직접 가보는 일뿐이었다.

그러나 국교도 없는 소련 땅으로 들어가기는 불가능했다. 사할린의 정밀 지도 한 장도 국내에선 구할 수가 없었고, 일본에다 지도를 알아보아도 구할 수 없는 실정에, 작품을 어떻게 쓸 것인가. 그렇다고 앞서 말한 대로 민간인 개인 자격으로는 사할린으로 찾아갈 길도 없었고 재주도 없었다.

그런데 그 뒤에 KBS 촬영팀이 사할린을 다녀와 처음으로 우리 손에 의한 사할린 동포의 소식을 생생히 방영했다. 나는 그것을 녹화까지 해서 동포들의 표정이며, 살림살이 수준, 말씨, 집 내부 구조, 집 외부의 형태 같은 것을 세세히 보아 두었다. 또 그 뒤에는

MBC에서 연예인들을 데리고 사할린 동포 위문차 다녀오기도 해서, 이 방영 또한 눈물을 글썽거리며 보고 녹화하기도 했다. 그럴 때마다 그 팀에 끼여 가지 못한 것(그러한 계획조차 전혀 몰랐지만)을 못내 아쉬워하고 있었다.

그러던 중 지난 90년 7월, 대구에 '中·蘇 이산가족회'가 있고, 그 회를 이끄는 이두훈 회장이 국내의 사할린 이산가족들을 인솔하여 사할린으로 간다는 신문보도를 본 것이다. 나는 당장 그 사실을 보도한 신문사에 전화를 하여 대구의 중·소 이산가족회 전화번호를 알아내었다. 즉시 전화를 했더니 사할린 방문단의 인원 구성은 오래전에 확정되었고, 또 수속 등 밟아야 하는 절차가 하도 까다로워 이번 기회는 불가능하니 일단 회원으로 입회해서 다음 기회를 기다리는 게 좋겠다는 친절한 안내를 해주었다.

이렇게 해서 나는 이산가족도 아니면서 이 회에 입회했고, 회원으로서의 의무 또한 충실히 하면서 사할린 방문 날짜만 학수고대했던 것이다. 나는 물론 처음부터 이산가족이 아님을 밝혔고, 방문 목적은 오로지 소설취재에 있음을 분명히 했다.

이래서 대망의 날짜가 확정되었다. 1991년 5월 22일 상오 8시까지 김포공항 집결, 9시에 출발. 학기 중간이어서 께름칙했다. 신학기가 시작되자 미리부터 보강을 해 나가면서 만반의 준비를 하고 있었는데, 다행히도 중간고사 기간과 1주일간의 대학 축제가 사할린 방문 기간 중에 확정되어 있어 다소 마음이 놓였다.

나는 낯설고 물선 사할린으로 가서 정해진 날짜에 귀국하기까지 그야말로 한시도 쉬지 않고 뛰었다. 수많은 동포들을 만나 그들의 한 맺힌 이야기를 눈물 속에 들으면서 기록하고 녹음하고 사진을 찍었다. 사할린에서는 사정이 허락하는 한 우리 동포가 많이 모여 사는 여러 지역과 탄광들을 찾아다니며 폭 넓고 깊이 있는

11

취재를 했다. 그것을 기록한 공책이 대학 노트 3권이었다. 녹음테이프도 5개가 넘었고, 사진은 필름 10통이 넘었다. 이것을 가지고 와 기억을 되살려 가며 녹음을 문장화하고, 기록해 온 공책을 내가 가지고 있던 자료와 비교해서 고증하는 데 몇 달이 걸렸다.

방학만 이용하는 집필에 꼬박 5년이 걸려 탈고 기한도 많이 어겼다. 쓴 것을 다시 읽고 또 고쳐 쓰기를 수차레. 쓰다가도 눈물을 머금었고, 쓴 것을 읽다가도 눈물을 흘렸다.

이미 5년 전이지만 내가 사할린에서 머무는 동안 나를 곳곳으로 안내해 주고, 잠자리와 식사를 제공해 준 동포 여러분께 깊은 감사를 드린다. 그리고 선뜻 이 원고를 받아 출판을 결정해주신 동천사 사장께도 충심으로 깊은 감사를 드린다.

1996. 7.

저자 이규정 씀

차례

개정판을 내면서 • 005

작가의 말 • 008

3권

27장 기쁨도 슬픔도 한이 되어 • 019

28장 결의 삼형제 • 042

29장 주름살 속에 묻힌 세월 • 066

30장 사할린에서 온 편지 • 085

31장 어떤 마감 • 111

32장 사할린으로 가려는 사람들 • 138

33장 아, 사할린! • 170

34장 성묘(省墓) • 195

35장 유언과 유산 • 221

36장 기차 여행, 버스 여행 • 248

37장 김해 김씨 화태공파 • 273

38장 만남의 자리 • 299

39장 가까운 하늘 • 331

작가약력 • 346

1권　　1장　　열녀포창문

　　　　　2장　　먼 땅

　　　　　3장　　통발 속의 사람들

　　　　　4장　　고문대회와 시치미

　　　　　5장　　지사(志士)의 후예들

　　　　　6장　　조선에서 만납시다

　　　　　7장　　보복과 살인

　　　　　8장　　모면한 대참사

　　　　　9장　　별이 빛나는 밤

　　　　　10장　　떠난 사람, 남은 사람

　　　　　11장　　해방이 가져다준 것

　　　　　12장　　혼돈의 계절

　　　　　13장　　미늘 혹은 올가미

2권   14장   흉몽 그리고 보도연맹

15장   실종과 매몰

16장   죽음의 골짜기로

17장   망명도생(亡命圖生)

18장   허망한 귀환

19장   북녘 기행

20장   갚는 은혜, 입는 은혜

21장   유국적자와 무국적자

22장   자신의 제삿날에 나눈 술잔

23장   사할린 조선민족학교

24장   이시무라의 편지

25장   브레즈네프에게 보낸 탄원서

26장   헛수고

주요 등장인물

이문근 함안 출신. 경성사범학교를 나와 교사 생활을 하다가 보도연맹 사건에 연루되어 학살현장으로 끌려간다. 하지만 기적적으로 살아나 사할린으로 떠난 아내 숙경을 찾아 사할린으로 가서 조선 동포들에게 한글을 가르치며 동포들의 정신적 지도자로 살다가 생을 마감한다.

최숙경 개성 출신. 이문근의 부인. 이철환의 양모. 남편이 괴질에 걸리자 치료비를 벌기 위해 사할린으로 떠난다. 가와카미 탄광 노무자 숙사에서 일하다가 해방 후 천신만고 끝에 일본을 거쳐 한국의 집으로 돌아오지만 남편은 이미 죽은 사람으로 되어 있다.

박판도 거창 출신. 가와카미 탄광 조선인 감독. 배포가 있고 기백이 넘친다. 1944년 임신한 아내를 두고 강제 징용을 당해 사할린에 끌려간다. 해방 후 사할린에서 동포들의 어려운 일을 도맡아 해결해주는 지도자로 살아간다.

허남보 하동 출신. 가와카미 탄광에서 탈주했다가 잡혀와 모진 고문을 당한다. 해방후 귀국선을 타러 코르사코프 항에 갔다가 최해술을 만나 인연을 맺는다.

김형개 의령 출신. 1944년, 마산상업학교 학생 시절 집으로 돌아오던 중에 길에서 일제 트럭에 태워져 강제징용을 당해 브이코프 탄광으로 끌려간다. 탄광 가스분출사고를 막는 돌격대를 자청해서 포상으로 간부 전용 위안소를 갔다가 박소분을 만난다.

박소분 함안 출신. 정신대로 끌려가 일본을 거쳐 브이코프 탄광의 일본인 위안소에서 일한다.

이시무라 브이코프 탄광의 일본인 노무계원이면서 전쟁 전에는 천주
교 신부였다. 비록 성무를 박탈당했지만 여느 일본인과 달리
조선인을 인간적으로 대한다. 탄광 쌍굴에 조선인 노무자를
모아 폭사시키려는 음모를 사전에 탐지하여 비극을 막는다.
양심적인 일본인의 전형이다.

정상봉 울산 출신. 천주교 집안에서 태어나 경성에서 신학교를 다니
다가 방학 때 다니러 온 울산에서 납치되어 사할린으로 끌려
간다. 브이코프 탄광에서 김형개, 이시무라와 같이 일한다.

최해술 합천 출신. 민족지사인 부친이 일본 경찰에 잡혀가게 되자 아
버지를 구하기 위해 임신한 아내를 두고 사할린 징용을 자청
한다. 아니바 도로건설현장에서 일하다가 일본인한테 학살당
할 뻔하지만 기적적으로 살아나 유즈노사할린스크에서 조선
민족학교를 세운다.

김상문, 김상식, 김상주 형제 청도 출신. 김해 김씨 민족지사 집안의 후
예로, 일찍이 1933년에 일제식민지인 조선을 떠나 우글레고
르스크에 정착한다.

김종규 김상주의 아들. 어린 시절을 사할린에서 보내고, 집안에 아들
하나는 교육을 시켜야 한다는 문중 어른들의 결정에 가족과
함께 일본으로 이주했다가 해방 후 귀국한다.

이철환 이문근의 조카. 문근과 숙경의 호적에 양자로 입양된다.

정상규 신부 정상봉의 동생. 형으로부터 편지를 받고 사할린을 방문
한다.

최상필 최해술의 아들. 이철환을 통해 사할린 방문 소식을 듣고 방문
단에 합류하지만 부친 최해술은 이미 별세한 뒤여서 유골을
안고 귀국한다.

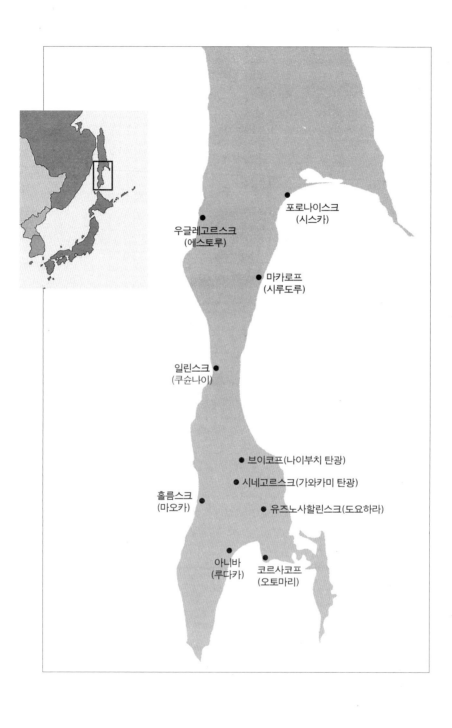

포로나이스크
(시스카)

우글레고르스크
(에스토루)

마카로프
(시루도루)

일린스크
(쿠슌나이)

브이코프(나이부치 탄광)

시네고르스크(가와카미 탄광)

홀름스크
(마오카)

유즈노사할린스크(도요하라)

아니바
(루다카)

코르사코프
(오토마리)

27장

기쁨도 슬픔도 한이 되어

76

1975년 5월 얼어붙었던 대지가 풀리고 수목에는 나뭇잎이 파릇파릇 돋고 있었다. 그러나 아직도 먼 산마루에는 하얀 눈이 마치 모자를 쓴 듯 덮여 있었다. 유즈노사할린스크 변두리의 길가 주택 번호 137호 박판도의 집은 아침부터 왁자하게 붐볐다. 박판도가 아들을 결혼시키는 날이었다. 박판도의 나이 금년에 55살, 옛날 같으면 손자를 보고도 남을 나이였건만 그는 이제야 며느리를 보게 된 것이다. 아들 경수는 조선인 학교를 다니다가 63년 5월 13일 학교가 폐쇄되는 바람에 4학년 때 러시아이 학교로 자동 전학이 되어 11학년을 마쳤다. 4학년까지 조선인 학교에 다녔기 때문에 러시아 말을 동네 애들과 함께 배웠지만, 글자는 전혀 모르던 상태에서 갑자기 옮겨가서 그런지 공부에 취미를 붙이지 못했다. 본인만 공부에 취미가 있었으면 공부를 얼마든지 더 시킬 생각이 있는 판도였지만 아들 경수가 도대체 공부하기를 싫어해 졸업과 동시에 취업을 했다. 직장은 국영 백화점이었다. 이제 경수의 나이 24살, 사할린의 조선인 풍습으로 보면 늦은 결혼이었다. 그러나 적당한 규수가 없어 오늘까지 결혼을 미루어 왔던 터였다. 조선인 처녀가 아니면 결혼시키지 않겠다는 생각을 처음부터 지니고 있었던 판도였고, 그것을 경수에게 누누이 강조해 왔었다. 어쩌다가 경수가 데리고 온 조선인 처녀도 더러 있었지만 도무지 박판도의 마음에 들지 않았다. 아무리 이런 곳에 와 살아도 최소한도의 조선 예절은 알아야 할 것이 아닌가. 그런데 어쩌면 그렇게도 본데라고는 없는지. 경수가 데리고 오는 조선인 처녀는 꼬락서니는 조선 사람인 데도 전혀 조선인 행세를 하려고 들지 않았다. 저희들끼리 입만 열면 알아듣기 힘든 빠른 투의 러시아 말을 나불거렸고, 표정이며 언동이 모두 러시아 사람 그대로였다. 한 마디로 사할린에 살고 있는 조선인 2세는 참으로 낭패 났다는 생각만 들게 했다. 러시아 사람도 아니면서 러시아 사람 행세만 하려고 들고, 피색은 조선 사람이면서 전혀 조선사람 행세를 하려고 들지 않는 조선인 2세들! 물론 경수도 그런 2세 중의 하나였지만 판도는 입이 닳도록 조선 예절, 조선 풍습을 가르쳐왔었다. 그러면서 며느리도 최소한 경수만큼은 되어야 한다는 생각에서 여태까지 미루면서 고르기만 하다가 이제야 결혼식을 올리게 된 것이다. 규수는 조선 경북 청도 출신의 김해 김씨 후예였다. 바로 유즈노사할린스크 전기회사 조선인 사원인 김진규의 딸이었다. 사돈이 된 김진규는 이제 겨우 40대로 접어든 나이여서 판도와는 10살 이상의 차이가 났지만 그러나 며느리만 마음에 들면 되었지 사돈의 나이가 무슨 상관이랴.

　결혼식도 조선 풍습 같으면 신랑이 신부 집으로 가서 혼례식을 치르지만, 오늘 이곳에서는 꼭 그런 풍습을 지킬 필요도 없어, 신부가 바로 시집으로 와서 혼례식을 치르기로 한 것이다. 원칙대로 신랑이 신부 집으로 가서 초례식을 치르고 이틀 밤을 자고 또 신부를 데리고 본가로 오는 것은 여간 번거롭지 않았다. 한 번 치르면 될 잔치를 뭐한다고 양가에서 다 치러야 할 것인가. 신부 집에서도 잔치에 들 비용을 혼수나, 하다못해 다못 얼마라도 현금을 가지고 가는 게 훨씬 현명하지 않은가. 사할린에서도 조선 풍습대로만 결혼식을 치르는 일이 더러 있었으나, 박판도는 사전에 김진규를 만나 번거로움을 피하자고 약조를 해 두었던 것이다. 더군다나 김진규의 어머니가 사는 본가는 거리도 멀고 교통 또한 말할 수 없이 불편한 서북쪽 우글레고르스크가 아닌가. 진규의 부친은 오래전 브이코프 탄광 위 계곡의 폭포수에서 있었던 재사할린고려인협회 대표 모임을 하던 날 술에 취해 실족사했지만, 그의 어머니, 삼촌들과 당숙들 부부와 사촌들, 당질들은 그대로 살고 있었다. 그러니 잔치를 본가에서 치르는 것도 여간한 부담이 아니었다. 이래서 그만 딸을 시집보내는 것으로, 그리고 잔치를 떠벌이는 대신, 시집가서 살기에 큰 불편이 없을 만큼의 혼수를 장만해 주는 선에서 끝내기로 한 것이다. 대신 신부 집의 어른들이 신랑 집으로 모두 초대되어 모여들었다. 이래서 그렇게 좁지 않은 박판도의 집이었지만 구석구석에 손님들로 넘쳐났다.

경수는 아침 일찍 집에서 끓인 물로 목욕을 했다. 사할린에는 공중목욕탕이 거의 없기 때문에 아직도 목욕은 집에서 끓인 물로 하는 수밖에 없었다. 경수는 모처럼의 목욕 끝에 머리단장도 새롭게 하고 콧수염도 가지런히 손질했다. 사할린의 조선 사람들 1세는 콧수염을 기르는 일이 거의 없었지만, 2세 중에는 러시아 사람들 모양으로 콧수염을 기르는 수가 있었는데, 경수는 오래전부터 콧수염을 길러 왔었다. 아버지가 오늘만은 두루마기에 조선옷을 입으라고 해서, 어머니와 한편이 되어 아버지와 다투었지만 결국 지고 말았다. 그래서 이날은 생전 처음으로 바지저고리에 대님을 치고 두루마기를 입었다. 하기는 신부도 치마저고리를 입고 온다니까 그럴 수밖에 없었다. 특히 결혼식 자체가 조선옷을 입어야 어울리는 조선전통혼례 방식이 아닌가.

아들의 결혼식에 대비해서 채마밭을 갈지 않고 있었던 박판도는 채마밭에다 차일을 치고 초례청을 준비했다. 많은 사람들이 결혼식마저도 러시아식으로 치르고 있지만 박판도는 한사코 이를 반대했다. 그리고 어쩌면 사할린에서 조선전통혼례식은 이날 신랑 박경수와 신부 김수진이 마지막이었을 것이다. 신랑 신부 둘다 러시아인 학교를 다녔고 국적 또한 소련 국적이었으므로 이름도 러시아식 이름이 있었다. 박경수는 안똔, 김수진이는 나타샤였지만 오늘 결혼식에서는 철저히 조선 성명만 통하게 된다.

차일 밑 중앙의 높다란 상 위에는 두 개의 병에 푸른 대와 동백 대신 산에서 흔히 볼 수 있는 새파란 침엽의 상록수 가지를 꽂았고, 식기에 쌀을 담고 거기에 촛불을 꽂았다. 닭도 날갯죽지와 두 발을 묶은 채 비단 보자기에 싸서 그 상 위에 얹어 놓았다. 청실과 홍실을 묶인 닭의 몸통 위를 지나 상록수가 꽂힌 두 개의 화병을 얼기설기 감아놓았다.

박판도의 집에서 그리 멀지 않은 곳의 김진규의 집에서 드디어 신부가 도착했다. 신부는 김진규의 승용차를 타고 왔다. 신부가 도착한 뒤를 이어 신부의 가족들이 깨끗한 정장 차림으로 신랑 집으로 들어와 초례청의 한 모퉁이에 늘어섰다. 차일 밑에는 낯이 익은 많은 얼굴들이 보였다. 이문근, 최해술, 허남보, 바로 이웃집의 김형개, 그 외에도 많은 조선 동포들이 모여 있었다. 김진규 회사의 러시아 사람들, 신랑 박경수가 나가는 백화점의 러시아 남녀들도 이 색다른 결혼식 풍경을 보기 위해 와 있었다.

이윽고 혼례식이 시작되었다. 최해술이 종이에 준비해 온 전안

례(奠鴈禮)와 교배례(交拜禮)의 진행을 맡아 순 한문으로 된 문장을 부르고는 일일이 우리말로 풀이해 주었다.

"주인영서우문외(主人迎壻于門外), 주인이 나가 신랑을 맞이하는 것인데, 여기서는 신랑집이니 주인영부우문외(主人迎婦于門外) 즉 주인이 신부를 맞이하시오."

나이 든 조선 사람들이 허허 하고 웃으면서 박판도에게 말했다.

"시방 씨아바이가 너무 기분이 좋아서 정신을 못 채리거마는. 그래도 며느리는 모셔들이야제."

"뭐, 씨아바이가 며느리를 모셔들인다고? 허허허."

"모셔들이거나, 맞아들이거나 그기 그거 아이가."

박판도가 만면에 웃음을 머금고 며느리를 맞이하자 신부의 양겨드랑이를 껴잡은 아낙네 둘이 신부를 초례청까지 데리고 왔다. 다시 최해술이 다음 차례를 불렀다.

"시자집안이종(侍者執鴈以從), 나무로 만든 기러기를 가지고 신랑을 자리로 안내하시오."

신랑이 자기 자리로 들어서자, 최해술이 또 불렀다.

"북향궤(北向跪), 북쪽을 향하여 신랑은 꿇어앉으시오."

박경수가 시키는 대로 하자 다시 최해술이 불렀다.

"소퇴재배(小退再拜), 조금 뒤로 물러서서 두 번 절하시오."

박경수가 꿇어앉은 자리에서 일어나 두어 걸음 물러서서 북쪽을 향해 두 번 절했다. 나이든 사람 하나가 아는 체를 했다.

"저 절은 본시 임금을 향해 하는 절인데, 지금은 죽은 레닌을 보고 하는 절인가?"

"레닌이거나 스탈린이거나 아무몬 어때. 절 하라몬 하는 기지. 우리가 오데 장개갈 때 뭐 알고 했나, 시키는 대로 했지."

최해술이 손가락을 입에 갖다 대며 조용히 하라고 주의를 시킨

다음 다시 불렀다. 그는 아예 사위 서자 대신 아들 자자를 넣어서 '서동부서'를 '자동부서'로 고쳐 불렀다.

"자동부서(子東婦西), 신랑은 동쪽에 신부는 서쪽에서 마주보고 서시오."

신랑 신부가 그대로 하자 최해술이 계속했다.

"부선재배(婦先再拜), 신부가 먼저 절을 두 번 하시오."

그대로 하자 또 이었다.

"자답일배(子答一拜), 이번에는 신랑이 절을 한 번 하시오."

보고 섰던 아낙네 하나가 또 나섰다.

"아이구, 얄궂애라. 신랑도 절 두 번 해야지. 와 한 분만 하는공?"

남자 한 사람이 퇴박을 주었다.

"시끄럽다 카이!"

퉁명스러운 남자의 이러한 핀잔에 아낙네가 입을 삐쭉거리며 그 남자를 한참 동안 하얀 눈으로 흘겨보고 있었다. 최해술이 또 불렀다.

"부우재배(婦又再拜), 신부가 또 절 두 번 하시오."

신부가 시키는 대로 하자 최해술은 다시 말했다.

"자우답일배(子又答一拜), 신랑이 다시 절을 한 번 하시오."

신랑이 절하고 나서도 여러 순서가 이어졌다. 즉 신랑이 신부에게 허리를 약간 숙여 읍하고는 꿇어 앉아 술잔을 받아 입에 살짝 대는가 하면, 안주는 젓가락으로 집었다 도로 놓고, 신부도 술잔을 받아 입에 대는지 마는지 하고는 젓가락을 들어 안주에 댔다가 놓았다. 또 신랑 신부가 술잔을 바꾸어 조금씩 마시기도 했다. 이윽고 예를 다 끝내고 신랑 신부는 각각의 방으로 들어갔다. 꽤 오랫동안 진행된 이 혼례순서가 러시아인들에게는 신기했고, 조선 사람들에게는 모처럼의 추억을 되살리기에 족했다.

이제부터 먹고 마시는 잔치가 벌어질 참이었다. 혼례상을 치운 차일 밑으로 다시 널따란 자리가 펴지면서 사람들은 신발을 벗고 자리 위로 올라앉았고, 이어 커다란 상에 음식들이 푸짐하게 차려져 나왔다. 조선식 떡국과 국수가 나오는가 하면, 여러 가지 부침개와 떡도 나왔고, 잡채며 식혜, 산적, 유과 등도 차려져 나왔다. 육고기 종류야 흔한 것이지만 이것도 평소와는 달리 대꼬챙이를 일일이 꿰어 쪄낸 것이 러시아 사람들에게는 별미였다. 다만 나물과 김치가 세월이 흐르는 사이에 순수 조선식과는 조금씩 달라져, 나물에 기름기가 지나치게 들어 있는가 하면, 김치도 조선 것만큼 맵싸하거나 짭쪼름하지 않았다.

차일 밑뿐 아니고 가옥 내에도 방마다, 거실이며 부엌에까지 사람들로 꽉꽉 넘쳤다. 부엌에선 연방 그릇 소리를 내면서 음식을 담아내고, 빈 그릇을 씻고, 조선에서와 같이 집안 아낙네며 이웃아낙네까지 한데 모여 서로 도왔다.

방 한쪽에서는 벌써 노랫소리가 들려오고 있었다. 이즈음에는 남조선에서 들려오는 방송이 많은 남조선 노래를 이곳 사람들에게 알려주고 있었다. 따라서 남조선 노래 한두 곡쯤 모르는 동포들이 거의 없었다. 특히 남자가수로는 남진이나 나훈아, 여자가수로는 이미자의 노래가 즐겨 불렸다. 지금 노래를 부르는 사람도 이미자의 동백아가씨를 남자이면서도 간드러지게 뽑고 있었다. 젓가락 장단도 이때쯤 한국에서는 사라지고 있었지만 이곳 동포들은 옛날처럼 즐겨 두들겨대었다.

이문근과 정상봉은 차일 밑 한 자리에 술상을 가운데 두고 앉아 정담을 나누고 있었다.

"식소사번(食少事煩)이라더니 하는 일 없이 바쁘기만 해서 그새 자주 못 만났습니다. 어떻게 지내시는지요? 따님 인자 양은 하마 많이 컸지요?"

"피차일반입니다. 저도 늘 하는 일도 없으면서 허둥거리면서 지
낸답니다."

정상봉은 이문근이 물은 딸의 안부는 빠뜨리고 답하지 않았다.
실은 이문근은 정상봉이 혼자 키우고 있는 그의 의붓딸이 궁금했
다. 그래서 다시 물었다.

"인자 양은 지금 몇 학년입니까?"

"벌써 5학년이네요."

"그때 보니까 애가 깜찍하던데 공부도 잘 하지요?"

"그런대로 하고 있습니다. 인자는 밖에서는 아예 소피아라고만
불리지요. 러시아식 이름이라야 한다기에 제가 그냥 소피아라고
지은 겁니다."

"소피아, 그 이름이 좋은데요. 이름에 무슨 뜻을 묻는 건 부질없
지만 혹시 무슨 의미라도 있는 겁니까?"

"조선에 계신, 참 지금까지 살아 계신지는 잘 모르겠지마는 저
의 어머니의 세례명이 소피아였습니다. 소피아란 천주교에서 알려
진 어떤 성녀의 이름이랍니다. 애가 어머니 없이 혼자 크니까 아무
래도 성격이 원만하지 못한 거 같아 걱정입니다."

문근은 지금부터 6, 7년 전 혼자 사는 정상봉의 집을 방문한 때
를 떠올렸다. 그때 본 인자는 학교에 입학하기 전이었다. 어머니가
어떻게 생겼는지는 잘 모르겠지만 인자는 보통의 조선애들 같지
않게 예뻤다. 커다란 눈, 깨끗하고 하얀 피부, 손님을 보고 방긋방
긋 웃으며 깜찍하게 인사하던 모습이 오래도록 문근의 뇌리에서
떠나지를 않았다. 문근이 다시 물었다.

"우리말은 잘 합니까?"

"학교에 입학하기 전까지는 그런대로 잘했는데 학교에 입학하

고 나서부터 점점 더 잘 못하는 것 같습니다. 가족이라고는 저 하나뿐이니까 저 말고는 더불어 조선말을 할 상대가 없지 않습니까. 그래서 그런지 지금도 쉽게 튀어나오는 말은 러시아 말이지요."

문근은 다시 6, 7년 전의 그때를 생각했다. 그때 그는 정상봉에게 간곡하게 재혼을 권유한 적이 있었다. 인자를 위해서라도 재혼을 하는 게 어떻겠느냐는 문근의 의견에 그는 쓸쓸한 미소를 지으면서 이 사할린 땅에서, 그것도 이 어중간한 나이에 재혼이 쉽겠느냐고 했던 것이다. 그런 그가 어떻게 지금까지 혼자 손으로 인자를 키워 학교까지 보내면서 직장 생활을 계속하고 있는지 참으로 존경스러웠다. 그때 그는 정상봉이 신앙을 잊지 않고 있는 것을 알았고, 정상봉의 그러한 자세에 대해서도 깊은 감동을 받은 적이 있었다. 그래서 오늘도 신앙 이야기로 화제를 돌렸다.

"하느님을 생각하시는 것도 여전하십니까?"

정상봉이 웃었다. 이문근은 그가 소리 없는 웃음을 다 웃기를 기다렸다. 기다리면서 그는 정상봉의 웃음이 어떤 의미를 가진 것일까 생각했다. 이윽고 정상봉이 입을 열었다.

"하느님은 우리 조선 민족이 옛날부터 생각하고 있는 존재지요. 우리가 급할 때 혹은 억울할 때도 자주 하느님을 들먹거리지 않습니까?"

"그런 것을 굳이 신앙이라고 보기는 좀…."

"아닙니다. 신앙이라고 달리 특별한 언행을 필요로 하는 건 아니지요. 오히려 일상생활 속의 작은 습관이나 언동 속에서 신앙의 참모습을 볼 수 있는 겁니다. 그러니까 우리 조선 민족은 옛날부터 하느님의 존재를 깊이 깨닫고 있었던 겁니다."

이문근은 그런 것도 신앙인지 얼른 납득되지 않았으나 가만히 듣고만 있었다. 그러다 잊었던 듯이 앞의 술잔을 들어 정상봉에게도 함께 들자고 권하면서 말했다.

"사실은 저도 천주교에 대하여 생각하는 바가 많습니다."

그는 얼른 한국에서의 50년 7월, 보도연맹에 가입한 죄로 경찰에 붙잡혀 죽으러 가는 길에 만났던 대구 의대생 김종하를 떠올렸다. 죽음에 직면하고서도 침착하기 이를 데 없는 그의 자세가 오래도록 문근의 기억에서 사라지지 않았던 것이다. 그리고 정상봉의 신학교 선배이며, 자신을 일본까지 보내준 부산에서의 장병룡 신부도 생각했다. 과묵하면서도 결단성 있어 보이는 그의 표정이며 언동, 반대급부를 전혀 생각지 않는 삶의 자세는 어쩌면 이문근의 뇌리에서 영원히 지워지지 않을 것 같았다. 특히 마지막으로 이문근에게 남긴 장 신부의, 하느님의 존재를 잊지 마시오! 하던 음성이 귓가에 맴돌았다. 그러나 이문근은 그런 것을 더 이상 밝히지도 않았고 정상봉 역시 이문근의 말을 더 이상 확대하여 듣지도 않았다. 그래서 정상봉은 술잔을 비우면서 이렇게 말했다.

"고맙고 반가운 말씀입니다."

그때 최해술과 허남보가 그 자리로 끼어들었다. 최해술이 말했다.

"나는 방에서 실컷 찾았네. 두 분이서 무슨 말씀이 그리 진지하오?"

"어서 오십시오. 홀애비끼리 만나 이 잡는 이야기나 하고 있었습니다."

이문근의 이러한 말에 정상봉이 보탰다.

"홀애비는 이가 서 말이고 과부는 깨가 서 말이라는데, 혹시 최 선생 과부 하나 소개시켜 주십시오. 제가 방금 이문근 선생한테 그 이야기 하고 있었습니다."

"사람 좀 작작 웃기시오, 정 선생이 혼자 살겠다고 부득부득 고

집 피웠다는 거 어제 오늘 들은 이야기도 아니고, 한두 번 들은 것
도 아닌데 이제 와서 무슨…."

정상봉도 금년에 55살로 오늘의 혼주 박판도와 동갑이었다.

정상봉이 최해술을 보고 물었다.

"최 선생님은 요즘 어떻습니까? 고향으로 보낸 편지에는 무슨
소식이 있습니까?"

그 무렵 사할린 조선인들은 너도 나도 편지를 써서 한국으로 부
치고 있었다. 물론 그것은 답장을 기대해서만은 아니었다. 서울의
KBS방송을 통해 어쩌다가 자기네들이 보낸 편지가 소개되는가
하면, 두고 온 가족들의 안부를 아는 수도 있었기 때문이다. 그러
나 그것은 정말 하늘의 별따기나 마찬가지의 어려운 일이었다. 따
라서 정상봉이 최해술에게 던진 질문도 무슨 반가운 소식을 기대
한 질문은 아니었다. 최해술이 시무룩한 표정이 되어 답했다.

"그기 잘 되겠습니까? 밑져 봐야 본전이고 노는 입에 염불이라
고 그냥 한번 보내 본 편진데요."

허남보가 장인의 말을 받아 한 마디 했다.

"남조선 대통령 박정흰가 하는 사람이 우선 남조선 사람 살려
놓고 보자고 경제개발에만 힘 쓴다 쿠니 경제개발 다 해 놓고 나
몬, 저그도 사람인데 우리를 영 잊어삐리기야 하겠습니꺼."

이문근이 받았다.

"글쎄, 안 잊기라도 한다면 다행인데, 아무리 먹고살기 바쁘다고
이렇게 무심해서야…."

이들의 이러한 대화가 오고 가고 있는 다른 한 편에서는 김형개
와 혼주 박판도가 다른 조선 사람들과 모여 앉아 주거니 받거니
하고 있었다.

"우리 1세들 가운데 손자 본 사람도 많고 보니 우리가 그만해도

영 할배가 다된 것 같소."

경북 의성에서 처자를 두고 43년도에 강제 징용으로 끌려온 초로의 남자가 이렇게 말하자 김형개가 받았다. 그도 벌써 48살이었다.

"옛날에 조선 우리 동네에서는 스물여덟에 손자 본 사람이 있었소. 그리 치면 우리는 증손자 보고도 남지요. 그러나 저러나 증손자 보는 기 문제가 아니고, 우리가 언제 조선 땅으로 돌아가느냐가 문제요."

의성 출신의 초로가 다시 말을 받았다.

"그럭저럭 여게서 죽는 기지. 우리사 고향 산천 구경하겠는교?"

박판도가 말했다.

"그래도 알 수 있소? 수구초심이라고 자나 깨나 고향 생각을 잊지 않는 우리 마음을 천지신명도 모르시지는 않을 끼요. 고향에 돌아가 뼈를 묻는 것도 중요하지만 그저 두고 온 가족들 얼굴이나마 죽기 전에 한 번 봐야 되지 않겠소? 그러자면 쓸데없는 낙담하지 말고 우쨌든지 건강하게 오래오래 살아야 돼요."

김형개가 생각난 듯 말했다.

"코르사코프에 있는 어떤 사람은 일본으로, 조선으로 편지를 수십 번이나 보냈더니 어느 편지가 어데에 대였(닿았)는지는 몰라도 가족들이 조선 고향에 그 사람한테로 보내는 편지를 방송에서 읽어 주더라 안 쿠요. 인자 좀 있으몬 편지 연락도 가능하다는 징조인 거 같아 요새는 나도 밤잠을 설치지요. 눈만 감으몬 고향 산천이 눈앞에 어른거려쌓아서…."

판도는 이런 말을 듣다가 그만 천장을 보지 않을 수가 없었다. 오늘 결혼한 경수보다 몇 살 위인 큰아이는 아들일까, 딸일까. 판도가 사할린으로 끌려오던 44년에 아내는 임신 중이었다. 생각하면 자신은 정말 기구한 평생이었다. 남양군도에까지 끌려가 이제 징용은 다 끝냈거니 하던 판에 느닷없이 44년 3월 새벽녘에 몽둥이를 든 왜놈과 그 앞잡이 조선 사람들에게 붙잡혀 이리로 온 후, 고향 소식을 모르고 있는 것이다. 그것뿐인가. 형님 출도마저 판도보다 앞서 이곳으로 끌려와서는 지금까지 흔적을 모르는데, 해방 직후 일본인들에 의해 학살되었음이 분명했다…. 이러한 일을 떠올리자 어찌된 셈인지 고향의 부모님, 아내의 얼굴이 떠오르면서 그만 걷잡을 수 없이 울먹거려졌다. 하기는 그도 경수의 혼인 날짜를 받아놓고 밤마다 부모님 꿈을 꾸었고, 꿈속에서 그의 아버지는 갓망건에 하얀 두루마기를 입고 결혼식에 참석한다고 나타나기까지 했던 것이다. 그가 갑자기 천장을 올려다보고 있다가 말없이 손수건을 눈으로 가져가는 걸 보고는 모두들 침묵을 지켰다. 의성 출신의 그 남자도 울고 싶은 걸 억지로 참고 있었고, 김형개 역시 마찬가지였다. 못 참겠다는 듯 김형개가 술잔을 들어 입에다 확 털어 붓고는 잔을 박판도에게 돌리며 말했다.

"형님, 참으소. 그래도 형님은 내카마는 행복하요. 나는 고생고생 해서 가수나를 대학꺼정 공부시켰디이 노랑대가리 로스케 놈을 따라 모스크바로 안 가삐럿는교. 아이구, 이놈의 팔자아. 으흑, 흑! 그런 놈을 사우(사위)라고…."

김형개가 기어코 오열을 터뜨렸다. 판도가 술잔을 비우고 도로 형개에게 권하며 위로했다.

"김 형, 그런 사람이 이 사할린 천지에 김 형 혼자뿐이요? 그거는 아무 숭(흉)도 우사(창피)도 아니오. 오히려 미옥이가 예쁘고 똑똑해서 모스크바로 간 거 아니요. 마음 너그럽게 묵고 좀 참으소. 틀림없이 미옥이가 김 형 호강시켜 줄 끼요."

이때 다른 손님들이 합세하는 바람에 그들은 얼른 눈물을 감추고 다른 술잔을 받지 않을 수 없었다. 이날 김형개는 처음으로 박 판도에게 형님이라 불렀다. 하기는 박판도는 김형개보다 나이가 7 살이나 위였다.

사할린 조선인 자녀의 혼인은 언제나 이런 식으로 모든 동포들의 공통의 잔치가 되어 하루를 먹고 마시며 망향의 울분을 토로하는 날이기도 했다.

77

1982년 10월, 벌써 겨울이었다. 사할린 사람들은 단단한 겨울 준비를 마치고 이제 한 계절을 두더지처럼 집에만 박혀 살아야 할 때다. 사할린의 겨울은 모질게도 춥고 길었다. 영하 30도로 내려가기는 예사였고, 지붕 위에 한 번 쌓인 눈은 이듬해 4월이 되어야 다 녹아내린다. 따라서 이곳의 지붕들은 하나같이 급경사로 덮여 있다.

정상봉은 전에 살던 오두막집에서 이곳으로 이사를 온 지도 3 년이나 지났다. 딸 인자가 대학에 들어가면서 집이 너무 초라하여 아랫동네의 좀 큰 집으로 옮겨왔다. 집의 규모나 구조도 전의 오두막과는 딴판으로 컸다. 방이 두 칸에 거실이 따로 있고, 주방 겸 보일러실이 함께 널찍한 공간을 차지하고 있었다. 방이나 거실, 주방에도 카페트를 깔았다. 사할린에서는 웬만한 집에는 방마다 두툼한 카페트를 깔고 있었다. 벽에도 이중 창문이 붙어 있었고, 창문이 없는 벽에는 카페트 비슷한 두꺼운 천의 벽걸이용 그림을 걸었다. 장식용도 되고, 외풍 막이용도 되었다.

인자가 벌써 20살, 11학년을 마치고 유즈노사할린스크 사범대학으로 지난봄에 진학했던 것이다. 그런 인자에게 다행히 조선인 청년 친구가 생겼다고 하기에 그는 그 조선인 청년을 집으로 한 번 데리고 와보라고 했었다. 오늘은 바로 인자의 남자 친구인 그 조선인 청년이 집으로 오는 날. 정상봉은 퇴근해 오자마자 집안을 깨끗이 청소하고 인자가 데리고 올 손님에게 줄 음식도 손수 준비했다. 음식이라야 별건 아니었고, 옛날부터 즐겨 빚는 러시아식 만두 피로시키와 큰 바닷게였다. 이곳의 게는 조선의 닭 한 마리보다 더 컸다. 다리 한 개가 닭다리 한 개를 능가할 만큼 굵고 길어게 다리 하나만 가지고도 혼자서는 다 못 먹을 만큼 살이 많았다. 정상봉은 퇴근해 오면서 백화점에 들러 게 한 마리를 사 왔던 것이다.

인자는 브이코프에서 11학년을 마치고 유즈노사할린스크로 가서는 대학의 기숙사에서 생활했다. 그러나 인자는 매주 아버지를 보러 브이코프로 돌아왔고, 돌아올 때마다 사할린의 수도 유즈노사할린스크의 새로운 소식을 가져와 즐겁게 종알거렸다. 정상봉도 이제 웬만큼은 러시아어를 하고 들을 줄 알았지만 인자에게만은 반드시 우리말을 쓰도록 강요했다. 그래서 인자는 좀 더디고 서툴렀지만 아버지 앞에서만은 우리말을 써 버릇하고 있었다. 그런데 사할린에서 쓰이고 있는 조선말은 조선의 팔도 말의 잡탕이라고 해야 할 만큼, 통일된 것이 없었다. 인구수로 말하면 단연 영남 사람이 대부분을 차지하고 있지만, 해방 이후 북한의 언어가 대거 유입되면서 사용 어휘에 혼란이 일고 있었다. 가령 지금 한국에서 쓰고 있는 '하세요' 투의 말은 아예 안 쓰이면서 대신 명령어 투의 '하시오'가 쓰이고 있었다. 따라서 정상봉도 딸 인자의 우리말 교육에 다소 딱딱한 말투, 지금 한국 사회가 쓰고 있는 구어체와는 거리가 먼 말을 가르칠 수밖에 없었다.

정상봉은 허옇게 센 머리에 이마마저 훌렁 벗겨졌지만 앞치마를 두르고 주방에서 움직이는 모습은 아직도 민첩했다. 그는 오늘 따라 딸의 남자 친구가 온다는 바람에 기분이 좋아 콧노래까지 흥얼거리고 있었다. 그가 언제나 부르는 콧노래는 '황성옛터'였다. 그 노래를 흥얼거릴 때면 정말 폐허가 된 고향으로 돌아간 듯한 감회에 젖을 수 있어 좋았다. 폐허 아니라 초토가 다 되었어도 돌아가고 싶은, 한 번 만이라도 보고 싶은 고향 산천이 아닌가. 이제 부모님들은 아무래도 별세하셨을 것 같았고, 동생 상규 베네딕도는 어떻게 살고 있을까. 베네딕도를 생각하면 불현듯 자기의 세례명이 요셉이란 사실도 새삼스럽게 각성되곤 했다. 베네딕도는 과연 신부가 되었을까, 아니면 평범한 생활인이 되었을까. 그렇다면 슬하에 아이는 몇이나 두었을까.

어둑어둑 바깥에 땅거미가 질 때쯤에야 인자의 소리가 들렸다. 그는 언제나 문 밖에서부터 아버지에게 인사하는 버릇이 있었다.

"아버지, 인자 왔어요."

이런 소리와 함께 러시아 말로 얼른 들어오라는 소리가 들렸고, 이내 현관으로 들어서는 구두 발자국 소리와 함께 중간문이 열렸다. 인자가 성큼 거실로 들어서고 있었다. 인자를 따라 들어온 청년이 꾸벅 허리를 굽혔다. 콧수염을 기른 준수한 조선 청년이었다. 인자가 그 청년을 정상봉에게 소개했다.

"아버지, 전에 말씀 드린 저의 친구 로제프입니다. 저와 같은 동양사학과 학생인…."

정상봉은 그에게 큰절 받기는 아예 포기하고 손을 내밀어 악수를 청했다. 로제프라는 청년도 정상봉과 악수하면서 활짝 웃었다. 그는 인자보다 우리말이 훨씬 서툴렀다. 인자하고 이야기할 때는 러시아 말만 썼고, 인자만은 그런 중에서도 우리말을 섞어 쓰려고 애쓰고 있었다. 인자가 아버지의 앞치마를 벗기면서 말했다.

"아버지, 가만히 계십시오. 이제 제가 로제프와 함께 저녁상을 보겠습니다."

정상봉이 웃으면서 그러라고 했다. 그러나 그는 식탁 앞의 의자에 앉아 인자와 로제프가 움직이는 것을 보고 있었다. 로제프의 모습에서 어딘지 모르게 눈에 익은 듯한 피색이 엿보였으나 그는 얼른 생각나지 않았다. 정상봉이 로제프에게 물었다.

"자네 조선식 이름은 무엇인가?"

그가 말귀는 그런대로 알아들어 떠듬떠듬 답했다. 대개의 조선인 2세들이 그러했다. 조선말을 하는 것보다는 듣기를 더 잘했다.

"이장수입니다."

"이장수라… 어데 이 씬고?"

"예?"

"관향이 어덴가 이 말이네."

"…?"

그 말도 못 알아듣는 눈치였다. 정상봉은 관향을 묻는 것이 부질없는 짓임을 깨달았다. 그의 성이 전주 이씨면 어떻고, 경주 이씨면 뭐 할 것인가. 그는 다시 물었다.

"자네 춘부장 함자는 무엇인고?"

그러다가 다시 그는 혼자 실소를 머금으며 말을 고쳤다. 안 그래도 인자가 자기도 못 알아듣는 조선말을 로제프에게 물으면 어떻게 하느냐는 눈길을 보내왔기 때문이다.

"자네 아버지 이름은 무엇인고?"

그러자 이장수는 활짝 웃으면서 두 손바닥을 옆으로 펼쳐 보이며 알았다는 표정을 짓고 답했다 .

"아아, 아버지 이름 이현기입니다."

정상봉은 소스라쳐 놀라지 않을 수 없었다. 이현기가 누구인가.

그는 바로 해방 전 브이코프 탄광에 일본인 밀정으로 잠입하여 조선 노무자들의 동향을 낱낱이 탄광 본부에 보고하던 첩자였다. 심지어 그는 조선 노무자들을 탄광의 쌍굴에 모아 한꺼번에 폭사시키려고 하던 왜놈의 음모에 동조하여, 아무 날 몇 시에 쌍굴로 모이라는 전갈을 하고 다니던 자였다. 결국 일본인 이시무라 씨가 김형개에게 이 일을 귀띔해 주어, 김형개가 급히 정상봉에게 알려준 덕분에 일대 참사를 모면하지 않았던가. 해방이 되자 그는 결국 꼬리가 잡혀 노한 조선인들에게 맞아 죽게 되었을 때 정상봉이 살려준 작자가 아니던가. 그것뿐인가. 정상봉이 몰래 감추어 두고 있던 묵주를 보고는 이게 무어냐고 섬찟하게 달려들며 달라고 하던 작자가 아니던가. 그런 죄인이 그동안 어디에 숨어 살았을까. 그래도 아들 하나는 분수에 겹게도 잘 낳았구나 싶었다. 정상봉은 잠시 동안의 이런 생각을 감추면서 다시 물었다.

"아버지 나이는 몇인고?"

"60살 넘었습니다."

그럴 것이었다. 정상봉에게 인자는 늦게야 만난 의붓딸이었지만 이현기 이 작자는 정말 결혼을 늦게 했나 보았다.

인자와 이장수가 식탁에 음식들을 차려놓았다. 이장수가 제 가방에서 술도 한 병 꺼냈다. 정상봉은 습관대로 얼른 기도하고 숟가락을 들었다. 어쩐지 밥맛이 달아나버린 것 같았다. 아무리 이런 곳에 이런 식으로 살기로서니, 그리고 딸 인자가 비록 친딸이 아니라고 해도 이현기 같은 작자의 핏줄한테 인자를 주기는 싫었다. 이런저런 생각 때문에 밥맛이 달아나버린 것일까. 평소와는 달리 맛있게 밥을 다 먹지 못하는 아버지를 보고 인자가 물었다.

"아버지, 어디 불편하십니까?"

"아니다. 점심 먹은 지가 얼마 안 돼서."

그는 이장수가 따라 주는 술 한 잔을 겨우 마시고 자기 방으로
돌아와 침대에 걸터앉았다. 아무래도 기분이 영 좋지 않았다. 인자
가 이장수를 혼자 두고 아버지 방으로 와서 또 어디 아프냐고 물
었고, 정상봉은 인자의 손목을 잡고 아무렇지도 않다고 안심을 시
켰다. 아무것도 모르는 인자는 아버지에게 또 하나의 놀라운 말을
들려주었다. 인자는 그만큼 순진했다. 인자는 아버지의 귀에 입을
갖다 대고 말했던 것이다.

　"아버지, 로제프 엄마는 일본 여자랍니다. 엄마만 먼저 일본으로
가버리고 로제프하고 그 아버지는 여태 못 갔습니다. 우리가 아버
지랑 나랑 어머니 없이 사는 것같이 로제프도 어머니 없이 아버지
랑 단 둘만 살고 있습니다. 이것이 내가 로제프와 친하게 된 이유
입니다."

　정상봉은 더욱 아득한 느낌이 들어 그렇게 말하는 인자의 얼굴
만 물끄러미 바라보았다. 하기는 이현기는 오래전부터 일본인 속
에 섞여 살았으니 해방 후에도 일본 여자를 아내로 얻기에는 누구
보다도 좋은 조건이었을 것이다. 그런데 왜 바보처럼 일본인 아내
를 두고서도 일본으로 돌아가지는 못했을까. 아니, 왜 아내만 혼
자 돌아가도록 아내를 놓쳤을까.

　정상봉은 인자에게 이장수의 아버지가 어떤 사람인지를 밝힐
필요는 없다고 생각했다. 아버지의 일이 아들에게 나쁜 영향을 주
어서는 안 될 터였다. 결국 인자가 좋다고만 한다면 더 사귀도록
놓아둘 수밖에 없고, 따라서 이장수는 정상봉의 사위가 될 수도
있을 터였다. 그렇더라도 마음 한구석은 여전히 찜찜하고 께름칙
했다. 아무래도 이 일은 나 혼자 판단하고 결정할 문제가 아닌 것
같다. 내일 회사에서 최명수를 만나 조언을 구해야지…. 정상봉은
이런 생각을 하며 밤늦도록 침대에서 몸을 뒤척거렸다. 그때까지

도 주방에서는 인자와 이장수가 주고받는 말이 두런두런 들려왔고, 때때로 두 사람의 웃음소리도 들리고 있었다. 로제프는 밤이 깊어서야 돌아갔다.

그는 이튿날 직장에서 최명수를 만나 자기의 심경을 밝혔다. 최명수는 바로 죽은 아내 황복자를 키운 최동진의 아들이었다. 그는 일찍이 조선인 2세로는 드물게 본토인 하바로프스크까지 가서 공과대학을 졸업하고, 그곳의 목재회사에서 오랫동안 근무하다가 최근에 사할린으로 돌아와서 정상봉과 같은 직장에서 일하게 된 40대 후반이었다. 그는 정상봉의 직장에 조선인으로서는 드물게 과장자리에까지 올라, 정상봉의 상급자였지만 전혀 그러한 표를 내지도 않았다. 그는 2세 동포였지만 우리말도 유창했고 사고방식이나 생활양식에 있어서도 우리 것을 소중하게 생각하는 지식인이었다. 그의 부친 최동진이 요즘 노인병으로 고생하고 있어, 그런 아버지 곁으로 와서 아버지를 봉양하기 위해 하바로프스크의 좋은 직장을 버리고 이 낙후된 사할린으로 돌아온 터였다. 그리고 최명수도 정상봉을 잘 알고 있었다. 한때 자기 집에서 자랐던 황복자를 아내로 맞이했다가 황복자가 죽고서도 지금까지 혼자 살고 있다는 사실을. 이래서 두 사람은 처음부터 따뜻한 정을 느낄 수 있었다. 어떤 의미에서는 정상봉과 최명수는 처남남매지간이라고도 할 수 있고, 인자는 최명수의 생질녀라고도 할 수 있지 않은가

"최 과장, 인자 이야긴데…."

"인자가 왜요? 지금 유즈노사할린스크에서 공부하고 있지 않습니까?"

"그렇지, 어제 저녁에 남자 친구 한 사람을 데리고 집에 왔는데, 이 아이가…."

정상봉의 얼버무림에 명수가 정색을 하면서 물었다.

"그래서요? 그 아이가 인자한태 무슨 나쁜 짓이라도 했다 말입니까? 그 아이는 조선 사람입니까, 러시아 사람입니까?"

"물론 조선 청년이지. 어머니가 일본 여인이긴 하지만."

"혼혈 조선인이군요. 그런데 무슨 문제가 있다는 말씀입니까?"

그는 어제 저녁에 인자의 남자친구 로제프라고 불리는 이장수에 대한 이야기를, 이장수의 아버지 이현기에 관한 이야기까지 자세하게 들려주었다. 그리고 결론적으로 인자와 이장수가 결혼하겠다면 어째야 되느냐고 물어보았다. 최명수가 말했다.

"기분이 그렇게 좋지는 않겠네요. 하지만 그런 일 때문에 젊은 사람들에게 상처를 준다면 그것은 어른들의 일방적인 월권이 아닐까요? 요는 이장수라는 아이의 사람 됨됨이에 매였는데, 유전인자에 의한 질병이 아니라면, 아버지가 그런 사람이라고 해서 이장수라는 청년도 그런 사람이라고는 보기 힘들지요."

정상봉이 눈을 감고 있다가 무겁게 답했다.

"그럴 수밖에 없겠지. 나도 실은 최 과장과 같은 생각을 하고 있었으면서도 혹시 공부도 더 많이 했고, 또 최 과장은 우리 인자의 외삼촌이라고 해야 할 관계여서 한번 의논해 본 거요."

"그것은 인자의 의사를 존중합시다. 그게 가장 현명한 방법이라고 생각합니다. 그건 그렇고 저의 고민도 좀 같이 의논해 보십시다."

"아니, 고민이라니? 최 과장한테도 고민이 있소?"

"형님, 말씀도 마십시오. 아버지의 병환이 그냥 노환이 아니고, 소위 말하는 노망인 것 같습니다."

정상봉은 얼른 옛날 그가 사할린으로 끌려오기 이전, 고향의 할아버지가 생각났다. 할아버지께서는 물론 오래전에 별세하셨겠지만 그 할아버지도 노망기가 얼마나 심하셨던가. 정상봉의 신발을 당신 것이라고 숨겨두고 내놓지 않는 바람에 당황한 적이 얼마나 많았던가. 심지어 먼 길의 장으로 가시어 생선을 사 와 방 안에서 손수 구어 자시느라고 온 방 안을 눈을 못 뜰 지경의 연기로 가득 채우기도 했었다. 최명수가 계속했다.

"이런 말씀 부끄러워 끝내 입 닫고 있으려고 했는데…."

"아니오, 괴로움은 남에게 말함으로써 반감되고, 기쁨은 그것을 밝힘으로써 곱으로 늘어난다고 했는데, 왜 고민을 감추어 두고 혼자서…."

"결론을 먼저 말씀드리면 아버지 때문에 온 집안 가족이 성칠 못합니다. 어머니도 아내도…. 아내는 아버지한테 맞아 지금 일어나지도 못하는 형편이라니까요."

"아니, 춘부장의 병환이 그렇게나 심하오? 내가 진작에라도 가 봤어야 하는데…."

"오셔도 아무 소용이 없어요. 당신의 아들인 저를 못 알아보신 지가 언제부터라고요. 다만 정확한 것은 고향산천 기억뿐이랍니다. 그래서 고향으로 돌아가자고 눈만 뜨시면 성화이신데, 그 성화가 지금은 가족들에 대한 폭언, 폭행으로 변했거든요."

"연세가 금년에?"

"여든다섯이니까 사실은 사실 만큼 사셨는데, 지금도 당신께서는 고향 땅에 돌아가서야 눈을 감아도 감겠다고, 밤낮으로 가족들을 들들 볶습니다. 그래서 생각다 못해…."

그는 말하다가 입을 닫고는 한참이나 고개를 숙이고 있었다. 매일 대하는 얼굴이어서 예사로 봤으나, 자세히 보니 그는 얼굴이 몹시 상해 있었다. 정상봉은 고향을 떠나 이역만리에서 혼자 사는 고독을 늘 한 맺혀 했었는데, 부모형제와 더불어 사는 최명수에게도 남들이 짐작도 할 수 없는 고민이 있었구나 생각하니 연민의 정을 금할 수 없었다. 최병수가 말했다.

"우선 살아 있는 가족들이라도 살아야겠기에 아버지를 노인 전문 요양원 같은 곳에 입원을 시켰으면 합니다. 동생들이 둘이나 있고, 시집간 누이들도 셋이나 있지마는 아버지를 거들떠보기나 합니까. 그래서 이 브이코프에는 그런 시설이 없으니 형님이 유즈노사할린스크에 그런 시설이 있는지 한 번 알아봐 주십시오."

정상봉은 최명수의 말을 듣고 속으로 깊은 한숨을 쉬었다. 유즈노사할린스크에 누구누구가 있는가. 이문근, 박판도, 최해술, 김형개, 허남보 이런 미더운 사람들이 있으니 그런 시설을 알아보기는 어려울 것 같지 않았다. 특히 모든 사람들은 이문근을, 동포들의 애로사항이라면 그 어떤 일도 발 벗고 나서서 해결해 주는, 재사할린 조선인의 은인이라고들 하고 있었다. 그런 이문근이 유즈노사할린스크에 살고 있다는 게 정말 정상봉은 다행스럽게 생각되었다.

사할린에 살고 있는 하고 많은 조선 사람들 가운데서도 근심 걱정이라고는 없어 보이던 2세 동포 최명수, 그는 부모를 잘 만나 공부도 최고학부까지 마쳤고, 소련사회에서 조선인이면서도 인정받는 직장 간부였다. 그러한 최명수에게도 이런 고민이 있었다니, 그것도 부모로 인한 고민이었다니, 정상봉은 새삼 고개를 숙이고 있는 최명수를 물끄러미 바라보면서 위로했다.

"춘부장의 병환이 그렇게 심하시다니… 유즈노사할린스크에는 그런 시설이 있을 것 같소. 내 곧 알아보겠소."

28장

결의 삼형제

78

　백발노인이 머리를 풀어 흩뜨린 채 장작개비 같은 몽둥이를 들고 무서운 얼굴로 고래고래 고함을 지르고 있었다.

　"떼엑지, 더러분 쎄쌍놈들! 내 나이 지금 70인데, 70이몬 옛날부터 어른 중에는 상어른이다. 칠십고래희(古來稀)란 말을 무식한 너그가 알겠나마는, 이 늙은이가 가자몬 같이 가 줄 끼지, 저그 좋다고 끝끝내 이 더러분 놈의 땅에서 살라 캐? 네 이노옴, 내가 니놈카마 나이 많아도 열 살은 우인(위인) 니 형 아이가? 그런데 이 늙은 형이 그렇기나 소원을 하는 고향에 몬 가거로 막는 이유가 뭐꼬? 네 이노옴, 어데 숨었노? 이리 안 나오나!"

　최동진 노인은 자기 나이는 물론, 아들 명수를 오래전부터 동생으로 착각하고 있었다. 아들뿐 아니었다. 며느리인 명수의 아내도 며느리가 아니었다. 자주 보는 이웃 사람이었다. 최동진 노인이 한번 이런 식으로 발작을 시작하면 아무도 상대할 수가 없었다. 이상하게도 평소에는 기력이 없어 바로 걷지도 못하면서 이렇게 화만 나면 무서운 힘을 발휘한다. 그래서 명수가 껴안으면 홱 뿌리

치고는 사정없이 명수를 패댄다. 말리다가 채이고, 껴안다가 얻어
맞은 일은 헤아릴 수 없었다. 이런 소란이 벌어지면 온 이웃이 떠
나갈 듯 시끄럽다. 그러나 그 어떤 방법도 없었다. 화가 나서 설쳐
대는 최동진 노인을 두고 가족들이 뿔뿔이 숨는 것 외는.

　이날은 아침이었다. 아침밥을 준비하다가 당한 일이어서 최명
수의 아내는 집 밖으로 도망을 쳐버렸다. 언젠가 한번은 최명수의
아내가 낮에 혼자 집을 지키고 있는데 점심때가 되었다. 밥을 차
려 놓고, 시아버지를 불렀다. 최동진 노인은 그때도 여느 때와 마
찬가지로 혼자 이야기에 열중하고 있었다. 혼자라는 것은 객관적
으로 혼자이고, 최동진 노인에게는 혼자가 아니었다. 손님 5, 6명
은 언제나 그의 곁을 떠나지 않았는데, 그 손님들은 모두 최명수
의 아내는 보지 못한, 옛날 조선의 시아버지의 집안 형님이나 동생
들이었다. 물론 지금까지 수십 년 동안 생사를 알 수 없는 사람들
이었다. 그런데도 최동진 노인에게 이들은 환시(幻視)로 나타나는
모양이었다. 그래서 이들이 찾아왔다고 이야기를 혼자 하곤 했다.
최동진 노인 혼자 자신의 이야기는 물론, 형님들 이야기, 동생들
이야기까지 자문자답으로 도맡아 하고 있었다. 화제는 항상 최동
진 노인 소싯적 이야기였다

　"형님, 내가 형님 집으로 가인께네, 형님이 막 나가고 안 계시데
요. 그래 혼자 학교에 가서 학생들을 가르치고 돌아오는데, 뒤에
서 무엇이 졸졸졸 미행을 하길래 돌아봤딩이, 아, 또 그놈의 주
재소 순사 앙인교, 순사라 쿠몬 이가 안 갈리는교. 내 어찌나 화가
나던지 돌아봄시로 네이 나쁜 놈, 니는 조선 사람 앙이가. 조선 사
람이 조선 사람한테 조선글 가르치는데 와 니가 자꾸 훼방을 놓
노, 니는 피도 눈물도 없고 쓸개도 오졸도 없나, 이람시로(이러면
서) 내가 그 순사 놈을 잡고는 메다보틸었지요(메다꽂았지요). 형

님, 내가 그때만 해도 젊은 혈기였지만, 내가 그런 일을 저지른 거는 형님도 알지요? 아, 이 사람아 알다 말다. 그래가지고 자네가 울매나 고생을 했노. 결국 자네는 순사 한 놈 손댔다가 조선서 못 살고 일본으로 도망친 거 아니가. 자네가 일본으로 도망칠 때 내가 얼매나 속이 상했노. 자네가 자네 부모님들을 내한테 부탁을 하고 떠날 때는 자네도 울고 나도 울고 안 그랬는가. 자네가 떠난 줄을 모르시던 자네 부모님도 자네가 일본으로 갔다는 말을 듣고 얼마나 걱정을 하셨는지 자네 모친은 아침마다 정화수를 떠다 놓고 기도를 하셨다네. 형님, 내가 와 그런 일을 모르겠는교! 그런 우리 어머님을 내가 지금 모시고 있지도 못하니 이 자식이 사람인교. 우리 어머님 소식 끊긴 지가 벌써 여러 해 됐소. 오데 가서 사시는지 모르겠소. 으흑 으흑…. 마 자네가 참게. 부모님도 연세가 많으면 다 자식 곁을 떠나는 뱁이네. 그래 자네는 그때 혼자 일본으로 가서 우찌 지냈다 캤노? 형님 말도 마이소. 그래 자네는 고생도 많이 했제? 형님, 맞습니더. 나는 조선 사람 글 가르칠라 쿠다가 조선에서 몬 살고 쫓기난 기지요. 일본에 처음 가서는 고생을 울매나 했는교. 공사장에서 이 층으로 벽돌 져 나르다가 밑으로 떨어져 갈비뼈가 두 개나 뿔라졌는데, 자아 그때 내한테 물 한 모금 떠미줄 사람도 없었지요. 그때도 요새만큼 외로웠소, 이 사람아, 말이 그렇지. 그 외로움을 자네가 우찌 다 말로 하겠노. 그래도 자네는 그 시련을 딛고 일나서 조선에 계시는 부모님을 다 일본으로 모시고 안 갔는가. 형님 맞습니더. 형님 총기가 참 좋습니더. 나는 일본에서 혼자 힘으로 장개갈 돈을 모아가지고 규수꺼정 구해 놓고 부모님을 일본으로 오시게 해서 혼례를 안 올렸는교. 그라고 바로 처남이 힘을 써서 일본 철도국에 들어간 기라요. 가족은 많제, 자슥들 태어나제, 철도국 월급 가지고는 조선에 돌아가도 논

한 마지기 몬 살 상 싶어서 이 가라후토로 안 왔는교. 이 가라후토에 온께네(오니까) 확실히 대우가 낫데요. 그래서 돈 좀 모아가지고 아버님 어머님은 먼저 조선으로 가시게 하고, 나도 뒤따라 갈라 캔 기 고만 해방이 되는 바람에 이 지경이 됐지요. 지금 우리 아버님 어머님은 우찌 사시는지, 으흐 으흑, 형님 으흐 으흑…."

이런 식의 이야기는 한 번 시작되면 밑도 끝도 없었다. 어떤 날엔 식음을 전폐한 채 주야를 그 자리에 앉아 자문자답의 혼자 대화를 꼬박 계속하는 때도 있었다. 이야기를 하면서 박장대소를 하는가 하면 목을 놓아 우는 일도 흔히 있었다. 문제는 이런 이야기 도중에 밥을 먹으라고 하면 빼놓지 않고 손님상도 함께 차리라는 데 있었다. 손님이 한두 분뿐이라면 두 말 없이 시키는 대로 하면 되지만, 대여섯이 넘을 때는 밥이 없어 낭패였다. 지난번 최명수의 아내가 혼자 있을 때에도 손님 밥을 다 못 차려 당했던 것이다. 그날도 최동진 노인은 며느리가 진지를 드시라고 하자 며느리를 보고 공손스럽게 부탁했던 것이다.

"여기 손님이 많이 계시니 손님상도 같이 좀 채리이소."

"아부님, 손님은 좀 있다가 드리기로 하고 아부님부터 먼저 드시이소."

그러나 여기까지는 점잖게 나왔다.

"어업시(천만에), 그래도 그라는 벱이 앙이지. 좀 번거러버도 손님상을 같이 채리시이소."

"아부님, 정말 와 이카십니꺼? 밥이 없다 안 캅니꺼!"

조금 짜증스러운 눈치를 보인 게 탈이었다. 귀가 많이 간 최동진 노인은, 가족들이 그를 위하여 소리를 크게 해야 했는데, 그럴 때마다 그는, 내가 귀가 먹었느냐고 되레 역정을 내곤 하였지만 특히 대화 중에 얼굴 찡그리는 걸 가장 싫어했다. 최명수의 아내가 자기도 모르게 짜증스러운 표정을 짓자, 최동진 노인은 버럭 고함을 질렀던 것이다.

"뭐시 어째애! 어른이 시키면 시키는 대로 할 일이지, 되지 못한 계집년이 대척이나 쫑쫑거리는 이 못 배운 년이!"

그러면서 그는 거실 한 구석의 꽃병을 거꾸로 집어 들었다. 꽃이 꽂힌 채였다. 거꾸로 처들린 꽃병에서는 꽃송이와 함께 물도 밑으로 쏟아져 내렸다. 최명수의 아내는 자기도 모르게 소리를 질렀다.

"이기 무슨 짓입니꺼!"

그러자 최동진 노인은 눈을 허옇게 까뒤집으며 며느리에게로 달려들었다. 그녀는 급한 김에 현관으로 내려서 현관과 거실 사이의 문을 있는 힘을 다해 밀고 섰다. 안에서는 문을 열려고 밖으로 밀었다. 결국 힘이 부친 최명수의 아내는 문을 밀고 나온 시아버지에게 머리 끄덩이를 붙잡혀 질질 끌려 거실로 올라갔다. 며느리를 거실까지 끌어들인 최동진 노인은 거실 바닥에 쓰러뜨리고는 마구 발길질을 해댔다. 그때 마침 외출했던 시어머니가 들어오지 않았더라면 최명수의 아내는 더 크게 상했을 것이다.

이런 일이 있은 뒤부터는 시아버지가 고함을 지르며 날뛰기가 무섭게 밖으로 도망부터 치고 보는 최명수의 아내였다. 이날도 방문을 안으로 걸어 잠그고 숨을 죽이고 있던 최명수는 아버지가 자기 방문을 밖에서 발로 마구 차며 이 죽일 놈 나오너라고 고함고함 지르자, 안 나갈 수가 없었다. 마침 밖에는 어머니가 계셨으므로 어느 정도는 마음이 놓였다. 문을 살그머니 열자 비호같이 달려들어온 최동진 노인은 들고 있던 몽둥이로 명수의 이마를 갈겼다. 그러나 명수는 반사적으로 피하면서 이마를 맞는 대신 왼쪽 어깨를 맞으면서 최동진 노인의 상체를 끌어안고 함께 쓰러졌다.

이웃에는 조선 사람보다는 러시아 사람이 더 많이 살았다. 그런 러시아 사람들 보기가 얼마나 부끄러운지. 이런 일이 있고 나면 얼굴을 들고 문 밖을 나올 수가 없는 최명수였다. 전에는 이러한 소동이 사흘에 한 번 꼴로 있었다. 즉 하루 이런 소동이 일어나면 다음 이틀은 잠잠했다. 그런데 요즘 와서는 거의 매일 이런 난리가 벌어졌다. 최동진 노인보다는 나이도 몇 살 아래고, 정신도 맑았지만 최동진 노인의 아내는 남편에게 꼼짝을 못했다. 사실 아들이나 며느리에게 달려드는 영감을 말리려다 잘못되어 저만큼 나가떨어져 팔꿈치나 허리를 다친 적도 여러 번 있었다. 그러니 명수의 어머니는 부들부들 떨면서 '아이구 이년의 팔자야, 아이구 이년의 팔자야!' 하는 소리만 낼 뿐이었다.

최명수는 정말 미칠 지경이었다. 걸핏하면 집을 뛰쳐나가 전혀 엉뚱한 동네에서 연락이 온 적도 한두 번이 아니었는데, 그럴 때마다 그는 승용차를 몰고 가 아버지를 모셔오곤 했다. 그럴 때 최동진 노인은 자동차의 뒷좌석에 앉아서 정해 놓고 하는 말이 있었다.

"산소에 성묘한 지가 하도 오래 되어서…."

"이 사할린에 무슨 산소가 있습니까?"

"야아가 시방 무슨 소리를 하고 있노. 조상 없는 자손이 어데 있다고 그런 소릴 하고 있노?"

"산소가 있어도 조선 땅에 있지 사할린에 있느냐, 그 말입니다."

"그거로 누가 모르나아! 그런께네 내가 조선에 갈라고 나온 기지!"

"조선에는 누구 맘내로 갑니까?"

"내 나라에 내 발로 가는데 어느 놈이 무슨 소리로 해! 그런 놈은 당장 대갈몽싱이를 때려 뽀싸아삐지!"

맑은 정신이 가면서 말씨도 무섭게 변해 있었다. 모질고 독한 말씨를 아무에게나 함부로 쓰는가 하면 실제 행동을 그렇게 하려고 들었다. 최명수가 몇 번이나 목에다가 그의 주소지와 주택번호와 최동진 노인의 이름, 나이 따위를 써서 걸어 주었지만 번번이 떼어내 없애버렸다. 내가 노망이라도 들었다 말이가, 이기 뭐어꼬, 넘 부끄럽거로! 이러면서 떼어내 팽개쳐버리곤 했다. 웬만하면 작은 아들네 집, 딸네 집에라도 며칠씩 가 계시면 좋으련만 최동진 노인 본인이 큰 자식만 자식이고 작은 자식들이나 딸들은 아예 자식 취급을 하려고 들지도 않았으며, 명수의 동생들이나 누이들이 아버지를 한 번씩 모시려고 해도 아예 가시려 들지 않았다. 그래서 최명수는 생각다 못해 동생들과 제수들, 누이들과 매제들을 불러 모아 의논을 했던 것이다. 도무지 이제 더 모실 수가 없게 되었다. 그렇다고 너희들 더러 아버지를 모시라고는 말하지 않겠다. 다만 아버지를 모실 만한 요양원 같은 곳에라도 아버지를 당분간가 계시게 해야겠으니 그리 알라, 이렇게 말했을 때 동생들과 제수들은 꿀 먹은 벙어리였고, 누이동생들만이 뽀로통하게 인상을 쓰고 있다가 한 마디씩 했다.

"사할린이 참 좋기는 좋은 곳이다. 조선에서야 누가 지 부모를 그런 곳에 매낄라 쿠겠노!"

"고래장(고려장)이란 말을 들었딩이 우리 집에서 고래장이 나올 줄을 누가 알았겠노!"

최명수는 함부로 지껄이고 있는 누이들을 향해 마음 같아서는 한 주먹씩 안겨 주고 싶었지만 꾹 참고 눈을 부라리는데 마침 어머니가 한 마디 해 주었다.

"아무 천지도 모르고 대놓고 씨부리지 말아라. 너그는 안 당해봐서 모른다. 너그 올치(올케)는 시방 너그 아부지한테 맞아 전신에 피멍이 다 들었다. 딸년들이 아무리 많으몬 뭐하노. 주딩이만 살아 사람 복장거리나 채우지!"

그러자 누이들은 입을 삐쭉거리면서 잠잠했고, 저쪽 방에 누워 있던 최명수의 아내가 울먹거리면서 말했다.

"이런 소리 안 들을라고 불러 모아서 의논하고 있는데, 또 저리 남 억장 무너지는 소리하는 거 좀 보래! 와 큰자식만 자식가? 아부님을 오데 입원 시키는데 저그 보고 돈 한 푼을 내라 카나. 아부님이 그리 불쌍커든 모시고 가서 살몬 될 거 아이가."

최명수가 듣다 못해 방을 향해 나무랐다.

"그만해 두소. 하기는 자식들 마음이사 편할 턱이 없어 그러는 거지, 애들이 설마 달리 무슨 불만이야 있을라고!"

이런 일이 있은 며칠 뒤에 최명수는 마침 딸 문제를 의논해 온 정상봉에게 자기의 고민을 털어 놓았던 것이다.

79

정상봉으로부터 노망기 있는 노인들을 수용해서 요양시킬 만한 병원이나 시설이 없겠느냐는 연락을 받은 이문근은 유즈노사할린스크 시내의 아는 사람들을 모두 찾아다니며 그런 곳을 수소문하고 있었다. 어쩌면 그런 시설이 있다면 남의 급한 사정도 사정이지만 몇 년 안 가 이문근 자신이 의탁해야 할 곳이 아닌가 싶었다. 사실 요즘 와서 이문근은 눈에 띄게 건강이 악화되고 있었다. 시력이 가는 것은 나이 탓이겠지만, 앉았다 일어설 때마다 눈앞이 가물가물하면서 심한 현기증이 도는가 하면 가만히 누워 있어도 심장의 박동이 쿵쿵쿵 하고 방앗간처럼 큰 소리를 내고 있었다. 평생을 혼자 살아오면서 나름대로는 건강을 유지하기 위해 애도 많이 쓰는 편이었다. 우선 규칙적인 생활을 하려고 노력해, 식사

시간이며 취침, 기상 시간 등을 정해진 대로 하려고 애썼다. 담배도 끊은 지 오래되었으나 술은 원체 즐기는 편이어서 반가운 사람들과 만나면 조금씩 마시기는 해도 옛날처럼 폭음은 하지 않았다. 평소에도 숙면을 못 이루는 편이었지만 요즘 와서는 더욱 불면증에 시달리고 있었다. 잠이 오지 않는 밤이면 독서라도 하면 될 텐데 잠 안 오는 밤에는 왜 독서가 되지 않을까. 알다가도 모를 일이었다. 머리만 빠개지도록 아팠지 도무지 글의 앞뒤가 연결되지 않았다. 이런 날은 매일 쓰는 일기를 좀 길게 쓰기는 하지만 글쓰기도 옛날과 같지 않았다.

이문근은 혼자 외롭게 침대에 누워 눈을 말똥거리며 천장을 보고 이 생각 저 생각에 잠겨 있었다. 정상봉이 말한 최명수란 사람은 그렇게 무지막지한 사람은 아닌 것 같았다. 비록 2세라고는 하지만 부모가 일찍 자유 이주에 의해 사할린으로 들어온 사람이어서 나이도 쉰이 가깝다고 하지 않았는가. 공부도 할 수 있는 데까지는 다 해 본토에서 공과대학을 졸업한 고급 기술자라고 했던가. 그런 사람이 자기의 친아버지를 봉양할 수 없어 노인 전문 요양원 같은 곳에 맡기겠다니…. 그럴 만한 충분한 이유야 있겠지만 그래도 얼른 납득이 가지 않았다. 러시아 사람이 이러한 부탁을 해 온다면 마음이 이렇게 착잡하지는 않을 것 같았다. 러시아 사람들은, 부모들 스스로가 나이 들어도 응당 자식들과는 떨어져 사는 걸로 알고 있고, 그래서 국영 양로원도 더러 있었다. 그렇다고 이제 조선 사람마저도 그러한 사고방식에 젖어들다니…. 꽤 잘살게 되었다는 한국은 지금 어떨까. 한국에서도 서양처럼 서서히 나이든 부모를 자식이 봉양치 않으려는 풍조가 나돌고 있을까….

생각이 여기까지 미치자 그는 불현듯 고향인 오석골 부모님 생각이 났다. 아무래도 지금까지 생존해 계시지는 않을 것 같았다.

하기는 살아 계신대도 당신들을 위해서 결코 다행스럽지만은 않을 것 같았다. 호호백발에 자식 며느리와 손자들도 알아보지 못한다면…. 형님보다도 형수가 먼저 떠올랐다. 형수는 보통학교도 다녀보지 않은 사람답게 무식한 것만큼 생각이 비좁았다. 그렇다면 만약에 살아 계실 부모님보다도 오히려 혼자 살고 있을 아내 숙경이에게 모진 구박이나 하지 않을까. 고녀까지 다닌 숙경이인지라 형수는 터무니없는 질시의 눈초리까지 숙경이에게 가끔씩 보이지 않았던. 숙경도 벌써 나이 들어 할망구가 되었을 텐데, 끈 떨어진 갓처럼 남편도 자식도 없이 붙일 곳이라고는 없는 아내는 지금 어떻게 살고 있을까. 숙경을 위해서는 아버지 어머니가 오래 살아 계시는 것이 좋을 듯한데, 정상봉이 말하는 최명수라는 사람의 아버지 이야기를 들으니 그런 것만도 아닐 듯했다. 작은조카 철환이를 특히 귀여워한 아내였는데 철환이 놈이 그런 숙모를 좀 따뜻하게 봐 드리기나 할까. 아, 아내와 헤어진 지 벌써 몇 년챈가.

문근은 누운 채 손가락을 꼽아보았다. 아내는 43년 봄에 문근 자신의 병을 고칠 치료비를 위하여 이곳으로 왔으니 벌써 35년째였다. 그 아름다운 숙경의 얼굴 모습도 이제 눈에 가물가물하기만 했다. 끝이 약간 곱슬거렸던 머리카락, 그 머리카락에 얼굴을 묻으면 언제나 코끝에 감돌던 그 향기로웠던 냄새. 깨끗한 색깔의 탄력 있는 피부도 이제 어쩔 수 없이 주름살투성이로 늘어진 할망구가 되었으리라. 웃으면 나타나던 볼우물도 이제 늙어서 사라졌으리라. 이문근은 팔을 들어 손가락을 꼽던 자기의 손바닥을 눈앞으로 가져왔다. 손바닥을 뒤집었다 언제부턴가 그의 손등과 손목이며 팔에까지도 거뭇거뭇한 검버섯이 생겨 있었다. 이 손등에다 숙경은 오래오래 입술을 대고 있기도 했고, 문근도 그러한 숙경의 몸뚱이를 으스러지도록 껴안곤 했었다. 이미 35년 전의 일이지만 지금 다시 만나도 얼마든지 그러고 싶다. 다시 만나 그럴 때에 당당하자고 여태 혼자 살고 있지 않은가. 아, 오래만 살아 있어다오. 그대가 혼자 살고 있는 한 나의 독신은 결코 외롭지 않을 것이다. 그대가 나를 만나기 위해 지금 그 어떤 고통 속에 있다 해도 나를 만나는 날 그 고통과 인욕이 영광과 자랑으로 바뀌듯이 나도 그대 만나는 순간의 영광과 자랑을 위해 오늘의 이 고독과 욕된 생활을 참아낼 것이다.

이문근은 거의 하루도 안 빠뜨리고 써 모은 일기가 재산이라면 유일한 재산이었다. 눈에 보이지 않는 무형의 재산이 하나 더 있다면 그가 사할린으로 들어와서 동포 사회에 보인 헌신적인 봉사 활동이었다. 독신이어서 가족이 없는 그였지만 자동차 정비 기술로 해 받는 보수는 남보다 더 많았다. 게다가 오래전 일본에서 사할린으로 밀입국할 때 지니고 온 금붙이도 수월찮아 이러한 힘으로 그는 알게 모르게 어렵게 살고 있는 조선인 동포들에게 많은 도움을 주었다. 한때 그가 몸을 의지하고 살았던 강신귀에게도 물질적인 보답을 후하게 했는데, 그것은 작은 하나의 보기에 지나지 않는다. 동포사회의 교육을 위해서, 어떤 단체의 조직이나 운영, 진로를 위해서 그의 의견은 거의 절대적인 힘이 되었었다. 최근에는 일본이나 한국에서 들려오는 소식을 정리하여 동포사회에 알려줌으로써, 망향의 한을 안고 살아가는 많은 동포들에게 희망의 작은 불씨를 꺼뜨리지 않게 하고 있다. 게다가 어쩌면 일본이나 한국으로 보내는 편지가 닿을 수 있다는 말을 문근으로부터 들은 동포들은 너도 나도 이문근에게 편지의 대필을 부탁해 왔고, 문근은 그런 부탁을 한 번도 거절해본 적이 없었다. 일본에 있는 연고자에게 보내는 편지는 봉투부터 한문과 일본어로 써야 했고, 한국으로 보내는 편지는 한글로 썼는데, 동포들의 사정을 자세히 귀담아 듣고 그 내용을 나름대로 정리하여 수신인에게 희망사항까지 문근이 알아서 쓰는 편지란 사실 참으로 어려운 고역이었다. 보람이라면 그러한 편지를 일본에 보낸 사람 중에서, 일본과 연락이 되어 한국 가족의 안부를 알게 된 일이었다. 한 번은 편지의 대필을 부탁한 사람이 그러한 소식을 전해 듣고 이문근을 찾아와 품에서 손바닥만 한 사진 한 장을 꺼냈다. 그 사진은 국제 우편 봉투에 든 것인데, 그 봉투를 더 큰 다른 봉투에 넣어, 그 봉투를 또 종이에 쌌던 것이다. 그러니까 그는 그 사진을 잘 보관하느라고 얼마나 신경을 썼는지 알 만했다. 그가 안주머니에서 부시럭거리며 종이에 싼 것을 꺼냈을 때, 이문근은 편지의 대필 사례로 돈을 가져온 줄 알았다. 들어올 때 술 한 병을 가져온 걸 봤는데, 술 한 병이면 족하지 돈까지, 하면서 그는 잠깐 당황했던 것이다. 사할린 조선 사람들은 돈을 항상 종이에 싸서 남에게 주는 습관이 있기 때문이다. 봉투에 넣어서 내는 법이 없었다. 결혼식의 축의금이나 초상집의 조위금도 꼭 종이에 싸서 내었다. 그러나 종이 속에 든 것이 돈이 아니고 또 하나의 봉투였다. 이문근은 편지구나, 하고 직감했다. 편지를 읽어 달라는 부탁이겠지. 그런데 그 봉투에서 다시 봉투를 꺼냈을 때, 이문근은 돈도 편지도 아니라면 도대체 무엇인가, 하고 잠시 불안해지기까지 했던 것이다. 이윽고 가장자리가 알록달록 색칠된 국제우편 봉투에서 나온 것은 한 장의 사진이었다. 그는 사진부터 꺼내 약간 떠는 듯한 손으로 이문근에게 보이며 설명했다.

"아아 보듬은 님자가 조선에 있는 내 아들이고, 이 아아는 내 손잔기라요. 이 못난 애비는 여그서 이래 살고 있지만 고향에서는 우리 아들이 그래도 공부도 해서 지금 고향 면서기라 안 카는교. 내사 마 요새는 또옥 좋아 죽겠소."

그러면서 그는 이번에는 편지 한 장을 내 밀었다. 벌써 다른 데 보여 편지 내용을 몇 번 들었음 직한 것인데 자랑삼아 이문근에게 도 보이지 않을 수가 없었던 모양이다. 이문근은 편지의 답장까지 받은 것은 처음 있는 일이라 천천히 읽어 보았다. 편지는 한국에 서 일본으로 보내어져, 일본에서 다시 이곳으로 온 것이었다.

　아버님께 올립니다.
　아버님, 아버님의 소식을 듣고 우리 가족들은 모두 기뻐서 울고 슬퍼서 울었습니다. 아버님께서 사할린으로 가신 것이 제가 막 태 어난 직후였으니 저는 아버님의 얼굴도 모르고 동네에서도 천덕꾸 러기로 자랐습니다. 그런 제가 벌써 나이 33살이나 되었습니다. 이 불효자식 33년만에야 아버님께 첫 인사를 올리게 되니 감개가 무 량하여 무어라고 편지를 쓰야 할지 도무지 생각이 안 떠오릅니다. 우리 집은 아버님께서 떠나신 뒤에도 무사하게 지냈으나 지난 6· 25전쟁 때 조부모님께서 한꺼번에 포탄의 파편에 맞아 별세하시고 그 뒤로 어머니께서 혼자 살림을 꾸려 왔습니다. 어머니께서는 자 나 깨나 아버님 생각을 하시며 사시다가 작년에 그만 중풍으로 돌 아가셨습니다. 저는 고등학교를 졸업하고 현재 고향의 면사무소에 나가는 지방 공무원입니다. 저는 3년 전에 결혼하여 이 사진에 보 시는 대로 아들 하나를 두었습니다. 어머니께서도 그렇게나 기다 리던 손자를 보시고 돌아가신 것이 다행입니다. 아버님께서도 사 할린에서 결혼하시어 동생들을 4남매나 두셨다고 하니 독자로 외 로운 저는 참 기쁩니다. 하루 빨리 사할린에 계시는 어머니와 동생 들도 만나보고 싶습니다. 이 편지는 일본에 계시는 고모부한테 보 내어서 아버님께로 부칩니다. 아버님의 편지도 고모부님이 저에게 로 보내주시어 잘 받았습니다. 부디 뵈올 때까지 존체만강하시고 안녕히 계십시오.

1977년 9월 11일
대한민국 경상남도 창녕군 창녕읍 교하동 옛집에서
불효자 진복 올림

한 번 묵독을 하고서 문근은 소리 내어 읽어 주었다. 그는 두 주
먹으로 연방 눈 가장자리를 훔치며 편지 내용을 듣고 있다가 이문
근이 편지를 다 읽자 물었다.

"이 선상님, 이 선상님은 고향은 함안이라 캤지요?"

"예"

"함안에는 지도 한분 가 봤지예. 누님이 함안으로 출가해서 누
님 시집갈 때 따라가 봤는데 우애 그르키나 멀든지."

그는 잠깐 회상을 하는지 눈을 감고 있더니 말했다.

"영산, 남지를 지내고 칠원을 지내고는 또 나룻배를 타고 강을
건넌 기억이 어지 겉습니더. 그 누님은 지금 살아계시는지 우야는
지, 이놈아가 편지로 쓸라몬 혼자 사는 저그 고모 이바구는 안 쓰
고 일본으로 내뺀 고모부 이야기만 했네요."

이문근에게 아들과 손자의 사진을 내보였던 그는 그 뒤 만나는
사람마다, 가는 곳마다 그 사진을 꺼내 자랑을 했는데, 결국 아주
실없는 사람 취급을 받았고, 심지어는 사할린의 처자식들로부터도
심한 구박을 받아, 결국 실성을 해버렸다는 소문이 들리기도 했다.

80

이문근은 최명수의 부탁을 받고 유즈노사할린스크 시내 여러
곳의 병원부터 먼저 알아보았다. 물론 정신과가 설치된 병원이었

다. 그런데 하나같이 노인성치매환자는 받지 않는다는 말이었다. 비록 정신과의사가 있지마는 노인성치매만은 치료 효과를 기대할 수 없기 때문에 환자를 받지 않는다는 설명이었다. 이문근은 이런 사실은 처음 알았다. 사회주의를 표방하면서 인민의 낙원이니, 인민복지의 천국이니 하는 사회에서 노인성치매환자를 받지 않다니, 알다가도 모를 일이었다. 찾아다닌 병원 중 그래도 규모며 시설이 나아 보이는 어느 병원에서는, 아무리 그렇지만 노인환자라도 환자는 환잔데, 받지 않는다니 말이 되느냐고 서투른 러시아어로 따진 적도 있었다. 그러나 답은 이러했다.

"노인성치매환자는 환경을 바꾸면 병이 악화됩니다. 그리고 보호자가 붙어 있지 않으면 병원에서도 감당할 수 없어요. 복지라는 개념은 몸이 불편한 사람을 돕는다는 뜻이지, 환자 가족들의 안락을 돕는다는 뜻이 아닙니다. 따라서 불편하시더라도 가정에서 돌봐야 합니다. 그리고 아직까지는 세계적으로도 노인성치매는 치료방법이 없는 것도 한 이유입니다."

이문근은 병원 입원은 불가능함을 알았다. 그다음부터는 병원이 아니면서 무의탁노인네나 치매환자를 전문으로 돌보는 양로원이나 요양원이 있는지를 두루 알아보았다. 다행히도 그런 곳이 한 군데 있어, 이번에도 이문근이 직접 그곳으로 가서 답사까지 했다.

유즈노사할린스크 노인복지요양원이라고 번역됨 직한 간판을 건물 옥상에 달아놓은 복지시설이었다. 우선 위치부터가 도심을 벗어난 한적한 곳에 있었다. 사할린에서도 부유층이나 가서 즐기는 겨울철 스키장이 있는 산의 끝자락이다. 스키장으로 들어가는 도로가 이미 잘 닦여 있었으므로 요양원을 찾기는 비교적 쉬웠다. 숲이 우거진 속에 널따란 잔디밭도 조성되어 있고, 잔디밭의 가장

자리에는 간이의자며 어린이놀이터 같은 놀이기구와 간단한 운동 기구들도 다소 무질서하게 방치되어 있었다. 이문근은 잔디밭 가장자리로 난 시멘트 길을 걸어 곧장 건물로 접근해 갔다.

5층으로 된 허름한 건물이었는데, 온통 무의탁 노인들로 가득 차 있었다. 그런데 그 건물의 맨 위층인 5층에 노인성치매환자를 따로 수용하고 있었는데 한 마디로 비참했다. 출입구부터가 보기에도 살벌한 쇠창살로 되어 있었고, 엄청나게 큰 자물통이 걸려 있었다. 이문근을 안내하는 사람이 꼭 안으로 들어가 보아야 하겠느냐고 물었을 때, 그는 수고스럽지만 좀 열어 달라고 부탁했다. 철그덕거리는 열쇠 꾸러미로 자물통을 딴 후 문을 열고 들어갔을 때, 이미 여름이 지났는데도 역겨운 냄새가 와락 그를 엄습해 왔다. 그는 찡그려지는 얼굴을 억지로 참으며 주변을 휘둘러보았다. 머리칼부터가 사람마다 색깔이 다른 것은 어쩔 수 없다 치고라도 하나같이 그 머리카락이며 수염이 더부룩하여 얼른 보면 노인들은 모두가 유령 같았다. 그런 노인들이 초점이 풀린 눈을 희멀겋게 뜨고 마치 로봇 마냥 실내의 이곳저곳을 뚜벅거리며 돌아다녔다. 아무나 보고 입을 헤벌리고 웃고 있는 노인이 있는가 하면, 무서운 눈초리로 잡아먹을 듯이, 주먹을 둘러메고 낯선 이문근에게 달려들려는 노인도 있었다. 남자와 여자가 뒤섞여 어떤 안노인은 소녀처럼 바닥에 퍼질러 앉아 두 발을 비비며 패악을 치고 있었다. 그는 혼자 고개를 설레설레 저으며 그곳을 돌아 나왔다. 그러고는 직접 정상봉을 찾아가 그런 실정임을 알렸다. 정상봉도 이문근의 말을 듣고 나서는 그래도 입원을 시킬 것인지 최명수에게 물어보고 연락을 해 주겠다고 했다.

그런데 4일째 되는 날 정상봉이 회사에서 이문근의 회사로 전화를 걸어왔다. 이때까지만 해도 사할린에는 민간인 집에 전화를 놓는 일은 거의 없었고, 직장의 전화라 해도 공용 외는 쓸 수가 없었다. 그래서 이문근이 일전에 정상봉을 직접 찾아갔던 것인데, 정상봉이 공무도 아닌데 전화를 걸어온 일은 뜻밖이었다. 그러나 이내 그럴 수 있으리라고 짐작했다. 왜냐하면 정상봉은 이문근과 통화가 되자마자 곧 최명수를 바꾸어 주었기 때문이다. 최명수는 정상봉 회사의 간부가 아닌가. 간부라면 간단한 시외전화는 사적인 용무라도 가능할 터였다. 최명수의 말은 이러했다.

"이 선생님, 정상봉 형님을 통해 말씀 잘 듣고 있습니다. 대단히 고맙습니다. 이 선생님께서 가 보신 요양원이 어떤 곳인지는 저도 대강 짐작이 됩니다마는 일단 그리로라도 저의 아버지를 모시고 싶습니다. 내일 오전에 저의 아버지를 모시고 이 선생님 댁으로 정상봉 형님과 함께 찾아뵙겠습니다."

전화를 끊고 이문근은 그 사람 되게 급하게도 군다 싶었지만 그렇다고 뭐라고 더 용훼(容喙)할 일이 아니었다. 그의 부친의 병세를 옆에서 보지 않고 짐작만 가지고 부모에 대한 정성이 부족하다느니 어쩌느니 하는 것은 삼갈 일이었기 때문이다.

이튿날 약속대로 최명수는 그의 부친과 정상봉, 여동생들과 함께 찾아왔다. 이문근은 바로 그들을 데리고 며칠 전에 혼자 가 보았던 요양원으로 갔다. 이문근이 정상봉과 함께 차에 올라 앞장을 섰고, 뒤따라 최명수가 차를 몰고 따라왔다. 벌써 큰 길의 가로수에서는 우중충하게 색이 바랜 낙엽이 길바닥에 떨어지고 있었다. 이제부터 바로 추위가 시작될 계절이었다.

그들이 요양원에 닿아 사무실에서 수속을 밟는 동안, 이문근은 또 하나의 사실을 그때 처음 알았다. 입원할 환자가 조선 사람이란 사실을 깨달은 요양원 측에서 난색을 표했던 것이다. 최명수가 유창한 러시아 말로 요양원 측의 이러한 차별대우에 항의하면서 자신의 신분증까지 제시했다. 그는 오래전부터 소련 국적을 취득하고 있는 당당한 소련 국민이었기 때문이다. 다른 데로 전화를 걸어 알아보고 하던 요양원 측에서 마지못한 듯이 최동진 노인의 입원을 허용했고, 입원 환자의 보호자에게 마땅히 받아내는 각서를 내놓았다. 각서의 내용은 대강 이런 것이었다. 환자가 이 요양원에서 사고를 내어 기물을 파손하면 변상한다는 것. 환자의 부주의로 당하는 어떤 상처나 사망까지도 아무런 이의를 제기하지 않겠다는 것 등이었다. 최명수가 상기된 표정에 떨리는 듯한 손놀림으로 서명을 마치자 그들은 요양원 측의 안내를 받아 5층으로 올라갔다. 그때까지도 최동진 노인은 최명수와 그의 누이들의 부축을 받으며, 아들딸의 손을 꼭 잡고 떨리는 걸음을 떼어 놓고 있었는데 5층까지의 계단을 겨우겨우 올라가 쇠창살로 된 출입문을 보자 그만 뒤로 뻗대며 고함을 지르기 시작했다.

"예잇, 떼려쥑일 놈들, 나를 여게다 내삐리고 갈라꼬?"

최명수가 최동진 노인의 귀에 대고 속삭이듯 달랬다.

"아버지, 여기 조금만 계시면 어지럼증이 나아집니다. 어지럼증만 나으시면 다시 집으로 모시고 가겠습니다."

최동진 노인은 평소에 늘 어지럼증을 호소했고 실제로 화를 내지 않을 때는 어지럼증 때문에 바로 서지도 못할 형편이었다. 이러한 아버지를 기억하고 있었으므로 최명수는 입원의 이유를 그렇게 댈 수밖에 없었다. 최명수는 아버지를 떠밀다시피 안으로 데리고 들어갔다. 고함고함 지르며 뻗대는 최동진 노인 곁으로, 이미 들어와 있는 러시아 남녀 노인들이 사방에서 몰려들었다. 멀거니 바라보기만 하는 노인, 히죽히죽 웃으면서 최동진 노인과 최명수와 그의 누이들을 번갈아가며 뚫어지게 훑어보는 노인, 뭐라고 무서운 소리를 지르며 발길질에 주먹을 휘두르려는 노인도 있었다. 그때 간병인인 듯한 50대의, 살이 무섭게 찐 러시아 여자가 다가와 한 마디로 둘러선 환자들을 쫓아버렸다. 그의 위력은 대단한 것이었다. 하기는, 몸집이며 기골이 대단했고, 코밑에는 수염도 아니면서, 그렇다고 살갗에 돋은 털 치고는 아주 검고 무성한 것이 돋아나 있어 남자 뺨치는 풍골이었다. 사할린에 사는 러시아 여인들로 이러한 모습을 한 사람들은 흔했지만 가까이서 자세히 보니 정말 흉물스러웠다. 최동진 노인 곁으로 몰려든 사람들을 쫓아버린 그녀가 최동진 노인을 데리고 어떤 병실로 들어갔다. 바닥에서 20cm 정도의 높이에 방이 마련되어 있었고, 방에는 목재의 간이 침대가 가지런히 놓여 있었다. 침대마다 두터운 깔개와 담요가 펼쳐져 있었다. 간병인 여인은 빠른 러시아 말로 최동진 노인을 방으로 끌어올렸다. 최동진 노인이 연방 뒤를 돌아보면서 울상을 지으며 마지못해 방으로 올라섰다. 간병인 여인이 최동진 노인을 침대에 걸터앉게 하고는 우악스럽게 상의와 바지를 벗기고는 번호가 붙은 환자복을 입히려고 했다. 그러자 최노인이 간병인 여인을 왈칵 떠밀며 조선말로 소리소리 쳤다.

"이 쎄쌍년아! 니년이 뭔데 내한테 이런 더러운 옷을 입힐라고 드노? 이년아, 내가 환자가? 이 옷 썩 치우지 못하나?"

그러면서 집의 가족들 앞에 하던 난폭한 모습을 보였다. 최노인한테 떠밀려 몇 발짝 뒤로 물러섰던 여인이 벌건 얼굴로 달려들며 아까보다 더 빠른 소리로 말했다. 이런 말이었다.

"내가 영감 같은 환자 어디 한두 번 보는 줄 알아? 내일이면 도살장에 끌려온 가축처럼 기가 죽을 주제에… 까레이라고 받지 말래도 받더니 첫날부터 이 난리라니까!"

그래도 최동진 노인의 발악은 그치지 않았다. 못 참겠다는 듯이 간병인 여자가 최명수와 그 누이들을 향해 악을 썼다.

"썩 데리고 나가요! 러시아 사람 환자도 다 못 받는데 재수 사납게 이게 무슨 짓이야!"

그러자 이번에는 최명수의 누이동생 하나가 그녀에게 대들었다. 누이동생도 러시아말은 유창했다

"왜 이래요? 모스크바의 서기장 동지께서 소수민족은 구박해도 좋다는 지시라도 했어요? 우리도 이런 곳을 이용할 권리가 있다고요. 세금을 안 내나, 소련 국적이 없나, 우린들 부모를 좋아서 이런 곳에 맡기는 줄 알아요? 나 참 억울해서…."

그러면서 흐느끼기 시작했다. 그러자 다른 누이 하나도 따라 나섰다. 그녀는 아예 오빠인 최명수에게 대놓고 불만을 터뜨렸다. 따라서 조선말이었다.

"나는 오빠가 아버지를 이렇게까지 천대할 줄은 몰랐어요. 이게 뭐예요? 말 한 마디 안 통하는 아버지를 이런 곳에 맡기고 돌아갈 수 있어요? 올케언니도 올케언니지!"

명수는 참을 수 없을 정도로 속이 괴었지만 이문근과 정상봉 등 다른 사람들이 있는 데서 누이동생들을 상대하여 싸울 수도 없었다. 정말 미칠 지경이었다. 그의 아내는 지금 아버지로부터 얻어맞아 꼼짝을 못하고 누워 있는 판인데도 그러한 올케에 대해서는 일언반구의 안부도 묻는 법이 없었다. 마치 오빠 내외는 불효막심한 사람들이고 자기들만 아버지를 위하는 효녀들 같았다. 아버지로 말미암아 계속되는 가정불화 때문에 부득불 아버지를 이런 곳에 모시기로 모든 형제자매들이 모여 벌써 합의한 바가 아닌가. 아버지에 대한 사랑이 그만큼 크고 간절하다면 왜 스스로 단 며칠이라도 자기네들 집에 모셔 보지 않은가. 언제나 아버지께서 불편해하신다는 핑계로 아버지 모시기를 꺼려온 주제에!

환자복도 입지 않고 집으로 도로 돌아가겠다고 떼를 쓰는 최

동진 노인을 두고 최명수는 이를 악물고 병실을 물러나왔다. 눈물이 쏟아져 나왔다. 그는 복도 한구석에 걸음을 멈추고 손수건을 꺼내 눈물을 훔치고는 먼저 나와 있는 일행들과 만나 그 요양원을 떠나왔다. 최명수의 누이동생들은 아버지 앞에서 땡고함만 질렀지 눈물도 흘리지 않았다. 그녀들은 오빠에게 먼저 가겠다는 인사도 없이 총총히 사라져버렸다. 이문근은 정상봉과 최명수를 데리고 그의 집으로 돌아왔다. 최명수를 위로하고 싶었기 때문이다. 자신이 조선을 떠나기 직전 노망으로 설쳐대던 할아버지를 떠올렸을 때, 그리고 잠시 지켜본 최동진 노인이었지만 최노인의 증세며 정도가 얼마만큼 심한지를 짐작하고도 남았다. 그런 정도라면 아마 보통 사람들이라면 단 하루도 한집에 함께 살기가 어려웠을 것이다.

최명수는 술잔을 앞에 놓고 정상봉과 이문근을 대하니 새삼스럽게 부끄러워 몸둘 바를 모를 지경이었다. 부모가 아무리 자식들을 못 살게 굴기로서니 본정신을 잃고 있는 형편인데, 그런 아버지를 외국인 노인들만 모여 있는 곳에 버리고 떠나왔다고 생각하니 스스로도 가슴이 찢어질 듯했다. 그러나 한편 살아 있는 가족들이 먼저 살아야겠다는 생각에서 그렇게 하지 않을 수도 없었다. 그러나 이러한 고충을 누구보다도 이해하고 위로해주어야 할 누이동생들이 이렇게 속을 뒤집어 놓다니 그는 거푸 보드카 잔을 입 안으로 들이부었다. 그러다가 드디어 자기도 모르게 울컥하고 울음을 터뜨리고 말았다. 정상봉이 그의 어깨를 감싸며 위로했다.

"최 과장, 참아야지. 누이동생들인들 일부러 그렇게 했겠소. 안타깝고 답답하다 보니 말할 곳이라고는 최 과장뿐이어서 그렇게 한 것이 아니겠소."

"아니, 개들말이야 당연하지요. 이런 낯선 땅에서조차 부모를 옳게 모시지 못하고 그런 곳에 맡겨야 하는 내 스스로가 너무 딱하고 원통해서 그럽니다."

이문근이 말했다. 그는 최명수를 위로하기보다도 최명수의 누이동생들이 하는 소리가 옆에서 보아도 너무 못마땅했던 것이다. 자세한 사정을 모르는 사람들은 그런 식으로 오빠를 몰아붙이는 자기들은 효녀고 착한데, 오빠는 누가 봐도 불효자식으로만 보일 수 있었다. 실제로 부모를 모시고 있는 자식들은 누가 뭐라고 해도 고생하는 사람이다. 부모를 직접 모시지 않는 자식들은 역시 누가 뭐라고 해도 직접 모시는 자식을 따라갈 수 없는 법이라고 이문근은 생각했기 때문이다.

"그래도 그렇지, 직접 모실 생각은 않고, 오빠 내외만 그런 식으로 원망해서야 되겠소? 자식이면 같은 자식이지, 이런 곳에 살면서도 조선 풍습대로 장남만 고생하라는 것은 어불성설이오. 다른 것은 철저히 소련법을 지키고 소련 풍습을 따라가면서 왜 부모 모시는 일만, 두고 온 고국의 풍습을 따라야 하느냐 말이오. 최 과장의 누이동생들도 누이동생들이지만, 최 과장의 아우 두 분도 있지 않소. 매씨들이 오빠에 대한 불만을 터뜨리자면 나타나지도 않은 오빠들한테 먼저 터뜨려야 할 일 아니요."

이문근은 더 하고 싶은 말이 있었지만 참고 술잔을 비웠다. 빈 잔을 최명수에게 건넸다. 그리고 말했다.

"최 과장, 너무 상심하지 마시오. 하느님은 다 아실 거요."

이문근의 하느님이란 말에 정상봉이 받았다.

"이문근 선생 말씀이 옳소. 우리들의 머리카락 한 올까지, 작은 마음 씀이나 행위 하나까지 낱낱이 알고 계시는 하느님께서는 최 과장의 모든 것을 다 알아 주실 거요. 오늘 이 자리가 최 과장의 마음 아픔을 위로하고, 오늘까지 이문근 선생이 고생하신 일을 우리가 함께 위로하기 위해 모인 자리입니다. 그런데도 하느님의 권능을 이해하는 말씀까지 나오니 이 자리야 말로 정말 우연스러운 자리가 아닌 것 같습니다. 하기는 나의 이러한 발언 자체가 썩 위험하기도 하지만….”

“우리끼린데 어떻겠습니까. 아무튼 고맙습니다. 정상봉 형님만 형님으로 모실 일이 아니고, 오늘부터 이문근 선생님도 형님으로 받들겠습니다.”

어른답지 않게 눈물을 흘리며 운 표가 눈 가장자리에 남아 있는 최명수의 말에 이문근이 손을 내밀어 최명수에게 악수를 청하며 말했다.

“고맙소. 이런 일이 아니더라도 우리는 형제처럼 지내야 합니다. 최 과장의 제의를 달게 받겠소.”

“가만 있자, 이럴 일이 아니네. 나도 이문근 선생을 오늘부터 형님으로 모시겠습니다. 그러면 우리는 삼형제가 되는 겁니다. 삼국지에 도원결의란 말이 있는데, 우리는 사할린이란 말의 왜식 표현인 화태(樺太)란 말을 써서 화태결의라고나 할까.”

정상봉의 이러한 말에 맨 먼저 최명수가 오른 손을 술상 위에 놓았다. 정상봉이 최명수의 손 위에 자기 손을 포갰다. 마지막으로 이문근이 정상봉의 손을 덮었다. 술상에서 들어올려진 세 사람의 오른손과 왼손들이 한 뭉치가 되어 잠깐 동안 뜨거운 핏기운을 교환했다. 이래서 이들은 결의 삼형제가 된 것이다.

그날도 취하도록 마신 다음, 그들은 헤어졌다. 마침 정상봉은 술을 많이 안 마시기 다행이었다. 그는 최명수가 술을 많이 마시자 스스로는 절주를 하고 있었다. 최명수의 차를 그가 대신 몰 생각에서였다.

그들을 보내고 이문근은 깊은 생각에 잠기지 않을 수 없었다.

고향의 아버지와 어머니에 대한 걱정이었다. 두고 온 아버지 어머니라고 두 분 중에 어느 한 분이 최명수의 부친 같은 괴상한 노망에 걸리지 말라는 법이 없을 것이고, 그렇다면 그의 형님이나 형수 역시 아버지나 어머니를 얼마나 귀찮아할까. 그러나 이날 이때까지 아버지나 어머니가 생존해 계실 리가 없다는 생각을 하면 마음이 놓이기도 했지만, 그것은 그대로 또 문근의 가슴을 한없이 아프게 했다. 한국 땅에서야 아직까지 부모가 병들어도 여간한 일이 없고서는 부모를 다른 곳에 맡기는 일은 없으리라는 생각이 들기도 했다. 그래도 동방예의지국이고 세계에서도 유일하게 부모를 섬기는 전통을 자랑하는 곳이 아닌가.

좀 전에는 끈질기게 한국 귀환을 요구하는 조선인 동포들을 수십 명이나 북한으로 강제 송환시키는 일까지 있었다. 이것도 북한으로 간 것인지, 시베리아의 강제노동수용소로 간 것인지 이문근으로서는 확실히 알 수 없었지만 북한으로 갔을 것이라는 소문이 파다했다. 이런 끔찍한 일이 있고 난 뒤부터는 아무도 공개적으로 한국 귀환을 요구하지 못하게 되었다. 이런 일까지도 이문근에게는 하나의 커다란 그림자로 그의 가슴에 남아 있었다. 어쨌든 이런 일 저런 일로 단 하루도 마음이 편할 수 없는 이문근이었다.

29장

주름살 속에 묻힌 세월

81

1983년, 벌써 이문근의 나이 68세, 이제 그는 노인티가 완연했다. 직장도 오래전에 정년퇴직을 했고, 끌고 다니던 차는 차고에만 묶여 있었다. 건강이 악화되어 혼자 살아가기가 지극히 어려웠지만 지금 와서 새삼스럽게 시중드는 사람을 들여놓기도 부담스러웠다.

요즘의 일과는 자고 일어나면 뒷산으로 올라 산책을 하는 일과, 집으로 돌아와서 간단한 아침식사를 하고, 다시 한 시간쯤 수면을 취하고는 일본에서 들여온 읽을거리를 읽거나 글을 쓰는 일이었다. 러시아어를 익혀 신문이나 잡지 등을 천천히 뜯어볼 수 있었지만 아무래도 일본글로 된 책이 훨씬 쉬웠고, 내용 또한 그만큼 낯익은 것이었다. 한국어로 된 책은 구하기가 지극히 힘들었고 유즈노사할린스크 시내의 서점에 가면 북한에서 온 서적이 더러 있었지만 별로 볼 만한 것이 없었다.

쓰는 글은 주로 일기였지만 말이 일기이지 그의 지나간 생애를 돌이켜보는 자서전 같은 것이었다. 이 글을 쓰면서도 출판 같은 것은 꿈도 꿀 수 없었고, 혹시 좋은 세상이 돌아와 이러한 글이 한국으로 전해질 때가 있을까 하는 작은 희망을 가지고 쓰고 있었다. 아니, 어쩌면 그런 희망 따위는 전혀 없더라도 너무 외롭고 심심해서라도 이러한 글을 쓰지 않을 수 없는 형편이기도 했다.

요즘 와서도 최해술이나 박판도, 그리고 브이코프의 정상봉이나 최명수들과 가끔 연락이 되지 않는 것은 아니나 이제 만나 봐도 옛날만큼 정열적으로 조선 동포들의 생활이나 앞날에 대하여 이야기할 기력도 많이 사라졌다. 고향으로 돌아갈 희망은 아득하기만 했고, 1세 동포들은 모두 노년으로 접어들었다. 1세 동포들의 염원을 2세들이 그나마 이해하고서 조선민족의 전통이나 풍습을 지키려고 애썼지만 3세부터는 아예 그런 것을 기대하기조차 힘들었다. 3세들은 눈매나 피부색 등 외모는 조선 사람이면서도 하는 행동이나 생각, 말씨 등은 완전히 러시아식이었다. 따라서 2세들도 이러한 추세는 어쩔 수 없는 것이라고 생각한 나머지 가정에서조차 조선식 가정교육을 포기한 지 오래여서, 이러한 일 때문에 1세와 2세가 부자간의 갈등을 빚기도 했다.

많은 동포들이 그동안 줄기차게 일본의 연고자에게, 혹은 한국의 고향으로 편지를 냈지만 편지가 닿지도 않는지 회답을 받는 사람은 아주 적었다. 이문근도 그사이 몇 번 고향으로 편지를 보냈지만 전혀 소식이 없었다. 부모님께서 별세하신 거야 이제 기정사실이겠지만 무엇보다도 아내 최숙경의 소식이 궁금했기 때문이다. 아내도 이제 백발 노파가 되었으리라. 그는 이날 이때까지 단 하루도 아내를 생각하지 않은 날이 없었고, 그의 머릿속에 떠오르는 아내는 언제나 학생 시절의 모습이 아니면 오석골로 내려와 살 때의 젊은 아내였다. 그는 가끔 거울을 들여다보면서 자기의 모습이 변한 것으로 하여, 아내가 어떻게 변했을지 상상해 보았지만 좀처럼 변한 모습을 떠올릴 수가 없었다.

지난 초여름이었다. 그는 동포들이 모여 이루고 있는 유즈노사할린스크 시내의 바자르(시장)로 가곤 했다. 그 시장은 한국의 시골 장터처럼 채소 가게나 반찬 가게, 꽃 가게 등으로 형성되어 있었다. 물건을 파는 사람은 하나같이 조선 아낙네였지만 사는 사람들은 러시아 사람들이 더 많았다. 채소나 꽃은, 이 시장이 단 하루만 놀아도 러시아 사람들에게 당장 공급이 끊어질 형편이었다. 그만큼 조선 사람들은 이제 사할린 전 주민들의 채소 공급자, 화훼 공급자로 확고한 지위를 누리고 있었다.

그곳에 가면 많은 동포들을 집단으로 만날 수 있어, 언제나 마음이 흐뭇했다. 바로 한국의 한 마을 같았다. 그러나 요즘 와서 이문근이 그 시장으로 자주 가는 이유는 또 있었다. 거기 채소를 팔고 있는 한 여인의 모습에서 이문근은 아내와 닮은 사람을 발견했기 때문이다. 그 여인은 쉰 살이 조금 넘은 듯했다. 대개의 채소를 파는 여인들이 거칠고 검은 피부와 손을 가지고 있었는데, 이 여인은 그런 중에서도 다른 데가 있었다. 그것은 피부가 햇빛에 타 가무잡잡했으나 전혀 거칠거나 투박하지 않았다. 그럴뿐더러 이마에 흘러내린, 끝이 약간 곱슬곱슬한 머리카락이며, 시원스런 눈매, 이지적으로 솟은 코, 꼭 다물고 있는 입술 윤곽까지 아내 최숙경을 많이도 닮아 있었다. 어느 날, 그는 우연히 그 여인의 가게에 들러 채소를 사다가, 여인이 채소를 가리고 있는 깨끗한 손길에 눈이 머물렀다. 농사를 짓는 사람의 손 같지 않게 손가락이 길고도 고와 보였다. 그는 시선을 들어 그 여인의 얼굴을 보다가 흠칫 놀라고 말았다. 최숙경이 나이 들면서 어떤 모습으로 변했을까를 생각하고 있던 그에게 그 여인은 그대로 나이 든 최속경의 모습으로 비쳐왔던 것이다. 그는 그 여인으로부터 필요한 만큼의 채소를 산 뒤, 물었던 것이다.

"아주머니는 고향이 어딥니까?"

"제주도 서귀폽니더."

이문근은 제주도에서도 사할린으로 온 사람이 더러 있다는 말은 들었지만 제주도 출신의 동포를 만난 것은 처음이었다. 그래서 다시 물었다.

"그러면 부모님을 따라 자유 이주로 오셨나 봅니다?"

그때까지도 그 여인은 일손을 멈추지 않은 채 건조한 대답만 하고 있었다.

"예, 돈벌이에 눈이 먼 부모가 원망스럽기만 해예."

부모가 돈벌이에 눈이 멀지 않았던들 이곳으로 오지는 않았을 것이고, 그랬다면 그녀도 지금쯤 고향에서 편안한 생활을 하고 있을 것이란 말투였다. 그런데 음성까지도 약간 높은 음정이면서 부드러운 것이 아내 최숙경을 닮은 듯했다. 다만 제주도 출신이라면서 말씨의 억양은 바로 영남 말씨였다. 그래서 그는 다시 말했다.

"나는 고향이 경남 함안입니다. 아주머니는 언제 이리로 오셨습니까?"

그러자 그녀가 비로소 얼굴을 들면서 답했다.

"아이구, 고향이 함안이라고예? 저도 태어나기는 제주에서 태어났지만 태어나자마자 부모님을 따라 함안으로 와서 컸지예. 방목말산(함안군 가야읍 말산리)에서 살다가 제가 7살 되던 때인 1940년에 부모를 따라 이리로 왔지예."

"지금 부모님은?"

"벌써 돌아가셨어예."

"그러면 아주머니는?"

"지사(저야) 이래 살고 있지예. 아아들 아부지도 공장에 나가 벌고…. 선생님은 언제 사할린으로 오셨어예?"

이문근은 얼버무렸다.

"나도 오래됐어요."

이러고 있는데 어떤 늙은 러시아 남자가 상의의 가슴에 훈장을 주렁주렁 달고 채소가게 앞에 나타났다. 훈장을 달고 다니기를 좋아하는 사람은 아마 러시아 사람만큼한 사람들도 없을 터였다. 그들은 아무 데서나 훈장을 달고 다녔다. 이날의 이 영감도 그러한 러시아 사람들 중의 하나이겠거니 했는데 조금 별난 데가 있었다. 그는 말없이 지니고 온 헌 포대 같은 커다란 자루에 감자며 무며 토마토 같은 것들을 마음대로 주섬주섬 주워 담았다. 그다음은 응당 값을 치를 차례였다. 그런데 이 영감은 엉뚱한 소리를 지껄이기 시작했다. 이런 말이었다. 까레스키는 소련의 은덕으로 사할린에서 일본의 손아귀로 부터 벗어나, 자유를 얻었다. 그랬으면 소련 사람들한테 감사할 줄 알아야 하는 데도 감사하기는커녕 소련 사람들이 지을 농사마저 까레스키들이 독점하고 있으니 이 물건은 내가 가져간다…. 채소 가게 주인 아낙네도 이러한 러시아 말쯤은 알아들을 수 있었으므로 눈을 까뒤집고 대들었다. 말도 아닌 소리 하지도 말아라, 그런 소리는 너희들 유즈노사할린스크 시장한테나 가서 해라. 하면서 물건을 집어넣은 포대를 뺏으려 했다. 영감이 우악스럽게 아낙네를 밀쳤다. 그 바람에 그 여인은 맨땅에 엉덩방아를 찧었다가 일어나면서 이문근을 쳐다보았다. 이문근이 그 노인 앞을 가로막으며 천천히 말했다. 러시아 말이 서툴기도 했거니와 이런 때일수록 냉정해야 한다고 생각했기 때문이다.

"여보시오, 당신 가슴에 단 훈장 보니까 이런 무례한 짓을 할 사람 같지는 않은데 이게 무슨 짓이오?"

"당신은 뭐요?"

"나? 보다시피 사할린에 살고 있는 소련인민이오."

그는 무국적이었지만 그렇게 말했다. 영감이 이문근의 멱살이라도 움켜잡을 듯이 험악한 표정으로 말했다. 그의 입술꼬리에는 허연 침 거품이 엉겨 있었다.

"소련인민이면 똑 같은 인민인가? 나는 2차대전에 종군한 군인이었어. 우리가 일본인들 노예였던 당신들을 해방시켜 주었잖아. 그런데 당신들은 우리 러시아 사람들의 피를 빨아먹고 살고 있어. 지금이라도 전쟁이 다시 나면 나는 당신들 까레스키부터 제일 먼저 쏘아 죽이고 까레스키들의 집도 불태워버리겠어."

그러면서 그는 포대를 가슴에 끌어안은 채 오른손으로 따발총을 드르륵 갈기는 시늉을 하고 있었다. 그러는 그의 오른손을 자세히 보니 식지와 중지가 없었다. 그가 다시 그 손을 들어 보이며 외쳐대었다.

"이 손가락이 날아간 것도 너희들을 살리기 위해 싸우다 이렇게 된 거야."

주변의 많은 조선인 아낙네들이 이들을 에워싸고 한 마디씩 하고 있었다.

"언제 이 더런 놈의 꼴을 안 보게 될까."

"저놈의 영감태기, 가슴의 훈장이나 떼고 이러지."

"우리가 소련 국민으로 세금을 안 내나, 자식들이 군대를 안 가나. 소련 국민의 의무를 하나도 안 빠지고 다 하는데 천날 만날 저 더런 놈의 종자들한테 모욕이나 당하고 있으니 분해서 어디 살겠나."

"우리가 이런 꼴을 당하는 거로 남조선 정치가들이 알기나 하까? 왜놈 시대는 나라 없는 백성이라서 당했다 치더라도 지금은 나라가 두 개나 안 있는가배. 남조선에 하나, 북조선에 하나. 그런

데 그 잘난 조선이란 나라는, 오고 집어(싶어) 온 것도 아닌 우리
로 이리 처박아 놔둘 수 있나?"

그러나 이러한 이야기는 모두 조선말이어서 이 영감은 한 마디
도 알아듣지 못한 채, 계속 입에 게거품을 물고 어거지를 쓰고 있
었다. 싸움이 커지면서 소란스러워지자, 더 많은 사람들이 모여
들었고, 그 사람들 중에는 러시아 사람들도 있었다. 러시아 사람
중의 한 남자가 이 소란의 원인을 다른 사람에게 물어 자초지종
을 듣고 영감을 호되게 꾸짖기 시작했다. 그는 아마 관리인인 듯
했다.

"당신, 이게 무슨 추태요? 당장 이 물건 주인한테 돌려주지 못
할까!"

그러고는 주인 아낙네에게 정중히 사과까지 했다.

"대단히 미안합니다. 하도 별난 사람들이 많다 보니 이런 일이
있었나 봅니다."

그러자 주인 여자가 말했다.

"정말 이래서는 마음 놓고 살 수 없어요. 이런 일이 어디 한 번
두 번입니까? 우리도 똑 같은 소련 국민인데 언제까지나 이런 일
을 당하고만 살아야 합니까?"

그러자 그 러시아 남자가 다시 말했다.

"그래서 사과하지 않습니까. 미안합니다."

그리고 그는 무안해서 엉거주춤 서 있는 영감을 끌고 총총히 사
라져 갔다. 이문근은 이러한 일이 자주 있음을 이날에야 알았다.
사람들이 다 흩어진 다음, 가게 주인 아낙네는 포대 속의 물건들
을 꺼냈지만 감자를 제외하고는 아무것도 쓸모가 없었다. 구겨지
고 짓뭉개진 무나 토마토는 이미 상품 가치를 잃고 있었기 때문이
다. 보기가 딱해서 이문근은 그것을 모두 자기가 샀다. 그러나 주

인 아낙네도 반값으로 할인해 주었다. 이문근이 물건들을 받고 계산을 치르고는 다시 말했다.

"아주머니, 애들 아버지가 직장에 나가 벌어 온다면 구태여 이런 어려운 장사 하지 않아도 살아갈 수 있지 않습니까?"

그러자 아낙네가 한숨을 푸르르 쉬면서 말했다.

"아아들 아부지가 직장에 나간다몬사 지가 와 이런 고생을 사서 하겠습니꺼. 아아들 아부지가 아파 누워 있고, 큰아아는 군대 갔고, 작은아아는 핵교에 댕기니라고…."

이문근이 말했다.

"애들 아버지가 직장에 나가신다고 했잖아요?"

"직장에 나가다 요새는 아파서…."

"그래요? 어떻게 편찮으십니까?"

"처음에는 그냥 혈압이 높다고 하더니 나중에는 심장이 나쁘다 캐서 심장으로 이어지는 혈관을 두 번이나 수술로 청소했지예. 그런데 우찌 된 셈인지 그 혈관이 자꾸 막힌다고 하딩이, 지금은 중풍맨치로 꼼짝을 못하고 누워 있지예. 댕기던 직장에서 연금이 쪼매이 나오기는 하지마는 그것 가지고는 묵고살 수 없어서, 아아들캉 같이 채소 농사를 지어 팔고 있지예."

"남편 고향은 어딥니까?"

"경북 영천이라예."

"아주머니는 제주도 서귀포에 친척들이 살고 있습니까?"

"살고 있겠지예. 제주 고 씨가 모두 일간데 없을 리가 있습니꺼?"

그는 그날은 이쯤하고 그 고 씨 부인과 헤어져 돌아왔다. 그다음부터는 채소를 사거나 과일을 사도 반드시 그 고 씨 부인네 가게로만 갔다. 그러면서 고 씨 부인에 대하여 더 많은 것을 알게 되었다. 그의 오빠 둘 중 하나는 이곳에서 해방 직후 일본 여인과 결혼하여 일본으로 갔으나 지금까지 전혀 소식이 없다는 것, 작은오빠는 러시아 여자와 결혼하여 모스크바에 가서 살고 있지만 역시 소식이 없고, 그의 여동생 한 사람도 러시아 남자와 결혼하여 하바로프스크에서 살고 있다는 것이었다. 그때까지도 이문근은 자신이 혼자 살고 있는 무국적자임을 밝히지 않았다. 그러나 그는 고 씨 부인의 모습이나 음성이 아내 최숙경을 많이 닮았다는 이유 하나만으로도 가끔씩 그녀를 보러 시장으로 가곤 했다.

이문근은 유즈노사할린스크에 살고 있는 동포들로 그와 가까운 사람들에게도 고 씨 부인의 가게를 소개하여 그 가게를 이용하도록 주선하기도 했다. 최해술, 박편도, 허남보 등이 그들이었다. 그러나 이문근이 고 씨 부인을 안 지 얼마 못 가 기어코 그녀는 혼자가 되어버렸다. 병든 남편이 죽었기 때문이다.

82

83년 9월, 우글레고르스크의 서해 바닷가에 대리석과 콘크리트로 된 거대한 위령탑이 세워졌다. 일본 사람들이 종전 직후 이 우글레고르스크에서 소련군에 희생된 일본 군관민의 영혼을 위로하기 위해 세워진 탑이었다. 종전이 되고 일본 왕의 항복선언문이 전파를 타고 온 세상에 퍼져나간 뒤에 소련군들은 본토에서 바다를 건너 이곳 우글레고르스크의 서해안에 무자비하게 상륙해 왔던 것이다. 이곳을 지키던 일본 군인들은 백기를 내걸었으나 막무가내로 공격을 가해 오는 소련군을 향해 방위 태세를 취하지 않을 수 없었다. 우선 자신들부터 살고 봐야 했고, 그들의 동족을 보호하기 위해서라도 대응하지 않을 수 없었다. 그러나 전세는 불을 보듯 뻔했다. 밀물처럼 몰려드는 소련군들의 상륙을 단 몇 시간이라도 저지시킴으로써 일본 사람들이 피할 수 있는 시간을 버는 데 만족해야 했다. 소련군인들은 일본 민간인들도 함부로 살상했는데, 그것은 일본인들이 가지고 있는 패물이나 시계 같은 귀중품을 탈취하기 위해서였다. 우글레고르스크 지역의 서해안을 수비하고 있던 일본군들도 결국에는 거의 전사하거나 포로로 붙잡히는 참담한 결과를 빚고 말아, 이곳의 일본 군관민의 피해는 사할린 내의 그 어느 곳보다도 우심했다. 그래서 여기에 일본인들은 세월이 지난 83년 9월 그들 희생자의 위령탑을 세웠던 것이다.

사할린 중서부의 우글레고르스크는 유즈노사할린스크, 코르사코프 다음으로 조선 동포들이 많이 살고 있는 지역이다. 일제시대부터 이곳은 사할린 유수의 펄프공장과 정유공장이 있었고, 또 사할린 내의 모든 탄광의 갱목을 이곳에서 거의 충당할 만큼 삼림이 우거져 벌목에 종사하는 조선인 노무자들로 붐볐다. 펄프공장과 정유공장의 노동자들도 대부분이 조선 사람들이었음은 물론이다. 이러한 연유로 해방 뒤에도 많은 조선 사람들이 마을을 이루어 살게 된 곳이다. 그런데 일본이라면 이가 갈릴 만큼 원한에 사무쳐 있는 조선 사람들에게 일본인 희생자를 위한 위령탑이라니, 어처구니가 없었다. 아무리 피는 물보다 진하다고 하지만 위령탑을 세우려면, 조선으로부터 강제로 끌고 와 노임 한 푼 주지 않고 온갖 혹사를 시키다 그것도 부족해 사람을 개 패듯이 패거나 다코베야란 지옥에 가두어 생매장을 시켜 죽여버린 조선인 희생자를 먼저 위로해야 하는 것이 순서가 아닌가. 그런데 그런 조선 사람들은 지금도 허리가 휘고 백발이 된 채 고향으로 돌아가지도 못하고 죽지 못해 살고 있는 눈앞에서, 가해자인 왜놈들이 자기들 희생자의 위령탑을 세우다니! 아무래도 그냥 참고 넘길 일이 아니었다.

위령탑의 제막식을 앞둔 어느 날이었다. 가을 날씨답지 않게 아침부터 비가 내리기 시작했고 바람까지 방향을 종잡을 수 없이 불어대고 있었다. 한여름이라도 이런 날은 한기가 느껴지곤 했으므로 이날은 모두들 겨울옷 같은 복장으로 김광규의 집으로 모여들었다. 광규는 금년에 47살이었다. 그의 사촌동생 창규도 왔었는데 그는 광규보다 한 살 적은 46살이었다. 광규는 지금 유즈노사할린스크에 있는 진규의 동생이다. 그리고 이들의 사촌형인 종규는 해방 전에 일본으로 건너갔다가 해방이 되자 한국으로 돌아가 있다. 광규의 집으로 온 사람 가운데는 김종술도 있었다. 그는 금년에 57살로 나이가 가장 많았다. 그는 조선에 전쟁이 일어나자 인민군으로 입대하느라고 북조선까지 가서 전선에 투입되었으나 얼마 못 가 총상을 입고 제대를 했었다. 그가 제대 후 평양의 전상제대군인 특별휴양소에 있을 때 엄호섭의 소개로 이문근을 만난 적도 있었다. 이문근과 그는 북조선에서 사할린으로 건너올 모의를 했으나, 이문근은 그 뒤 어디론지 종적을 감추었고 김종술은 7년이나 지난 뒤인 57년에 죽을 고비를 몇 번이나 넘기면서 사할린으로 다시 돌아왔던 것이다. 그러나 김종술이 그렇게나 잊지 못하고 그리워했던 여자는 오래전에 다른 사람의 아내가 되어 있었다. 김종술은 지금도 다리를 절뚝거리기는 하지만 사할린으로 오기 전 고향인 김해 대동면에서 보통학교를 졸업한 학력이나 그 뒤 금융조합에 근무한 경력 등, 위인이 범상치 않은 면이 있어 우글레고르스크 김해 김씨들의 문장(門長) 대접을 받고 있었다. 물론 사할린으로 다시 돌아오자 어렵사리 결혼도 하여 슬하에 아들딸도 넷이나 되었다.

집주인인 김광규가 차려져 나온 술상을 가운데 두고 운을 떼었다.

"오늘 이리 모인 것은 저 왜놈들의 하는 짓을 우야몬 좋으꼬 싶어 의논 좀 할라고 하는 깁니더."

그러면서 연장자인 김종술을 보고 다시 말했다.

"형님을 오시라 캐서 미안합니다. 형님 집보담 우리 집이 쪼매이 더 널러서…."

종술이 답했다. 작달막한 키에 유난히 큰 머리와 앞뒤통수가 튀어 나온 모습의 그는 머리만 세었달 뿐, 옛날 평양에서와 같은 인상이었다.

"내사 일 없는 사람인까네 괜찮네. 자네 집이 우리 집카마 안 널러도 나는 자네 집에 오는 기 좋네. 이 술을 우리 집에서야 마실 수가 있는가?"

그는 지난봄에 직장을 그만두고 조금씩 나오는 연금으로 생활하자니 여간 어려운 형편이 아니었다. 그래서 여느 집과 마찬가지로 그 집에서도 채소 농사며 화훼를 가꿔 시장에 내다 팔아 생활에 보태 쓰고 있었다. 집도 옛날의 통나무 오두막집을 그대로 쓰고 있었다. 대개의 동포들이 옛날의 집을 허물고 시멘트가 섞인 새집을 마련했으나 김종술은 그럴 형편이 못 되었다.

"왜놈들 일을 의논하자몬 유즈노사할린스크에 있는 큰형님도 계시야 되는데."

창규가 말하는 큰형님이란 그의 사촌이요, 광규의 친형인 진규를 말한다.

"형님이 계시몬 좋지마는 오시라 칼 수는 없고, 이 형님을 모시고 의논을 해보자."

그러면서 광규는 다시 종술을 바라보았다. 종술이 술잔을 들어 눈을 반쯤 감고 천천히 마시고는 입맛을 쩍쩍 다셨다. 그는 언제나 술을 마시면 꼭 그렇게 입맛을 다시곤 했다. 그가 말했다.

"우짜몬 좋겠노? 저노므 탑을 다이나마이트로 확 날리삐릿으몬 싶은데 다이나마이트로 오데서 구하노?"

창규가 받았다.

"다이나마이트가 없다고 그냥 보고 있지는 못합니다. 사할린에서 죽은 수만 명 동포들의 원혼을 생각해서라도….

"그렇지, 왜놈들이 저런 탑을 세워 놓으몬 한 번 죽은 동포들은 두 번 죽는 꼴이 되는 기제. 그라고 살아 있는 우리도 모두 죽은 꼴이 되고…."

광규가 잠시 침묵을 지키다 말했다. 종술과 창규의 말이 생각 밖으로 강경했기 때문에 은근히 걱정이 되어서였다.

"하기는 일본 히로시마에도 원폭에 희생된 조선 사람의 영혼은 생각지도 않고 왜놈들 저그 희생자만 위로하는 탑을 세웠다 카더라마는….

"그기사 왜놈들 저그 땅이고, 여게는 소련 땅인데…."

그러면서 종술이 광규를 무섭게 노려보았다. 광규가 변명하듯 말했다.

"아, 말이 그렇다는 기지, 그기 옳다는 말은 앙입니더."

"내가 내일 탄광에 가서 화약을 좀 구해 보겠심더."

창규의 말에 광규가 걱정스러운 듯 물었다.

"그기 잘 되겠나? 로스케 놈들한테 들키몬 집구석 망하고 대국 망한데이!"

"아따, 형님도 씰데 없는 걱정 언간히도 해 쌓소. 화약만 가지고 될 일이 아인께네 그 화약을 가지고 폭탄을 맨드는 기술자나 찾아봅시더."

"그거는 어렵지 않네. 내가 옛날에 북조선에서 인민군에 있을 때 폭발물 담당병이었네. 늙었지마는 자신 있네."

종술의 이러한 말에 광규가 나섰다.

"형님, 30년이 훨씬 넘은 이야기요. 안 될 소리요. 잘못 맨들어 실패하몬 우애 되겠는교? 이야말로 집구석 망하고 대국 망하는 일이요."

"이 사람이 집구석 망하고 대국 망한다는 말 참 좋아하네. 우리만큼 집구석이 망하고 조선만큼 나라가 망했으몬 됐지, 또 울매나 더 망해야 된다고 자꾸 집구석도 망하고 대국도 망하라 쌓는고."

종술의 이 말이 농담만은 아니었다. 괜히 일을 시작하기도 전에 서로 싸우다 틀어지면 안 될 노릇이었다. 그래서 광규가 말했다.

"내가 고마 모든 걸 책임지겠소. 화약을 가지고 폭탄을 맨들든 지 바로 다이나마이트를 훔쳐내든지 내한테 맽기소."

"자네가 그래만 해준다몬 다시 더 말할 필요 없네. 그거는 그렇고…."

종술은 그러면서 술 한 잔을 다시 마시고 입맛을 다셨다. 그러고는 이었다.

"전에 말한 대로 위령탑인가 지랄탑인가 다 맨들어 놨을 때 날 리삐야 되는데, 운제 다 맨드는고?"

"지금 다 맨든 상태요. 아매 수일 내로 일본에서 왜놈들이 와 제막식을 할 모양이요."

광규의 이러한 설명에 창규가 이었다.

"옛날에 우리 징조할부지는 왜놈들한테 당하고 자결하신 어른이고, 할부지도 기미 만세운동 때 당하신 어른이신데, 우리가 이번에 건방진 왜놈들의 위령탑을 보고 이런 일을 하는 거는 마땅한 일이요. 좀 에러분(어려운) 일은 다 내한테 맽기소."

밖에는 계속 방향을 종잡을 수 없는 바람이 불고 있었고 비는 그냥 바람 따라 휘몰아치고 있었다. 이들 세 사람은 늦도록 보드카를 마시면서 조선으로 보낸 편지 이야기며, 조선 땅에 남아 있는 가족 친척들의 이야기에 시간 가는 줄을 모르고 있었다. 김종술은 19살 되던 45년 봄에 사할린으로 강제 징용되어 올 때 고향에 조부모님과 부모님, 그리고 자기 밑으로 동생들이 넷이나 되었음을 오늘도 이야기하고 있었다. 그의 할아버지가 약국을 하셨다는 것, 아버지가 서당에서 훈장 노릇을 했다는 것, 집에는 장골 머슴이 둘이나 되었다는 것은 광규나 창규가 이미 몇 번씩 들은 이야기였다. 그리고 북조선에서 사할린으로 다시 돌아올 때의 그 모험담, 특히 북조선에서 소련어를 배웠으나 두만강을 건너자마자 소련군에 붙잡혀, 즉결처분이 되려던 찰나, 시베리아 강제노동수용소라도 보내주면 소비에트연방공화국을 위해 분골쇄신하겠다고 해, 시베리아로 압송되던 중 탈출한 이야기는 귀에 못이 박힐 정도였다.

광규나 창규도 지금쯤 일본에 있는지 조선에 있는지 알 수 없는 사촌형 종규에게 보낸 편지가 감감 무소식이란 것에 대하여 안타까워하고 있었다. 종규는 자기 또래들 중 가장 머리가 좋아, 집안에서 한 사람쯤은 공부를 시켜 자랑스러운 선조의 대를 이어야 한다고 일본으로 보냈던 것을 광규나 창규는 기억하고 있었다.

83

그로부터 3일 뒤였다. 10여 미터 높이의 새로 세운 위령탑이 멀리 남쪽 바다를 향해 덩그렇게 세워진 위에 하얀 천이 덮였다. 위령탑은 백여 평이나 되도록 넓은 콘크리트로 바닥을 만든 위에 깨끗한 자연석으로 20평쯤의 단을 쌓고, 그 단 위에 다시 대리석으로 바탕을 만들었다. 다시 그 바탕 위에 색색가지의 자연석을 벽돌처럼 반듯반듯하게 만들어 높다랗게 쌓아올렸다. 바닥에서 4미터 정도의 높이에 대리석을 돌출되게 붙여, 러시아 문자와 일본 문자로 글자를 새겨 넣었다. 이런 뜻이었다.

조국 일본의 번영과 명예를 위해 싸우다 이곳에서 산화한 수많은 일본 군관민들을 조국은 영원히 기억할 것이다. 이국 땅에 외롭게 떠도는 영혼들이여, 그대들의 외로움을 슬퍼 말고 조국 일본의 오늘의 번영을 기뻐하라. 오늘의 일본은 그대들의 소중한 목숨 위에 살아 숨 쉬나니….

내일이면 일본에서 건너온 일인들과 아직까지도 사할린에 남아 있는 일인들, 그리고 사할린 주지사, 우글레고르스크 시장, 공산당 간부들이 합석한 자리에서 위령탑의 제막식을 거행할 것이다. 창규는 밤이 되기를 기다려 낮에 와서 봐 두었던 위령탑 밑둥에 그가 만든 사제 폭탄을 부착했다. 물론 폭탄에는 자동 시한장치가 되어 있었다. 서남쪽으로 펼쳐진 광대무변의 밤바다에서는 무서운 바람과 함께 파도가 밀려오고 있었다. 칠흑의 밤인데도 해안으로 밀려와 부서지는 파도는 마치 눈빛같이 하얗게 빛났다. 창규는 이를 악물고 사전에 익힌 대로 폭탄을 부착하고 1시간 뒤에 폭발하도록 시계를 조절했다.

그는 조심스럽게 어둠속을 더듬어 걸으면서 휘파람이라도 불고 싶었다. 거대한 높이의 위령탑은 1시간 뒤면 폭삭 허물어질 것이다. 왜놈들의 콧대도 팍 꺾일 것이다. 그는 주변을 조심스럽게 두리번거리면서 걷고 있었다. 후환이 걱정되기는 했지만, 소련 당국이 비록 자기네들 땅에서 일어난 일이기는 하나 타민족끼리의 문제에 그리 깊게 개입하지는 않을 것 같았다. 자식들과 조카놈들에게 증조부님의 일, 조부님의 일을 항상 이야기해주기는 하지만 언제나 예사로 듣는 놈들이었다. 바로 이 아버지나 당숙이 하는 일이, 옛날 할아버지들의 본을 본 자랑스러운 일임을 똑똑히 가르쳐 줘야지.

집으로 돌아온 그는 기다리고 있던 사촌형 광규, 종술과 더불어 축하의 술잔을 나누었다. 아무도 이 일을 입 밖에 내지는 않았다. 정확하게 1시간이 지나자 바닷가에서 폭발음이 울렸다. 그들은 마음 같아서는 달려가서 확인해 보고 싶었지만 쾌재를 외치며 술잔만 기울였다.

이튿날, 날이 새기도 전에 동네가 술렁거렸다. 동네에서 위령탑이 있는 바닷가까지는 보통 걸음으로 걸어도 30분은 걸릴 거리였다. 그런데 바닷가로 통하는 길 위로 소련군인들이 탄 오토바이가 무서운 속력으로 달려가는가 하면, 사람이 죽었다는 말도 들려 왔다. 사람이 죽을 까닭이야 없지만 이렇게 온 동네가 발칵 뒤집힐 만큼 술렁거리는 것부터 노려왔던 일이어서 창규는 예사스러운 표정으로 바닷가 쪽을 바라보고 있었다. 그러나 나지막한 산을 넘고 모롱이를 몇 굽이나 돌아가야 하는 곳에 위령탑은 서 있으므로 보이지는 않았다. 그는 천천히 다시 집으로 들어가 신발을 갈아 신고 윗옷을 걸치고는 위령탑 있는 곳으로 가보았다. 일본 사람인 듯한 몇 사람이 러시아 사람과 뭐라고 숙덕거리고 있었다. 위령탑은 허물어지기는커녕 밑동의 한 부분이 움푹 패이고 떨어져나 갔을 뿐이었다. 이게 어떻게 된 일인가! 그러나 철근이 든 콘크리트의 위령탑이 그만한 정도의 사제 폭탄으로 파괴될 리가 없었던 것이다. 위령탑을 씌워두었던 하얀 천도 무슨 일이 있었냐는 듯이 깨끗하게 덮여 있었다. 창규는 기가 찼다.

위령탑을 세운 일본 사람들은 폭탄으로 떨어져 나간 부분만큼 손질하여 원상으로 복구하고, 예정대로 제막식을 치렀다. 폭파 사건은 철없는 아이들의 장난쯤으로 치부하고 없었던 일로 덮어두려는 듯 소련당국에서도 그 어떤 뒷조사도 하지 않았다.

그러나 시간이 지날수록 이 일로 하여 우글레고르스크의 조선인들은 더욱 당당해졌고, 북조선 당국에서도 잘한 일로 밖으로 칭찬하지는 않아도 내심 좋아하는 눈치였다. 우글레고르스크의 김해 김씨들의 기세가 한결 등등해진 것은 말할 필요도 없었다.

우글레고르스크에는 유난히 김해 김씨가 많았다. 김해 김씨라고 모두 같은 파는 아니었지만 삼현공파가 단연 우세했는데 진규, 광규, 창규는 그 삼현공파의 후손들이다. 그들이 어렸을 때는, 일본으로 떠난 종규가 골목대장으로 우두머리였다. 종규는 사촌 동생들을 데리고 다니면서 나쁜 짓도 많이 했다. 굳이 나쁜 짓이라고까지 할 수 없을지는 모르지만 어쨌든 아이들로서는 착하지 못한 행동들을 골라 했는데, 그중의 하나가 말에 얽힌 이야기다. 사할린에는 지금도 길거리를 마차가 다니곤 하지만 말은 옛날부터 많았다.

종규는 데리고 다니던 사촌 동생들과 함께 빈 마차 위에서 놀고 있었다. 갑자기 쏴아, 하는 소리가 나서 돌아봤을 때 말이 오줌을 누고 있었다. 꼬마들은 암말의 성기가 그렇게 큼을 그때 처음으로 보고 알았다. 그중 대장 격인 종규가 꼬챙이를 들고 암말의 성기 주변을 슬슬 긁었다. 말이 꼬리를 반쯤 들어올린 채 가만히 있었다. 종규는 점점 신이 나서 더 열심히 꼬챙이로 슬슬 긁었다. 드디어 말의 성기가 벌룸거려지면서 내부가 드러나 보였다. 그것은 물고기의 아가미처럼 붉은 색깔이었다. 진규, 광규, 창규들이 히히덕거리며 재미있어 하는 가운데 종규는 꼬챙이를 그 빨간 속살 안으로 힘껏 찔렀다. 그 순간이었다. 말의 꼬리가 무섭게 종규의 뺨을 후려쳤던 것이다. 종규의 얼굴은 담박에 말꼬리에 맞은 자국이 벌젖게 부어올랐다. 눈을 뜰 수 없을 만큼 눈알도 쓰리고 아팠다. 눈물이 마구 쏟아졌다. 종규의 그러한 모습을 본 진규, 광규, 창규들이 낄낄거리며 마구 웃어댔다. 화가 난 종규는 말을 건드리던 꼬챙이로 동생들을 마구 후려치고 발로 찼다

지금도 이들은 일본으로 떠난 종규 형을 생각할 때마다 그런 기억을 떠올리곤 했다. 종규 집에서 키우던 고양이를 갖다 버리려다 뒤따라온 고양이로부터 종규가 호되게 당한 것도 이들은 모두 기억하고 있었다.

아, 그 종규 형은 지금 어디에서 어떻게 살고 있을까? 지금도 일본에서 살고 있는지, 아니면 신작 조선 땅으로 돌아갔을까? 고향이 경북 청도란 말은 들었지만 고향에 관한 기억은 없는 그들이었다. 다만 지금까지 소식을 모르는 종규와 누나 복희가 궁금하고 그리워, 아버지로부터 들었던 고향 땅 청도로 벌써 몇 번씩이나 편지를 보냈지만 전혀 소식이 없었다. 특히 복희 누나는 어려서부터 좀처럼 웃지도 않고 말도 잘 하지 않았다. 그럴뿐더러 늘 혼자 방에만 숨어 지냈다. 그래서 어린 마음에도 복희 누나가 이상하다고만 생각한 채, 아예 상대도 하지 않았는데 그 누나도 지금쯤 중늙은이가 되었으리라,

어쩌다 유즈노사할린스크에서 진규가 올라오면 이들은 모여 조선 땅 이야기, 특히 종규 형의 소식을 궁금해하며 한숨을 쉬기도 했다. 잘 되었으면 아주 잘 되었거나 잘못 되었으면 거지가 되었을 것이라고 그들은 말하곤 했다. 종규나 그의 아버지 상주의 성격을 잘 알고 있었으므로 하는 소리였다.

30장

사할린에서 온 편지

84

1988년 7월 하순, 정상규 신부는 본당의 산간학교가 개설된 경남 언양의 청수골에 와 있었다. 금년에 56살인 정 신부도 벌써 노인티가 나고 있었다. 본당의 수녀들과 사목회 간부들도 모두 산간학교로 와 있었다. 중고등학생 300여 명을 데리고 와서 풀어놓으니 좁은 골짜기가 온통 떠나갈 듯이 시끌벅쩍했다. 한낮의 더위 때는 계곡물로 학생들을 내려보내 마음껏 물장난을 치게 했다. 마침 며칠 전에 비가 와서 수량은 풍부했다. 이 청수골은 몇 년 전에 부산 교구에서 청소년 야외 교육장으로 사용하기 위해 확보해 둔 땅이라 일반 피서객은 출입을 금지시키고 있어, 산간학교로는 안성맞춤이었다. 숙박과 취사를 할 수 있는 시설도 잘 되어 있어, 더워지기 전의 아침나절이나 해가 진 뒤의 교육 프로그램 진행에도 편리했다. 성당에서 하는 일은 많지만 어느 성당에서나 청소년 대상의 여름 한철 2박 3일 간의 산간학교는 아주 중요한 연례 행사였다. 그래서 이 행사를 주관하는 본당의 교육분과위원은 물론, 사목회의 전간부들도 일부러 시간을 내어 산간학교 현장을 찾아

와서 직접 봉사하거나 봉사자를 격려한다. 취사를 돕기 위해 어머니들도 동고동락한다.

이날도 한낮이어서 학생들을 모두 계곡의 냇물로 내려보내 놓고, 정 신부는 몇 사람의 사목회 간부들과 함께 세상 돌아가는 이야기를 하고 있었다. 곧 있게 될 올림픽 이야기이며, 올림픽을 바라보는 북한의 시각도 화제가 되었다.

"기왕 치르기로 한 민족의 대사인데 와서 함께 뛰지는 못할망정 방해는 안 해야 될 텐데…."

"우리가 하는 일에 시비를 안 걸어 본 적이 없는 북한인데 방해를 해도 말로만 하면 다행이지 혹시 무슨 테러 행위라도 해 봐, 나라 체면이 뭐가 되겠어?"

"아앗따, 북한만 나무랄 일도 아니지. 말이야 바로지 한국 정분들 북한 하는 일을 한 번이라도 옳게 보고 바로 평가했다고?"

세 사람의 이러한 대화를 듣고 있던 정 신부가 그때야 거들었다.

"중요한 것은 이번 올림픽을 계기로 북한이 남한의 실상을 옳게 확인하는 일이지요. 그리고 남한도 좀 대범하게 북한을 대할 필요가 있어요. 실제로 지금 북한은 군사력 말고는 남한과 겨루어 나을 것이 아무것도 없고, 이런 것을 정부가 알고 있다면 북한에 대해서 시시콜콜한 문제로 맞시비를 걸어서는 안 되지요."

"신부님 말씀이 옳습니다. 옛날에는 우리가 북한보다 더 어렵게 산 것이 틀림없었지요. 그러나 지금은 우리가 훨씬 잘살고 있다고 봅니다. 쌀독에서 인심 난다고, 이제 우리도 가난한 북한에 대하여 정치 선전 목적이 아닌 진심에서 우러난 민족애를 발휘할 때가 왔다고 봅니다."

"어이, 김 형제 봐라, 누가 그걸 모르나? 아무리 도와줄라 캐도 천길만길 뛰면서 헛포옴만 재고 있는 것들이 북쪽 아니가. 그런데 우리가 뭣이 답답해서 똥을 싸놓고 빌 끼고?"

"그러니 한쪽이 좀 어른스러워져야 한다, 그 말 아니요? 형님은 보기는 좀 틔여 보이는데 우째 그리 앞뒤가 꼭꼭 막혔소?"

"허허, 어젯밤에는 고스톱 치변서 남 잠도 못 자게 싸우더니, 오늘은 또 남북한 문제로 티격태격 싸우기요? 신부님, 이런 사람들을 그냥 보고 계실 겁니까?"

정 신부가 허허 웃으면서 그중 나이가 젊은 사람에게 말했다.

"남북한 문제는 노통(盧統)과 김일성 주석한테 맡겨두고, 김 형제는 나가서 오리나 다 익었는지, 익었으면 건져 오소."

청수골에는 관리인이 토종 닭과 청둥오리를 키우고 있었는데, 신부님께 드린다고 청둥오리 두 마리를 삶고 있었다. 그 구수한 냄새가 아까부터 이들이 앉은 평상께로 풍겨오고 있었다. 정 신부의 말에 따라 그가 땡볕 속으로 나가 솥뚜껑을 열어 보고는 숙사를 향해 소리쳤다.

"베로니카 자매님, 오리가 다 익었으면 신부님한테로 가져와야지, 산신제 지낼 끼라고 이래 냄새만 피우고 있습니까? 소주하고 소금하고 막장에 풋고추 챙겨 오이소!"

이래서 청둥오리 백수육에 술상이 차려졌다. 큰 밤나무 숲 그늘에 놓인 평상에서 눈을 들어 숲 밖을 보다가 도로 눈을 돌리면 사방이 캄캄해 보였다. 그만큼 햇살은 밝고 뜨거웠다. 따르르 하다가 이내 매롱매롱 하며 울어대는 매미 소리가 어떻게나 시끄러운지 귀청이 떨어져 나갈 지경이었다.

막 소주잔을 들어 마시려는데 저 아래쪽에서 자동차 소리가 났다. 본당에서 또 누군가 찾아오는 것이리라. 어제 낮에 이리로 올 때 같이 못 온 본당의 신자로 직장인들은 저녁 늦게 와서 놀다가 새벽녘에 돌아갔는데, 평일 한낮에 오는 사람은 누구일까?

이윽고 땀을 뻘뻘 흘리며 양손에 커다란 찜통을 들고 올라온 사람은 사목회 부회장이었다. 그는 자영업을 하고 있어 시간이 있었나 보았다.

"이 사람들아, 멀거니 보고 있지 말고 어서 와서 좀 받아라."

이번에도 김 형제라 불린 사람이 달려가 큰 찜통을 받았다.

"부회장님, 이게 무엇입니까?"

"개 한 마리 잡아 왔지. 더위에 상할까 싶어 얼음을 채웠딩이 이리 무겁네."

"아이구, 뭐 개를 한 마리씩이나! 사람이 삼백 명이 넘는데."

"아아들꺼정 개를 멕일 수야 있나? 그래서 이거는 닭이다."

부회장이 들고 있는 찜통에는 생닭이 얼음과 함께 가득 채워져 있었다. 정 신부가 말했다.

"수고하셨습니다. 우선 이 안주에 소주부터 한 잔 하세요."

"예, 고맙습니다. 그런데 신부님 성당으로 편지 한 통이 왔길래 가져 왔습니다마는 발신인의 주소 성명이…."

그러면서 남방셔츠 호주머니에서 반으로 접힌 봉투를 내밀었다. 부회장은 용의주도한 사람이어서 그 봉투를 비닐에 싸서 호주머니에 넣어 왔던 것이다. 땅에 젖을 것을 염려해서였다

정 신부가 봉투의 발신인을 한참이나 들여다보면서 고개를 갸우뚱거렸다. 그도 그럴 것이 정 신부로서는 난생 처음 대하는 러시아 문자였기 때문이다. 그러나 정 신부는 그 낯선 알파벳이 러시아 문자인 줄은 모른 채 수신인을 다시 확인했다. 주소가 옛날 일제시대의 집 주소로 되어 있었는데, 볼펜으로 그 주소 위에 두 줄을 긋고 새로 부산의 성당 주소가 쓰여 있었다. 누가 그랬는지는 모르겠지만 외국에서 온 편지였으므로 돌려보내기도 힘들어, 편지는 수신인을 찾느라고 상당 기간 이곳저곳을 돌아다닌 것 같

왔다. 그렇기에 봉투가 터실터실해진 위에 손때도 많이 묻어 있었다. 수신인 성명만은 또렷한 한글로 '정상규 좌하'라고 되어 있었다. 사제의 길로 들어선 지가 30년이 가까웠지만 '신부'란 호칭 없이 이름만으로 된 편지를 받는 것도 처음이었다. 그는 무슨 뚱딴지같은 이런 편지가 다 왔는가, 하면서 조심스럽게 봉투를 열어 알맹이를 빼내었다. 그는 단박에 그 편지가 옛날에 사할린으로 끌려간 형님이 보낸 것이란 걸 알았다. 정 신부는 형언할 수 없는 감격으로 도무지 그 자리에서 편지를 읽을 수가 없었다. 떨리는 손길 하며 당장 괴여 곧 바닥으로 떨어질 것 같은 눈물 때문에 그는 편지를 손에 든 채 자리를 옮겨야 했다. 그곳에서 한참 떨어진 다른 그늘 밑의 바위 위로 가, 편지를 읽기 시작했다.

　나의 사랑하는 同生(동생) 보아라.
　이 便紙(편지)는 세 번째 보내는 것이다. 이번에도 消息(소식)을 期待(기대)하지 안으리라 다짐하면서 또 便紙(편지)를 쓴다. 먼저 家內(가내) 消息(소식)이 궁금하다. 아버님 어머님께서는 生存(생존)해 계신지, 너는 어떠케 살고 있는지 궁금하다. 膝下(슬하)에 아이는 멋이나 두엇으며 모두들 長成(장성)햇겟지. 孫子(손자)나 孫女(손녀)도 보앗겟지.
　나는 이곳 사할린의 브이코프란 곳에서 잘살고 있다. 지금은 혼자 살지만 딸이 하나 있고, 그 딸은 大學(대학)을 卒業(졸업)하고 婚姻(혼인)해서 살고 있다. 내 나이 今年(금년)에 조선식으로 68살, 이곳에서 靑春(청춘)을 보내고 다 늘것지만 고향땅을 그리워하고 家族(가족)들이 보고 시픈 마음은 옛날이나 지금이나 변함이 없다. 司祭(사제)가 될 꿈을 안고 공부하다가 붓잡혀 온몸이라 지금도 천주님을 잊지는 않았지만 옳은 信仰生活(신앙생활)을 하지 못하고 있으니 이것이 철천지한이다. 그러나 이미 도리킬 수 없는 일이요, 나의 運命(운명)이라 생각하고 혹시라도 조은 세상이 돌아와 고향땅을 한 번이라도 보았으면 하는 것이 나의 유일한 希望(희망)이다. 朝鮮(조선)에서 今年(금년) 가을에 오림픽이 열린다고 하니 이곳 조선 사람들은 해방 전에는 일인들로부터 조센징이라 불리면서 온갖 학대를 밧았고 해방 후에는 러시아 사람들로부터 까레스끼라고 불리면서 逼迫(핍박)과 눈치 속에 살면서도 모처럼 어깨를 펼 수 있어 허뭇하다.

들으니까 남조선에서는 종교생활도 자유롭고 또 生活水準(생활수준)도 많이 向上(향상)되엇다고 하는데 지금도 온 식구들이 열심이 聖堂(성당)에 나가고 있는지 궁금하다. 우리 집안은 오랜 구교의 가문으로 증조부님은 세례명이 야고보, 조부님은 베드로, 아버님은 안드래아이셨고 너는 베네딕도가 아닌가. 그러니 리치로 봐도 종교를 멀리할 수 없을 것이다. 내가 이곳으로 끌려올 당시 너는 소학교 5학년이어서 나는 너의 변한 모습을 상상할 수가 업구나. 今年(금년)에 너의 나이도 56살이 되엇겟구나. 내가 떠나올 때 할아버지께서는 정신이 맑지 못하셨는데 그 뒤 몇 년이나 더 사셨는지, 농사일에 바쁘신 부모님께서 편찬으신 할아버지 수발에 얼마나 苦痛(고통)을 당하시엇나 생각하면 나는 지금도 가슴이 메인다. 아무리 보내 봐도 回信(회신)업는 便紙(편지)라 더 쓰기도 힘이 던다. 이번 便紙(편지)만큼은 꼭 너의 손에 닿기를 간절히 기도하면서 너의 家庭(가정)에 하느님의 恩寵(은총)을 빈다. 한 번도 못 만낫지만 늘거가고 계실 제낫씨에게 특별히 安否(안부)를 여쭈고 조카들에게도 安否(안부)를 전한다.

동봉하는 사진은 나의 체근의 모습이고 내 옆에 선 애가 내 딸 仁子(인자)이다. 너의 가족 사진도 보내주엇으면 조켓다.(괄호 속

의 한글은 작가가 넣은 것임)

누런 색깔이 도는 편지지는 지질이 좋지 않았고, 어딘가 조잡해 보이는 봉투 역시 이색적이었다. 글씨는 달필이었지만 맞춤법은 많이 틀렸는데 특히 한문 글씨가 달필이었다. 이치를 리치로 표기한 걸 보면 북한의 맞춤법이다.

정 신부는 편지를 다 읽고 사진을 자세히 들여다보았다. 돋보기를 가지고 오지 않아 아무리 자세히 들여다보아도 형님의 모습은 아롱아롱하기만 했다. 눈물 때문에 더욱 그러했다. 젊을 때의 윤곽이 남아 있기는 하지만 완전히 다른 사람의 모습으로 변해 있었다. 이마는 훌렁 벗겨져 올라갔고, 갈꽃같이 하얀 머리카락은 귀 위로만 우수수하게 솟아 한쪽으로 쏠려 있었다. 이마의 주름살도 주름살이려니와 눈 아랫부분의 살이 유달리 밑으로 처져 불룩 튀어나왔고, 광대뼈 밑의 볼은 움푹 들어가 있었다. 윗옷은 털이 붙은 점퍼 차림인데도 형님은 추운 모습이었다. 의자에 앉아 상반신만 나온 사진의 뒤에 중년이 가까워 보이는 여자가 억지웃음인 듯한 미소를 지으며 오른손을 형님의 왼쪽 어깨에 얹고 서 있었다. 얼굴이 세련된 인상이었으나 아무리 뜯어 봐도 형님을 닮은 것 같지 않았다. 편지와 사진을 보고난 정 신부는 걷잡을 수 없이 쏟아지는 눈물을 주체할 수 없었다. 무엇보다도 형님이 살아계신 것이 기적같이만 여겨졌다. 형님이 사할린으로 끌려간 것이 23살 때였고, 처음에는 사람이 실종되어버려, 온 집안이 얼마나 걱정을 했는지 모른다. 그도 그럴 것이 집에서 울산으로 가는 길에 붙잡혀 끌려갔으니 형님의 편지가 사할린에서 올 때까지는 온 가족이 걱정으로 날을 보내고 있었다. 길에서 강제로 트럭에 태워 간 왜놈들은 왜놈들이라 치더라도 옆에 붙어 있었을 조선인들은 분명히 울산 군청이나 군내의 면서기들이었을 텐데도 끝내 입을 다물고 소식을 알려주지 않았다. 원망의 소리를 듣기 싫어서였을 것이다. 그런 형님이 달포나 지나서 엉뚱하게 화태에서 편지를 보내와 어른들은 불행 중 다행이라고 안도했는데, 그 불행 중 다행은 결국 불행 중 불행으로 끝나, 부모님들도 돌아가실 때까지 형님을 잊지 못했던 것이다. 그런 형님이 살아계셔서 이렇게 생생한 육성이 들리는 듯한 친필 편지를 보내 주셨으니 어찌 감회가 깊지 않을 것인가.

정 신부는 눈물을 닦고 계곡으로 내려가 세수를 했다. 그러고도 바위 위에 앉아 생각에 잠겼다. 내가 신부가 되어 있다는 것을 형님이 알면 어떤 생각을 하실까. 형님이 끌려가자 정 신부는 어릴 때인데도 형님 대신 내가 신부가 되리라고 결심했었고, 부모님들은 이래라 저래라 일언반구도 없었다. 정상규는 국민학교를 졸업하고 바로 서울의 소신학교로 진학했다. 당시의 소신학교는 중고등학교 과정이었다.

소신학교로 진학하겠다는 결심을 밝혔을 때도 부모님은 잘 생각했다거나 혹은 집안의 대가 끊어지니 가지 말라는 말씀도 하지 않았다. 다만 어머니께서 먼 산을 바라보시면서 혼잣말처럼 중얼거렸다. 그때까지만 해도 형님은 곧 돌아올 것으로 생각되던 해방 직후였기 때문이다.

"우야몬 우리 집안에 신부님이 한참에 둘이 나오겠구나."

신부가 된 지 27년, 그사이 부모님도 별세하셨고, 정 신부도 부산과 경남의 여러 본당을 전전하면서 사제생활의 쓰고 단맛을 다 맛보고 있었지만 가장 아쉬운 것은 혈육의 정이었다. 그런데 그런 혈육이 늦게나마 이 하늘 아래 살아있음을 생각하니 얼마나 다행스러운지 몰랐다. 그는 앉은자리에서 하느님께 감사의 기도를 올렸다. 그리고 형님의 건강을 빌었다.

　산간학교를 마치고 돌아온 정 신부는 그의 형님에게 장문의 편지를 썼다.

85

　최상필 교장은 금년에 수필집 '아버지의 추억'을 내었다. 그는 교감으로 6년간 근무하다가 지난봄에 교장으로 승진하여 그가 오랫동안 평교사로 근무하던 고등학교의 교장으로 부임한 것이다. 그리고 금년은 결혼 30주년이 되는 해이기도 해서 그동안 여기저기 발표해 온 수필들을 모아 한 권의 책으로 묶어낸 것이다. 진주사범 1학년 때 아버지가 할아버지를 살리려고 사할린으로 자원하여 떠나간 이후로 얼마나 모진 고생을 하며 자랐던가. 그는 진주사범을 졸업하자, 국민학교 교편을 잡게 되었지만 독학으로 중등학교 국어과의 교사 자격 검정고시를 치러 마산으로 나와 중학교 교사가 되었다. 중학교 교편을 잡으면서 다시 고등학교 교사 검정시험을 거쳐 부산에서 고등학교의 교사가 되어 교감을 거쳐 교장인 오늘에 이르렀다.

　아버지가 떠나시자 홀로 된 어머니는 할아버지의 수발을 하면서 농사일과 물방앗간 일까지 도맡아 하게 되었다. 방학 때만 되면 상필이도 상머슴이 되어 어머니와 함께 들일을 하고, 물방앗간에서 동네 사람들의 방아를 찧어 주었다. 그럴 때의 고생을 지금 생각만 해도 손끝이 저리고 등뼈가 휘어지는 것 같다. 지게도 어지간히 많이 졌고, 한참 자랄 나이에 잘 먹지도 못하면서 무거운 등짐만 졌기 때문에 키도 크지 못했다고 스스로 생각하고 있었다. 그의 밑으로는 여동생만 둘이 있었는데 상필은 이 동생들마저도 자신이 맡아 공부를 시키지 않을 수 없었다. 할아버지가 마지막 눈을 감으시면서도 찾으시던 아버지, 그 아버지가 그리워 어머니 몰래 눈물도 많이 흘린 상필이었다. 사범학교에서 학부형을 부르는 일이 있을 때마다 그는 친구들의 아버지가 얼마나 부러웠던가.

어머니의 연세가 금년에 77살, 아버지보다 1살 적으시니 아버지가 만약 살아 계신다면 금년에 78세가 되실 것이다. 그는 어릴 때 아버지로부터 천자문을 배우기도 했고, 아버지를 따라 합천 장으로 가서 이발하고 쇠고기국밥을 얻어먹고 고무신을 얻어 신기도 했다. 아버지의 친구들은 아버지를 보고 농담을 했다.

"해술이 자네 동생이제? 동생이 형을 많이 닮았네."

그러면 아버지는 이렇게 말하였다.

"텍찌 이사람, 자네 집안은 부자간 촌수를 형제간으로 대는가? 자네가 형님으로 부르는 자네 집의 그 어른은 형님이 아니고 사실은 자네 춘부장인가베? 자네 가문을 알 만하네 알 만해."

아버지가 이런 식으로 몰아붙여 버리면 아버지 친구들은 얼굴이 벌게져서 멋쩍은 웃음만 흘리곤 했다. 상필은 할아버지의 사랑도 지극히 받았지만 아버지의 사랑도 깊이 받았다. 할아버지 앞에서는 안 그랬지만 할아버지가 안 계시면 아버지는 상필에게 겨울이면 쇠죽솥에 물을 끓여 목욕도 시켜 주시고, 연을 만들어 준다거나 팽이도 다듬어 주시곤 했다.

지금도 어머니는 아버지의 말씀을 가끔 하시면서 한숨을 쉬신다. 이제 나이 들면서 알게 되었지만, 젊은 나이의 어미니는 여자로서의 고독을 어떻게 이겨냈을까. 하기는 힘든 농사일과 물방앗간 일, 할아버지의 수발에 지쳐 한창 나이의 고독 따위는 어쩌면 하나의 사치였는지도 모른다. 이런저런 생각이 날 때마다 그는 아버지에 대한 생각, 직접 곁에서 지켜본 어머니의 고생을 소재로 글을 쓰곤 했다. 한때는 소설을 열심히 읽고 습작하면서 소설가로 입신해 보고 싶었으나 뜻대로 되지 않았고, 시를 쓰면서 시인이 되어 보고 싶었다. 이러는 사이 세월은 흘러 40대로 접어들고 보니 지난날의 그러한 꿈이 정말 하나의 허황된 꿈이었음을 절감하게 되었다. 그에게는 소설가나 시인도 중요했지만, 홀어머니를 모시면서 동생들을 공부시키고 결혼시키는 일, 아들딸 넷을 제대로 키워내기가 더 시급했던 것이다. 그런다고 그는 그사이 아내와 함께 단 하루의 나들이도 가져보지 못한 처지였다. 그러나 학교의 일은 누구 못지않게 열성적이어서 인문 고등학교의 진학반을 도맡아 지도했고, 어느 사이엔가 그는 대학입시 국어과목의 최고 권위자로 대접받기도 했다. 여기저기 짧은 산문들을 발표하는 사이에 그는 수필가란 이름을 얻게 되었고, 지금은 당당히 한국문인협회 수필분과의 회원이기도 했다. 이래서 첫 번째로 펴낸 수필집이 『아버지의 추억』이었다.

최상필이 살아온 일을 생각하면 기쁨보다 슬픔이, 웃음보다 울음이 훨씬 더 많았다. 자수성가한 사람이 대개 그렇지만 최상필이야말로 근검절약으로 생을 이어왔다. 자신이 사범학교 학력을 최후로 하고 줄곧 검정시험을 쳐서 고등학교 교사까지 되어, 이제 겨우 양식 걱정을 면했지만 10여 년 전까지만 해도 그는 언제나 끼니를 때우기가 힘들었다. 가족이 자그마치 7명이나 되었기 때문이다. 어머니, 아내, 아들딸 넷, 동생이 둘이 있었기 때문에 동생 둘의 중학교까지의 교육과 결혼은 말할 것도 없이 장남인 최상필의 몫이었다. 어머니가 늘 몸이 편찮으신 가운데 병석에 누워 계셨고, 아내 또한 위장이 좋지 않아 위장 수술까지 한 상태였다.

시골의 땅뙈기와 아버지가 돌리던 물방앗간도 처분한 지 오래였다. 부산으로 처음 나와서는 영도 신선동 바닷가의 산발치에 단

칸 셋방을 얻어 모든 식구가 한방에서 거처했는데, 언제나 식수 때문에 고생이었다. 여름철 비만 오면 장판이 부풀어 올라 다리미로 방바닥을 다리기도 했었다. 방이 길에 붙어 있었다. 그러나 길보다 낮았으므로 길 쪽의 벽에서 습기가 배어 들어오는 데다, 연탄아궁이에서는 아궁이대로 우물처럼 물이 솟아올랐다. 그런가 하면 모든 식구들의 얼굴이 해풍에 흑인처럼 그을려 있었다. 다만 최상필만이 아침 일찍 학교로 나가 저녁 늦게 돌아오곤 했으므로 원래의 얼굴색이었다. 상필의 아내는 어린 아이들을 걸리고 업고서 고갈산 중턱의 옹달샘까지 양동이를 이고 물을 길러 가곤 했었다. 언제나 사람들이 줄을 서 있었고 차례가 되면 바가지로 물을 떠서 양동이에 채우는 데만도 10분 이상이 걸리곤 했다. 동네에 상수도라곤 아예 없었고, 이 산 중턱의 옹달샘이 동네 사람들의 유일한 식수원이었다. 어머니는 신경통으로 앓아누워 계셨기 때문에 손자 하나라도 옳게 거두어 줄 수가 없어, 그의 아내가 언제 어디를 가더라도 아이들을 하나는 걸리고 하나는 업지 않을 수가 없었다. 한번은 그렇게 물을 길어 가파른 산길을 내려오다 미끄러지면서 자빠질 뻔했는데, 등에 업은 아이보다 머리에 인 물을 더 조심하여 안 자빠지려고 안간힘을 쓰다가 허리를 삔 일이 있었다. 그때 삔 허리가 지금도 날씨만 궂으면 도지곤 한다. 그렇게 귀한 물이었기 때문에 그때는 세수한 물로 발 씻고, 발 씻은 물로 걸레 빨고, 걸레 빤 물조차 버리지 못하고 화분에다 주곤 했었다

그런 방에서 1년 가까이 살다, 전근과 함께 서대신동 3가로 이사를 했다. 처음으로 어머니와 아이들이 함께 쓸 방도 있는 두 칸짜리 셋방이었다. 동생들은 그때 벌써 시집을 갔기 때문이다. 서대신동 3가 역시 산동네여서 물이 귀하기는 영도에서 살 때와 매일반이었다. 어머니의 와병, 아내의 위장병과 허릿병, 환자가 둘이나

있는 가정은 상필이 직장에서 지친 몸으로 돌아와 편히 쉴 수 있는 안식처가 못 되었다. 최상필은 청장년 시절을 이렇게 살았다.

서대신동으로 처음 이사 왔을 때 동네 사람들이 수근거렸던 말을 떠올리면 최상필은 지금도 고소를 금치 못한다. 아이들이 모두 어머니를 닮아 얼굴이 흑인처럼 까맣구나, 하고 동네사람들은 자기들끼리 쑥덕거렸다고. 한참 뒤 아내와 아이들 얼굴이 본색으로 돌아오고 나서야 동네 아낙네 한 사람이 고백하더라는 것이다. 흑인같이 검기에 아이들이 모두 외탁을 한 줄 알았다고. 그러나 동네 사람들의 그런 소리야 문제 될 것이 없었다. 다만 먹고살기가 힘들어 언제나 허덕거려야만 하는 자신의 처지가 안타까웠을 뿐이다. 여동생 둘을 시집보낼 때 아무것도 해준 것이 없건만 빚을 지게 되었고, 그 빚을 오랫동안 못 갚고 허둥거리기도 했다. 쥐꼬리 같은 월급을 받아 빚돈의 이자를 갚고 나면 20일도 못 되어 생활비가 바닥나곤 하여 얼마나 고생했던가. 그때까지만 해도 시골의 보릿고개가 남아 있기는 했지만 최상필의 경우는 도시에 살면서도 매월 하순만 되면 보릿고개였다.

어느 날, 토요일 학교에서였다. 옆자리의 동료 교사가 기지개를 켜면서 혼잣말로 중얼거렸다.

"와야, 몸이 와 이리 찌뿌둥하노. 오늘은 집에 가서 닭이나 한 마리 인삼 넣고 고아 먹을까."

순간 최상필은 깜짝 놀라 그러는 그의 얼굴을 물끄러미 바라보았다. 잔치도, 제삿날도 아닌데 닭 한 마리를 고아 혼자 먹는다? 그것도 중환자도 아니면서 인삼을 넣어서? 어쩌면 이렇게 여유가 있을까. 최상필로서는 정말 이해하기 힘든 노릇이었다. 그는 병석에 누워 계신 어머니에게조차 고기 한 근을 사다 드릴 수가 없어, 아내는 언제나 자갈치에서 값싼 고래고기를 사 와, 마늘 생강 고춧가루 등 갖은 양념을 넣어 쇠고기라고 속여 볶아드리곤 했다, 어쩌다 아내가 상필을 위해 돼지국밥 한 그릇을 사 오면 아내로 하여금 상필은 거기에 물과 된장을 더 넣어 너댓 그릇은 되게 만들어 온 식구가 함께 먹을 수 있도록 하곤 했다. 어머니는 아예 돼지고기를 안 잡수셨기 때문에 문제가 없었지만, 국민학교에 다닐 무렵인 아이들은 이걸 못 먹어 안달이었고, 그럴 때마다 아내는 매를 들고 아이들을 밖으로 쫓아내면서 말했다.

"쪼맨한 것들이 못 묵는 거 없이 묵을라고 서둘러! 이거는 아부지만 잡수신다. 너그는 크몬 얼마든지 더 좋은 거 묵을 수 있다!"

이러는 모습을 보고 어떻게 최상필이 혼자 돼지국밥을 먹을 수 있었겠는가. 그래서 그는 꼭꼭 물을 몇 그릇이나 더 부어, 된장을 풀고 다시 끓게 해서 아이들과 함께 먹었던 것이다. 그 아이들도 다 자라, 큰아이는 좋은 대학을 졸업하고 서울의 재벌 회사에 다니고 있다. 물론 몇 년 전에 결혼도 했고, 자부는 고등학교에서 교편을 잡고 있다. 손자도 태어났다. 손자가 보고 싶었지만 아들 내외는 명절이나 되어야 겨우 부산으로 오곤 했다. 이번 올림픽에 아들 회사의 제품이 소위 '올림픽 공식' 제품으로 선정되어 일이 바쁘다고 한다. 웬만하면 손자를 부산에 데려다 키웠으면 하는 마음이었으나 며느리는 서울의 친정에 손자를 맡겨놓고 있었다. 한편 서운하기도 하고 어찌 생각하면 괘씸한 마음도 들었지만 손자를 제 친정에 맡겨야만 자주 볼 수도 있고 마음도 놓인다는 것이리라. 특히 아내는 상필보다 그러한 마음이 더해, 서울 사람을 며느리로 맞아들인 일에 대해서 꺼림칙하게 여기기까지 하는 것 같았다. 둘째 아들은 제대하고 복학했는데, 지금 한 학기만 더하면 졸업이다. 가운데의 딸도 세칭 일류대학을 졸업하고 결혼했는데, 사위는 사관학교를 졸업한 청년장교로 대전에서 살고 있다. 막내

딸은 부산에서 대학을 다니라고 해도 한사코 고집을 부려 서울에서 세칭 최고 명문대학에 다니고 있다. 막내딸의 하숙비며 학비 부담이 컸으나 어쩔 도리가 없다. 말하자면 최상필은 어려서부터 고생한 보람이 있어, 이제 모든 것을 한시름 놓은 셈이었으나 한 가지 풀리지 않는 한이 있었다. 그것이 사할린으로 끌려간 아버지에 관한 일이었다.

최상필은 이번 수필집에 지나간 날의 이러한 이야기를 모두 담담한 필체로 써서 실었다. 그러나 가장 비중을 두고 쓴 것은 역시 아버지에 대한 이야기이다. 사할린으로 떠난 아버지, 독립운동을 하던 분들을 몰래 돕다가 들통 나서 합천경찰서에 갇힌 할아버지를 살리기 위해 서른이 훨씬 넘은 연세에 사할린으로 자원해 가신 아버지, 해(海)자 술(述)자. 사범학교 1학년이던 그는 아버지 없는 설움을 얼마나 당했던가. 아버지가 보고 싶어 할아버지와 어머니 몰래 울기는 얼마나 했던가. 아버지가 안 계신 살림을 꾸려가기 위해 어머니는 얼마나 모진 고생을 하셨던가.

다른 사람들은 사할린으로부터 편지가 온다고 하는데, 아버지로부터는 왜 편지 한 장이 없을까. 하기는 고향 합천을 떠나 부산으로 온 지가 30년이 훨씬 넘었고, 고향 일가들마저도 거의 고향 마을을 떠나 마산이나 진주, 부산으로 이농을 해버렸으니 아버지의 편지는 받을 길조차 없기도 했다.

올림픽도 끝나고 추석도 지났다. 그는 아들 둘과 함께 추석에 못 가본 고향 합천으로 성묘를 갔다. 마침 문중 시삿날이 이해 음력 10월 12일이고, 그날은 양력 11월 20일 일요일이어서 아침 일찍 부산을 떠나 고향으로 갔던 것이다. 큰아들이 차를 가지고 있어 한결 편리했다.

선영(先塋)의 벌초는 시골에서 농사를 짓고 있는 먼 촌수의 일가 조카에게 부탁하고 있어, 해마다 추석 때 성묘를 가서야 선영의 벌초를 한 사람에게도 인사를 치르곤 했는데, 이번 추석에는 못 갔기 때문에 묘사에 참석하려는 것이다.

차가 좀 밀리기는 했지만 부산을 떠난 지 3시간 만에 고향 마을에 닿아, 먼저 벌초를 해주는 조카의 집을 찾았다. 마침 그는 집에 있었다. 인사가 끝나기 바쁘게 그는 마루에서 방으로 급히 들어가더니 편지 봉투 한 장을 가지고 나왔다.

"제가 영어를 잘 모르기는 하지마는 이 글자는 영어도 앙인 것 같고, 오데서 온 긴지 모르겠습니다. 수신인이 아재 함자가 틀림없어, 아재가 오시몬 디릴라고 가지고 있었습니더. 이 편지가 온 제(지)는 한 열흘쯤 됐는데 온 동네를 돌고 돌다가 지 손에 들어온 거는 닷새 째입니더."

최상필은 무심코 편지를 받아 수신인부터 확인했다. 자기 앞으로 온 편지가 틀림없었다. 달필로 '崔相弼 前'이라고 되어 있었는데 발신인이 애매했다. 큰아들이 받아보더니 소리쳤다.

"이 편지 사할린에서 온 것입니다! 최, 해, 술…, 할아버지께서 보내신 겁니다. 편지가 사할린으로 도로 반신될 것에 대비하여 주소와 발신인을 모두 러시아 문자로 쓰신 것 같습니다."

최상필은 걷잡을 수 없는 감격을 겨우 진정시키며 떨리는 손으로 편지를 개봉했다.

相弼(상필)이 보아라.

歲月(세월)이 如流(여류)하여 내가 故鄕(고향)을 떠난 지가 어언 44년째가 되었는데 지금까지 寤寐不忘(오매불망) 故鄕山川(고향산천)만 그리워하면서 살고 있다. 이 便紙(편지)는 세 번째 보내는 것인데 번번이 돌아오지도 않고 答狀(답장)도 업서, 안타까운 心

情(심정) 不禁(불금)이로다 내가 辛亥生(신해생)이니 今年(금년)에 七十八歲(칠십팔세)라 인제는 죽을 날이 目前(목전)에 臨迫(임박)했으니 더욱 焦燥(초조)하고 孤獨(고독)하다. 이 애비는 이곳에서 再娶(재취)했으나 膝下(슬하)에는 아무것도 업고 늙은이 둘이 살고 있으니 크게 念慮(염려)할 것은 업느니라. 내가 떠날 때 너는 十四歲(십사세)였으니 今年(금년)에 五十七歲(오십칠세)가 되었을 것이라. 膝下(슬하)에는 몃 男妹(남매)나 두었으며 너의 어머니는 生存(생존)해 계신지 別世(별세)했는지 궁금토다. 南朝鮮(남조선)이 아주 잘산다고 하니 이곳 朝鮮同胞(조선동포)들은 士氣(사기)가 衝天(충천)하여 너도 나도 故鄕(고향)에 가고 싶은 抱負(포부)를 안고 있다. 日本(일본)을 經由(경유)하여 南朝鮮(남조선)에 다녀온 사람도 있다고 하니 더욱 喜消息(희소식)이라. 이 便紙(편지) 받는 卽時(즉시)로 封套(봉투)의 住所(주소)로 答狀(답장)을 주기 바란다. 家族寫眞(가족사진)도 同封(동봉)했스면 좋겠다. 便紙(편지)가 交換(교환)되면 더 많은 事緣(사연)을 이야기 했으면 한다. 오늘은 우리 朝鮮(조선)의 秋夕(추석)이어서 萬感(만감)이 交叉(교차)하여 몃 자 쓰고 이만 주린다.

1988. 9. 25.
父 書

편지를 다 보고는 아들에게 돌리고 최상필은 마루에서 마당으로 내려와 하늘을 바라보아야 했다. 잘 닦아 놓은 유리창처럼 깨끗한 하늘인데도 그의 눈에는 하늘에 어룽어룽 구름이 낀 듯했다. 솟구치는 눈물 때문이었다. 눈물을 감추려고 하늘을 쳐다보았지만 볼을 타고 흘러내리는 눈물을 어찌할 도리가 없었다.

그는 아들들과 함께 그 편지를 가지고 조부모님의 산소에 엎드려 두 번 절하고 일어섰다가 다시 엎드린 채 조부모님께 고했다.

"할아버지 할머니, 저의 아버지께서 사할린에 살아계신다는 것을 방금 알았습니다. 아버지께서 보내신 편지를 이제 막 읽었습니다. 이것은 할아버지 내외분께서도 저승에서나마 아버지를 돌보신 음덕이라 생각됩니다. 할아버지, 할아버지를 왜놈들의 손아귀에서 구해내시려고 자원해서 사할린으로 간 아버지가 아닙니까. 아버지를 보내시고 할아버지께서는 얼마나 원통해하시며 한숨을 쉬셨습니까. 돌아가실 때도 아버지를 찾으시면서 끝내 눈을 감으시지 못했던 할아버지가 아니십니까. 이제 저승에서나마 당신의 아들이 살아 있음을 아시고 안심하소서. 할머니, 할머니께서는 아버지가 계실 때 돌아가셨지만 저승에서도 집안일을 환히 알고 계셨으리라 믿습니다. 저희 자식들도 장성해서 다 건강하고 저도 손자까지 봤으니 이 역시 할아버지 할머니의 음덕이라 믿습니다. 바라옵건대 편찮아 누워계시는 저의 어머니께서 좀 더 오래 사시어 사할린에 계시는 아버지와 상봉이 될 수 있도록 보살펴주소서."

시사를 지내고 부산으로 돌아온 그는 어머니와 아내에게 편지를 내보이고 아버지의 생존 소식을 전했다. 시아버지의 얼굴도 보지 못한 아내가 먼저 어머니를 붙들고 눈물을 흘렸다. 며느리가 한참이나 흐느낀 뒤에야 어머니는 조용히 며느리의 등을 토닥거리며 말했다.

"살아계셨다니 천행이다. 너그 시부님이 화태로 떠나신 기 해방되던 해 초봄이었으니, 금년이 몇 년째고? 살아생전에 한분 만나보기라도 했으몬 좋겠다마는… 재취한 기야 우짜겠노. 너그 시부님을 모시고 산 사람이 내한테는 에나(오히려) 고마분 사람이지."

최상필이 어머니를 위로했다.

"어무이, 어짜몬 어무이 생전에 아부지를 상봉하실 수 있을 껍니
더. 세월이 좋아지고 있으니까 틀림없이 얼마 안 있어 우리가 사할
린으로 갈 수도 있을 끼고, 사할린에 있는 우리 동포들이 한국으
로 올 수도 있을 것 같습니더. 그리 되몬 어무이는 아부지를 만나
볼 수 있을 껍니더. 그러니 어짜든지 많이 자시고 오래오래 사셔
야 됩니더."

"말이사 고맙다마는 살고 싶다고 오래 살 수 있나. 사램이 오래
살고 싶다고 살아서도 안 되제. 지금꺼정도 많이 살았제. 우리 집
안에 팔십을 넘긴 사람은 안에서도 밖에서도 아무도 없제. 너그
아부지 연세가 금년에 칠십 여덟이다. 내카마 한 살 많았거든."

며느리가 시어머니를 위로했다.

"어무이, 그래도 어무이는 꼭 팔십을 넘기실 껍니더. 그라고 옛
날보담 요새 어무이 기골이 더 좋으시지 않습니꺼. 그러니 사할린
에 계시는 아부님캉 꼭 만날 수 있을 껍니더."

시어머니는 며느리의 두 손을 꼭 붙잡고 흔들더니 그때서야 눈
물을 내비쳤다. 눈 가장자리에 고여 있던 눈물은 주름살투성이인
어머니의 볼을 타고 흘러내렸다. 최상필이 잊고 있었다는 듯 큰아
들 내외에게 물었다.

"참, 너희들 내일 새벽에 떠난다고 했지?"

"예, 사실은 오늘 서울로 가야 할 건데 못 가고 말았으니 내일
새벽이 아니라 밤 12시만 지나면 출발할 생각입니다."

큰아들의 말에 상필의 아내가 말했다.

"그라몬 지금 얼른 들어기서 눈 좀 붙여라. 그래야 차를 몰아도
몰지."

최상필이 얼른 그의 아내에게 말했다.

"눈 붙이는 기 문제가 아니고, 모인 김에 아버님께 보낼 사진을

찍어야겠소. 어무이 머리 새로 빗겨 드리고 옷도 가름옷(외출복)으로 갈아입혀 드리소."

옷을 갈아입은 어머니를 거실의 소파 한중간에 앉게 하고, 어머니 오른편에 상필이 내외가 앉고 맨 가 쪽에 작은아들이 앉았다. 어머니 왼편에 큰아들 내외가 손자를 안고 앉았다. 딸이 둘 다 없는 것이 섭섭했지만 딸은 본래 출가외인이 아닌가.

아들들이 와 있었고 손자와 며느리까지 와 있는 것이 얼마나 다행한 일인지 몰랐다. 사할린에 계신 아버지께 보내기 위해서가 아니라도 가족들이 모인 김에 사진을 찍어 둠 직한 일이 아닌가. 집에 있는 사진기로 필름 한 통을 가족사진 찍는 데 다 썼다. 자동사진기여서 가족 중의 한 사람이 사진을 찍느라고 빠져나가야 할 불편도 없었다.

사진을 찍고 나서 최상필은 책상 앞에 꿇어앉아 마치 아버지에게 절이라도 하는 듯한 자세로 한창이나 앉아 있다가 편지지와 펜을 꺼내 편지를 쓰기 시작했다.

뵙고 싶은 아버님께 올리옵니다.
아버님, 꿈에도 잊지 못하던 아버님의 글월을 받잡고 저는 오늘 얼마나 감격의 눈물을 흘렸는지 모르옵니다. 우선 아버님께서 아직까지 생존해 계셨다니 그런 기쁨이 없사옵고. 아버님의 친필 글월을 받고 보니 너무 반가운 나머지 눈물을 감출 수가 없었사옵니다.
마침 오늘이 고향의 문중 시삿날이라 고향으로 갔다가 아버님의 편지를 받게 되었사옵니다. 저의 주소가 봉투에 쓴 대로 부산으로 바뀌었사오니 다음 편지부터는 부산으로 보내주시옵기 바라옵니다.

어머님께서도 생존해 계시오며 저는 현재 부산의 ○○고등학교 교장으로 재직하고 있사오며, 여동생 東姬(동희)와 貞淑(정숙)도 오래전에 順興(순흥) 安氏(안씨)와 密陽(밀양) 孫氏(손씨)에게 출가하여 잘살고 있사옵니다. 저는 全州 李氏(씨)를 처로 맞이하여 2남 2녀를 두었사온데 위로 아들과 딸은 결혼시켜 친손자 하나와 외손자 둘을 보았사옵니다. 고향 陜川(합천)을 떠난 지는 30년이 넘었사옵니다.

아버님을 모시고 사시는 그곳의 어머님께도 이 불효자식 글월로 인사 여쭈오며 이곳의 어머님께서도 그곳의 어머님께 진심으로 감사의 정을 느끼고 계시옵니다.

분부대로 가족사진을 동봉하옵니다. 어머님 왼쪽이 저희들 내외와 작은놈 泳珪(영규, 26세), 어머님 오른쪽이 큰놈 泳植(영식, 30세) 내외이오며 안긴 아이는 저의 손자(3세)이옵니다. 큰딸년은 海州(해주) 吳氏(오씨)에게 출가하여 대전에 살고 있사오며 막내딸년은 지금 서울에서 대학을 다니고 있사옵니다.

아버님, 이제 자주 편지를 드리겠사오며 사할린과 이곳의 내왕만 허락되면 아버님께서 오시든지, 제가 가든지 하겠사옵니다. 오늘은 이만 줄이옵니다. 내내 건강하시옵기를 하늘에 축원하오며 부디 만수무강하시옵기를 엎드려 비옵니다. 다음 편지에는 아버님께서도 최근의 사진 한 장을 보내주시옵기 바라옵니다.

1988. 11. 20.
不孝 相弼 拜上

최상필은 사진을 뽑기 전인데도 사진 설명까지 해서 편지를 썼다. 내일 필름을 맡기면 모레 사진을 찾을 수 있을 것이고, 사진만 찾으면 바로 편지를 부칠 생각이었다.

86

89년 말까지 최상필은 아버지로부터 편지를 한 번 더 받을 수 있었는데, 그사이 그는 민간인이 사할린으로 갈 수 있는가를 백방으로 알아봤으나 어림도 없었고, 사할린 동포의 고국 방문도 특별한 경우가 아니고는 이루어질 수 없음을 알았다. 다만 아버지의 두 번째 편지에서 최상필은 아버지 주변의 인물들의 이름을 알게 되었는데, 그의 아버지는 자상하게도 이문근, 정상봉, 박판도, 김형개 등 생면부지의 인물들을 소개하면서 그들의 고향 지명까지 써 보냈던 것이다. 물론 연락이 닿으면 가족들에게 안부를 전해 달라는 말과 함께. 특히 최상필의 관심을 끄는 것은 허남보란 사람이었는데, 그는 아버지의 사위라고 했다. 슬하에 자녀가 없다고 하셨는데, 허남보란 사람을 사위라고 하셨으니 도무지 영문을 알 수가 없었다. 그러나 이러한 것이 무슨 문제가 되랴. 사할린의 아버지에게 자녀들의 있고 없음은 최상필에게는 아무것도 아니었다. 아니, 오히려 이복형제라도 형제들이 있다면 훨씬 다행스럽겠다는 생각이었다. 최상필은 삼대독자가 아닌가. 마침 상필에게서 아들 형제가 태어나 다행이긴 하지만 그에게는 형제도 사촌도 육촌도 없었다. 이런 판에 아버지께서 사할린에서 아들딸을 두셨다면 이야말로 가문을 위해서도 좋은 일이 아닌가.

90년 10월 어느 날이었다. 지난 70년대에 부산의 ○○여고 졸업생들이 졸업 20주년 기념행사로 당시의 모교 은사들을 시내의 어떤 호텔에 초청한 일이 있었다. 20여 명의 과거의 동료들이 한자리에 모였다. 모인 사람들의 대부분이 20여 년 전만 해도 모두들 팔팔하던 한창때였다. 그러나 이날 모인 사람들은 대부분이 50대 후

반이거나 60을 넘은 노장들이었다. 따라서 거의 교장 아니면 교감 급이었고, 여태 평교사로 있는 사람도 없지 않았으나 대학으로 올라간 사람들도 더러 있었다. 그중의 한 사람이 이철환이었다.

당시에는 숙직을 두 사람씩 함께 했는데, 최상필은 언제나 이철환과 함께 숙직의 짝이 되었다. 숙직 날 음주를 해서는 안 됐지만, 그들은 숙직 날마다 학교 앞 중국집에서 술과 안주를 불러다 취하도록 마시곤 했다.

어느 날 이철환이 취중에 푸념을 늘어놓았다.

"최 선생님, 저는 숙부 앞으로 양자를 갔는데, 그 숙부님께서 6·25사변 때 보도연맹에 연루되어 종적을 감추었어요. 호적상 저는 숙부의 자식으로 되어 있기 때문에 이 숙부님의 일이 저의 공직 활동에 얼마나 큰 지장을 초래하는지 모르겠어요. 제가 3년이나 늦게야 사범학교를 졸업하고 교사로 출발할 때부터 언제나 걸려 나오는 게 호적상 저의 아버지인 숙부님의 문제였습니다. 제가 지금 대학원을 다니고 있지만 사실 걱정입니다."

최상필이 예사로 물었다.

"이 선생님의 그동안의 고통은 대강 짐작하겠습니다마는 대학원 공부하고 그 숙부님의 일하고야 무슨 관계가 있습니까?"

그러자 술잔을 들어올리다 말고 철환은 상필을 뚫어지게 바라보았다.

"제가 어려운 형편에 대학원을 다니는 이유가 무엇이겠습니까?"

그래도 상필은 눈치를 채지 못하고 엉뚱한 답을 했다.

"그야 본래 학구적인 이 선생님이시니까 공부를 더 하시고 싶어 대학원 공부를 하시는 거겠지요."

말인즉 틀린 것은 아니었다. 그러나 이것은 이철환의 속마음을 전혀 모르는 소리였다. 이철환은 대학원을 마치고 대학으로 가고 싶었던 것이다. 따라서 숙부의 일 때문에 대학원을 졸업해도 까다로운 신원조회에 무사히 통과될까를 염려해서 한 말인데, 최상필은 그것을 몰랐던 것이다. 비록 이철환이 나이는 최상필보다 4, 5세나 아래였지만 최상필은 진주사범이고, 이철환은 부산사범으로, 같은 사범학교 출신이란 점에서, 또 가르치는 과목이 같다는 점에서 철환은 상필과 잘 통한다고 생각하고 있었다. 그런데 최상필은 이철환을 이렇게도 모르고 있었던 것이다. 최상필은 진작부터 무슨 연수다 논문 제출이다로 교감 되기에 열중해 있었으므로 이철환의 대학원 공부 역시 승진에 필요한 점수화에 도움을 얻고자 한 것이라고만 생각하고 있었다. 하지만 그런 것을 어떻게 입밖에 내어서 표현할 수 있겠는가. 그래서 그는 이철환이 교감 되기 위한 방편으로 대학원 공부를 한다고 말하지 못하고, 학구파여서 공부를 더하는 것이 아니겠느냐고 말했던 것이다.

이철환은 입맛을 쩝쩝 다시며 서운한 표정으로 술잔을 들이켰다. 그러나 이번에는 최상필이 가슴에 맺힌 한을 털어놓았다.

"이 선생, 내 말 한번 들어보세요. 나는 14살 때인 해방 되던 해 2월에 아버지와 생이별을 했습니다."

"부친과 생이별을 하시다니요?"

"조부님께서 독립운동하던 분들을 돕다가 들통 나서 고향 합천경찰서에 붙잡혀 들어가셨지요. 나의 아버님께서는 조부님을 구출하시기 위해 사할린으로 자원해 가신 겁니다."

"그러니까 조부님을 풀어달라는 조건으로 최 선생님 부친께서 사할린 징용을 자원하셨다는 말씀입니까?"

"그렇습니다. 홀로 되신 어머니가 홀할아버지를 모시고 고생하신 일을 지금도 잊을 수가 없습니다. 그리고 나는 지금 이 나이에도 아버지가 보고 싶어 간혹 미칠 지경이 된답니다."

그러면서 그날 최상필은 손수건을 내어 눈물을 훔쳤고, 이철환은 그런 줄은 전혀 몰랐기 때문에 위로할 말을 찾느라고 허둥거리다 말 대신 술잔을 돌렸던 것이다.

이러한 일을 기억하고 있던 이철환이 그날 ○○여고 졸업 20주년 기념 행사장에서 최상필에게 다가와 말했다.

"최 교장님, 이제 잘하면 사할린의 춘부장님을 만나 뵐 수도 있겠던데요."

최상필이 귀를 세우며 되물었다.

"아니, 이 교수, 그거 무슨 말씀입니까?"

"대구에 있는 '중소이산가족회'에서 사할린 방문을 위해 정부당국과 절충 중에 있는데 곧 성사될 모양이던데요."

"그런 걸 이 교수가 어떻게 알고 계십니까, 글쎄?"

"오늘 최 교장님을 뵙고 보니 생각나는데요. 사실은 제가 바로 그 중소이산가족회의 회원이거든요. 그래서 최 교장님께서도 우선 중소이산가족회에 입회하실 것을 권합니다."

최상필은 무슨 말인지 도통 알 수가 없었다. 이철환 가족 중의 누구가 사할린으로 끌려갔단 말인가. 한 번도 그런 말을 한 적이 없지 않던가. 그래서 되물었다.

"이 교수가 왜 그런 단체의 회원이 되었어요? 아니 그것보다도 그 단체의 성격부터 좀 자세히 알려주세요."

"놀랍게도 호적상의 저의 부친이었던 숙부님은 6·25사변 때 일본을 통해 사할린으로 가 계셨어요. 그러나 그 복잡한 사연은 차츰 말씀드리기로 하고, 대구에 본부가 있는 중소이산가족회는, 명칭 그대로 중국이나 소련 땅에 가족을 두고 있는 한국 이산가족들의 모임입니다. 그 모임에서 이번에 사할린방문을 계획하고 있어요."

최상필은 눈이 번쩍 띄었다

"언제 사할린으로 가게 됩니까?"

"1차 방문자는 이미 인원수와 명단이 확정되어 지금 당국의 신원 조회를 받고 있는 모양입니다. 2차 방문은 아마 91년 상반기에 있을 모양입니다. 그러니까 지금이라도 우선 중소이산가족회에 입회·등록하셔야만 2차 방문 때라도 동참하실 수 있지요. 저는 최 교장님께서 이미 1차 방문자의 명단에 포함되신 줄 알고 말씀드렸더니…."

"아니요, 나는 정말 아무것도 몰랐습니다. 오늘 이 교수를 만난 게 얼마나 다행인지 모르겠습니다. 좋은 소식을 알려주어 정말 고맙습니다."

31장

어떤 마감

87

88년 사할린에는 한국의 바람이 불어왔다. 올림픽 때문이었다. 서울에서 올림픽이 개최되리라는 말이 떠돌았을 때 동포들은 반신반의했다. 남조선같이 못사는 나라에서 무슨 재주로 올림픽을 연단 말인가. 더군다나 북조선이 가만히 있지 않으리라는 소문도 있었기 때문에 동포들은 말조심을 하면서 과연 올림픽이 열릴지 말지를 숨을 죽이고 지켜보고 있었다. 이때까지만 해도 사할린에는 북한에서 온 정치부원들이 동포 사회에 있었고, 사할린 동포 자체 내에서 생겨난 공산당원이 구석구석에 박혀 있었기 때문에 여간 믿는 사이가 아니고서는 함부로 말할 수가 없었다.

이문근도 마찬가지였다. 그가 평소에 가까이하고 있는 정상봉, 최해술, 박판도, 허남보 등과는 터놓고 마음속의 말을 할 수 있었지만 그 외의 사람들에게는 늘 입조심을 해왔던 터였다. 하기는 나이 벌써 금년에 73살이나 되었으므로 웬만하면 아무나 붙잡고 하고 싶은 말을 다해버렸으면 하는 충동에 사로잡히지만 자신보다는, 자신을 둘러싼 다른 사람들, 특히 자신보다 나이가 적은 사람들을 위해서는 언제나 신중해야 했다.

이문근은 금년에 와서 급격하게 노쇠해 있었다. 여태껏 무국적에다 독신을 고집해왔으니 생활의 불편이나 고적감은 접어두더라도 우선 끼니를 제때에 챙겨먹지 못한 지가 오래된 터였다. 한때 조선 동포 시장의 고 씨 부인에게 호감을 가진 적이 있었고, 고 씨 부인도 가끔 가다 이문근의 집으로 찾아와 밑반찬 같은 것을 장만해 주고 가기도 했었다.

생각하연 고 씨 부인은 이문근에게는 그가 세 번째로 마음을 둔 여인이었다. 첫 번째는 말할 것도 없이 아내 최숙경, 두 번째는 강화중의 누이동생 복희, 그리고 세 번째가 이 고 씨 부인이었다. 여자 복이란 무엇인가. 이것도 당사자가 쟁취해야만 되는 것인가, 하고 혼자 생각하다가 쓴웃음을 지은 적도 있었다. 지칠 대로 지친 몸, 이제 고향으로 돌아갈 희망이라고는 머리카락만큼도 보이지 않게 된 상황에, 마음마저 더할 수 없이 공허해진 상태에서 만난 고 씨 부인이었다. 게다가 그녀도 혼자 사는 몸이었으므로 서로 의지하고 위로하면서 노년을 보내도 괜찮을 법했다.

고 씨 부인이 혼자 몸이 되었다는 말을 들은 지도 몇 달이 지난 어느 날, 이문근은 모처럼 시장으로 나가 보았다. 그사이 그는 한 번도 시장 출입을 하지 않고 백화점에서 간단한 식료품을 사다가 마음 내키면 먹고, 안 그러면 그냥 끼니를 거르기가 일쑤였다. 그러다 바람도 쐴 겸 그는 저녁 늦게야 동포들이 모여 주로 채소나 과일, 반찬을 파는 시장으로 나갔다. 마침 그녀는 가게를 거두어 집으로 들어갈 참이었다. 그런데 그녀의, 머리에 이고 두 손에 든 짐이 너무 무겁고 커 보였다. 그녀는 큰 보퉁이 하나를 머리에 겨우 이고는 다시 어렵사리 허리를 굽혀 양손에다 짐을 들려고 애쓰고 있었다. 문근은 그냥 보고 있을 수가 없었다. 그는 짐 하나를 억지다시피 받아 들고 말했다.

"이렇게 무거운 짐들을 어떻게 혼자 가져가시겠다고… 하나를 들어드리겠으니 마음 놓고 앞장서십시오."

그녀는 얼굴을 붉히며 앞장서 걷기 시작했다. 큰길로 나오더니 버스 정류소에서 짐을 내려놓았다. 그러고는 이문근을 보고 이제 됐다며 돌아가라고 했다. 사할린의 시내버스는 차량이 두 개나 연결된 것이지만 언제나 초만원이었다. 사람들은 개도 데리고 타고, 큰 짐 보퉁이도 들고 탄다. 국영인 이 버스는, 운전수는 차만 몰면 되었지, 버스표를 챙기는 법도 없었다. 물론 차장 같은 것도 없었다. 따라서 돈 없는 일부 사람들은 이러한 차를 공짜로 타고 다녔다. 그러다 한 번 걸리면 벌금을 왕창 물어야 하지만, 그러나 이날은 차비가 문제가 아니라, 여자의 몸으로 보퉁이 세 개를 어떻게 차 안으로 옮길 것인가. 이문근은 기다렸다가 버스가 오자 짐 두 개를 냉큼 들고 차에 올랐다. 고 씨 부인은 다시 얼굴을 붉히며 미소만 지어 보였다.

이문근은 그날 자연스럽게 그녀의 집까지 따라가게 되었고, 차 대접을 받았다. 사할린 사람들이 마시는 차는 소련산 홍차로 언제나 각설탕을 넣어 마신다. 식수가 좋지 않은 사할린에서는 시뻘겋게 우러나는 이 차를 식사 후에도 숭늉 삼아 마시곤 한다. 커피는 특별한 손님이 오지 않으면 내놓지 않는 귀중품이다. 그런데 그녀는 이날 이문근에게 커피를 내놓았다. 얼마 만에 마셔보는 커피인가, 그는 커피 잔을 코앞에 대고 한참이나 그 구수한 향기를 맡다가 천천히 음미하며 마셨다. 이문근은 어쩐지 마치 오랜 친구를 만난 것처럼 고 씨 부인 앞에서 마음이 편안해지고 푸근했다. 역시 최숙경을 닮은 외모 때문인가. 이문근이 무겁게 입을 떼었다.

"모처럼의 커피 맛이 아주 좋습니다."

"솜씨가 신통찮아서⋯."

"아닙니다. 아주 좋습니다. 커피를 많이 타 본 솜씨 같은데요."

"주인 양반은 늘 커피만 마셨지예."

"참, 부군께서 별세하시고 고적하시겠습니다."

말을 해놓고 보아도 어쩐지 좀 쑥스러운 느낌이 들었으나 이미 뱉고 난 뒤였다.

"자식들이 있으니⋯ 참, 선생님은 가족들이 어떻게 되십니꺼?"

"나는⋯."

혼자 산다는 말을 밝히려다 망설이고 있었다. 왜냐하면 혼자 살고 있으니 고적하겠다고 한 말이 마음에 걸리던 참이었는데, 자기마저 혼자 산다는 고백이 이 여인에게 어떻게 전달될지 몰라서였다. 고 씨 부인이 다시 물었다.

"슬하에 자녀는 몇이나 두셨습니꺼?"

"아무도 없습니다."

"오마야! 자녀들이 한 사람도 없다고예?"

"자녀만 없는 게 아니고 국적도 없답니다."

"무국적으로 사신다면 고생이 참 많을 낀데예. 부부가 다 국적이 없어예?"

"아니요. 나만 없어요."

"부부끼린데 와 그리 됐습니꺼?"

"나는 독신으로 살고 있지요."

"오마야!"

그녀가 이번에는 진정으로 놀라는 표정을 짓다가 얼른 고개를 숙여버렸다. 그러나 그녀도 무언지 어색해지는 분위기를 감지했던지 얼른 말을 돌렸다.

"그런께네 선생님은 없는 것도 많네예."

"그러고 보니 그렇네요. 국적이 없고 안사람이 없고 자녀들이 없고…."

말을 마치고 이문근은 허허허 하고 소리 내어 웃었고 그녀도 따라 웃었다. 그녀는 활달했다. 시장에서 많은 사람들 속에 부대끼며 살아온 탓일까. 이문근보다 소탈했고 서글서글한 면이 있었다. 그녀가 말했다.

"댁에 놀러가도 괜찮겠지예? 채소 팔다가 보면 남는 것도 많이 있는데 갖다 드리겠습니다."

"고맙지요."

그는 그날 그의 집을 묻는 그녀에게 집주소와 찾아오는 길을 자세히 알려주고 돌아왔다.

이런 일이 있고 난 뒤부터 그녀는 자주 문근의 집을 찾아와 밑반찬을 장만해 주기도 했고, 김치를 담그거나 빨래를 해주고 가기도 했다. 이러는 사이 이문근은 그녀에게 알게 모르게 정이 들어갔다. 그런데 호사다마라고 할까. 그녀는 어느 날 갑자기 죽고 말았던 것이다.

그날은 이문근이 그녀의 집을 찾아갔었다. 처음에는 시장으로 갔다가 가게 문이 닫힌 것을 확인하고는 집으로 갔던 것이다. 열흘이나 넘게 찾아오지 않은 그녀가 궁금하기도 했지만, 오래전에 결의 삼형제가 된 최명수가 가져온 꿀 한 병을 반으로 갈라 그녀에게 주고 싶었기 때문이다. 쇠통이 채워지지 않은 것으로 보아 분명히 집 안에 사람이 있을 텐데 헛기침을 해도 기척이 없었다. 노크를 해도 기척이 없었다. 이상한 예감과 함께 방문을 열었을 때, 그녀는 반듯이 누워 자고 있었다. 그는 혼자 미소를 머금으면서 사람 참, 하며 방문턱에 걸터앉았다. 그러나 자는 사람의 얼굴을 자세히 살펴보니 어쩐지 지나치게 창백한 것 같았다. 다시 불길한 예감에 사로잡히며 안쪽으로 더 옮겨 앉아 몸을 돌려 조심스럽게 손바닥으로 이마를 만져 보다가 소스라치게 놀랐다. 그녀의 이마는 얼음장처럼 식어 있었기 때문이다. 그녀는 죽어 있었다. 심장마비인지 뇌일혈에 의한 급사인지 그런 것도 따져볼 계제가 못되었다. 그는 얼른 돌아 나와 최해술, 박판도 등 가까운 사람부터 연락하고 그녀의 아들딸의 거처도 알아내어 소식을 전했다.

고 씨 부인의 장례를 치르고 돌아온 날, 그는 사람 목숨의 하찮음을 뼈저리게 느꼈다. 죽는 것이 결코 두렵지는 않았다. 그러나 아무도 모르게 그 여자처럼 그렇게 죽어간다는 것이 너무 허무하게 생각되었다.

고 씨 부인의 죽음은 이문근에게는 큰 충격이었고, 그녀의 죽음 이후로 이문근은 눈에 띄게 초췌해졌었다. 아마 자주 그를 찾아와 말벗이 되어주는 정상봉이나 최명수, 최해술, 박판도 같은 사람이 없었더라면 그는 어쩌면 지금보다 훨씬 더 노쇠해 있었을 것이다.

매일 밤 불면에 시달리는 이문근은 지나간 날의 온갖 생각을 다 했다. 아내 최숙경의 일은 잠시도 잊어 본 적이 없지마는 특히 요즘 와서는 강화중의 일이 자꾸만 떠올랐다. 강화중은 과연 그때 나처럼 붙잡혀 죽었을까? 사리판단력, 특히 시국 돌아가는 눈치 하나는 비범하게 빠른 사람이었는데⋯. 강화중의 누이동생 복희도 지금쯤 노파가 되었으리라. 이런 생각을 하다가도 마지막에는 고 씨 부인의 상냥한 얼굴을 떠올리곤 했다. 그사이 그는 나이에 어울리지도 않게 그녀를 꽤나 좋아하고 있었던가 보았다.

88

드디어 서울 올림픽이 확실해졌다. 소련이 올림픽 선수단을 조직하여 대거 서울로 간다는 보도가 있었기 때문이다. 이문근은 하루 종일 이어폰을 귀에 꽂고 올림픽 소식만 듣고 있었다. 컬러 텔레비전이 있었지만 어찌된 셈인지 오랜 습관대로 라디오를 더욱 선호했기 때문이다. 그러나 막상 9월 17일 올림픽 개회식날부터는 텔레비전 앞에서 떠날 줄을 몰랐다. 텔레비전 화면에 비쳐진 서울 거리를 보고는 깜짝 놀라지 않을 수 없었다. 소련의 모스크바 거리를 능가하는 화려함이었다. 물론 모스크바 거리 역시 텔레비전을 통해서나 볼 수 있었지만 서울 거리는 모스크바보다 훨씬 더 화려했고, 활기에 넘쳐 있었으며, 무엇보다 각종 자동차의 행렬이 스스로의 눈을 의심케 했던 것이다. 소련에서 서울로 특파된 아나운서는 이례적으로 한국의 경제 발전과 고유문화를 소개하기에 열을 올렸고, 특히 서울 시민들의 활기찬 모습과 친절성을 침이 마르도록 칭찬하고 있었다.

개회식에서 각국 선수들이 제각기의 제복을 입고 입장하는 모습은 가히 압권이었다. 이런 광경을 텔레비전을 통해 보고 난 동포들의 반응도 두 갈래로 나타났다. 여태까지 북한 선전에 앞장서면서 한국에 대하여 사사건건 비방만 일삼던 일부 동포들은 민망할 정도로 기가 죽어간 데 반하여, 대부분의 동포들은 앉는 데마다 동포들을 만나기만 하면 눈물을 글썽거리면서 남조선 이야기와 올림픽 이야기에 시간 가는 줄을 몰랐다. 고향에서 강제로 끌려와, 온갖 설움과 박해 속에 모진 고생을 해온 동포들은 이때만은 전무후무한 감격과 희열 속에 살고 있었다. 비록 자기들을 까마득히 잊어버린 채 전혀 관심조차 보여주지 않던 조국이었지만 그 조국과 그 정부가 더할 수 없이 자랑스럽고 믿음직스러웠다.

조선 동포들의 이러한 사기를 더욱 부채질해준 것은 여태까지 언제나 멸시의 눈초리로 바라보던 러시아 사람들의 태도였다. 그들은 올림픽을 계기로 너도 나도 한국을 대단한 나라로 재평가하기 시작했으며, 그러한 한국 출신 재사할린 한국인에 대해서도 어제까지의 멸시와 천대의 눈초리를 거두어 간 대신, 존경과 우호의 시선으로 바라보기 시작했던 것이다.

이문근도 이때만은 정말 살맛이 났고, 오래 살아 있기를 잘했다는 생각이 들었다. 그러나 동포들의 이러한 사기와 긍지도 잠시, 얼마 안 가 그들은 다시 버림받은 소외감과 향수병으로 되돌아갔다. 러시아 사람들의 우호적인 눈초리와 존경심도 옛날처럼 다시 멸시와 천대로 되돌아갔다. 왜냐하면 소련 안에서도 가장 생활환경이 열악한 사할린인지라, 사할린에서 러시아인들과 조선인들은 언제나 눈에 안 보이는 적대감과 경쟁의식 속에 수십 년을 살아왔기 때문이다.

이문근은 고향으로 보낸 편지를 떠올리고 있었다. 처음에는 아내 최숙경 앞으로, 다음에는 형님 앞으로, 세 번째는 그렇게나 아끼고 좋아했던 조카 철환이 앞으로 보냈던 것이다. 다른 사람들은 편지를 보내어 답장을 더러 받기도 한다는데, 정작 자신이 보낸 편지에는 왜 이렇게 감감 무소식일까? 문근 자신이 대필을 해주어 보낸 편지도 답장을 받은 사람이 셋이나 되었다. 혹시 6·25 사변 때 가족이 몰살을 당한 것은 아닐까. 그리고 아내 최숙경은 결국 고향으로 돌아가지 못한 것이 아닐까. 불길한 생각만 꼬리를 물고 일어났다. 정말 이제 얼마 못 살 것 같은 예감이 들었고, 그 예감을 뒷받침이라도 해주듯 하루가 다르게 기력이 떨어지고 있었다. 먼저 간 고 씨 부인 생각이 턱없이 떠오르기도 하면서 마치 그녀와 더불어 오랜 세월 몸을 섞고 살았던 것처럼 그녀가 그리워지기도 했다. 사실 그녀가 이문근의 곁에서 정성 들여 시중만 들었다면 그는 끼니를 그렇게 함부로 거르지는 않았을 것이고, 그렇다면 기력도 이렇게 급격하게 떨어지지는 않았을 것이다.

이제 이문근은 정말 매사에 의욕을 잃고 가물가물해지려는 정신을 겨우겨우 부여잡고 있었다.

88년도 저물고 89년이 되었다. 한해 두해 겪어본 겨울이 아니지만 특히 이번 겨울은 모질게도 고통스러웠다. 그 어느 해보다도 추위를 견디기가 어려웠고 눈도 예년에 없이 많이 내려 쌓였다. 이름조차 기억에서 사라졌지만 중국의 어떤 시인은 천지에 눈이 쌓여 하늘에는 나는 새도 멈추고, 땅에는 사람의 흔적 하나 없음을 천산조비절(千山鳥飛絶)이요, 만경인종멸(萬徑人蹤滅)이라고 했던가. 눈이 50cm 이상 쌓이면 사실상 교통이 두절되고 만다. 게다가 1m 가까이 쌓이면 어떤 급한 일이 있어도 오고 가지를 못한다. 이래서 사할린 사람들은 언제나 겨울만 되면 식량과 연료(석탄)를 충분히 준비해 두고 겨울맞이를 한다. 식수는 따로 준비할 필요가 없다. 이번 겨울에도 엄청난 폭설로 20일이 넘도록 찾아오는 사람도 없었고, 밖으로 나갈 수는 더욱 없었다.

89년 2월 말쯤 되어서야 박판도가 찾아왔다. 반가웠다. 반가워도 그냥 반가운 게 아니라 얼싸안고 볼이라도 맞비빌 만큼 반가웠다. 얼마나 사람이 그리웠던가. 그런데 박판도 역시 그냥 찾아온 게 아니고 아주 반가운 소식을 가지고 찾아왔다. 거의 포기하다시피 하고 있는 고향으로부터 온 편지가 그의 손에 들려 있었다. 사할린에서는 교통이 말이 아니게 불편한 위에 우편행정 같은 것도 지극히 부실해서 겨울철 우편물 배달은 거의 중단되기가 예사였고, 이럴 때 편지는 유즈노사할린스크 중심가에 있는 '조선인 리산가족회' 사무실로 배달되었다. 그러면 그곳에서는 다시 동포들의 집으로 편지를 배달하는 고역을 감수해야 했다. 박판도는 재사할린 조선동포의 총회 격인 '고려인협회' 회장을 맡고 있었으므

로 '사할린리산가족회' 사무실에는 매일 출근하다시피 하는 형편
이었다. 거기서 그는 이문근에게로 온 편지를 발견하고 부랴부랴
눈 속을 헤집고, 온 아랫도리를 적신 채 이문근에게로 급히 달려
온 것이다.

"형님, 그새 우찌 지내셨는교?"

그렇게 말하며 문근의 야윌 대로 야윈 손을 쥐는 박판도도 완연
한 노인이었다. 그도 벌써 금년에 68살이 아닌가. 이문근보다 6살
아래였다.

"어어, 웬일로 이 눈 속에?"

"형님, 살판 났소. 조선에서 편지가 왔소."

그의 음성은 조금 떨리고 있었다.

"무어라고? 조선에서 펴, 편지가 왔다고?"

이문근의 음성은 더 떨리고 있었다. 편지를 받아 든 이문근은
방 구석지의 앉은뱅이 책상 위에서 낡은 돋보기를 찾았다. 돋보
기의 테는 누런 뿔테였고, 다리 하나가 떨어져 나가 끈이 대신하
고 있었다. 그런 돋보기를 손까지 덜덜 떨며 코 위에 걸쳐 얹었다.
박판도가 편지 봉투를 받아 개봉해주려고 하자 가만히 그의 손을
뿌리쳤다.

"이 봉투부터 자세히 볼라네."

서툰 러시아 문자가 지렁이 기어가듯 씌어 있었으나 알아보는
데는 아무 지장이 없었다. 그는 발신인 주소를 자세히 봤다. 뜻밖
에도 발신지는 부산이었고 발신자는 조카 철환이었다. 그는 안경
을 벗어 눈 가장자리를 손등으로 훔치고는 다시 안경을 쓰고 편지
의 알맹이를 꺼내 읽었다. 박판도가 옆에서 침을 삼키며 이문근의
표정을 살피고 있었다.

아버님 보십시오.

이문근은 우선 편지의 기필(起筆)을 보고 깜짝 놀랐다. 숙부를
보고 아버지라니. 이게 무슨 소리인가. 그는 얼떨떨한 정신을 가다
듬으며 급하게 편지를 읽어나갔다.

뵙고 싶은 아버님. 아버님의 편지를 받고 저는 밤잠을 이루지
못했습니다. 우선 아버님께서 뜻밖에 사할린에 살아계신다는 것
이 꿈만 같았습니다. 어머님께서 살아계셨다면 얼마나 좋아하셨
을까를 생각하니 북받치는 감개를 진정시킬 수가 없었습니다. 우
선 제가 아버님이라고 부르는 연유부터 말씀드리겠습니다. 저는
할아버지와 아버지(生父)의 분부대로 아버님 앞으로 양자를 갔
기 때문입니다. 그것이 1953년, 어머님께서 사할린에서 일본을 거
쳐 귀향하신 직후입니다. 아버님께서는 이미 보도연맹에 관계되어
돌아가신 줄로 알고 있었기 때문에, 어머니께서 사경을 몇 번이나
거쳐 귀향에 성공하셨지만, 홀로 살아가시기가 어려우시리라 생
각하신 나머지 어른들께서 저를 숙모님 앞으로 양자를 보내신 것
입니다. 저의 양모가 되신 어머님께서는 오래전인 71년에 53세의
연세로 별세하셨고, 할아버지 내외분은 물론, 부모님도 별세하셨
습니다. 이 불효자는 현재 부산의 ○○대학의 교수로 재직하고 있
습니다.
　이제 편지 연락이 되었으므로 앞으로 자주 편지 올릴 것을 약속
합니다. 뿐 아니옵고, 그곳 시할린 동포의 귀국이 허용된다면 아버
님을 고국에 돌아오시도록 하겠습니다. 그전에 한국에서 사할린으
로 갈 수 있는 길이 열리면 꼭 찾아뵙겠습니다. 그러하오니 아버님
께서는 부디 존체 보중하시기를 기원합니다. 이 편지 받으시면 사

진이라도 한 장 편지 속에 넣어 보내주시기를 앙망합니다.

1989년 1월 2일

韓國釜山에서

小子 徹煥 올림

그는 급히 한 번 읽은 편지를 두 번 세 번 거푸 읽었다. 읽을수록 눈물이 솟구쳤다. 조카 철환이가 나의 양자가 되었다니. 부모님과 형님 내외분의 배려가 사무치게 고마웠다. 그리고 아내 숙경이 기어코 일본을 거쳐 조선 땅에까지 찾아갔다니, 이미 지난 일이지만 생각만 해도 꿈만 같다. 내가 죽고 없음을 알았을 때 아내의 실망은 어떠했을까. 목숨이 아까워, 고향에는 두 번 다시 가볼 생각을 않고 부산에서 바로 일본으로 건너간 게 두고두고 후회스러웠다. 아내는 혼자서 어떻게 살다가 세상을 떠났단 말인가. 궁금한 것이 한두 가지가 아니었지만 차츰 알려지겠지. 그리고 큰조카 경환의 안부가 전혀 언급되지 않은 것도 궁금했다.

박판도가, 상기된 얼굴로 어쩔 줄을 모르고 있는 문근을 보고 말했다.

"편지에 뭐라 했는교?"

판도의 물음에 문근은 말없이 편지를 건네주었다.

"자네가 한번 읽어 보라모!"

"내가 읽어 봐도 괜찮겠는교?"

"괜찮고말고!"

판도가 문근의 편지를 읽고는 한숨을 쉬며 말했다.

"형님은 좋겠습니다. 아들이 형님을 조선으로 모셔 갈라 카고, 그전에라도 이리로 한번 오겠다고 했으니…. 나는 와 이리 소식이 안 오까요? 편지를 몇 번이나 보냈는데 이렇게 감감하니…. 아들

말대로 형님은 우짜든지 오래오래 사소."

"그래 고맙네, 이 편지를 받고 보니 정말 나도 아들을 볼 때까지는 살아 있어야 되겠다는 생각이 드네."

"그렇고 말고요. 눈을 감아도 고향 땅에 가서가지고 눈을 감아야 안 되겠는교, 형님?"

"그래 될 수 있을까? 그렇게 된다면 오죽이나 좋겠는가. 그건 그렇고 자네한테도 곧 무슨 소식이 올 거네."

"글쎄요, 브이코프의 정상봉도 편지를 몇 번이나 보내어 기어코 조선의 동생으로부터 답장을 받았다고 하면서 동생이 신부가 되었다고 기뻐하던데요."

"아니, 정상봉이 동생이 신부가 되었다고? 정상봉이 못 이룬 꿈을 동생이 이룬 셈이네."

정상봉과 박판도는 다 같이 1921년생으로 동갑이어서 요즘 와서 말을 트고 지내는 형편이었다.

이날 판도는 점심이라도 같이 먹으려고 이문근 몰래 부엌으로 들어가 살폈으나 먹을 것이라곤 아무것도 없었다. 그는 이문근에게 물었다.

"형님, 그동안 뭣을 자시고 전됐(견뎠)는교?"

"…."

이문근은 답할 말을 잃고 있었다. 자신이 생각해도 무엇을 먹었는지 기억나지 않았다. 박판도는 혀를 끌끌 차면서 혼잣말처럼 중얼거렸다.

"아들 만나 고향 산천 구경할라몬 우짜든지 오래 살아야 돼요. 오래 살라 카몬 뭣이든지 많이 자셔야 하는데 아무것도 없으니 하는 소리요."

이문근은 답할 말을 잊고 있었다. 판도는 혀를 끌끌 차면서 혼잣말을 했다.

"오늘 내가 안 와 봤으면 우찌 될 뻔했노…."

그는 잠시 후 다시 오겠다는 말을 남기고 문근의 집을 나갔다.

문근에게 돈이 없는 건 아니었다. 그에게는 지금도 감추어둔 금이 남아 있었고, 저금통장에는 돈도 있었다. 그러나 아무것도 먹고 싶은 것이 없어 목마르면 눈 녹은 물이나 마시면서 하루에 한두 번 감자를 썰어 국을 끓여 먹곤 했을 뿐이었다. 구미에 맞지 않기는 감자국이라고 나을 바 없었지만 가장 손쉬운 것이 이것이었고, 그나마 목구멍을 타고 넘어가기가 그중 나아서였다. 쌀이 떨어지기도 했지만 굳이 아쉽지도 않았다.

한참 뒤 박판도는 허남보와 함께 다시 찾아왔다. 그들의 손에는 먹을 것이 잔뜩 들려 있었다. 박판도가 든 자루에는 쌀이 있었고, 허남보는 눈 속에 묻혀 맛이 잘 든 김치와 된장, 돼지고기가 2kg쯤 들려 있었다. 허남보가 거실 한쪽의 부엌 쪽으로 가 급히 음식을 만들기 시작했다. 그러는 허남보가 박판도를 보고 물었다.

"형님, 내 장인하고 김형개도 온다고 했지요?"

"그래, 겨울 내내 찾아뵙지 못했으니 내 말 들었으몬 다 올 끼네."

특히 김형개는 이문근을 좋아하는 하면서도 만나기를 꺼리고 있었다. 이문근의 고향이 아내 박소분과 같음을 알았기 때문이다. 그러나 박판도가 오라고 연락을 했으니 안 올 수가 없었다.

박판도는 조금 전에 김형개 집을 들러, 최해술에게도 연락하여 이문근의 집으로 오도록 전갈을 했던 것이다. 허남보가 고기를 썰어 국을 끓이고 감자와 마늘을 다져 넣어 된장찌개도 만들었다. 구수하고 맛 좋은 냄새가 모처럼 온 집 안에 진동했다. 그때야 품 안에서 보드카 병을 꺼낸 박판도가 이문근을 보고 약을 올리듯 말했다.

"우리끼리 오늘 낮에 술도 마시고 밥도 먹고 할 참이니, 형님은 보고만 있으소."

이문근이 야위어 입이 돌아간 모습으로 웃었다.

"옛날 생각이 나네. 내가 처음 입도(入島)해 왔을 때, 그리고 사할린 조선민족학교를 열어 우리가 조선 동포를 위해 노력할 때, 얼마나 자주 모여 술을 마셨던고. 최해술 형님도 오고, 김형개도 온다고 하니 참 반갑고 고맙네."

아직도 허남보는 이문근에게만은 호형을 하지 않고 선생님으로 부르고 있었다.

"이 선생님, 제가 자주 와서 뵈어야 하는데 죄송시럽습니다. 안 그래도 저희 장인어른캉 선생님 이야기를 많이 해쌓았지예."

"자네 말만 들어도 고맙네. 내가 아무리 구미가 없어도 오늘은 이 좋은 냄새 때문에 뭘 좀 먹고 싶네. 그런데 판도 이 사람이 내한 테는 술을 안 주겠다고 하니, 사람이 변해도 한 해 겨울 동안에 많 이 변했네."

이문근은 그 지경에서도 여유를 잃지 않고 농담을 할 줄 알았다.

"하모, 장골이 둘이나 더 올 낀데, 꼬랑꼬랑하는 형님 드릴 술이 오데 있는교?"

이때 김형개를 앞세우고 최해술이 들어왔다. 이문근이 또 말 했다.

"장골 둘이 이제야 오는구나. 가만있자, 최해술 형님, 금년에 몇 인교?"

들어오자마자 장골 어쩌고 하더니 나이를 묻는 바람에 최해술 은 어리둥절했으나 활짝 웃으면서 받았다.

"이 사람아, 자네보다 내가 다섯 살 위인 줄 몰라서 묻는가? 그

건 그렇고, 나는 이번 겨울에 자네가 세상 뜰 줄 알았더니 아직 멀쩡한 것 보니 무슨 좋은 일 있는가베?"

그는 이미 지난번에 아들로부터 편지를 받은 바 있고, 가족사진도 받아 자랑을 했던 터였고, 이문근에게도 드디어 조선에서 편지가 왔음을 이리로 오면서 김형개로부터 들은 바 있었다. 조선에서 편지가 오는 일은 희소식 중에 희소식이어서 아는 사람들끼리는 담박 알려져 그 내용이 한동안 화제가 되곤 했다. 김형개는 허남보보다 4살 아래인 62살이었으므로 더욱 이문근에게는 호형을 하지 못했다. 타관 벗은 10살 안까지는 호형호제가 허용되지만, 10살이 넘으면 어려운 것이 옛날 시골 풍습이었다.

"이 선생님, 폭설 핑계 대고 너무 오래 뵙지 못해 죄송합니다. 많이 편찮으신 모양이지예?"

"아닐세, 옛날 중국 시인의 시구에도 있지 않던가. 눈이 많이 오면 천산조비절이요, 만경인종멸이 아니던가. 그러니 자네 못 온 것이 허물 될 것 아무것도 없네."

최해술이 받았다.

"허허, 역시 선비가 다르네. 그 시구 다음이 고주사립옹(孤舟蓑笠翁)이 독조한강설(獨釣寒江雪)이던가? 외로운 배에 도롱이 입고 삿갓 쓴 늙은이가 눈바람 찬 강에서 홀로 낚시질하더라아."

"결국 그 말씀은 장인어른이 선비라고 자랑하시는 것 앙입니꺼?"

허남보가 이러자 모두들 껄껄거리고 웃었다. 박판도가 이었다.

"이문근 형님은, 외로운 배에 도롱이 입고 삿갓 쓴 늙은이가 눈바람 찬 강에서 혼자 낚시질하시는 기 앙이고, 아파 누워 혼자 찬 방에서 꿍꿍 앓고 있으니 어떤 문자로 써야 되겠는교? 이역객창옹(異域客窓翁)이 와병망향수(臥病望鄕愁), 이라면 되겠는교?"

박판도의 순발력 있는 재치를 최해술이 나무랐다.

"옛끼, 사람! 글자만 맞춘다고 시가 되는가? 그래 갖고서야 결구(結句)의 운이 맞나?"

"아, 한번 웃어볼라고 한 소리지, 내가 오데 언감생심 문자 흉내나 낼 문장인교?"

이문근은 껄껄 웃으면서 말하였다.

"이 사람들이 시방 나를 두고 가지고 노네? 그래도 판도 이 사람 재주가 보통은 아니네. 이역만리 객지방의 늙은이가 병들어 누워 고향만 바라보니 걱정만 쌓이는구나!"

실제로 이들은 박판도의 재치가 보통이 아님에 다시 한번 놀랐다. 그는 평소에도 외모에 어울리지 않게 번뜩이는 재치를 가끔씩 보여 주곤 했었다.

밥상이 차려져 나왔다. 김이 무럭무럭 나는 돼지고기국에 된장찌개, 벌건 배추김치 냄새가 군침을 돌게 했다. 모처럼 보는 하얀 쌀밥도 먹음 직해 보였다. 판도가 술병을 따서 최해술이 다음으로 이문근의 잔에도 술을 따르자 이문근이 다시 농담을 했다.

"장골 넷이 마시자면 술이 많이 부족할 낀데 내한테까지?"

"아까부터 장골 장골 하는데, 다 늙은 것들끼리 모인 판에 그기 무신 소리고?"

최해술의 핀잔 반 의문 반의 말을 박판도가 받았다.

"아아따, 오늘 우리가 모처럼 이리 모이고 보니 옛날 젊은 시절 생각이 나서 내가 해본 소리요. 사실 술 한 병이 부족하기도 하고."

김형개가 허남보를 보고 눈을 찡긋했다. 그러자 허남보가 김형개에게 말했다.

"자네 이 사람아, 그 술병 미리 내놓게. 까딱하몬 어른들 싸움 나겠네."

김형개가 벗어놓은 털외투의 안주머니에서 보드카 두 병을 꺼내 왔다. 최해술이 놀라며 말했다.

"이 사람들이, 누가 장골 장골 하니 정말 저그가 시방도 장골인 줄로 알고 있는 모양인데, 치우게! 옛날하고 같잖네."

허남보가 말했다.

"장인어른은 고마 가만히 계시이소. 설마 술 3병 가지고 무슨 탈 나겠습니꺼."

그들은 술도 마시고 밥도 맛있게 먹었다. 화제는 역시 고향 소식이었다. 최해술과 이문근은 기분이 좋았지만 박판도와 김형개, 허남보는 술을 마실수록 우울해졌다. 어떤 동포들은 고향에서 소식이 오긴 왔는데 가족들이 몽땅 죽고 없다는 비보를 받기도 해, 어른이 어린애처럼 엉엉 우는 걸 본 적이 있었다. 그런 데에 비하면 박판도, 김형개, 허남보는 무소식이 오히려 다행인지 모를 일이었다.

89

또 한 해가 지났다. 이제 이문근은 75세였다. 철환의 편지를 받고부터 새삼스럽게 건강을 돌보려고 무진 애썼으나 한 번 꺾인 건강은 좀처럼 회복될 기미를 보이지 않았다. 물론 고기도 부지런히 사 먹고, 끼니를 거르지도 않았다. 그러나 약은 아무것도 사 먹지 않았다.

사할린은 5월이 되어도 산마루의 눈이 녹지 않는다. 그러나 이때쯤에는 산천의 초목들도 푸릇푸릇 새 잎으로 옷을 갈아입는다. 모진 겨울을 견뎌낸 노인네들은 대개 해동이 되자 숨을 거두곤 했다. 그런 것을 알고 있는 이문근인지라 그는 이를 악물고 살려고 발버둥쳤다. 브이코프의 정상봉이 지난겨울 내내 이문근의 곁에 와서 함께 겨울을 났다. 그도 독신이었기 때문이다. 정상봉도 금년에 70세였다. 양딸 인자가 있었지만 오래전에 출가시키면서 줄곧 혼자 살아왔었다. 결혼 전에는 사위 될 사람의 아비 이현기가 마음에 들지 않아 꺼림칙했으나 알고 보니 사위는 아비를 닮지 않아, 민족의식도 있었고 조선 예절에도 차츰차츰 익숙해갔었다. 따라서 인자 내외는 혼자 사는 정상봉을 모시고자 했으나 그는 끝내 그것을 사양하고 있었다. 로마에 가면 로마의 법을 따르라고 했듯이, 여기는 소련 땅이지 조선 땅이 아니지 않은가. 소련 땅에서는 노부모를 모시고 사는 사람이 없었고, 더군다나 장인 영감을 모실 사위는 없으리란 생각에서였다. 친자식들을 여럿 두고도 병이 나자 오갈 데가 없어 고생하다가 죽은 최명수의 선친 최동진 노인을 생각하면 더욱 인자에게 얹혀살 생각이 사라졌던 것이다.

마침 정상봉에게도 남조선의 동생으로부터 연락이 와서 얼마나 기뻤는지 모른다. 더군다나 동생은 자신이 이루지 못한 사제의 꿈을 이루었다고 하지 않은가. 그 동생이 어쩌면 이곳으로 올지도 모른다고 하지 않았는가. 그는 브이코프의 집을 그냥 둔 채 유즈노사할린스크의 이문근 집으로 와, 그의 벗이 되어 한겨울을 났던 것이다. 이문근은 많은 이야기를 정상봉에게 들려주었다.

"어쩌면 자네의 제씨와 나의 양자가 함께 올지도 모르는데, 그때까지 내가 만약 살아 있지 못한다면 이 일기장만은 꼭 나의 아들에게 전해 주시게."

그런 당부도 몇 번이고 했다. 그럴 때마다 정상봉은 말했다.

"형님, 왜 그리 약한 말씀을 하십니까? 사람의 목숨은 하느님께서 관장하시는 것이지, 사람이 마음대로 하지 못하는 법인데, 형님은 마치 스스로 죽기를 작정한 사람같이 말씀하시니, 그것은 하느님의 섭리에도 어긋나는 것입니다."

"자네 말씀을 내가 왜 모르겠나. 나도 남들처럼 건강한 몸으로 찾아올 가족들을 만나고 싶고, 때가 되면 고향 방문도 하고 싶네. 그러나 아무래도…."

"아무래도 뭐가 어떻다는 겁니까? 이곳 사할린에서도 남조선 가족들의 초청을 받아 남조선을 다녀오는 사람들이 있는 판인데, 왜 그리 약한 마음을 가지십니까?"

"남조선에 다녀온 사람들을 나도 만나 봤는데, 참 부러웠네. 그러나 고향땅에 영주하지 못하고 다시 이곳으로 돌아오지 않으면 안 되는 것이 못내 가슴 아팠다네. 하기는 여기에서 벌써 처자식 거느리고 손자까지 본 사람들이야 이곳으로 돌아오지 않을 수도 없었겠지만, 우리 같은 독신자들이야 귀국을 하면 고향 산천에 뼈를 묻어야 하는데, 그게 안 된다고 하니 무슨 놈의 법인지…."

"언젠가는 본인의 희망에 따라 영주 귀국도 가능할 날이 올 겁니다. 그러니 희망을 가지고 살아가십시다."

정상봉의 이러한 위로와 격려에도 불구하고 결국 그는 90년 7월 30일 밤 한 많은 일생을 마감하고 말았다.

사할린에는 본래 태풍이란 것이 없었다. 그러나 이날은 무서운 비바람이 하루 종일 휘몰아쳤고 뇌성 번개도 심하게 쳤다. 이문근이 벌써 며칠 전부터 음식을 목으로 넘기지 못하는 것이 아무래도 정상봉에게는 심상찮았다. 정상봉이 숟가락으로 물을 떠 넣어도 그 물이 목구멍에 걸려 보글보글 끓는 소리를 내다가는 입 밖으로 도로 흘러나오곤 했다. 드디어 올 것이 왔구나. 정상봉은 의식이 가물가물한 이문근 옆에서 간절하게 기도했다. 기왕 데리고 가시려면 편안하게 데리고 가시라는 선종(善終)을 위한 기도였다. 비바람은 해가 져도 멈추지 않았고, 번개는 어두운 밤하늘을 갈갈

이 찢어놓고 있었다. 밤 9시나 되었을 때였다. 종일 눈을 감고 숨을 몰아쉬고 있던 이문근이 눈을 뜨고 정상봉을 바라보더니 뜻밖에도 또렷한 음성으로 말했다.

"동생, 지금 밖에 비바람이 몰아치고 있지?"

"그렇습니다, 형님."

"방금 내가 하느님을 뵙고 왔네. 꿈에 자네가 나를 하느님 앞으로 인도해 갔네. 하느님은 조선에서 말하는 산신령 같았네. 자네가 나를 하느님께 인도하니까, 하느님께서 내 손을 잡으셨다네. 나는 그 하느님과 많은 이야기를 나누었네."

"무슨 이야기를 나누었는데요?"

"내가 살아온 생애, 우리 조선 민족의 비극, 이곳 동포들의 운명, 우리 조선의 앞날에 대하여 걱정했더니, 하느님은 비바람이 부는 밤하늘을 가리켰네. 비바람이 오래가지 않고, 밤은 반드시 새기 마련이라고 하시면서 아무 염려하지 말라고 하시데."

"형님, 좋은 꿈 꾸셨습니다. 이제 내일이면 자리를 털고 일어나실 것 같습니다. 자, 물 좀 받아 드십시오."

그러나 그는 반듯이 누운 채, 고개를 젓는 시늉만 해 보였다. 갑자기 말이 어눌해지면서 숨이 가빠졌다.

"고…맘…네… 전…에… 말…한… 대로… 내가… 써둔… 일기…장… 내… 아들… 오면… 주…시고… 그리고… 저어… 궤짝… 속에… 귀중한… 것…이… 들었는데… 자…네…에게… 도…움…이… 되…기…를…."

그는 말을 미처 마치지도 못하고 스르르 눈을 감았다. 마치 잠이 드는 것 같았다. 정상봉은 이문근이 숨을 거두고 나서야 그에게 대세라도 줄 것을 생각하고 뒤늦게 후회했으나 소용없었다. 온종일 비바람이 심해서 아무에게도 연락하지 못한 것도 후회가 되었다. 특히 결의형제인 최명수는 옆에 있어야 하는데…. 그러나 시신을 눕혀두고 그 곁에서 혼자 밤을 새우기는 어려운 일이었다. 방문 밖에서 쇠통을 채워놓고 밤길을 나섰다. 이문근의 집에서 가장 가까운 거리에 있는 허남보에게 먼저 알리고, 그러면 허남보가 다른 사람들에게 이문근의 죽음을 기별토록 하기 위해서였다. 바람은 그쳤지만 비는 그냥 추적추적 내리고 있었다. 비를 그냥 맞고 걸으며 정상봉은 이문근의 마지막 말을 곱씹고 있었다. 궤짝 속에 든 귀중한 것이 무엇일까? 그러다 다시 생각했다. 꿈속에서 내가 인도하는 하느님을 만나 우리 조선민족의 비극, 이곳 동포들의 운명, 우리 조선의 앞날에 대하여 걱정을 했다… 이문근의 생애를 낱낱이 알고 있는 정상봉은 새삼스럽게 이문근의 인품이 더없이 돋보였다. 그는 정말 이 시대의 양심이었고, 조선민족의 비극을 혼자 감당한 사람이라는 느낌이 들었다. 눈물이 빗물과 함께 볼을 타고 흘렀다.

그는 옛날, 조선에서 교우들의 장례미사 때 부르던 노래를 떠올리며 혼자 불렀다. 아니, 사할린으로 와서 동포가 죽는 것을 볼 때마다 몰래 부른 노래였다. 그리고 노래의 가사를 잊어버리기 전에 기억을 되살려 3절까지 적어 놓고 불러오던 노래였다. 묵시록 7장과 21장 4에 있는 내용이기도 했다.

하느님이 몸소 그들의 눈에서 모든 눈물을 닦아주시리니
다시는 죽음이 없고 슬픔도 울부짖음도 고통도 없으리라.

하느님이 몸소 그들의 손에서 모든 환난을 거두어주시리니
다시는 주림이 없고 피로도 거짓도 다툼도 불화도 없으리라.

하느님이 몸소 그들의 마음에서 모든 번민을 씻어주시리니
다시는 불안이 없고 신음도 안타까움도 절망도 없으리라.

허남보에게 이문근이 운명했음을 알리고 가까이 지내던 모든
사람들에게도 부음을 기별하라 하고, 다시 이문근의 집으로 돌아
왔다. 문 밖에서 채워둔 쇠통을 열고 방문을 열기가 어쩐지 썩 내
키지 않았다. 하기는 옛날 징용시절에는 탄광 속에서 죽어 나온
시체들도 많이 보았고, 왜놈 노무 감독들의 몽둥이에 맞아 죽은
시체들도 많이 봤었다. 그럴 때는 시체가 겁이 난다기보다는 그저
동족으로서의 연민과 분노 때문에 치를 떨었는데, 지금은 그런 감
정보다는 단순한 무서움이 온몸을 결박해 오는 것 같았다. 당연하
게도 이문근은 미동도 않고 자고 있었다. 글자 그대로 영면(永眠)
중에 있었다.

얼마 뒤에 평소에 이문근과 자주 만나던 사람들이 거리가 가까
운 순서대로 하나하나 찾아왔다. 박판도, 김형개가 먼저 왔고, 허
남보는 최해술을 데리고 오느라고 맨 나중에 왔다. 최해술은 기동
(起動)이 거의 불편할 정도였는데도 허남보에 의지해서 힘겹게 찾
아왔다. 그 외의 동포들도 몇 사람 더 있었다. 함께 모여 시신과
한 방에서 밤을 새운 이들은 이튿날 지극히 간소한 장례를 치를
수밖에 없었다. 옛날 조선에서는 웬만하면 5일장을 치렀고, 아무
리 허무해도 3일장은 치렀는데, 이 척박한 사할린에서 어떻게 3일
장인들 치를 수가 있으랴. 최명수는 끝내 장례식에도 참석하지 못
했다, 미처 연락을 못 해주었기 때문이다.

장례를 치르고 온 날, 이제 임자 없는 이문근의 방에서 그들은
술잔을 돌리고 있었다. 허무했다. 허무해도 너무 허무했다. 그 허
무함이 오늘 장례를 치른 이문근에 한한 일만이 아닌 자신들 모두

의 것이었기에, 그들은 넋 나간 사람들처럼 앉아 술만 들이켰다. 가장 나이 많은 최해술이 침통한 음성으로 말했다.

"쪼매(조금)만 더 기다려 볼 거 아이가. 남조선에서 양자가 올지도 모르는데…."

오늘 보니 최해술은 유달리도 폭삭 삭아 있었다. 하기는 나이 80이나 되었으므로 이만한 나이까지 살아 있는 동포도 사할린에는 몇 사람 없을 터였다. 겨우겨우 공동묘지의 장지까지 따라 다니기는 했어도, 그는 어디든지 주저앉기가 바빴다. 앉아서도 어깨를 들썩거리며 가쁜 숨을 쉬곤 했다. 다른 사람들 보기가 민망했고, 그런 최해술에게 사위인 허남보가 줄곧 신경을 쓰고 있었다. 그는 몇 번이고 아예 장지에까지 따라오지 말라고 말렸는데도 기어코 따라오더니 이렇게 고생을 하는구나, 생각하면서 장지에서의 바쁜 일보다는 가쁜 숨만 몰아쉬고 있는 장인을 보살피기에 더 신경이 쓰였다.

최해술의 말을 받아 박판도가 말했다. 그의 음성도 비통에 젖어 연방 기어드는 것 같았다.

"그래서 사람의 목숨은 하늘에 있지, 제 힘으로 마음대로 못한다고 하지 않습니꺼."

장례에 참가한 사람들이 모두 돌아간 다음, 정상봉은 이제 자신도 브이코프로 돌아가기 위해 이문근의 방을 정리했다. 정리한다고 해 봐야 아무것도 없었다. 다만 그가 유언으로 남긴 일기장 몇 권을 챙겨 놓고, 귀중한 것이 들었다는 궤짝을 열어 궤짝 속의 물건들을 정리하면 되었다. 헌 옷가지며 다 찌그러진 나무 침대, 침대 위에 깔았던 요이불 등은 모두 모아 다 불살라버리면 될 일이었다. 궤짝을 열어 보았더니 거기에는 골동품이 되다시피 한 물건들이 쏟아져 나왔다. 사할린조선민족학교를 처음 열었을 때, 이문근이 집필한 교과서 원고 뭉치가 누렇게 변색된 채 간직되어 있었고, 일본에서 사할린으로 올 때 가져온 일본어 사전, 사할린에 와서 구입했으리라 여겨지는 러시아어 사전과 문법서, 그리고 수십 권의 일어판 서적들이 있었다. 정상봉은 노끈을 구해 그러한 것을 들기 좋도록 열십 자로 잘 묶었다. 불살라버려서는 안 될 귀중품들은 모두 이 궤짝 속에 들어 있었는데, 책을 다 꺼낸 바닥에 누런 각봉투가 보였다. 그 봉투를 들어냈다. 봉투 속에는 은행 예금 통장이 있었고, 통장에는 많은 잔고가 그냥 있었다. 이러한 예금이 있었다는 것을 알았던들 무덤을 그렇게 초라하게 하지는 않았을 것이다. 사할린에서는 사람이 죽으면 꼭 무덤 앞에 묘비를 세우고 그 묘비에는 사진까지 박아 넣고 있었는데, 이문근의 무덤에는 그런 묘비도 세우지 못했다. 다른 무덤들처럼 철책도 두르지 못했다. 늦게라도 이런 돈이 발견되었으니 그의 무덤을 다시 단장해 주리라. 이런 생각을 하면서 정상봉은 봉투 속에 남아 있는 다른 것들을 살펴보았다. 일본 사람과 주고받은 선박 매도 계약문서가 있는가 하면, 최근에 남조선의 양자로부터 받은 편지 두 통도 그 봉투 속에 간수하고 있었다. 정상봉은 궤짝 속의 것은 하나도 버리지 않고 거두어 챙겼다. 이제는 더 없나, 중얼거리면서 손을 넣어 궤짝의 바닥을 긁었다. 어두컴컴한 방인데다 궤짝 속은 더욱 컴컴했기 때문이다. 그런데 궤짝의 맨 안쪽 구석지에서 똘똘 말아 둔 헌 양말 한 짝이 잡혀 나왔다. 양말치고는 묵직한 것이 이상했다. 놀랍게도 그 속에는 어른 엄지손가락 두 개 크기의 황금덩어리가 들어 있었다. 정상봉은 가슴이 다 두근거리기 시작했다. 그가 눈을 감으면서 채 마치지도 못한 유언, '도움이 되었으면…' 한 말은 결국 이 금을 두고 한 말이었던가.

필요 없는 것을 밖으로 꺼내 모두 불사르고 궤짝 속의 것들만 가지고 그는 오랜 기간 비워두었던 브이코프의 자기 집으로 돌아왔다.

최해술은 이문근의 장례에 다녀온 뒤부터 몸살처럼 앓아눕더니 회복될 기미를 보이지 않고 병은 점점 더 깊어만 갔다. 우선 사지가 저려서 못 살겠다고 호소하는가 하면, 가만히 누워 있을 때에도 숨 쉬는 소리가 방 밖의 사람들에게까지 들릴 정도로 컸다. 마치 목 안에 문풍지 같은 것이 붙어 있어, 그것이 세찬 바람에 떨리는 것처럼 이상한 소리를 내었다. 건강한 사람도 여름철 비가 오는 날이면 한기가 들기는 했지만, 그는 더욱 추위를 탔고 겨울로 접어들자 아예 문 밖 출입을 하지 못했다.

사할린의 개인 주택은 아직까지 화장실이 대부분 옥외에 있었으므로 그는 부득불 방 안에서 대소변을 보아야 했다. 허남보의 장모가 죽을 노릇이었다. 그녀도 이미 고령의 노파가 아닌가. 그러한 어머니를 지켜본 허남보의 아내는 이런 말까지 내비쳤다.

"조선에서 아들 오는 것을 보실라고 하는 마음이사 알겠지마는 그래가지고 하루라도 더 사시면 뭐하노. 고마 돌아가시는 편이 편치."

이런 소리를 듣는 허남보는 아내를 무섭게 나무랐다.

"당신 생부(生父)라면 설마 그런 소리 못하겠지. 아부지라고 부르고 산 지가 50년이 가까운데, 그 정을 생각해서라도 우찌 그런 소리를 하노?"

이 해도 거의 저물어가는 12월 11일, 아들이 내년 5월 사할린으로 온다는 편지를 받아두고 그 5월이 오기를 손꼽아 기다리던 최해술도 기어코 더 견디지 못하고 숨을 거두고 말았다.

이문근과 최해술은 공통점도 많았다. 집단학살 현장에서 구사

일생으로 살아난 것이라든지, 사할린에 나이 서른이 훨씬 넘어서
야 들어오게 된 것이라든지…. 그러나 역사는 거대한 바퀴가 되어,
개인적으로 아무리 기구하고 한 많은 생애라 해도 때만 되면 짓밟
아버리고 굴러간다. 역사의 바퀴 뒤에 남는 것은 허무뿐이다. 그
러나 이문근과 최해술의 죽음은, 한 생애의 마감 치고는 허무로만
설명하고 넘어갈 수 없는 그 무엇이 있었다.

32장

사할린으로 가려는 사람들

90

김종규 교수는 토요일인데도 학교에 늦게 남아 있었다. 개인전 준비 때문이었다. 이번 개인전은 그가 대학으로 올라와서 두 번째로 갖는 개인전이다. 여태까지 대형 캔버스에 성냥불을 대어 그을림의 흔적을 내는 특수한 작업을 20년 이상 계속해온지라 이제 이러한 작업을 마무리 지으려는 개인전이기도 했다. 작품 한 점을 완성하기 위해서 헤아릴 수 없을 만큼의 성냥을 그어 대어야 하는 그의 작업은 고역이라면 보통 고역이 아니었다. 성냥을 긋자말자 캔버스에 대어야 했고, 자연히 눈도 캔버스에 바싹 붙여야 했다. 그러자니 그 독한 유황 냄새를 번번이 피할 수 없었고, 한동안 그런 작업을 계속하고 나면 뒷골이 당기면서 눈앞이 아득한 심한 피로감을 느꼈다.

그러한 노력의 덕분으로 김종규는 한국미술계에서는 독보적인 존재로 인정받고 있기는 하지만, 한 폭의 작품을 완성하는 데 쏟는 정력과 시간에 비하면 오히려 자기의 위상은 허무하다는 느낌도 들었다. 물론 작품 활동의 목적이 명성을 얻고 화단의 위상 확보가 전부는 아니지만 말이다. 그의 작업실은 학교에도 있고, 집에도 있었다. 작업실은 학교의 것이나 집의 것이나 언제나 각종 도구와 화폭으로 어질러져 있었다. 그는 한 시간 이상의 성냥불 작업 끝에 좀 쉬기도 할 겸, 아까부터 눈에 거슬리게 벌렁 넘어져 있는 화폭 하나를 바로 세우기 위해 허리를 폈다. 그때 전화벨이 울렸다. 전화벨은 언제나 다 죽어가는 듯한 소리로 '뜨르르르 뜰뜰, 뜨르르르 뜰뜰' 하고 울렸다. 다이얼을 돌리는 전화기를 전자식으로 처음 바꿨을 때, 벨 소리가 어찌나 요란한지 학교 관리과의 기술자를 불러 소리를 팍 죽여 달라고 부탁한 뒤로 늘 이렇게 죽어가는 듯한 소리를 내곤 했다. 그래도 귀청이 떨어져 나가게 방정맞게 울리는 것보다는 훨씬 나아 그냥 두고 있었다. 그는 수화기를 집어 들었다. 아내의 목소리가 울려 나왔다. 아내는 가끔 가다 연구실 혹은 이 작업실로 전화를 걸어오곤 했었다. 그런데 매양 그 통화 내용이 별게 아니었다. 오늘 집에 몇 시에 들어오느냐, 언제 누구 딸 결혼시킨다는 청첩장이 왔더라, 이런 식이었다. 퇴근해서 청첩장을 내보이면 될 일이었고, 또 김종규 쪽에서 조금 늦게 들어가면 먼저 늦겠다는 전화를 하는데, 왜 하찮은 일로 학교로 전화를 걸까? 모를 일이었다. 언젠가 아내는 늦바람이 무섭다는 말을 하면서, 친구 누구의 영감이 늦바람을 피워 가정이 결딴나게 되었다는 말을 넌지시 해온 적이 있었는데, 아내도 혹시 그런 염려에서 전화를 걸곤 하는 게 아닐까? 아직까지 입 밖에 내어 말하지는 않았지만 30년을 훨씬 넘게 같이 살아오면서 그런 의심을 품는다면… 사람도 아니라는 생각이 들곤 했나. 그래서 언제나 그는 전화 속의 주인공이 아내일 때는 필요 이상으로 퉁명스럽게 전화를 받곤 했다.

"또 뭔데?"

아내는 다소 짜증스러운 김종규의 이러한 반응에도, 이날만은 보나 마나 상기된 듯한 얼굴로 말하고 있는 게 틀림없었다.

"사할린에 있는 당신 사촌 동생 있잖아요?"

"뭐, 사할린에 있는 사촌 동생? 어느 동생 말인데?"

"이름이 광규라 하던가…?"

"광규가 그래 어쨌다는 거요?"

"광규가 김해공항에서 방금 이리로 온다고 전화를 했어요."

종규는, 그래도 그렇지 나이 50살을 훨씬 넘긴 사촌 시동생 이름을 함부로 부르다니, 생각하면서 최근에 편지를 거푸 두 번이나 보낸 광규를 떠올렸고, 서너 달 전에는 그 편지의 답장도 해 준 것을 기억했다. 두 번째 편지에서는 집안 가족들을 대표해서 자신이 한국으로 가보겠노라는 내용의 편지를 해왔었고, 한국에서 초청장을 보내주어야 하는데, 그 초청장은 청도의 고향 사람이 보내주기로 했으니 형님은 신경 쓸 것 없다고 했다. 하기는 광규 집은 해방 직후 종규의 큰집이었으므로 청도에 농토가 많이 있었다.

그 농토를 관리하던 촌수 먼 일가에게 종규의 아버지가 찾아간 일이 있었다. 일본에서 갓 귀환하여 한참 어려울 때였다. 그러나 큰집 농토 관리자는 이미 해방 후에 그 농토를 자기의 것으로 만들어두고 있었다. 이런 사실을 알고 돌아온 종규의 아버지는 끼니를 굶을 때마다 이를 갈곤 했다. 광규는 그런 농토 문제도 확인할 겸 한국으로 오는 것이고, 오는 김에 종규를 찾아보려는 것이었다.

"김해공항에서 온다면 한 시간 훨씬 더 걸릴 거요. 나도 곧 집으로 가지."

"그럼 뭣을 준비를 해야 될꼬?"

"아, 먹는 밥에 술 한 잔 같이 하면 되었지, 준비는 무슨…."

"아이구, 당신도 참, 그래도 그렇지, 생전 처음 오시는 귀한 손님한테 어떻게 먹는 밥을 대접해요?"

"글쎄 그런 건 당신이 알아서 하면 될 일이지."

그러면서 수화기를 놓아버리고는 혼자소리로 중얼거렸다.

"별 의논을 다 하고 있네."

그는 하던 작업을 중단하고 작업실을 대강 정리했다. 전시일이 아직 많이 남았으므로 그렇게 바쁜 것은 아니었지만, 그래도 방학 때가 아니면 작업을 마음 놓고 할 수가 없었기 때문에 서둘러온 터였다.

생각하면 사촌 동생 광규와의 만남이 몇 년 만인가. 종규가, 사촌들 중 머리가 제일 좋다고, 한 사람쯤은 공부를 하여 가문의 전통을 이어야 한다는 어른들의 의논 아래 부모님과 함께 일본으로 보내진 것은 44년 가을이었다. 종규는 국민학교 4학년이었고 광규는 입학도 하기 전이었다. 국민학교를 한 해 늦게 들어간 종규는 4학년이어도 나이는 12살이었다. 종규의 나이 금년에 58살이니까 46년이나 흘렀다. 지금 찾아오겠다는 광규도 벌써 54살이나 되었구나. 생각하면 종규의 에스토루(우글레고르스크) 시절은 추억도 많았다.

퇴근하여 좀 있으려니 광규로부터 다시 전화가 왔다. 바로 온천장까지 왔다고 했다. 종규가 전화를 바꾸어 아파트 이름과 동, 호수를 가르쳐주었다. 10여 분 뒤 벨이 울렸다. 현관문을 열자마자 광규는 들어서면서 종규를 얼싸안았다. 종규도 그를 끌어안지 않을 수 없었다. 두 사람은 서로 안은 채 거실로 들어와 한참이나 눈물을 흘렸다. 광규는 정말 많이도 울었다. 그런데 어찌된 셈인지 종규는 같이 울어주어야 된다고 생각하면서도 눈물이 많이 나오지 않아서 민망했다. 광규는 종규 아내와 맞절로 인사하고, 종규

아들딸의 큰절도 받았다. 무엇보다도 놀라운 것은 광규가 상상 외로 늙어 있다는 것이었다. 네 살이나 위인 종규보다 훨씬 더 늙어, 누가 봐도 환갑은 된 것 같았다. 종규의 아내가 정성 들여 준비한 저녁을 들면서 술도 마셨다. 마침 따지 않고 있던 양주 한 병이 있어, 얼음을 넣은 컵에 반쯤 부어 주었더니 소주 마시듯 한 모금에 홀짝 마셔버렸다. 종규는 웃으면서 한 마디 했다. 조심해서 마시라는 뜻이었다.

"이 술 독한 기데이."

"압니더, 알아. 우리는 맹(매양) 보드카만 마시는데…."

"보드카? 영화에서 본 술이네."

"안죽 보드카 맛을 안 봤는교?"

"한국에 보드카보다 좋은 술이 많이 있으니까."

사실 광규는 이날 독한 위스키를 혼자 반병이나 마셔도 전혀 얼굴에 술기운이 없었다. 이들은 시간 가는 줄도 모르고 이야기를 주고받았다. 사할린에 계시던 종규의 백부와 중부의 돌아가신 해, 현재 사촌들의 직업과 생활 정도, 당질(堂姪)들의 수(數)와 학력, 직업 등 종규는 궁금한 것을 차근차근 물었고, 꼭 같은 이쪽의 사정을 광규에게도 전해주었다. 종규 부모님의 별세 연도 종규의 누나 복희가 일본에서 죽은 일, 종규가 밑으로 아들딸 남매를 둔 일, 그 아들딸의 학력과 직업 등을 이야기해주었다. 물론 종규의 직업과 전공은 편지로 이미 알려준 바 있다. 일본으로 와서 살다가 해방 직후 한국으로 귀환해서 고생한 이야기며, 자신이 중고등학교 교사를 차례로 거쳐 대학의 강단에 서기까지의 과정도 자세히 일러주었다. 특히 한국에 갓 돌아와서 국민학교에 다닐 때, 골목대장으로 온 동네의 말썽을 피웠던 이야기, 중학교에 다닐 때는 선생님의 심부름으로 만두를 시켜 가지고 오다가 너무 배가 고파 몰래 두 개를 집어 먹은 이야기, 지극히 어려웠던 시절의 이야기를 담담한 심정으로 이야기할 수 있었다. 광규도 종규가 다 알고 있는 어린 시절의 이야기는 빼고 종규가 떠난 다음의 이야기를 많이 들려주었다. 해방 직후 일본이 항복을 했는데도, 우글레고르스크 서해안으로 상륙한 소련군들의 무서운 행패, 이것을 피해 밤중에 피난길을 걷다가 일본 사람들이 아이들을 버리고 도망치던 일도 들려주었다.

특히 지난 65년에 재사할린 조선 동포들이 흐루시초프에게 조선인 귀환 탄원서를 보낸 일이 있는데, 그 준비로 재사할린 조선인 대표자들의 모임이 브이코프의 폭포에서 열렸다고 한다. 그때 광규의 부친은 술이 취해 낭떠러지에서 실족하여 돌아가셨다는 말은 참으로 충격적이었다. 재사할린 조선인들을 이끌고 있는 지도자급의 이름도 더러 들먹거렸지만 신경 써서 기억할 일은 못 되었다. 다만 연장자이면서 존경을 받고 있던 몇 사람들이 최근에 세상을 떠나 많은 동포들이 애석해했노라는 말도 했다. 지금 사할린에 남아 있는 조선인들은 1세 2세 3세를 합해도 4만 명이 채 안 되리라는 말도 했다.

술이 거나해지자 광규가 진작부터 하고 싶었던 말을 참아왔다는 표정으로, 옛날에 청도에 두고 간 자기 집의 농토가 어떻게 되었는지를 물었다. 어쩌면 이러한 질문을 가장 먼저 하고 싶었을 것이다. 그러나 종규의 답은 광규가 바라는 내용이 아니었으므로 종규는 그가 말을 끄집어낼 때까지 기다렸던 것이다. 종규는 그가 알고 있는 것을 사실대로 이야기해주었다. 광규도 짐작했다는 듯이 고개만 끄떡거렸다. 그러더니 그는 다시 잔에 그들먹한 위스키를 소주 마시듯 주욱 입속으로 빨아 넘기고는 말했다.

"역시 형님은 그때 일본으로 잘 가셨소. 그동안 고생이야 말도 못 하게 했지마는 이래 고국에서 살게 됐으니 얼마나 좋소."

자신보다 더 늙어 보이는 사촌 동생의 주름진 얼굴을 물끄러미 바라보며 종규는 낮은 소리로 말했다.

"세상이 이리 될 줄 알았더라면 그때 다 같이 왔으면 좋았을 텐데. 하긴 그래서 인간만사 새옹지마(塞翁之馬)란 말도 생긴 거겠지만…."

이튿날 종규는 광규를 데리고 부산의 볼 만한 데, 해운대 태종대는 물론 서면과 남포동 거리를 구경시키고 동래 범어사와 양산 통도사를 거쳐 경주에까지 데리고 갔다. 모처럼 고국의 사촌형을 찾아온 그에게 종규는 쏟을 만한 인정과 성의를 다 보였다. 부산을 떠나 청도로 갈 때는, 이제 바로 서울을 거쳐 사할린으로 간다는 말에, 달러도 수월찮이 쥐어 주었다. 사할린에서는 달러의 시세가 한정 없이 치솟고 있고, 달러만 있으면 안 되는 일이 없다고 하던 광규의 말을 귀담아 들어두었기 때문이다.

그런 지 얼마 뒤 그는 신문에서 대구에 '중소이산가족회'가 있다는 보도를 보았고 그 전화번호를 메모해 두었다가, 마침 대구에 볼일이 있어 간 김에 중소이산가족회가 무엇을 하는 모임인지 전화로 알아보았다. 중국이나 소련 등지에 가족을 두고 있는 한국 사람들의 모임이라고 하면서, 왜 묻느냐고 전화 속의 아가씨가 되물어 왔다. 종규는 광규가 떠나면서 사할린에 한번 다녀가라는 말을 신신당부처럼 했던 것을 떠올리면서 답했다.

"아아, 나도 사할린에 살다가 오래전에 한국으로 돌아온 사람인데, 거기에 지금 나의 가족들이 있어요."

"그러면 입회하시지요? 안 그래도 2차 사할린 방문 여행단을 지금 구성하고 있어요."

"사할린 방문요? 그런 게 가능해요?"

"그럼요. 이미 1차 방문단은 곧 사할린으로 떠나게 되어 있어요."

"그 1차 방문단에 낄 수 없어요?"

"그건 안 돼요. 이미 명단이 작성되어 사할린에도 보내졌거든요."

"그럼 2차 방문단은 방문일자가 언젭니까?"

"내년 5월로 예정하고 있어요."

"그럼 나도 거기에 입회할 테니까 어떻게 하면 돼요?"

"선생님의 주소와 전화번호 등을 알려주면 입회원서를 우송해 드리겠습니다. 그리고 소정의 월 회비를 내시면 됩니다."

이래서 종규는 사할린 이산가족회 회원이 된 것이다.

91

이철환은 사할린 방문일자가 5월 22일임을 통보받고 한 달 전부터 여행준비를 하고 있었다. 우선 전공과 관계 깊은 서적을 샀다. 그는 국어학이 전공이었다. 사할린에는 한국어 방송국과 신문사도 있고, 한국어를 강의하는 대학교수도 있다는 말을 들었기 때문에, 그런 데에 기증할 책으로 최신판 국어사전들, 국어 정서법에 관한 서적들, 국어의 역사와 국어의 발전 방향에 관하여 쓴 서적들을 사 모았다. 같은 책들을 네 권 이상씩 샀다.

그다음, 사할린 동포들은 생활필수품의 곤란을 말 못하게 겪고 있다는 말을 들었기 때문에 비누 치약 칫솔 타월에서부터 여성용 스타킹, 남자 양말 등을 골고루 푸짐하게 준비했다. 소련을 다녀온 사람들한테서, 소련 사람늘이 특히 양담배 말보로를 좋아하더라는 말을 들었기 때문에, 요긴하게 쓰일 것을 대비하여 양담배 말보로와 국산 고급 담배도 많이 샀다. 특히 일회용 라이터와 볼펜류도 되도록이면 많이 준비했고, 껌 과자류도 준비했다.

그의 아내는 양시부(養媤父)의 체격도 잘 모르면서 철환에게 치수를 물어 양시부의 양복 한 벌과 와이셔츠, 넥타이, 구두까지 일습을 준비해서 가방에 챙겨주었다. 그리고 이철환이 직접 양부를 위해서 국산 인삼주도 한 병 따로 준비했다. 사실 이렇게 가지가지 선물을 준비했지만, 홀로 사시는 양부에게 이렇게 많은 양의 선물이 모두 필요한 것은 아니었다. 평소에 양부를 도와드리고 보살펴 드린 양부 이웃의 우리 동포들에게 선물하고 싶었던 것이다. 마지막으로, 자신이 입을 파카와 내의류, 운동화도 챙겼다.

학기 중간에 2주일이나 학교를 비우게 되어 학생들에게 미안했지만 마침 여행을 떠나는 5월 22일부터 한 주일간 중간고사가 있었고, 다음 주일은 축제 기간이어서 어느 정도 마음이 놓였다.

이미 동남아나 유럽 등지를 여행해 본 철환이었기 때문에 여행 목적지를 사할린의 수도 유즈노사할린스크라고만 신고해 두었다. 그곳으로만 해놓아도 사할린 내의 어디든지 갈 수 있으리라고 믿었기 때문이다.

그 무렵 최상필도 철환과 자주 전화연락을 취하며 무엇을 준비해 가야 하는지 물어가면서 철환이 산 것들을 거의 따라 준비하고 있었다. 교육청으로 가 2주간의 특별 휴가를 신청해 놓았고, 부산에서 서울로 갈 때부터 철환과 동행을 하기로 약속해 두었다. 최상필도 모든 것을 이철환과 보조를 맞추었기 때문에 역시 그의 아버지가 있는 유즈노사할린스크를 여행목적지로 신고해 두었다. 그들은 5월 21일 오전 새마을호로 부산을 출발, 서울에 닿아서도 김포공항 근처의 호텔에 함께 숙박하기로 약속해 두었다.

최상필은 예순이 내일모레이지만 아직도 해외여행을 한 번도 해보지 못한 사람이었다. 젊은 시절엔 젊은 시절대로 동생들 공부와

결혼, 그리고 식량문제가 해결되지 않아 해외여행은커녕 국내여행
도 남들처럼 제대로 한 번 해본 적이 없었다. 그러다 50살이 넘으
면서 식량난 같은 기본적인 문제는 해결되었지만 그래도 4남매나
되는 아들딸의 학비문제 때문에 허리 한 번 펴볼 여유가 없었다.
물론 교감에 승진하고부터는 공무출장도 더러 있어, 집을 떠나 외
지에서 먹고 잔 적은 있었지만 남들처럼 부부동반 여행은 별로 해
보지 못했다. 이번만 해도 웬만하면 아내와 같이 사할린 여행을
했으면 좋을 텐데, 노환으로 고생하시는 어머니를 두고 어떻게 부
부가 함께 떠날 수가 있겠는가.

　그는 여행 준비를 하면서도 내내 아내 보기가 미안했다. 알고
보니까 이번 사할린으로 떠나는 전세 비행기에는 100여 명이 동행
하도록 되어 있고, 기왕 전세 낸 비행기의 좌석이 남아, 이산가족
으로서 소정의 여행비만 내면 누구든지 동행할 수 있었는데도, 아
내와 함께 가지 못하는 것이 못내 아쉬웠다.

　그렇더라도 최상필은 아버지를 만나 뵙는다는 생각에 어린애처
럼 가슴이 뛰었고 밤에는 잠을 이루지도 못했다. 이 기회에 그냥
아버지를 이곳으로 모시고 왔으면 얼마나 좋을까. 그곳에 새어머
니가 계시기는 해도 함께 모시고 오면 될 일, 그렇게 되면 저 연세
에도 어머니는 어떤 표정을 지으실까. 만약 아버지 한 분이라도 영
주 귀국이 가능하다고 할 때, 아버지는 쉽게 혼자 귀국을 결심하
실 수 있을까? 두 어머니와 같이 사신 걸 계산하면 이쪽 어머니보
다 저쪽 어머니와의 생활이 몇 배나 더 긴 세월이 아닌가. 슬하에
자녀가 없다고 하셨다가 사위가 있다고 하셨는데 그건 무슨 말씀
일까. 그건 그렇고, 내가 다가오는 5월 22일 사할린으로 간다는
편지를 보낸 지도 2달이 훨씬 넘었는데, 왜 여태 회답이 없으실까.
기왕 만나볼 아들이니 구태여 노구를 무릅쓰고 답장을 쓰시기도

힘드시리라. 그는 이런저런 생각으로 요즘은 며칠 동안을 계속 잠을 설치고 있었다.

아내는 상필의 이런 복잡한 생각을 아는지 모르는지 자다가 깨어, 상필이 자지 않고 몸을 뒤척이는 걸 보고는

"어릴 때 내가 소풍 가는 앞날 밤새도록 잠을 못 잔 적이 많이 있었는데, 당신도 지금 생전 처음 하는 해외여행 때문에 잠이 안 오는 모양이지요?"

하고 엉뚱한 말을 걸곤 했다.

"그런 이유도 있지만, 언간(웬만)했으면 당신과 같이 떠났으면 좋을 낀데, 혼자 가게 되어….."

"다음에 같이 갈 기회가 있겠지요. 하기는 우리 나이의 내 친구들은 발리 섬에도 다녀오고, 하와이에도 부부가 함께 다녀온다던데 우리는 부곡하와이에도 함께 가지 못했지요."

"내 정년퇴임이 꼭 6년 남았소. 퇴임하고 나면 얼마든지 다닙시다."

"여행도 나이 들면 못한다는데 정년퇴임까지? 그러나 저러나 사할린 가시기도 전에 병나겠어요. 벌써 며칠째 잠을 못 주무시는데….."

최상필은 마음씨가 무던한 아내가 참으로 고마웠다. 잠을 자자면서 다시 몸을 바로 눕혔다.

정상규 신부는 자신이 없는 동안의 성당 일들을 보좌신부에게 일찌감치 부탁해 놓고 있었다. 3년 전 여름 언양 청수골로 성당 학생들을 데리고 산간학교에 갔을 때 처음 받은 형님의 편지였다. 그 뒤로도 두어 번의 편지를 더 받고 자신은 모두 네 차례의 편지를 보낸 걸로 기억하고 있다. 형님의 편지 중 가장 인상적인 대목

은, 상규가 사제가 되었다는 데 대해 하느님께 대한 감사의 내용
이었다. 형님은 그때 편지에서

　　하느님께서는 우리 집안에 일찍부터 한 사람의 사제를 내시기로
　작정해 두신 거요. 그렇기에 이 형이 사제의 꿈을 이루지 못하자,
　아우를 사제로 부르신 게 아니겠소? 부디 만 사람의 존경과 추앙
　을 받는 훌륭한 사제로 이 못난 형의 몫까지 다해주길 하느님께 기
　도하겠소.

　　라고 했던 것이다. 첫번째 편지에서 '동생 보아라'라고 했던 것
이 상규의 답장에서 정상규 신부가 오래전에 사제가 되었다는 말
을 듣고는 당장 말투부터 '해라'에서 '하오'체로 바뀌었던 것이다.
하기는 사제품을 받자마자 어머니께서 제일 먼저 말씀을 높이시
던 기억이 생생하고, 비록 어릴 때 친구 사이라도 같은 신자라고
하면 아무도 말을 놓지 않았다. 신자가 아닌 친구들이라도 말을
함부로 하지 않았다. 그런 터여서 형님의 편지 어투가 높임말을
쓴대서 그것이 크게 감명적인 것은 아니었다. 오래전에 벌써 신앙
을 까마득하게 망각했으리라 생각했던 형님이 어쩌면 사제가 된
자신보다 더 깊은 신심을 지금까지 간직하고 있다는 사실이 상규
신부로 하여금 다시 한 번 자신의 옷깃을 여미게 했던 것이다. 만
사람의 존경과 추앙을 받는 훌륭한 사제가 되라는 말씀에는 등에
서 식은땀이 흘렀다. 서품을 받은 초창기에는 정상규 신부도 형님
의 말씀처럼 존경받고 추앙받는 신부가 되려고 노력했었다. 그러
나 오랜 사제생활을 통해서 얻은 것이 있다면, 그저 큰 죄 짓지 않
고 주교님이 맡겨주는 성당을 현상유지만 잘해도 된다는 안이한
생각이었다. 얼마나 많은 평신도로부터 애를 먹으며 살아왔던가.

신부 앞에서는 간이라도 빼줄 듯이 굽신거리던 본당 평협 간부들도 돌아서면 신부에 대한 비난과 불평을 일삼지 않던가. 교회가 발전되는 것은 신부에게도 책임이 크지만, 신부 주변을 둘러싸고 있는 지도자급 평신도의 책임이 더 크다고 생각하고 있는 정상규 신부였다. 그런데 정상규 신부의 눈에 드는 훌륭한 평신도는 정말 드물었다. 결국 평신도들과 어떤 문제를 놓고 다툰다고 하는 것은 교회를 위해서 아무런 도움도 될 수 없음을 그는 본당을 새로 맡을 때마다 뼈저리게 느끼곤 했었다. 물론 때로는 본당 신부의 주장을 받아들여 주기도 했고, 또 정 신부도 젊을 때는 자신의 고집을 꺾지 않고 평신도들을 억지로 굴복시키기도 했었다. 그러나 나이 예순이 가까운 지금 생각하면 그렇게 다투며 사는 것이 부질없다는 생각이 들었다.

이러다 보니 어느새 중진 신부를 넘어 원로 신부에 속하기는 했지만, 많은 신자들의 존경이나 추앙을 받지 못한다고 스스로 생각하고 있었다. 그런데도 형님은 가장 어려운 그 점을 당부하고 있었다.

성당을 2주일이나 비우게 되므로, 보좌신부에게 여러 가지를 주의시켜 두기는 했지만 그래도 마음이 놓이지를 않았다. 물론 교구청으로 주교님을 찾아뵙고, 전후 사정과 함께 사할린을 다녀온다는 말씀은 드려놓았다.

어쨌든 형님을 뵙게 된 것은 천만다행이고, 사할린에서 형님의 편지가 왔다는 사실이 신자들 사이에 알려지자, 여러 사람이 정 신부에게 위로 겸 인사의 말을 해왔었다.

"아아니, 신부님의 형님께서 그동안 사할린에 계셨다고요?"

혹은, 어디서 어떻게 알게 되었는지 어떤 사람은 이렇게 말하였다.

"신부님 형님께서도 신부님이 되시려고 했다고요?"

"왕대밭에 왕대 난다고, 아무 집안에서나 신부님이 나오나? 우리 정 신부님 집안같이 오랜 구교우 집안이니까 신부님이 나오신 거지."

"잘했으면 신부님 가문에 두 분의 신부님이 태어나실 뻔했는데…."

참 안타깝다는 표정을 짓는 신자들도 있었다. 어쨌든 이제 온성당 안에 정상규 신부의 형님이 사할린에 계신다는 소문은 모르는 사람이 없게 된 형편이었다. 그래서였는지 좀 전에는 한 신자가 찾아와 반가운 소식을 전해주었다. 즉 사할린에 가족을 둔 한국 사람들이 비행기를 전세 내어 사할린을 단체 방문한다는 말이었다. 정 신부는 그때 그 사람에게 더 자세히 알아 오도록 부탁했고, 이래서 그도 중소 이산가족회가 있다는 사실을 뒤늦게야 알았다. 그러나 때는 늦지 않았다. 정 신부는 이른바 사할린 방문 여행단의 맨 마지막에 이름을 얹을 수 있었고, 부랴부랴 여행준비를 하기에 이르렀다. 사할린으로 네 차례나 보낸 편지에서, 기회만 되면 사할린으로 형님을 찾아뵙겠다는 말을 한 적이 있는데, 형님에게 용기를 드리고 희망을 잃지 말라고 한 말이었지만 실제로 그 약속을 지키게 되어 무엇보다 기뻤다.

92

1991년 5월 22일 수요일, 날씨는 쾌청했다. 아침 8시까지 김포공항에 집합하라는 말을 들었던지라, 이철환과 최상필은 공항 근처의 호텔에서 1박한 후 아침도 먹지 않고, 바퀴 달린 커다란 가방과 휴대용 손가방을 가지고 공항으로 갔다. 국제공항 청사의 그 드넓은 실내에는 무더기무더기가 단체 여행객인데, 사할린 방문단은 어디에 있는가. 한참이나 두리번거린 끝에야 '사할린 방문단'이라 쓴 노란 깃발이 저만치 보였다. 깃발을 들고 있는 사람은 바로 '중소이산가족회' 회장 이두훈 씨였다. 50대 중반으로 보이는 그는 호리호리한 몸매에 머리는 반백이었으나 활기가 넘쳐 보였다. 가슴에 명찰을 달고 있었는데, 그 명찰에 의해 그가 '중소이산가족회' 회장이요, 이번 사할린 방문단의 인솔 책임자인 이두훈 씨임을 알았다. 그가 들고 있는 노란 깃발을 중심으로 많은 사람들이 모여 있었다. 이 회장은 명부를 가지고 일일이 점호를 하고 명찰을 나누어주고 있었다. 제출해 두었던 여권을 도로 받고 명찰을 받고 하는 데 1시간 이상이 지났다. 명찰에는 번호가 매겨져 있었는데, 이두훈 회장이 1번, 이철환이 2번, 최상필이 3번이었다. 1인당 짐 무게는 40kg을 초과할 수 없다고 했지만 이를 좀 초과했는데도 무사히 통과되었다. 그때였다. 최상필이 이철환을 보고 물었다.

"이 교수, 내 카메라 봤습니까?"

"최 교장님 카메라를 내가 왜 봅니까?"

이철환은 어깨에 메어진 자기 카메라를 다시금 확인하면서 말했다. 최상필이 낭패스러운 얼굴로 허둥거리기 시작했다.

"이거 큰일 났네. 호텔에 놔두고 온 모양이네."

이철환이 답했다.

"탑승은 지금 곧 해도 이륙에는 시간이 있을 테니까, 얼른 택시를 타고 호텔로 가보십시오."

최상필이 선불 맞은 산짐승처럼 청사 밖으로 뛰어나가는 걸 보고 다른 일행들이 이철환에게 물었다.

"와 저랍니꺼?"

"카메라를 호텔에 두고 안 가져온 모양입니다."

다른 사람이 참견했다.

"허허 참, 뭐 떼놓고 장가가는 격이군. 수십 년 만에 가족을 만나러 가면서 카메라를 안 가져가면 어떻게 하겠다는 거야."

이철환은 그렇게 퉁명스러운 소리를 하고 있는 중치를 못마땅한 시선으로 슬쩍 바라보고는 최상필이 얼른 택시를 잡아타고 카메라를 찾아오기를 빌었다. 다행히 8시까지 모이라고 했는데도 9시 20분이 지나도록 나타나지 않은 사람들이 있어, 이두훈 회장과 이산가족회 사무직원 아가씨는 연방 핸드 마이크를 입에 대고 그 사람들의 이름을 부르고 있었다. 한참만에야 저쪽 입구에서 헐레벌떡 뛰어오는 노인부부가 있었다. 그들이 다가오자 이 회장이 물었다.

"충북 보은에서 오신…?"

그러는데 노인이 숨을 헐떡거리며 답했다.

"예에, 맞아유. 나는 김포공항이 이리 너른 줄은 몰랐어유. 저어쪽 국내선 청사에서 한 시간을 헤매다가 사할린 가는 사람들 모이는 곳이 아니라는 말을 듣고서야…."

이산가족회 사무원 아가씨가 말했다.

"국내선 청사가 아니고 국제선 청사라고 공문서에 써 보냈잖아요."

"글쎄유, 미안허구먼유."

이두훈 회장이 다소 신경질적으로 사무원 아가씨에게 말했다.

"그래도 한 사람 더 남았어."

이철환은 몰래 안도의 숨을 쉬며 최상필이 빨리 돌아오기를 연방 손목시계를 들여다보면서 기다리고 있었다. 택시를 바로 잡았으면 돌아올 시간이었다. 그러나 최상필은 나타나지 않았다. 이두훈 회장이 다시 핸드 마이크를 입에 대고 주변을 돌아다니면서 외쳐대고 있었다.

"창녕에서 오신 성일경 씨이, 성일경 씨이!"

줄을 서서 탑승 수속을 기다리는 사람들은 혀를 끌끌 차면서 이두훈 씨의 노고를 안타까워하고 있었다. 이두훈 씨가 중얼거렸다.

"할 수 없지 뭐, 자 들어갑시다."

이철환도 휴대용 가방을 어깨에 메고 줄 끝에 붙어 섰다. 그러나 그의 눈은 연방 출입문께로 가곤 했다. 그때 또 한 사람의 남자가 가방을 끌고 들어오고 있었다. 거무튀튀한 얼굴에 키가 아주 컸고 살이 찐 50대 후반의 사내였다. 옷은 말쑥한 신사복에 와이셔츠, 넥타이, 구두까지 모두 처음 입고 매고 신은 것같이 새것으로 보였다. 먼 여행 떠난다고 한껏 잘 차려입었으나 어딘지 시골냄새를 풀풀 풍기고 있었다. 그의 뒤로 30대의 남자도 따라오고 있었다. 그는 곧장 이두훈 씨가 치켜든 깃발을 향해 다가왔다.

"수고 많으십니다. 사할린 방문단 맞지요?"

"성일경 씹니까? 왜 이렇게 늦었어요?"

"아이구 죄송합니다. 이 조카 아이 차를 타고 오는데 길에서 그만 빵구가 나는 바람에 얼매나 간을 태웠는지…. 야아도 빵구 난 발통 갈아 찌우는 법을 몰라가지고 택시기사를 붙들고….''

"됐어요. 들어갑시다."

낭패다. 전세 비행기에 단체로 수속하고 단체로 탑승하는 판인데 최상필 교장이 여태 오지 않다니. 기나긴 행렬의 머리는 벌써 출찰구를 통과하고 있었다. 망설이다 철환은 이 회장에게 사정을 이야기했다. 일행 한 사람이 호텔에 카메라를 두고 와서 가지러 갔는데 아직 안 온다고. 이 회장이 천장을 보고 웃으면서 말했다.

"참 가지각색이다. 이러니 제가 이 노릇을 어떻게 하겠어요."

이철환이 죄인처럼 고개를 숙였다.

"죄송합니다."

그때 이철환 앞의 신부 한 분이 돌아봤다. 철환은 자기 바로 앞에 신부님이 서 있는 줄은 몰랐다. 그런 초조한 경황 중에서도 신부님을 만난 것이 얼마나 반가운 일인지 몰랐다. 로만칼라로 정장한 신부가 이두훈 회장을 향해 말했다.

"탑승은 해도 이륙 시간은 한참 뒤라고 하니까 수고스럽겠지만 회장님이 여기서 조금 더 기다려주실 수밖에 없겠는데요."

이철환이 말했다.

"저도 같이 기다리겠습니다."

그러는데 신부가 입구 쪽을 가리키며 말했다.

"저기 저분 아닙니까?"

돌아보니 최상필이 카메라의 줄을 손목에 감아, 카메라를 손아귀에 움켜쥔 채 달려오고 있었다.

그들은 기다릴 필요도 없이 줄의 맨 끝에 서서 통과했다. 비행기는 부산과 서울 간을 운항하는 수준의 대한항공 중형 제트기였다. 복도를 중심으로 양쪽에 좌석이 4개씩 나란히 배치되어 있었다. 기창 쪽에 낯선 한 사람이 앉고 그 옆이 이철환, 이철환 다음이 신부, 신부 다음 복도 쪽에 최상필이 앉았다. 최상필이 신부를 지나 이철환의 옆으로 오고 싶어 했지만 이철환은 그냥 앉은 자리를 바꾸지 않았다.

처음 100명 가까이 된다던 방문객은 정작 84명이었는데, 그들의 행색 또한 가지각색이었다. 한복에 두루마기를 점잖게 차려입은 시골의 촌로들이 있는가 하면 역시 한복 차림의 노파들도 있었다. 넥타이에 정장을 한 사람들도 있었지만 노타이에 점퍼 차림의 남자들, 양장의 여자들도 많았다.

좌석은 지정석이 아니어서 아무 데나 먼저 앉으면 되었다. 철환은 앉을 자리를 찾으면서 자꾸 곱게 늙은 한 노파에게 눈길이 갔다. 흡사 옛날 숙모(최숙경)가 늙었으면 저런 모습이 아니었을까 하는 생각 때문이었다. 이윽고 비행기가 활주로를 달리더니 이내 이륙했다. 안전띠를 풀어도 좋다는 신호가 있자, 사람들은 그때부터 약속이나 한 듯이 괜히 여기저기 자리를 이동하면서 시끄럽게 떠들어대기 시작했다. 이철환의 옆자리, 기창 바로 옆의 사람은 마치 신파극의 대사라도 외듯

"아, 울려고 내가 가느냐, 웃으려고 가느냐."

하면서 점점 멀어져 가는 지상의 풍경을 내려다보다가 이철환에게 고개를 돌려 말을 건넸다.

"선생님은 사할린에 누구를 만나러 가십니까?"

그러면서 담배를 권해 왔다. 철환은 담배를 끊은 지가 벌써 2년이 넘었으므로 사양하면서 말했다.

"아버님을 만나 뵈러 갑니다."

"네에, 그렇군요. 춘부장님께서 생존해 계시다니 참 부럽습니다. 저는 삼촌의 유해를 모셔 오기 위해 갑니다."

"삼촌께서 사할린에서 별세하셨단 말씀입니까?"

"네에. 1943년에 강제 징용으로 가시어 고생하시다가 지난 85년에 별세하셨다는 것을 알았습니다. 그곳에서 삼촌은 재혼하시어 2남 2녀를 두셨는데, 그 사촌들이 저에게 연락을 해주어 알았지요."

"삼촌께서 재혼을 하셨다면 숙모도 계실 건데요?"

"숙모님은 살아 계신데 자식들과 함께 그곳에서 살기를 원한답니다. 그러나 삼촌의 유언이 죽어서라도 고향땅에 뼈를 묻고 싶다고 하셨으므로 가는 길이지요."

철환은 문득 옆자리의 신부님을 바라보았다. 그는 졸고 있었다.

신부님은 누구를 만나러 가는 것일까? 철환은 신부님의 옆모습을 유심히 살펴보았다. 예순을 넘지는 않아 보였지만 이미 노색이 짙은 연륜이었다. 사제로서 갖추어야 할 정복에 바바리 코트를 걸친 그는 아까 공항 실내에서 이두훈 회장에게 한 마디 말을 한 것 외에는 시종 입을 다물고 있었다. 중키에 머리도 알맞게 벗겨져 사제로서의 품위 같은 것이 군계일학처럼 돋보였다. 철환은 자신의 외아들 프란치스코를 생각해 보았다. 위로 딸만 둘을 두고 늦게야 얻은 외아들이었다. 공부도 대단히 잘 했고 철환보다 키도 훨씬 컸고 잘 생겼다. 그는 그 아들에게 모든 희망을 걸고 있었다. 자신은 삼촌 때문에 연좌 죄에 걸려 평생 고생을 했지만 이제 그의 아들에게는 그런 것 때문에 고민할 시대도 아니다. 자신은 3년이나 놀다가 야간중학을 졸업하고 부산 사범을 나와 교편을 잡으면서 다시 야간대학을 나와 온갖 우여곡절 끝에 대학 강단에 서게 됐지만, 그의 외아들만은 남들처럼 호화롭게 키우지는 못할망정 공부에는 지장이 없도록 뒤를 돌봐줄 생각이었다. 중학교 1학년 때부터 고등학교 1학년 말까지 전교 수석을 놓쳐 보지 않은 아들인지라, 세칭 일류 대학에 들어가는 것은 아무 문제가 없었다. 평생 돈이 없어 고생했고, 배경이라고는 순경 하나 없었던 철환인지라, 이제 그는 아들을 잘 키워 무엇이든지 소원 하나는 풀어볼 생각이었다. 의과 대학을 졸업하고 의사가 되면 돈 아쉬움에서 해방될 터, 법학을 공부하여 판검사가 되면 배경 없었던 설움에서 벗어날 것이었다. 그런데 이 자식이 고등학교 2학년 첫 월례고사에서 천만 뜻밖에도 성적이 전교 10등도 아닌 반에서 10등으로 떨어졌다. 하루는 아이를 불러 성적이 갑자스럽게 떨어지는 이유를 물었다. 그런데 이놈의 답이 맹랑했다.

"아버지만 성당에 나오시면 다시 열심히 공부하겠습니다."

성당 이야기가 나왔으니 하는 말이지만 위로 딸 둘과 그의 아내는 오래전부터 알아주는 열심한 신자들이었다. 딸들은 모두 성당의 주일학교 교사를 하고 있고, 그의 아내도 성당활동에 온 힘을 쏟고 있었다. 그러나 이철환은 냉정했다. 그는 고등학교와 대학생 때 이미 여러 종교에 발을 들여놓아 보았다. 말하자면 나름대로는 성서도 몇 번 통독을 했고, 불경도 반야심경을 비롯해서 금강경까지는 주해서를 펴놓고 공부한 적이 있었다. 그러니까 그는 신앙은 그 신앙의 원리를 깨우치는 지식을 터득하는 것만으로도 족하다고 생각했고, 그것을 넘어 신앙에 온통 시간을 빼앗기는 것을 여유있는 사람들의 지적 사치가 아니면, 단세포적인 두뇌의 소유자들이나 할 짓이라고 생각하고 있었다. 그래서 그는 언제나 스스로 불교도 알 만큼 알고, 중국의 노장사상도 알 만큼 알고, 성서 또한 알만큼 알고 있으니 구태여 절이나 교회로 아까운 시간을 허비하면서 나갈 필요가 없다고 생각하는 사람이었다. 그런데 외아들이 그런 아버지에게 '아버지만 성당에 나오시면 다시 공부를 열심히 하겠다'고 하니 기가 찼다. 그러나 이 아들이야말로 자기의 대를 이을 유일한 혈육이었으므로 아들의 말을 조금 더 들어보기로 했다.

"내가 성당에 나가는 것과 네가 열심히 공부하는 것과 무슨 관련이 있느냐?"

"온 가족이 열심히 성당에 나가는데 아버지께서만 굳이 성당에 나가시지 않아야 할 이유가 있습니까?"

"나는 온 가족의 생계를 책임지고, 또 학교에서도 내 전공과목을 끊임없이 연구해야 할 사람이 아니냐? 내가 어머니나 누나들 그리고 너를 성당에 나가지 말라고 하지 않는 것만도 다행이라고 여겨야지, 나까지 성당으로 끌어들여야 할 까닭이 무엇이냐?"

"어쨌든, 저는 아버지께서 성당에 나오시지 않으면 더 이상 열심히 공부할 생각이 없습니다. 아버지께서는 신앙생활과 지식의 정도를 같이 보시려는 것 같습니다. 아버지께서 읽으신 책들은 저도 거의 다 읽었는데, 지식은 결코 신앙이 아닙니다. 만약에 지식이 바로 신앙이라면 무식한 사람들은 전혀 신앙생활이 불가능할 것 아니겠습니까?"

"아무리 무식해도 신앙생활에 필요한 최소한의 지식은 가지고 있을 것 아니냐? 그래서 같은 신앙인이라도 다 차이가 나는 법이 아니겠느냐?"

이러면서 뭐, 내가 읽은 책을 다 봤다고? 속으로 요새 아이들은 이리 겁도 없이 풍을 치나, 하는 생각을 했다. 그러나 그의 아들은 다시 물었다.

"신앙인에게 차이가 있다면, 지식이나 사회적 지위나 재산의 많고 적음의 차이에서 오는 것이 아니고, 신앙을 통해 배운 것을 얼마나 실천하는가에 있는 것입니다. 아버지께서 신앙을 가지셨다고 말씀하신다면 어떤 것을 실천하고 계십니까?"

철환은 답을 하느냐 마느냐 망설였다. 아비로서 자식에게 똑 시험을 당하는 것 같기도 해서 몹시 언짢았다. 그러나 한 번 더 참기로 하고 말해주었다.

"인간이 지켜야 할 양심, 사회 정의, 도덕성, 이런 것을 중시하는 아버지인 줄 네가 몰라서 그런 소리를 하느냐?"

다소 노기를 띠고 철환이 말하자, 그의 아들은 조금 주춤한 것 같더니 다시 말했다.

"그런 것은 신앙인이 아니라도 인간이면 누구나 마땅히 해야 할 일입니다."

"그럼 신앙인이라고 특별히 해야 할 일이란 무엇이냐?"

"하느님의 사랑에 응답하시는 일입니다."

"하느님의 사랑에 응답하는 일이라? 하느님의 사랑은 어떤 것이며 그 응답은 어떻게 하는 것이냐?"

"그것은 제가 만족스럽게 설명해 드릴 수가 없습니다. 다만 하느님께서는 아버지를 지극히 사랑하고 계신데, 아버지께서는 전혀 그것을 모르시는 것 같아 안타깝습니다. 아버지께서 하느님의 사랑을 깨달으실 때까지 저는 더 이상 세속적인 공부에 머리를 싸매지 않겠습니다."

철환은 간이 쿵하고 소리를 내면서 떨어지는 것 같았다. 어릴 때부터 말이 없으면서도 고집이 대단한 아이였다.

그는 저녁에 아내와 의논했다. 그의 아내는 무조건 성당에만 나와 보라고 했다. 그래서 그는 억지다시피 성당으로 나가, 6개월 동안의 교리 공부를 하고 세례를 받았다. 세례명이 대건안드레아였다. 그러나 그는 한 번도 자신이 영세하고 가톨릭 신자가 된 데 대하여 무슨 보람이나 새로운 결심 같을 것을 해보지 않았다. 단순히 외아들이 다시 공부를 잘 하도록 하기 위해 형식적으로 세례를 받은 것뿐이었다. 그러므로 그는 자신이 신자라고 생각해 본 적도 없었고, 신자의 기본 의무인 주일 미사에도 어쩌다 한 번씩 참례할 뿐 별로 관심이 없었다.

그런데 철환이 성당에 나가면 공부를 다시 열심히 하겠다던 그의 아들은 성적이 별로 더 나아지는 것 같지 않고 언제나 학급에서 10등 안팎으로만 맴돌았다. 하루는 생각다 못한 나머지 아들이 없는 공부방으로 들어가 보았다. 그런데 이게 웬 일인가. 고등학교 2학년 학생으로서는 도무지 보려야 볼 수도 없는 책들로 온 방이 가득 차 있었다. 동서양 철학 서적, 사상서는 물론 온갖 희귀한 책들이 수백 권이나 있었던 것이다. '아하, 이런 책을 읽느라고 입시공부를 소홀히 하고 있었구나.' 그는 순간, 이런 책을 살 수 있는 헛돈을 자신 몰래 자식에게 준 아내가 더할 수 없이 미웠다. 아이들의 용돈은 아내가 책임지고 있었기 때문이다. 그는 아내가 미워서라도 그녀가 보는 앞에서 그 책들을 몽땅 마당으로 끄집어내어 휘발유를 끼얹고 불을 질러버렸다. 그때 철환은 제정신이 아니었던 것이다. 얼마 뒤 집으로 돌아온 아들은 침착하게 철환에게 말했던 것이다.

"저는 아버지의 아들이기 이전에 하느님의 아들임을 분명히 말씀드립니다."

"못난 자식!"

말과 함께 그는 기어코 아들의 따귀를 갈기고는 집을 뛰쳐나가 술을 마셔야 했다. 가정은 한 마디로 풍비박산이 되었고, 철환은 한동안 넋 나간 사람처럼 맥을 잃고 지냈다. 말할 것도 없이 아버지가 그런다고 아들의 성적은 향상되지 않았다. 최고 명문대학의 꿈은 사라졌지만 그래도 그 수준만으로도 어느 대학이든 대학 입학이 불가능한 것만은 아니었으므로 모든 것을 체념한 채, 부모 복 없는 놈이 자식 복인들 있을 리 있겠느냐고 한탄하고 있었다. 하기는 자식이 부모 뜻대로 다 되어줄 바에야 세상에 불행한 사람이 어디 있을까 싶었다.

아들이 고등학교 3학년에 올라온 해의 봄 어느 날 일요일, 하도 속이 상해 모처럼 제 발로 성당에 나갔다. 신부님께 아들의 성적 하락에 대하여 하소연이라도 하고 싶은 마음이 들었기 때문이다. 입시 공부에 바빠야 할 아이가 늘 성당에서 살았기 때문이다. 그런데 그날 그는 신부님을 만나기도 전에 많은 교우들로부터 엉뚱한 축하의 인사를 받았다.

"아이구, 축하합니다. 아드님이 가톨릭대학에 가기로 했다구요?"

그러면서 손을 내미는 것이었다. 이게 무슨 소리인가. 그는 그렇게 말하면서 손을 내미는 교우와 악수를 하면서도 뒤통수를 한 대 얻어맞은 기분이었다. 그러자 또 한 사람의 교우가 똑같은 축하의 인사를 하면서 손을 내미는 것이었다. 이쯤 되자 본당 신부님께 하소연을 할 생각은 사라지고, 무섭게 따져야 할 생각이 들었다. 그러나 미사 시간이 임박했으므로 사제관에는 들어갈 수가 없어 성당 바깥, 이제 막 잎이 피어 연초록 색깔로 우거지기 시작하는 등나무 밑 벤치에 앉아 미사가 끝나기를 한 시간을 기다렸다. 가톨릭대학이라면 말할 것도 없이 신부를 키워내는 학교이다. 내 외아들이 신부가 돼? 어림 반푼어치도 없는 소리였다. 그런데 이런 말이 온 성당 안에 퍼졌다면 아내가 결코 모를 까닭이 없을 터였다. 그런데 아내는 여태 그런 말을 한 번도 해주지 않았던 게 아닌가. 신부를 만나 따지기에 앞서, 요 앙큼한 안사람부터 족칠 일이었다. 그러나 아내도 지금 성당 안에 있지 않은가. 그는 부들부들 떨면서 미사를 끝내고 신부가 나오기만을 기다리고 있었다. 드디어 신부가 미사를 끝내고 나왔다. 이철환은 무서운 얼굴로 신부 앞에 다가가, 긴히 할 말이 있다고 사제관으로 따라 들어갔다. 그는 다짜고짜로 따지고 들었다.

"신부님, 제 아이가 가톨릭대학에 간다는 말이 사실입니까?"

신부는 험악한 이철환의 표정에 당황하면서 얼버무리듯 말했다.

"글쎄요, 그런 말을 듣기는 했습니다만."

"혹시 신부님이 사주한 일은 아니고요?"

"성소(聖召)가 제3자의 사주에 의해 이루어지는 것은 아니지요."

"듣기 싫습니다. 어떤 일이 있어도 제 아이는 가톨릭대학에는 못 보냅니다. 본당 신자들이 저에게 축하 인사 따윈 하지 않도록 전체 신자들 앞에서 신부님이 주의를 시켜주십시오. 분명히 말씀드립니다마는 제 아이는 저의 대를 이을 아이이지, 신부가 될 아이는 아닙니다."

이러고 그는 씩씩거리며 집으로 돌아와 난생처음으로 아내에게 손찌검까지 하면서 난리를 피웠다. 아내는 맞고도 울기만 했다. 그때 마침 그 아이가 집에 없기 다행이었다.

그런데 결국 아이는 제 고집대로 가톨릭대학에 시험을 쳐 합격했고 그는 닭 쫓던 개 지붕 쳐다보는 격이 되고 말았다. 손아귀에 든 보물 하나를 놓쳐버린 것이 그렇게나 허전했을까. 세상이 귀찮았고 눈에 보이는 사람이 모두 보기 싫었다. 집을 피해, 방학인데도 학교에 나와 종일 울었다. 울면서 그는 혼자 중얼거렸다. 못난 자식. 기어코 성직가가 되고 싶으면 개신교 성직자가 될 일이지, 목사가 되면 결혼이라도 할 수 있지 않은가. 그는 집으로 돌아와서도 며칠씩이나 아내나 딸들에게 말 한 마디를 하지 않았다. 당사자인 아들에게는, 말을 하지 않는 정도가 아니고, 무서운 눈초리로 노려보기만 했다. 그는 이렇게 가장의 뜻이 송두리째 무시되는 집안에서는 더 살 필요가 없다고 생각한 나머지 집을 떠날 결심까지 하고 있었다. 배가 부르니까, 사내 말도 예사로 듣고, 애비 말도 예사로 듣는 이것들은 고생을 해도 야무지게 좀 해 봐야 정신을 차릴 것이다. 직장에서 온갖 고생 해 벌어다 주는 월급, 두 달만 안 갖다 주면 계집 자식들 모두 손이 발이 되도록 빌어 오리라.

그럴 즈음인 88년 겨울, 본당 신부가 그를 불러 위로했다.

"이 교수님, 마음이 몹시 아프시리라 믿습니다. 그러나 다시 말씀드리는데 절대로 신부인 저나 본당 교우들이 부추겨서 아드님이 가톨릭대학으로 간 것은 아니니까, 이 점 오해 마시기 바랍니다."

그는 속으로 누굴 어린앤 줄 아느냐, 병 주고 약 주는 당신도 성직자냐, 라는 말이 입술에서 맴돌았지만 꾹 참고 있었다. 신부가 다시 간곡한 어투로 말했다.

"그래서 오늘 뵙자고 한 것은 여러 가지로 심신이 괴로우실 이 교수님께 한 3, 4일 푹 쉬시다 오실 기회를 드리고 싶어서입니다. 모든 일을 잊어버리고 스스로를 돌아보는 기회를 가져 보십시오. 사실 희망자가 많아 어려운 기회입니다마는 본당 평협 간부들과 의논해서 이 교수님을 참가토록 했습니다."

요컨대, 성당에서 특별히 좋은 곳에 휴가를 보내준다는 말이었다. 그것도 많은 희망자가 있는데 특별히 자기한테만. 그는 이러한 배려만은 결코 악의로 받아들일 수가 없었다. 그리고 사실 아들이 신학대학으로 간 것을 꼭 신부의 탓으로만 돌릴 수도 없다는 생각이 들었고, 무엇보다도 모든 것을 잊어버리고 3, 4일 휴식을 취하고 오라는 배려가 고마웠다. 자신의 그동안의 고뇌를 이렇게 깊이 이해하고 위로해 주는 사람은 아무도 없었기 때문이다.

이래서 그는 그대로 했다. 가서 보니, 특별 휴가기간은 정확하게 3박 4일이라 했다. 그런데 피정 비슷한 이 3박 4일은 정식 명칭이 '크리스챤 생활의 단기 과정'이라 했고, 교구 내의 각 본당에서 한 두 사람의 중견 신자가 '뽑혀' 40여 명이나 와 있었다. 그러나 그것은 휴가 기분을 낼 만큼 한적하게 지낼 수 있는 기회가 못 되었다. 쉴 틈 없이 꽉 짜여진 시간표에 의해 강의 듣고 기도하고 묵상하는 그런 기회였다. 그는 신부에게 또 한 번 속았다는 배신감에 이를 갈았다. 말하자면 모르면서 아는 척하는 신자, 알아도 실천하지 않는 신자들을 모아, 단시간에 뜨겁게 달구어 새사람으로 만들어내는 곳이 '크리스챤 생활의 단기 과정'이었다. 그런데 뜻밖에도 그는 거기에서 신비스럽다고 표현할 수밖에 없는 희귀한 체험을 통해 순간순간 자신이 변화되어 가는 것을 느꼈다. 평소에는 하느님의 존재를 말로써만 알고 있었는데, 이곳에서 그는 하느님의 현존을 똑똑하게 체험할 수 있었고, 하느님의 따뜻한 품 안에 직접 안겨 있음을 느끼기까지 했다. 많은 것을 뉘우치고 깨닫고 결심하면서 그동안 자기의 교만, 독선, 아집에 심한 부끄러움을 느꼈다. 이렇게 되자 때늦게나마 자신을 돌아보게 배려해준 신부님이 밉기는커녕 고맙기가 그지없었다. 마치고 나오는 날은 더욱 신비로운 체험을 했다. 눈앞에 보이는 모든 사물이 황금빛으로 보였던 것이다. 보는 사람마다 끌어안고 싶은 충동을 억제할 수가 없었다. 그는 지금도 그날 눈앞의 모든 사물이 순간적으로 황금색으로 휘황찬란하게 빛나던 신비스러운 체험을 잊지 못하고 있다.

집으로 돌아와서 제일 먼저 아들을 끌어안고 볼을 비볐다. 아내에게도 그렇게 했다. 다 자란 딸들에게도 그렇게 했다. 그는 흡사 정신이 좀 어떻게 된 것 같았다. 그는 완전히 새로운 사람으로 다시 태어났던 것이다. 그래서 삼촌 이문근의 편지를 받고 보낸 답장에도 스스로 파양(罷養)을 한 일부터가 너무 죄스러워 '아버님'이란 호칭을 썼던 것이다. 그러한 자기 결심의 표징으로 6개월 동안 술과 담배를 하지 않기로 하고, 이를 지켜내었다. 그러나 담배는 그 뒤로도 계속 피우지 않기로 했었다.

그러한 철환인지라 옆에 앉은 신부님을 예사로 볼 수가 없었던 것이다.

이런저런 생각에 잠겨 있는데 기내식이 돌려졌다. 그는 재빨리 앞좌석에 붙어 있는 식판을 빼내어 음식 받을 채비를 했다. 옆자리의 신부님이 그때야 눈을 떴다. 최상필도 시종 입을 닫고 있다가 기내식이 나오자 신부를 건너 이철환을 향해 말했다.

"아침을 굶었더니 배가 몹시 출출하던 참에 자알 됐소."

그러면서 지나가는 승무원에게 술도 한 잔 가득 부어 달라고 주문했다. 모두들 술잔을 받아 식판에 놓았다. 철환은 눈을 돌려 신부님을 바라보았다. 신부님이 식사 전 기도를 했다. 그도 신부님과 함께 성호를 긋고 기도를 했다. 신부가 그러한 이철환을 힐끗 곁눈질했다. 아침을 걸렀기 때문에 음식이 더욱 맛있었다. 식사가 끝나자 기내가 다시 소란스러워지기 시작했다. 모두들 반주를 한 잔씩 한 탓이었을 것이다. 철환은 화장실을 다녀오면서 아까 봐 뒀던 그 노파에게로 다가갔다. 마침 노파 옆자리가 비어 있었다. 그는 대뜸 말을 건넸다.

"할머니는 누굴 찾아 가십니까?"

그녀는 뜻밖에도 시외사촌을 찾아간다고 했다. 그냥 사촌도 아니고, 외사촌도 멀다면 먼 사이인데, 여자의 몸으로 시외사촌을 찾아가다니. 그녀의 설명은 이러했다. 부군이 22세 때 사할린으로 징용 갔었는데, 그때 시외사촌도 함께 사할린으로 끌려갔다고. 노파는 그때 임신 중이었다. 결혼 초여서 남편과의 정을 겨우 알락말락할 때 남편과 생이별을 하고, 해산을 하니 다행히 아들이었다. 남편을 기다리면서 그 아들을 금쪽같이 키웠으나 6살 때 아들은 병으로 죽고 말았다. 그래도 시부모님을 모시고 끝내 혼자 살아왔다. 시어른들이 돌아가시고 노파도 나이 들자, 대구 시내의 어떤 산부인과에서 식당일을 하면서 혼자 지낸다고 한다. 그런데 2달 전에 뜻밖에도 그 시외사촌의 편지를 받았는데, 평생을 무국적자로 혼자 살아오던 남편이 3년 전인 88년에 올림픽이 끝나자 죽었다고 했다. 노파는 자신이 혼자 살아온 것이 결코 후회스럽지 않다고 말했다. 남편도 끝내 독신으로 살아왔음을 알았기 때문이라 한다. 그래서 죽기 전에 그 시외사촌이라도 만나 보려고 혼자 가고 있다는 것이었다.

비행기는 직선거리라면 1시간 50분 거리라고 했다. 그러나 북한 상공을 가로지르기 어려웠으므로 이륙한 직후 동남향으로 방향을 잡아, 일본 니이가타 상공을 거쳐 곧장 소련의 하바로프스크 상공으로, 거기에서 다시 유즈노사할린스크로 남하하는 S자 운항을 한다는 것이다. 일본 니이가타 상공에서 북해도 상공을 바로 질러가도 훨씬 가까울 텐데, 북해도에는 일본 전역을 관장하는 자위대의 레이다가 설치되어 있어, 일본 국내 항공기도 그 위로는 통과하지 못하게 돼 있다는 것이다. 결국 비행시간이 3시간 40분이나 소요되었다.

5월 22일인데도 하늘에서 내려다본 사할린 산마루에는 눈이 하얗게 덮여 있었다. 비행기가 고도를 낮추어 육지로 접근했을 때는 건물들의 색깔부터가 매우 우중충해 보였는데, 이는 착륙을 하고 곁에서 봤을 때는 정도가 더욱 심했다.

비행기를 내려 입국 수속을 하는 데는 출국 때보다 훨씬 까다로운 절차와 오랜 시간이 걸렸다. 도무지 공항 청사라고 보기 힘들 정도로 초라하고 허술한 실내에서 그들은 2시간 이상을 짜증스럽게 기다리고 있어야 했는데, 바깥에서는 수백 명의 동포들이 플래카드를 들고 환성을 지르며 곧 나타날 고향의 가족들을 애타게 기다리고 있었다. 그때야 여태 말 한 마디 없던, 비행기에서 옆자리에 앉았던 신부님이 다가와 이철환에게 묻는 것이었다.

"우리 교우이신 모양이지요?"

"예, 그렇습니다, 신부님. 신부님께선 누굴 만나러 오셨습니까?"

"형님을 만나러 왔지요."

"신부님의 형님을 잘 만나시고 즐거운 여행이 되시기를 바랍니다."

"고맙습니다."

그때 또 한 사람의 노신사가 이철환을 보면서 혼잣말처럼 했다.

"아무리 수교가 안 된 적성국가에서 온 사람들이라 해도 보통이보퉁이 싼 짐을 보면 비누 한 조각, 양말짝 한 켤레라도 여기에 두고 갈 사람들이란 걸 뻔히 알면서 이렇게 까다롭게 굴어서야 원…"

철환이 그를 보고 동감을 표했다.

"그렇습니다. 벌써 이게 몇 십니까? 아까 비행기 안에서 시계를 두 시간 뒤로 늦추라는 말을 듣기는 했지만 한국시간을 쳐도 벌써 4시가 넘지 않았습니까."

노신사가 다시 물었다.

"선생님은 여행 목적지가 어딥니까?"

철환이 최상필을 돌아보면서 답했다.

"저희들은 이곳 유즈노사할린스크입니다."

"공항에서 가까워 좋겠습니다. 저는 다시 자동차로 8시간 이상 걸리는 곳입니다. 일본 지명으로 에스토루라고 하는데, 소련 말로는 우글레 뭐라고 하는 곳이랍니다."

"그럼 누가 마중을 나와 계시겠군요."

"예에, 좀 전에 한국을 다녀온 사촌 동생이 나오기로 했습니다. 선생님은 누가 나오기로 했습니까?"

"아니요, 편지를 보냈지만 회답이 없었습니다. 주소만 가지고 왔습니다."

최상필이 끼어들었다.

"나는 우짜든지 이 교수만 따라 다닐 겁니다이."

최상필이 이철환을 보고 이 교수라고 부르는 것을 들은 노신사가 이철환에게 다시 말했다.

"대학에 나가시는 모양이죠?"

이철환이 최상필을 소개하며 답했다.

"네, 그렇습니다. 이분은 부산 ○○고등학교 교장선생님이시고요."

"아아, 그러세요? 처음 뵙겠습니다."

그들은 차례로 돌아가면서 악수와 함께 첫인사를 나누고 각자의 명함들을 교환했다. 노신사는 부산 ○○대학교 김종규 교수였다. 노신사라고 했지만 장발이 은색으로 빛났을 뿐, 예순도 안 돼 보이는 나이였다.

33장

아, 사할린!

93

　그들이 입국수속을 끝내고 공항 밖으로 나왔을 때는 어느새 하늘이 짙은 구름으로 자욱해 있었다. 김종규 교수는 그들보다 먼저 수속을 끝내고 밖으로 나와서 이철환과 최상필이 나오기를 기다리고 있었다. 이철환과 최상필은 유독 짐이 많아 공항 세관당국은 그 짐을 일일이 풀어 내용물을 하나하나 들추어 검사하는 바람에 시간이 엄청나게 소요되었던 것이다. 마침 정상규 신부도 공항 청사 밖에 서 있었다. 그에게 마중 나올 사람이 아직 나타나지 않은 모양이었다.

　비행기 안에서, 유즈노사할린스크에서 다시 8시간이나 자동차로 달려가야 여행목적지에 닿을 수 있다던 김종규 교수에게는 우글레고르스크에서 내려온 사촌 동생 광규와, 광규의 친형으로 유즈노사할린스크에 살고 있는 진규도 기다리고 있었다. 진규는 일찍이 지난 75년에 박판도와 사돈이 된 사람이었다. 광규보다 2살 위이고 종규보다 2살 아래였다. 종규는 진규가 유즈노사할린스크에 살고 있다는 말은 광규로부터 들었지만, 그가 마중을 나오리라고는 꿈에도 생각지 않고 있었다. 그래서 그는 시간도 늦었기 때문에 우글레고르스크로 가는 대신 진규의 집에서 묵기로 하고, 유즈노사할린스크 공항에서 인사를 나눈 이철환과 최상필에게 작별 인사나 하고 떠나려고 기다리고 있던 중이었다. 그러나 최상필과 이철환은 유즈노사할린스크로부터 아무런 연락도 받지 못하고 무턱대고 찾아온 길이라 마중을 나와 있는 사람도 없었다. 이런 딱한 사정을 들은 김진규와 광규는 최상필과 이철환에게 종규와 함께 김진규의 집으로 가자고 했다. 호텔로 찾아가면 안 될 건 없었지만, 사할린에서는 호텔 숙박비나 국내항공료가 소련 국적의 국내인들에게 받는 루블 액수를 그대로 달러로 받기 때문에 엄청나게 비싸게 친다는 것이다. 말하자면 유즈노사할린스크 호텔 숙박비가 국내인에게 1박에 100루블이면 외국인들에게는 100달러를 받는다는 것이다. 이런 사실을 광규가 김종규 교수에게 귀띔해 주었고, 종규는 다시 이철환에게 넌지시 알려주면서, 호텔로 갈 것 없이 자기와 함께 김진규의 집으로 가자는 것이었다. 그때야 정상규 신부에게 중년 부부가 나타나 서투른 한국말로 묻는 것이었다.

"한국에서 오신 정상규 신부님이십니까?"

"그렇습니다."

정 신부가 반색을 하며 답하자, 그들 부부는 정 신부의 손을 움켜잡으며

"삼촌!"

하고 얼싸안았다. 한동안 이런저런 대화를 나누던 그들은 몰고 온 차로 이내 브이코프로 떠났다. 그들은 정상봉의 양딸 부부였다. 그런데 아까부터 공항 청사 안으로 들어와 한국에서 온 사할린 방문단들의 시중을 이것저것 들어주던 백발이 성성한 노인 한 사람이 그들에게로 다가왔다. 그의 옆에는 50대 후반의 키가 큰

지식인풍의 남자도 서 있었으나 곧 다시 공항 청사 안으로 들어갔다. 그러자 김진규가 백발의 노인에게 인사치례로 말했다.

"사돈, 인자 일 다 봤습니꺼? 번번이 보통일이 아닙니더이."

"한국에서는 아직도 이곳의 여행이 자유롭지 못함을 전혀 모르고 있어 탈인 기라요. 유즈노사할린스크를 여행 목적지로 신고해 놓고 코르사코프로 내려가려는 사람이 없나, 일린스크까지 올라가려는 사람이 없나, 그 사람들을 모두 아빌(여권관리사무소)로 보내어 여행지 재신청을 하도록 하고, 허가를 받아주는 일이 얼매나 힘 드는 일이요?"

이철환이 그 노인의 말을 듣더니 눈을 휘둥그렇게 뜨며 물었다.

"저도 한국에서 유즈노사할린스크만 여행 목적지로 신고해 두었는데, 그럼 저도 유즈노사할린스크 밖으로는 못 나간단 말씀입니까?"

노인이 답했다.

"그렇지요 요행히 안 들키면 다행이지만 발각되는 날에는 여권도 압수당하고 잘못하연 구속되는 불상사까지 있어요. 아까 제가 저 안에서 그런 사람들은 미리 알려 달라고 몇 번이나 돌아다니면서 말했는데…."

이철환이 말했다

"저희들은 그런 줄도 모르고 예사로 들었군요."

김종규가 말했다.

"모처럼 사할린까지 오셨는데 가족들을 만나보시고 나면 다른 곳으로도 가 보셔야죠. 12일 동안이나 유즈노사할린스크에만 눌러 있어야 할 필요가 있습니까?"

김진규가 사촌형 김종규 교수의 말을 듣고 그의 사돈에게 말했다.

"사돈, 힘이사 드시겠지마는 직접 아빌까지 한 번 같이 가셔야 겠네요. 고려인협회 회장된 죄로…."

잠시 그쳤다가 김진규가 다시 그의 사돈에게 말했다.

"마침 이 분들은 우리 형님캉 같은 직업인 한국의 대학교수들이 랍니다."

그때야 김종규와 박판도, 박판도와 이철환, 최상필이 인사를 교환했다. 최상필이 말했다.

"저는 교수가 아닙니다."

그러나 최상필의 명함을 들여다보고 있던 박판도가 말했다.

"아이구, 고등핵교 교장선생님이네요. 나는 경남 거창 출신의 박 판돕니다."

김종규, 최상필, 이철환도 박판도가 건네준 명함을 들여다보고 그가 재사할린고려인협회 회장임을 알았다

그들은 박판도의 낡은 일제 승용차와, 김광규가 우글레고르스 크에서부터 끌고 온 고물 소련제 승용차에 나누어 타고 유즈노사 할린스크 시내의 중심가인 구릴리스까야 거리에 있는 아빌로 갔 다. 러시아어로 '아빌'이라고 불리는 그 '외국인등록사증사무소' 는 '조선인 리산 가족회' 사무실 근방에 있었는데, 한국에서부터 미리 사할린 내의 이곳저곳을 여행 목적지로 신고해둔 김종규 교 수와 김진규, 광규 등은 이산가족회 사무실에 들어가 기다리게 하 고, 최상필 이철환만 데리고 박판도는 아빌 사무실로 들어갔다. 박판도는 이철환, 최상필을 딱딱한 나무의자에 앉혀두고 칸막이 안쪽으로 돌아들어가 어떤 여자와 무슨 말인가를 하고 있었는데, 한 마디도 알아들을 수가 없었다. 칸막이 안쪽으로 돌아 들어간 박판도는 알아듣지 못할 말일망정 천천히 띄엄띄엄 말을 하고 있 었는데, 여자의 음성은 날카로웠을 뿐더러, 어떻게나 말이 빠른지

러시아어에 여간 숙달되지 않고서는 알아들을 수 없을 것 같았다. 한참을 승강이를 하던 박판도가 도로 돌아 나와 낭패한 표정으로 한숨을 쉬며 말했다.

"아까 공항에서도 선생님들 같은 동포들을 몇 사람이나 미리 찾아내어 우리 리산 가족회 직원을 시켜 여행지를 추가로 허락 받도록해 주었기 때문에, 또 해줄 수 없다고 하네요. 이런 식으로 나가면 백 명 가까운 이번 방문단이 모두 여행지 재신청을 할 게 아니냐고 신경질을 부리네요."

잠시 그쳤다가 박판도가 다시 이었다.

"무엇이든 한국에서 들어온 동포들로부터는 티끌을 뜯으려고 하는데, 다 이유가 있어요. 썩을 대로 썩은 이놈의 사회주의가 뇌물을 어떻게나 좋아하는지…."

이철환이 얼른 눈치를 채고, 그 큰 가방에 채워둔 잠금 장치를 풀고 여자용 스타킹 세 켤레를 빼내었다. 박판도가 한 켤레면 족할 것이라고 두 켤레를 놔두게 했으나 신청자가 두 사람이므로 그냥 갖다 주라고 했다. 박판도는 그래도 기어코 한 켤레를 도로 돌려주고 두 켤레를 들고 다시 들어갔다. 박판도의 음성이 들렸다. 소리를 낮추어 이야기했고, 여자도 한결 부드러운 소리로 말하고 있었다. 한참 뒤, 그는 타이프 된 여행허가증명서를 두 장 가지고 나왔는데, 본래의 여행허가지인 유즈노사할린스크를 제외하고 사할린 주요도시 7, 8군데를 여행허가지역으로 만들어 나왔던 것이다. 이로써 이들 두 사람은 가 볼 만한 곳은 전부 다 갈 수 있게 되었다.

박판도는 '조선인리산가족회' 사무실로 가, 기다리고 있던 김종규 교수 일행을 데리고 나왔다. 그들은 김광규의 차와 박판도의 차에 분승해서 그곳을 떠나왔다. 김진규의 집으로 가기 위해서였다.

그들이 밖으로 나왔을 때는 벌써 해가 거의 진 듯했다. 짙은 구름으로 잘 알 수 없었지만 현지 시간으로 8시나 되었기 때문이다. 비행기 안에서 사할린의 산봉우리마다 눈이 덮였던 것을 보았지만 육지에서도 산마루에 눈이 덮인 것이 그대로 보였고, 불어오는 저녁 바람이 몹시 차가웠다. 한국에서는 모든 초목의 잎이 필 대로 피어 바야흐로 신록이 우거지고 있는 계절이었는데, 여기서는 큰길 가에 심어진 수많은 벚나무(일제가 심어둔 것)들의 새 잎이 이제 뾰족뾰족 돋고 있었다, 건물들은 모두 낡고 퇴색한 빛깔로 우중충했으며 유즈노사할린스크 간선도로에는 아스팔트 포장이 되어 있기는 했지만 군데군데 움푹 패이고 노면이 터실터실 터져서 차를 여간 조심해서 몰지 않으면 사고 내기 십상이었다. 차선도 있는 둥 마는 둥했고 신호등이 있어도 차들은 이를 별로 지키려들지 않았다. 건널목에서도 분명히 붉은 신호등이 켜지고 사람이 건너야 할 때인데도, 차들은 막무가내로 건널목을 통과했고, 사람들은 최소한도 열 사람 이상이 모여야 건너는 것 같았다. 자동차를 모는 운전수에게는 신호등은 아예 있으나 마나였다. 노면만 반반하면 차는 무섭게 질주하다가도 도로 한복판에 패인 곳이 나오면 속도를 늦추어 돌아가거나 했다. 말하자면 간선도로의 상처는 과속으로 인한 교통사고를 방지하는 데 한몫을 하고 있는 듯이 보였다. 차를 몰던 박판도가 말했다.

"왜놈들은 그래도 이 길을 낼 때, 1m 이상을 파고 거기에 자갈과 모래를 층층으로 섞어 다져 넣은 다음, 30cm 이상의 두께로 포장을 했지요. 그러나 왜놈들이 물러간 다음에는 도로 수리가 늘 눈가림식이었지요. 하기야 공사주(工事主)가 국가이고 보니, 상급 관리는 상급 관리대로 거둬 먹고, 말단 관리는 말단 관리대로 공사비를 착복하니 도로 포장인들 옳은 보수가 될 리가 있습니까. 한 해 겨울 지나면 말짱 다 얼어 터져 이 지경이 되고 말지요. 겨울에 보통 영하 30도까지 내려가니 10cm도 안 되게 발라 놓은 포장이 성할 리가 있습니까."

유즈노사할린스크는 비록 길바닥은 형편없었지만 그런 길은 바둑판처첨 종횡으로 잘 트여 있었다. 물론 일제 당국의 도시 계획에 의한 것이었다. 김진규의 집으로 차를 달리는 도중에 커다란 광장을 지나게 되었다. 박판도가 차를 잠시 세우고 설명했다.

"저어기 보이는 저 건물이 유명한 유즈노사할린스크 기차역입니다. 우리 동포들에게는 한이 맺힌 곳이지요. 해방 직후에는 고향으로 돌아가려고 이 역에 모인 조선인과 일본인들로 인산인해를 이루었는데, 소련 폭격기가 이 역사를 폭격해서 많은 사람이 죽거나 다쳤지요."

그는 다시 기차역전 광장의 커다란 어떤 동상을 가리키며 설명했다.

"저것이 레닌의 동상입니다. 고르바초프 시대로 들어오면서 레닌도 한물갔지요 좀 전만 해도 저 동상 주변에는 항상 꽃다발이 묶음묶음으로 놓여 있었지만 지금은 보이소, 꽃다발 하나 있습니까. 하기는 조선 속담에도 화무십일홍(花無十日紅)이요, 권불십년(權不十年)이라 했는데, 볼셰비키 혁명 후 레닌의 망령은 강산이 변한다는 10년의 7, 8 배나 소련을 지배했으니 한물갈 때도 늦었지요."

그는 다시 차를 몰기 시작했다. 이철환이 물었다.

"고르바초프와 옐친의 인기는 어느 쪽이 더 큽니까?"

"요즘 와서 옐친의 인기가 급신장하고 있지요. 특히 소련의 러시아공화국 사할린 주는 러시아공화국 중에서도 가장 생존 조건이 열악한 곳이기 때문에, 개혁이 빠를수록 살기가 좋아지리라고 믿고 있습니다. 그래서 사할린에서는 옐친의 인기가 대단하지요."

철환은 박판도에게 다시 물었다.

"여기 한국어로 방송하는 방송국과 한국어판 신문사는 어디에 있습니까?"

"여기서 좀 먼데요. 제가 시간을 내어 안내해 드리겠습니다. 꼭 가 보셔야 할 일이 있습니까?"

"예, 책을 몇 권 가져왔기 때문에…."

이번에는 최상필이 물었다.

"유즈노사할린스크 사범대학은 어디에 있습니까?"

"좀 전에 지나왔는데요. 거기에도 가 보실 일이 있습니까?"

"한국어를 가르치는 동포 교수가 있다기에…."

박판도가 답했다

"두 사람이나 있지요. 그 사람들은 우리처럼 징용으로 끌려온 사람들이 아니고 오래전에 자유 이주로 들어온 사람들의 후예이지요."

이윽고 자동차는 골목길로 꺾어들더니 몇 번이나 휘돌아 들어갔다. 골목길이라고 해도 폭 10m는 됨 직한 넓은 도로가 동네의 구석구석까지 잘 닦여 있었던 것이다. 물론 포장은 되어 있지 않아, 어쩌다 한 대씩 오가는 차들은 구름 같은 먼지를 꽁무니에 달고 다녔다. 김진규의 차가 먼저 와 있었다. 그의 집은 그 일대의 많은 가옥들 중에서도 비교적 깔끔해 보였다. 그들이 차를 타고 오면서 바라본 집들은 거개가 벽이 허물어졌거나 색깔도 우중충하기 그지없었는데, 이 집은 외모부터가 반듯했다. 김진규가 그들을 맞이해 들어갔다. 박판도가 들어가면서 우스갯소리를 했다.

"원님 덕에 나발 분다고 나는 한국 손님들 덕분에…."

김진규가 웃으면서 받았다.

"사돈 무슨 말씀을, 일부로(일부러)라도 청해야 될 일인데 잘 됐지요."

주인의 눈치를 보고서인지 커다란 개 두 마리가 낯선 사람들을 보고서도 꼬리를 설레설레 흔들며 그들 주변으로 다가와 킁킁 냄새를 맡고 있었다. 최상필이 말했다.

"하아, 그 개 크고 실하다."

집주인인 김진규가 그들을 안내해 들어가면서 설명했다.

"요즘 와서 도둑이 어떻게나 설치는지, 집집마다 개들을 키우지요."

널찍한 마당을 거쳐 유리창이 붙은 작은 현관문을 열고 들어가자 시멘트 바닥의 현관이 있었고, 현관과 거실을 잇대어 신발을 벗어 놓는 섬돌 같은 계단이 하나 있었다. 거실은 두꺼운 카페트가 깔려 있었고, 오른쪽이 주방 겸 보일러실, 왼쪽 끝에 욕실 겸 화장실이 붙어 있는 신식 가옥이었다. 이철환은 얼른 집 내부를 꼼꼼하게 살폈다. 방 세 개가 ㄱ자형으로 되어 있었는데, 방마다 문이 열려 있었다. 방에도 카페트를 깔았고 침대가 놓여 있었다. 거실에 쇼파와 작은 탁자, 텔레비전과 전축이 있는 것 외에 가구는 비교적 단출했다. 방에는 카페트 같은 두꺼운 벽걸이가 벽마다 둘러져 있었고, 창문은 모두 이중으로 되어 있었다. 그들은 큰 가방을 한쪽에 놓아 둔 채, 김진규 가족들과 인사를 나누었다. 맨 먼저 진규의 부인이 선 채로 허리를 굽혀 절하고는 용하게 사촌시숙을 알아보고 종규에게 말했다.

"아지벰, 먼 길 오시니라고 고생하셨지예? 우리 사는 기 이렇습니더. 누추하지마는 손님들하고 같이 마음 놓고 지내시기 바랍니더."

"아이구, 제수씨 정말 반갑습니다. 우리가 이리 만날 줄 알기나 했습니까."

종규의 인삿말에 진규의 아내가 대답했다.

"와 아니라예, 남조선, 참 한국의 형님캉 조카들도 다 잘 계시고예?"

"예에, 서로 만나보지는 않았지만 제수씨에게 안부 전합디다."

다음, 콧수염을 기른 진규의 아들들이 각기의 아내들과 함께 큰절로 인사했다. 한국 손님들도 한꺼번에 맞절을 했다. 진규가 소개했다.

"이분은 이철환 교수님, 이분은 최상필 교장선생님이시다. 사장 어른은 다 알 끼고."

이어서 최상필, 이철환을 향해 소개했다.

"제 자식들입니다. 여기가 큰아 부부, 여기가 둘째아 부부…."

김종규가 젊은 사람들에게 악수를 청하며 말했다.

"부모님 모시고 고생 많았지?"

이어서 진규에게 물었다.

"야아들 직업은 다 무엇인고?"

"큰아는 제빙회사 기술자고 작은아는 자동차 몰지요."

젊은이들은 한국어를 겨우 알아듣기는 했지만 말은 거의 하지 못했다. 그들은 이내 조심스럽게 일어서서 식탁에다 술과 안주를 날랐다. 진규가 광규를 가리키며 말했다.

"이 사람이 형님을 모시고 바로 우글레고르스크로 간다 쌓는 바람에 아무 준비도 못하고 귀한 손님들을 이리 허무하게 대접을 해서 온…."

"별 말씀을 다 하십니다. 한국을 떠나신 지가 50년이 가까웠는데도 음식들이 한국맛 그대로여서 참 좋습니다."

최상필의 인사가 헛말은 아니었다. 김치며 나물이며 생선구이가 다 한국의 맛 그대로였다. 다만 김치에 고춧가루가 덜 들어간 것, 나물에 무슨 기름인지 기름기가 너무 많이 느껴지는 것이 다르다면 다른 점이었다. 소시지가 나왔는데, 그 굵기가 한국 것에 비하면 몇 배나 굵어 놀랄 지경이었지만 그런 것에는 손이 가지 않았다. 술은 말로만 듣던 보드카였는데, 좀 전까지만 해도 철저한 배급제였으나 지금은 돈만 있으면 얼마든지 구할 수 있다고 했다. 그들은 돌아가면서 잔을 건넸다. 광규가 진규를 보고 말했다.

"형님, 와 스필드 한 병 없는교?"

진규가 답했다.

"한 병 구해 두기야 했지마는 너무 독해서."

그러면서 스필드라는 술 한 병을 가져왔다. 냉수도 한 컵씩 갖다 놓았다. 판도가 설명했다.

"이 술은 96도짜립니다."

종규가 놀라며 물었다.

"96도짜리 술이 있어요?"

진규가 답했다.

"형님, 이기 그 술 아입니꺼."

"96도면 알콜 원액인데 이것을 어떻게 마시노?"

김종규가 다시 어림없다는 표정으로 말하자 판도가 자기 잔에 술을 조금 부어 홀짝 들이키고는 옆에 있는 물 컵을 들어 한 모금 마셨다.

"그래서 방금 내 모양으로 마시지요."

광규가 다시 설명했다.

"이 술 가지고는 약술은 아무것도 못 담습니더."

최상필이 물었다.

"왜요?"

광규가 기다렸다는 듯이 답했다.

"인삼이나 포도를 술에 옇어(넣어)두몬 약기운이 우러나야 되는데, 이거는 고대로 생생하게 있으니 약술이 될 택이 있습니꺼."

"흐흠, 중고등학교 생물실에 각종 표본을 알콜에 담가두는데, 그 모양이 그대로 있거든. 바로 그 원리네요."

최상필이 이제야 알았다는 듯 말하며 고개를 끄덕였다. 보드카를 마시다 모두들 스필드를 마시기 시작했다.

94

술 한 모금 마시고, 물 한 모금 마시고. 이러기를 여러 번, 술이 얼큰하게 오르자 박판도의 눈에 눈물이 그렁그렁하게 고이기 시작했다.

"사돈은 좋겠소. 고향에서 형님이 다 오시고. 나는 이놈의 거 아무리 편지를 보내도 함흥차사요."

이철환이 말했다.

"여기 계신 분들은 모두들 옛날 일제 때의 주소만 알고 있기 때문에, 그 주소로 편지를 보낼 수밖에 없지요. 그런데 한국은 지금 같은 곳이면서도 지명이 많이 바뀌기도 했고, 무엇보다도 옛 주소지에 그대로 살고 있는 사람이 거의 없습니다. 이농현상이 심해서 거의 도시로 나왔지요."

김진규가 물었다.

"이, 이농현상이 무엇입니까?"

"농촌을 떠난다 그 말입니다."

최상필이 답해 놓고 다시 이었다.

"그래서 첫 번째 편지를 받아 보는 사람은 드뭅니다. 그러니 박 회장님도 좀 더 기다려 보십시오. 반드시 소식이 올 겁니다."

그러자 이철환이 생각난 듯 적어 온 주소를 박판도에게 보이며 말했다.

"참, 회장님, 재사할린고려인협회 회장이시라니까 물어보겠는데요, 여기 이 주소 아시겠습니까? 아무도 마중을 안 나왔어요."

그러자 최상필이 이내 이철환과 똑같이 주소를 적어 온 쪽지를 내어 보이며 청했다.

"이것도 한번 봐 주십시오."

박판도가 이철환의 것을 받아 김진규와 함께 읽어보고는 말했다.

"가마안 있자, 이거 전에 이문근 형님 주소 아니요?"

김진규에게 묻자, 이철환이 급하게 말했다.

"맞습니다. 바로 그분이 저의 아버님이십니다"

박판도가 놀라며 말했다.

"그래요오? 참 안됐습니다. 이문근 형님은 작년 여름에 작고하셨는데…."

최상필이 박판도의 손에 들린, 그가 건네준 쪽지를 잡고 흔들며 말했다.

"그러면 이 주소지에 계시는 최자 해자 술자 씨도 아시겠네요?"

"뭐어라고요오? 최해술 씨 말입니까? 이런 일이 있나! 그 양반도 지난 초봄에 세상 떠났는데. 교장 선생님이 최해술 형님의 자사입니까?"

"아니, 저의 아버님께서 세상을 떠나셨다고요?"

술판이 갑자기 초상집처럼 변해버렸다. 이철환과 최상필은 솟아오르는 울음을 도무지 참을 수가 없었다. 그들은 연방 흐르는 눈물을 손수건으로 훔치며 어린애들처럼 훌쩍거렸다. 김진규도 박판도도 위로할 말을 찾지 못하고 넋 나간 사람처럼 한숨만 쉬고 있었다. 박판도가 이철환에게 물었다. 말씨가 '하오' 체로 변했다.

"돌아가신 최해술 형님하고 이문근 형님하고 나는 모두 친형제 이상으로 가깝게 지냈소. 호형호제를 하면서. 이문근 형님은 생전에 양자가 이리로 올 끼라고 했는데, 이 교수가 바로 이문근 형님의 양자거마는?"

"예, 바로 제가…."

박판도가 다시 최상필의 손을 잡으며 말했다.

"최 교장 춘부장께서도 아들이 올 끼라고 그렇게 기다려 쌓더니…."

그들은 다시 한참 동안 침묵을 지켰다. 술도 마시지 못했다. 멍하니 서로 얼굴을 바라보다가 그 눈을 돌려 천장을 보다가 했다. 한참 뒤 최상필이 박판도에게 물었다.

"회장님, 이런 걸 여쭈어서 어떨지 모르겠습니다마는…."

박판도가 뭐든지 물어보라는 뜻의 그윽한 눈길을 최상필에게 보내었다.

"가친께서는 재혼을 하셨지만 슬하에 아무도 없다고 하시면서도 사위가 한 사람 있다고 편지에 쓰셨어요. 무슨 말씀인지 도무지 요량이 안 돼서…."

박판도가 손가락으로 눈물을 찍어내면서 소리 내어 웃었다.

"영감쟁이…."

그러더니 혼자 계속 웃고는 말했다.

"틀린 말이 하나도 없소. 슬하에 자녀가 없다는 말도 거짓말이 아니고, 그러나 사위가 한 사람 있다는 말도 거짓말이 아니거든."

그래놓고는 김진규를 향해 말했다.

"사돈, 젊은 사람 하나 시켜 허남보 기별해서 이리로 오라고 하이소.

김진규도 알았다는 듯이 쾌히 답했다.

"그라지예, 당사자가 와서 자초지종을 밝히면 최 교장님 궁금증도 확 풀릴 끼고 우리 술맛도 다시 살아날 낍니더."

그러면서 그는 다른 방으로 가 아들 하나에게 허남보를 불러 오라고 지시했다. 잠시 뒤에 박판도가 잊었다는 듯이 스필드 술잔을 가리키며 말했다.

"해방 후 우리 조선 사람들은 너도 나도 이 술을 마셨지요. 처음에는 그럴 생각이 전혀 없었지만 마시다 보면 과음하게 되고, 이 술은 과음만 하면 꼭 사람을 상하게 하지요. 당시는 이 술이 자살용이었소."

한국에서 온 사람들은 모두 듣고 있었고 김광규가 거들었다.

"이 술을 마시고 물을 안 마시면 식도하고 위가 쪼르르 타버리지요. 너무 독해서. 그래서 물을 마시는 거 앙입니까. 우리는 그때 어렸지만 우리 아부지 세대는 홧김에 이런 술을 병나발을 불었으니 우애 속이 성하겠습니까."

박판도가 다시 보충설명을 했다.

"이 술 묵고 죽을라고 하는 사람들을 최해술 형님캉 내가 마않이 살렸소."

최상필이 물었다.

"살리는 방법은요?"

"이 술 묵고 정신 잃은 사람을, 천장을 보게 해서 똑바로 눕히지. 엎드리게 하면 안 돼. 바로 눕힌 사람 입에 대롱 같은 걸 물리고, 대롱 끝에 성냥을 그어 붙이면 불이 활활 타지. 위(胃)에서 알콜 기운이 식도를 타고 올라와 대롱 끝에서 불이 붙는 거요. 불이 꺼지면 위 속의 알콜이 거의 증발한 거요. 쌀무리를 갈아 먹여 푹 재우고 나면 괜찮지. 목숨을 건졌는데 며칠 속이 아픈 기야 아무 것도 아니지."

말을 끝낸 박판도가 여태 안 마시고 있던 술을 훌쩍 마시고는 물도 한 모금 들이켰다. 그가 혼잣소리처럼 되뇌었다.

"지나온 역사를 돌이키몬 우리가 살아온 기 산 기랑이(산 것이라니)! 짐승카마도 훨씬 못했지."

그때 허남보가 들어왔다. 그는 무엇인가 종이에 싼 것을 손에 들고 왔다. 이때까지만 해도 사할린에서는 백화점에서 물건을 사도 한국의 저급 재생지 같은 거무튀튀한 종이에 물건을 싸서 주었다. 허남보는 들고 온 것을 한쪽에 놓고 한국에서 온 손님들에게 큰절로 인사를 했다.

"반갑십니다. 허남보라고 합니다. 경남 하동이 고향입니다. 한국에서 귀한 손님들이 오셨다캐서… 먼 길 오시니라고 수고 많았십니다."

박판도가 허남보를 보고 말했다.

"이 사람 남보, 놀라지 말게. 이 분이 자네 처남일세."

그러자 그가 깜짝 놀라며 벌떡 일어서 다시 한 번 두 손으로 최상필의 손목을 꽉 붙잡았다.

"장인어른의 자사이신? 형님 편지를 두 번이나 받고도 답장도 못 드리고…. 장인어른이 살아계시는 줄 알고 써 보내신 편지 보고 차마 답할 용기가 안 나서 그만…."

최상필이 더듬거리며 말했다. 허남보가 어찌 아버지의 사위냐가 궁금했던 것이다.

"아니, 그보다도…."

그러면서 박판도를 돌아보자 박판도가 말했다.

"자네가 우째서 최 교장의 자형이 되는지 그것부터 설명을 하게."

허남보가 어리둥절한 표정을 지으며 말했다.

"아니, 그라모…?"

판도가 다시 말했다.

"자네 장인어른께서 최 교장에게 편지를 쓸시로, 재혼해서 슬하에 아무도 없다고 하면서 사위 한 사람이 있다고 했다네. 자네 처남이 그 사연을 묻길래 내가 자네를 직접 오게 했네."

그래놓고 박판도가 직접 설명했다.

"말이 그렇지, 그런 사연을 우찌 자네가 직접 말하겠노. 그런 핑계 대고 처남 매부 간에 상봉하라고 기별한 기지. 자, 최 교장도 이 교수도 김 교수도 한 잔씩 듭시다. 안주가 좋으니 술은 독해도 염려 마시고. 남보 이 사람이 아매(아마) 끼(게) 한 마리를 사가지고 온 모양이네."

그러면서 술잔을 비웠다. 그때야 허남보가 종이에 쌌던 것을 풀어놓았다. 게[蟹]는 겐데 한국에서는 구경도 못한 엄청난 크기의 게였다. 앞발 한 개가 어른 팔뚝만씩 했다. 껍질을 벗겨 살만 빼놨는데도 웬만한 닭 한 마리보다 더 푸짐했다. 김진규가 모처럼 말했다.

"자, 잡사보이소, 맛도 괜찮습니다."

게살 맛은 그야말로 별미 중에 별미였다. 살도 쫄깃쫄깃했지만 달착지근한 맛이 그냥 입에서 살살 녹는 것 같았다.

박판도가 설명했다. 즉 해방 직후 조선으로 돌아가기 위해 코르사코프 항에서 우연히 허남보와 최해술이 만난 이야기에서부터, 최숙경과 김말숙을 임시 아내로 삼아 부부인 것처럼 가장했으나 조선인 남자들은 승선이 불가능하여 쫓겨난 이야기도 했다. 그때,

이철환이 급히 끼어들었다.

"방금 말씀하신 그 최숙경 씨가 저의 양모님이십니다."

박판도가 동의했다.

"참, 그렇지. 그렇고말고."

그리고 그는 계속 하던 말을 이었다. 그 뒤 허남보가 장가들었
으나 진짜 장인이 병사하자 그 미망인인 장모를 최해술에게 소개
하여 함께 살도록 한 일까지 말했다. 그리고 결론을 내렸다.

"그렇거나 저렇거나 이 사람은 최해술 형님을 장인으로 깍듯이
모셔왔으니 최 교장과는 처남매부지간이 틀림없는 것 아니겠소."

박판도의 설명을 듣고 난 최상필은 이번에는 자기 쪽에서 허남
보의 두 손을 움켜잡으며

"우리 아버님을 잘 모셔주어 고맙습니다."

하고 인사했다. 허남보가 황송하다는 듯 말했다.

"아이구 당찮거로! 나는 조선에서 보통학교만 마쳤지마는 조선
예절은 알 만큼 알아서…."

박판도가 이철환을 가리키며 허남보에게 말했다.

"이분이 바로 이문근 형님 아들일세."

허남보는 아까 이미 알고 있었지만 알은 척하는 인사를 이제야
하게 되었다.

"먼 길을 오셨는데 양부님께서 별세하시어 참 안됐십니다."

그는 최상필을 돌아보며 말했다.

"우째 그리 두 분이 똑같은 입장이 돼버렸는지…."

김종규가 침울한 분위기를 바꾸어 보려는 듯이 말했다.

"자아, 사람 사는 게 어디든 다 희비가 교차하는 법 아닙니까.
그래서 일희일비(一喜一悲)란 말처럼 저는 오늘 기쁜데, 이 두 분
은 이렇게 슬프기만 하니, 참 안됐습니다. 그러나 우리가 모처럼

이렇게 만나 좋은 술을 마시는데 어떻습니까. 유쾌한 분위기로 바꾸자고 하면 결례가 될지…."

김광규가 맞장구를 쳤다.

"형님 말씀이 옳소. 우리 조선 노래나 한 곡 들어봅시다."

박판도도 그게 좋겠다고 했다. 그러나 그는 이미 술이 꽤 취했으므로 조심해야 할 사돈 집에서 실수라도 하면 안 된다는 생각이 들었던지 이렇게 말했다.

"내일 내가 아침 일찍 이리로 올 참이니, 두 분은 내 차로 내일 찾아가 보실 데를 찾아보도록 하고, 나는 이만…."

김진규도 더 말리지 않았다. 그는 말리는 대신 작은아들을 불러내어 박판도를 댁까지 모시고 가라고 일렀다. 그 말은 사돈의 차를 작은아들이 몰게 하려는 것이었다.

그들은 한국의 흘러간 옛 노래 테이프를 들으면서 장단도 치고 노래를 부르기도 했다. 철환은 그때야 한국의 가수 중에 현철, 설운도, 김지애 같은 사람이 있음을 알았고, 그들의 노래가 사할린에서 인기가 대단함도 알았다.

95

이튿날 아침 개 짖는 소리에 눈을 뜨자 이철환은 그가 누운 방을 두리번거렸다. 아, 맞아 여기는 사할린이지. 한국에서도 술을 즐기기는 했지만 많이 마시지는 않았다. 50살이 넘으면서 장기능이 안 좋았기 때문에 되도록이면 절주를 하고 있었는데 어젯밤에는 그만 과음을 하고 말았던 것이다. 양부의 운명이 어쩌면 그렇게 민족적 비극으로 다가오던지, 그리고 그러한 생각을 왜 평소에는 한 번도 해보지 못하다가 이곳에 와서야, 그것도 양부가 별세하셨다는 소리를 듣고서야 그렇게 서럽고 억울한지. 옆에 앉았던 김종규가 분위기를 바꾸자고 말했고 박판도 회장이 즐겁게 놀라면서 나간 뒤에도 그는 줄곧 슬픔을 참고 눈물을 감추느라고 술잔만 들이켰는지 모를 일이었다. 그래서 그런지 이날 아침 그는 아랫배에 둔통을 느꼈다. 틀림없이 화장실에 가면 좋지 못한 변이 나올 터였다. 이럴 때 한국에서라면 화장실을 나온 즉시로 매일 아침 가는 단골 목욕탕에서 땀을 빼어버리면 온몸이 개운해지곤 했는데…. 생각하다가 그는 갑자기 변의를 느끼며 우선 화장실로 들어갔다. 다행이 양변기였다. 그는 대변을 하고 욕조에 물을 틀어보았다. 그러나 찬물만 나왔지 더운물은 아예 나오지 않았다. 나중에야 알았지만 그 욕조는 여름 한철용이었고, 겨울에는 따로 물을 끓여 부어 목욕을 한다고 했다. 가옥 내의 스팀 파이프가 화장실까지는 아예 연결되어 있지도 않았고 따라서 더운물은 주방에만 나오도록 되어 있었다. 한겨울의 세수도 주방에서 한다고 했다. 왜 이렇게 불편하게 집을 지었을까. 화장실에서 돌아왔을 때, 최상필도 일어나 주먹으로 뒤통수를 가볍게 두드리고 있었다. 그가 이철환을 보고 말했다.

"이 교수, 어제 우리가 너무 많이 마신 것 아닙니까?"

"글쎄요, 김종규 교수는 사촌들을 만나 즐거웠겠지만 우리야…."

"글쎄 말입니다. 참 허무해서. 저는 여기 온 김에 아버님 백골이라도 고향으로 모셔 갈랍니다."

최상필의 말에 이철환은, 자기는 그 문제에 대하여 생각해 보지 않았으므로 답하지 않고 있다가 물었다.

"체류 기간이 12일이니까 시간은 충분하시겠지만 법 절차가 여간 까다롭지 않을 텐데요. 여행 목적지가 유즈노사할린스크라고 유즈노사할린스크 시 외에는 한 발짝도 못 나가게 하는 이 나라의 법률 아닙니까."

"그야 그렇지만 시체 파 가는 거야 소련당국에서도 반대할 까닭이 있겠습니까."

"하긴 그렇겠지만."

저쪽 방에서 사촌끼리 함께 잔 김종규 교수가 바깥에서 소리쳤다.

"잘 주무셨습니까?"

그는 수건을 목에 걸고 칫솔을 들고 서 있었다. 이철환이 말했다.

"공중목욕탕이 어딨는지 혹시…?"

집주인 김진규가 인사했다.

"자리가 불편하셔서 잘 주무셨는지 모르겠습니다."

최상필이 잘 잤노라고 말하면서 이철환을 대신해서 말했다.

"공중목욕탕 있는 곳이 어딥니까?"

"목간통요?"

김진규는 난색을 표하면서 설명했다.

"지금은 안 할 낀데요. 한겨울이나 명절 때나 하지…. 정 뭣하시면 물을 끓여 드리지요."

이철환이 얼른 손을 내저으며 말했다.

"아니요, 그럴 필요 없습니다. 됐습니다."

그는 조금 전 화장실에서 본 그 무작스럽게 감아둔 화장지의 두루말이 크기와 그 뻣뻣한 화장지를 잠시 떠올렸다. 그런 화장지를 적당한 크기로 떼 내어 두 손으로 한참 비벼 보드랍게 만들고서야 사용할 수 있었다. 한국에서 매일 아침 목욕을 다녔다는 이야기를 이곳 동포에게 한다는 것은 실례라도 큰 실례가 되리란 생각이 들었다.

세수를 마치고 깨끗하게 빨아둔 수건으로 얼굴을 닦으려다 또 한 번 놀랐다. 한국의 타월처럼 털이 보송보송한 그런 것이 아니었다. 깨끗이 빨아둔 것을 새로 내놓은 것까지는 좋은데, 6·25사변 전 철환이 시골에서 쓰던 무명천 비슷하게 억세고 껄끄러운 수건이었다. 마침 온 가족이 함께 쓰는 치약 통이 있기에 자세히 보았더니 치약이 흡사 잿가루 같은 것이었다. 그러고 보니 김진규나 광규, 박판도 허남보 등 이곳 사람이 신고 있던 양말들도 모두가 목이 아주 짧은 것으로, 50년대 중반에 한국에 나온 100% 나일론 양말과 똑같은 것이었다. 목이 짧은 것은 안으로 돌돌 말려 들어가서 그런 것이었다. 신어도 신어도 결코 구멍 나지 않는 나일론 양말, 이철환도 옛날 그것을 처음 얻어 신고는 얼마나 소중히 아꼈던가. 그러나 지금 한국에서는 아무도 나일론 양말을 신지 않는다. 그런데 여기 사람들은 모두 발바닥이 닳아 반질반질 빛나면서도 결코 구멍 나지 않는 나일론 양말을 신고 있었다.

아침상이 차려졌다. 해장국이라고 된장을 푼 감자국을 끓였다. 그러나 어제 저녁은 술을 마시느라 밥은 한 술도 뜨지 않아서 몰랐지만, 아침에 밥을 보니 색깔도 한국의 오래된 정부미처럼 시커먼 위에 밥알들이 기름기 하나 없이 푸슬푸슬했다. 하기는 사할린에는 쌀농사가 전무해서 쌀만은 오로지 본토에서 건너오는 것이고, 본토 역시 쌀은 외국의 값싼 쌀을 수입해 먹는다고 하니까, 밥이 한국에서처럼 맛이 좋을 까닭이 없었다. 철환은 감자국만 한 그릇 후루룩 마시고 밥은 뜨다가 말았다. 최상필도 마찬가지였다. 김종규도 마찬가지였다. 그러나 김진규, 김광규 형제만은 해장술이라고 다시 보드카를 맥주잔 같은 유리컵에 한 잔씩 부어 벌컥벌컥 들이켜고는 밥 한 그릇도 거뜬히 비워냈다. 이철환은 아침을 먹자마자 자기가 잔 방으로 돌아와 커다란 가방을 열었다. 한국에서 사 온 고급 타월 2장, 세숫비누 3개, 치약 3개, 칫솔 5개, 여자용 스타킹 6켤레, 그리고 국산 담배, 과자 등을 선물로 내놓았다. 최상필도 이철환만큼의 선물들을 내놓았다. 김진규와 그의 부인, 두 아들 부부들이 얼마나 놀라는지 그 놀라는 모습에 그들은 다시 놀라야 했다. 큰 횡재나 만난 듯한 표정들이었다. 김진규의 부인이 두 사람이 내놓은 선물들을 그들이 보는 앞에서 가족들에게 하나하나 나누어 주었지만 타월은 그냥 지닌 채 두 사람의 며느리에게 말했다.

"이 수건은 두었다가 너그 시누 시집갈 때 주자이?"

그러한 모습이 이철환과 최상필에게는 감동적이었다.

어제 저녁의 박판도 회장이 왔다.

"잘 주무셨소? 늙은이가 할 일이 있어쌓나, 그러니 최 교장과 이 교수 두 분은 내가 책임을 지지. 김 교수님은 우리 사돈이 책임을 지실 끼고."

그러면서 말을 이었다.

"어데로 먼저 가보겠소? 어제 들으니 뭐, 신문사다 방송국이다 대학을 말씀하던데 그런 거 보담은 두 분 선고장 산소에 먼저 가야 할 것 아니요?"

최상필이 당연하다는 듯 말했다.

"물론입니다 회장님께서 안내를 해주시겠다니 고맙기 짝이 없습니다마는 죄송해서…."

"아니요, 그런 말씀 마소. 나는 한국에서 오시는 손님들 안내하는 것이 내 본분이요."

이무렵 사할린 동포 사회에서도 자기들끼리는 조선 조선 했지만 한국을 다녀왔거나 한국에서 온 사람을 만나는 때는 조선 혹은 남조선이란 말 대신 북한이나 한국이라는 말을 쓰고 있었다.

김종규가 말했다.

"그렇게들 하십시오. 저는 좀 있다가 종제와 함께 따로 시내 구경을 하고 오겠습니다. 그러니 오늘 박 회장님 안내로 가 보실 데가 보시고 저녁에 뵙시다."

최상필이 말했다.

"계속 신세를 져도 될까요?"

김진규가 무슨 소리냐는 듯이 말했다.

"신세라니요. 고향에서 형님캉 같이 오신 분들 앙입니까. 조금도 어려워 마시고 내 집걸이 생각하시이소. 저는 단지 대접할 끼 신통찮아서 걱정입니다."

이철환이 말했다.

"대접은 무슨…. 저희들이 대접받으려고 온 것도 아니지만 이 이상 어떤 대접을 하시겠다고 그런 말씀을 하십니까?"

박판도 회장은 먼저 나가 벌써 차에 시동을 걸어놓고 운전대에 앉아 있었다. 이철환과 최상필은 휴대용 가방에다가 책과 기타 선물할 만한 물건들을 따로 챙겨 넣어 박판도의 차에 올랐다. 앞으로 열하루나 더 있으면서 이집 저집을 다니며 신세를 끼칠 생각을 하니 선물 될 만한 물건들을 푸짐하게 준비해 온 것이 참으로 다행스럽게 여겨졌다. 더욱 이들에게는 선물을 본격적으로 드려야 할 부친들이 안 계신 게 아닌가. 그들이 박판도 회장의 차에 오르자 차는 이내 출발했다. 박판도 회장이 말했다.

"돌아가시기는 이문근 형님이 먼저 돌아가셨고, 연세는 최해술 형님이 많았지마는 산소의 거리는 이문근 형님 것이 여기서 가까운 데 있소, 사할린 시내거든. 이문근 형님이 묻힌 공동묘지가 만원이 되자, 최해술 형님은 시외의 새로운 공동묘지에 묻혔거든."

그러면서 반사경을 통해 뒷자리의 그들을 힐끗 바라보았다. 최상필이 말했다.

"회장님 요량대로 하십시오. 가까운 데부터 먼저 가는 것이 순서 아니겠습니까."

어제 오후 늦게부터 구름이 잔뜩 끼어 있더니 이날은 더했다. 곧 빗방울이 들 것처럼 하늘이 낮게 내려앉아 있었다.

34장

성묘(省墓)

96

　이윽고 박판도의 안내로 이철환과 최상필은 유즈노사할린스크 시내에서도 변두리에 위치한 공동묘지에 도착했다. 이들은 무덤들의 특이한 모습들에 적잖이 놀라고 있었다. 한국에서처럼 무덤이라고 해서 봉분이 있는 것이 아니라는 것쯤은 알고 있었지만 무덤마다 철책을 세워 두었고 묘비가 서 있었는데, 그 묘비의 특이성이라면 무덤 주인공의 사진이 비석에 박혀 있는 것이었다. 그들은 공동묘지 중간으로 트인 오솔길을 걸으며 이러한 무덤들을 좌우로 살폈다. 한국 사람들의 무덤도 흔하게 눈에 띄었다. 한국 사람들의 무덤 역시 러시아 사람들의 그것과 똑같았다. 박판도는 앞장서서 공동묘지에서도 가장 외진 가장자리에 있는 초라한 무덤 앞으로 그들을 안내했다. 이문근의 무덤이었다. 철책도 묘비도 없었다. 이철환은 한국에서 가지고 온 인삼주와 과자류를 꺼내어 무덤 앞에 꿇어앉아 병마개만 따 놓았다. 컵을 미처 준비해 오지 않았던 것이다. 그는 과자 봉지들도 열어놓고 일어서서 두 번 절했다. 절하고는 그냥 무덤을 향해 엎드려 있었다. 만감이 교차했다.

엉뚱하게 호적상 철환의 아버지가 되어 있는 바람에 그는 얼마나 곤욕을 치렀던가! 보도연맹에는 무엇 때문에 가입하여 비참하게 죽었으며 죽어서도 왜 이렇게 사람 애를 먹이는가? 이렇게 원망도 많이 했고 한탄도 하다가 결국 변호사의 말대로 파양을 해 버렸던 게 아닌가. 그런 자신이 양부의 무덤 앞에 꿇어앉으니 참으로 죄송스러웠다. 수재가 아니면 들어갈 수 없는 경성사범을 졸업하고서도 불과 삼사 년 남짓 교편생활을 하다가 죽었다고 믿었던 숙부는 몰래 한국을 빠져나가 일본을 거쳐 이 사할린까지 숙모를 찾아 들어왔었고, 한편 숙모는 삼촌 병을 고칠 치료비를 마련하기 위해 사할린에 자원해서 와 있다가 천신만고 끝에 일본을 통해 귀국했으나, 당신의 부군은 고인이 되고 없었다. 삼촌은 철환을 얼마나 아끼고 좋아했던가. 철환은 삼촌을 따라 덕곡에서 학교를 다니며 삼촌의 밥도 하고 시중을 들었던 것이 어제 일처럼 생생히 떠올랐다. 만 사십 년 전의 일이었다.

박판도 회장이 뒤에서 이철환이 들으라는 듯 말했다.

"이 산소가 이렇게 초라해서야 되겠소? 이문근 형님은 53년도에야 입도해 왔지만 우리 동포들을 위해서 좋은 일을 많이도 하신 분인데, 산소가 이렇게 초라해서야…."

이철환은 술을 무덤 앞에 조금 붓고는 박판도 회장을 향해 말했다.

"회장님 조금 드시겠습니까? 한국 특산품인 인삼줍니다."

"아이구, 나중에 마시지 뭐. 가봅시다. 비가 오실란갑다."

그들은 공동묘지를 돌아 나왔다. 다시 차를 타고 최해술의 무덤이 있는 곳을 향해 달리기 시작했다. 드디어 빗방울이 하나씩 떨어져 운전대 앞 차창을 때리고 있었다. 빗방울이 굵어지면서 앞차창이 뿌옇게 흐려졌다. 그때야 박판도 회장은 차를 길 한쪽에 세우고 운전석 밑에서 와이퍼를 꺼내 밖으로 나가더니 비를 맞으면서 끼우고는 도로 들어와 와이퍼를 작동시켰다. 그러는 그의 모양이 이상해서 최상필이 물었다.

"끼워 놓고 다니지 왜 그걸 떼었다 붙였다 하십니까?"

"지금 사할린에는 자동차 부속품이 아무것도 없소. 그래서 도둑놈들이 어떻게 설치는지, 어떤 사람은 잠깐 주차시켜둔 동안에 발통을 도둑맞기도 했지. 나도 이 유리창닦개를 몇 번이나 도둑맞은 뒤부터는 이렇게 차 안에 감추어 두고 있다가 비 올 때만 나가 끼우요."

그들은 박 회장의 행동을 이해할 만했다. 차를 몰면서 박회장이 계속 이야기했다.

"해방 직후만 해도 우리 조선 동포들은 완전히 천덕꾸러기 거렁뱅이였소. 그러나 지금은 고물이 다 된 자동차라도 차를 가진 사람들의 비율은 이 사할린에서 조선 동포가 제일 높소. 사할린 안에서는 모두 생활수준이 중지상(中之上)급이요. 교육열도 높아서 조선동포치고 무식꾼은 아무도 없소. 어떤 사람들은 자녀들을 하바로프스크나 모스크바 등지로 유학시켜 자식들을 의사나 교수로 만들어 원을 풀기도 했소."

이철환이 물었다

"박 회장님은 자사들이…?"

"나야 아이들이 신통찮소. 사할린에서 십일 학년까지 마치고는 다 고만고만한 직장에 다니고 있지."

십일 학년이란 한국으로 치면 고등학교까지의 과정인데, 최상필과 이철환도 이를 짐작만 하고 더 묻지는 않았다.

그들이 최해술의 무덤에 도착했을 때 먼저 와 있는 사람들이 있었다. 허남보 부부였다. 이들은 최상필이 그의 부친의 무덤을 찾을 줄 미리 알고 무덤 주변을 손질하기 위해 먼저 와 있었던 것이다. 철책도 두르고 묘비도 세웠지만 새로 생긴 이 공동묘지가 학생들의 소풍지가 되면서 언제 와 보아도 철책 주변이 지저분하기 짝이 없었던 것이다. 이문근의 무덤이 있는 공동묘지는 평지였는데, 이 새 공동묘지는 야산에 위치해서 제법 높은 곳에 있었다.

최상필은 묘비에 박혀 있는 부친의 사진을 맨 먼저 들여다보았다. 만년(晚年)의 사진이었다. 얼굴은 온통 주름살 투성이었고 광대뼈가 유달리 튀어나와 있었다. 최상필의 기억에 남아 있는 어릴 때의 아버지의 모습은 눈매와 코에만 남아 있었고, 전혀 몰라볼 만큼 달라져 있었다. 그는 사진을 손으로 쓰다듬으면서 울음을 터뜨렸다. 그렇게 한참 울다가 돌아서서 옆에서 같이 울고 있던 허남보의 부인과 선 채로 손을 맞잡고 인사했다. 허남보의 부인이 말했다.

"이리 만나게 되어서….."

"아버님을 누님 부부가 잘 돌봐드려 정말 고맙습니다."

최상필은 잊고 있었다는 듯 얼른 말을 마치고는 무덤 앞에서 절부터 두 번 했다. 이철환이 아까처럼 인삼주 병을 무덤 앞에 놓고 최상필이 절하기를 기다리고 있다가 절을 마치자 술병을 최상필에게 건네었다. 최상필이 술병을 받아 무덤 앞에 조금 붓고는 한참이나 그냥 엎드려 있었다. 얼마 뒤에 일어선 그의 바지가 다 젖어 있었다.

허남보의 부인과는 피 한 방울 섞이지 않은 사이였고, 나이도 예순이 넘어 보여 누님이라고 불렀던 것인데, 어쩐지 조금도 어색하지 않았다. 그리고 이들 부부가 진실로 고마워 어떻게 보답할까를 생각하다가 말했다.

"제가 한국에 돌아가면 형님 부부를 초청하겠습니다."

박판도 회장이 허남보를 보고 말했다.

"허허, 남보 이사람 횡재 만났네. 지금 사할린에 있는 조선 사람들 한국에 못 가 봐서 난린데 자네는 정말 잘됐네."

"비가 더 많이 오기 전에 내려가입시더."

허남보의 아내가 말했고 허남보가 답했다.

"그래, 알았네. 그런데…."

그러면서 허남보는 최상필을 돌아보았다.

"산소를 우리 성의대로 가꾸어 놓았는데, 어떻소?"

"좋습니다. 정말 감사합니다. 그런데 이번에 온 김에 아버님 산소를 한국으로 이장해 가고 싶습니다. 형님이 좀 도와주십시오."

최상필은 그렇게 말해 놓고도 허남보가 무슨 엉뚱한 소리를 할까 봐 조마조마했는데, 뜻밖에도 이렇게 말했다.

"참 좋은 일이요. 장인어른께서도 고향 산천에 묻히는 기 소원이었는데…."

이철환이 허남보에게 물었다.

"무슨 까다로운 절차 같은 것은 없을까요?"

"모르겠습니다. 로스케들 하는 일이 되는 것도 없고 안 되는 것도 없지요. 잘 안 되면 우리 회장님이 안 계십니까?"

그러면서 박판도 회장을 바라보았다. 박판도 회장은 허남보의 시선을 슬쩍 피했지만 이렇게 말했다.

"이번에 방문한 한국 사람들 가운데 최 교장하고 같은 생각을 하는 사람들이 디리 있는 갑소. 결국 유골을 다시 화장해시 가루로 만들어 모셔 가는 수밖에 없을 끼요."

이들은 산을 내려와 다시 차를 탔다. 허남보 부부도 박 회장의 차에 편승해서 바로 허남보의 집으로 갔다.

97

허남보의 집에는 그의 장모가 혼자 집을 지키고 있다가 최상필 일행을 맞이했다. 그녀는 최해술이 죽자 딸네 집으로 와서 살고 있었던 것이다. 어제 저녁에 김진규의 집을 다녀온 사위 허남보로부터 한국에서 최상필이 왔다는 말을 들은 터였고, 오늘 어쩌면 산소에서 만나 같이 올지도 모른다는 생각에서 옷도 깨끗한 것으로 갈아입고 있었다. 사실은 딸이 아침에 집을 나가면서 그렇게 될지도 모른다고 말해 주었던 것이다.

허남보의 아내가 집 안으로 들어가면서 그의 어머니에게 큰소리로 말했다.

"오매, 한국에서 손님들 오셨어예."

헛기침을 하면서 현관을 지나 거실로 올라서는 최상필과 이철환, 박판도 회장 등을 노파는 조심스럽게 맞이했다. 최상필이

"어머니, 절 받으십시오."

하면서 절할 동작을 갖추자 노파는 어쩔 줄을 몰라 했다. 최상필이 그러는 노파에게 큰절을 하자 노파도 다소곳이 맞절을 했다. 노파가 먼저, 그때까지 엉거추춤 서 있는 다른 사람들을 향해 말했다.

"이리로 앉으시이소."

박판도 회장은 노파를 익히 알고 있었으므로 이철환을 노파에게 소개했다.

"이분은 최 교장과 한국에서 함께 온 이철환 교수요."

이철환이 앉으면서 절 비슷한 동작을 취하자 노파 역시 그런 자세로 받았다. 노파가 말했다.

"먼 데서 오시니라고 욕봤습니다. 그런데 오셔봉이(보니) 그렇

치나 보고 싶던 어른들이 모두 세상을 베렸으니 참 답답하기도 합니더."

박판도 회장이 말했다.

"인명이 재천이라, 사람의 목숨을 인력으로 우짤 수 있는교? 그래도 두 분 다 장수하신 셈이지."

최상필이 조용히 말했다.

"한국의 어머니께서도 여기 어머니에게 안부를 전하셨습니다. 그리고 아버님을 잘 모시고 살아오신 데 대하여 어떻게 감사의 인사를 드려야 할지⋯."

"아이구, 벨 말씀을 다 하십니더. 지가 영감님을 잘 모신 기 있어야지예."

"아닙니다. 아버님이 쓰신 편지로 저는 모든 일을 알고 있었습니다. 그런데 저에게 말씀을 낮추십시오. 자식한테 말씀을 그러시면⋯."

"아이구, 아닙니더. 당찮은 말씀을 다 하십니더."

"저도 허남보 형님 내외를 보자마자 친 누님과 자형으로 생각했습니다."

"그기사 고맙지예. 그렇지마는 지는 그라믄 안 되지예."

이철환이 말했다.

"두 분 말씀을 듣고 있자니 참으로 아름다운 광경이란 생각이 듭니다. 말씀이야 서로 편하실 대로 하시면 되겠지마는 저는 최 교장님이 참으로 부럽습니다. 저익 양부님께서도 이곳에서 독신을 고집하시지 말고 재혼이라도 하셨더라면 이런 형제들을 만날 수 있었을 텐데⋯."

이런저런 이야기를 하고 있는 사이에 술상이 차려져 나왔다. 술은 역시 보드카였고 안주로는 돼지고기를 볶아 내었다. 그러나 최상필 이철환 모두 어제 과음한 탓으로 술잔은 입에 대어만 보고 안주만 몇 점 집어 먹었다. 이내 점심상이 차려져 나왔다. 아침을 안 먹어서 점심은 맛있게 먹었다. 박판도 회장도 반주로 보드카 한 잔을 주욱 들이키고 밥 한 그릇을 거뜬이 비웠다. 허남보가 박판도 회장을 보고 물었다.

"회장님, 오후의 계획은 어떻습니꺼?"

박판도 회장이 최상필과 이철환을 바라보았다. 그들 역시 박판도 회장이 이끄는 대로 다닐 생각이어서 박판도 회장에게 물었다.

"오후에도 시간을 내주시겠습니까, 회장님?"

"아까도 말하지 않았소. 나는 시간이 많은 사람이니 두 분이 가자는 곳이면 어디든지 안내하겠다고."

그러자 허남보가 말했다.

"회장님, 정상봉 선생님과 돌아가신 이문근 선생님이 얼마나 친했습니꺼?"

"친했다말다!"

박판도 회장의 맞장구를 듣고 허남보가 한결 자신 있게 제안했다.

"그러니 오후에는 브이코프로 정상봉 선생을 찾아가 보입시더."

"좋지!"

박판도 회장이 이렇게 찬성해 놓고 이철환을 보면서 말했다.

"방금 말한 정상봉은 나와 갑장인데, 조선서 천주교 신학교를 다니다가 길에서 붙잡혀 이리로 온 사람이요. 이문근 형님과는 자별히 친했고 작년 겨울 한 철을 이문근 형님한테로 와서 병간호를 하며 지낸 좋은 분이요."

이철환은 이러한 말을 처음 들었으므로 감격에 찬 어조로 말했다.

"회장님, 그런 분이라면 제가 마땅히 찾아뵈어야죠."

박판도가 다시 말했다.

"그 친구도 이번에 한국에서 동생이 온다고 했는데 왔는지 모르 겠소."

점심을 먹고 그들은 담배 한 대 피울 시간만 쉬었다가 곧 일어 났다.

최상필과 이철환은 이 집에서도 가지고 간 선물들을 갖가지로 내어놓았다. 역시 반가워하기가 이루 말로써 표현하기 어려울 정 도였다. 브이코프에는 허남보도 동행하기로 했다. 비는 많이 오지 도, 그렇다고 딱 그치지도 않고 있었다. 가장 연장자인 박판도 회 장에게 계속 차를 몰게 하는 것이 퍽 미안했지만 그가 이철환에게 쉽게 운전대를 양보할 것 같지 않았다. 최상필이 허남보를 보고 말했다.

"형님이 운전을 할 줄 알면 대신 몰아 보세요."

박판도 회장이 웃으면서 말했다.

"이 사람도 안죽 지 차가 없어서 그렇지, 차사 자알 몰지. 직장에 서 운전을 하거든."

"내가 몰아도 되는데 회장님이 운전석을 비켜 줘야지?"

허남보의 이러한 말에 박판도 회장이 말했다.

"브이코프에서 돌아올 때 자네가 몰게. 술 한 잔 하고 나면 인자 옛날과 달라서 차 몰기가 겁이 나거든."

박판도 회장은 나이 벌써 71살이나 되었지만 술이나 밥 등을 먹 고 마시는 것은 젊은 사람 못지않았다.

유즈노사할린스크에서 브이코프로 가는 길은 험악했다. 비포장 도로인 것은 어쩔 수 없다 치더라도 이리 구불 저리 구불한 위에 노면이 여기저기에 어떻게나 움푹움푹 패여 있는지 마치 곡예를 하는 것처럼 위험했다. 그러한 길로 커다란 트럭들이 무서운 속도로 마주 달려와 아슬아슬하게 박판도 회장의 승용차 옆을 획획 지나가기도 했다. 박판도 회장이 혼잣말처럼 중얼거렸다.

"하여간 저 노랑대가리놈들 무작시러른 거는…."

허남보가 받았다.

"직장에서도 아무리 주의를 시켜도 말을 안 듣는데 뭐…."

최상필이 받았다.

"지금 한국에서도 젊은 애들은 그래요. 자동차 사고가…."

자동차 사고율이 세계 제일이라고 말하려다가 그만두어 버렸다.

가파른 오르막길을 올라가다가 기어코 자동차는 이상한 소리를 내더니 멈추어 서 버렸다. 박판도 회장이 중얼거렸다.

"어째 한 이틀 잘 나간다 싶딩이, 또 말썽을 부리네, 이놈의 차가."

박판도 회장만 두고 다른 사람들은 모두 차에서 내려 차를 밀기 시작했다. 고개 마루를 넘어서자 내리막길이어서 그들은 다시 차에 올라탔고, 내리막길을 내려가다가 시동이 걸렸다. 이철환이 박판도에게 물었다.

"이 차 차령이 몇 년이나 된 것입니까?"

박판도 회장이 얼른 말귀를 알아듣지 못하고 이마 위의 반사경을 통해 이철환을 바라보았다. 이철환이 다시 말했다.

"이 차 생산된 지가 몇 년 되었냐고요?"

"한 이십 년은 되었지 싶은데, 로스케가 타다가 지겨워 내한테 헐값으로 넘겨준 지가 벌써 5년이나 되었으니께."

차는 실내의 군데군데가 터지고 갈라져 차 바닥을 통해 길이 드러나 보이기도 해, 비가 와서 땅이 축축한데도 먼지가 차 안을 가득 메우고 있었다.

그들이 브이코프의 거대한 광산촌을 관통하여 정상봉의 집에 닿은 것은 유즈노사할린스크를 떠난 지 두 시간이 훨씬 지나서였다. 마침 정상봉은 집에 있었고, 한국에서 온 그의 동생이라는 사람은 바로 어제 저녁 때 유즈노사할린스크 공항에서 헤어진 신부님이었다. 정상규 신부가 말했다.

"아이구, 여기서 다시 만나네요."

박판도 회장이 정상봉에게 이철환과 최상필을 소개했다.

"이분이 이문근 형님의 양자인 이철환 교수이고, 이분은 최해술 형님의 자사이신 최상필 교장이네."

정상봉이 그들을 한꺼번에 얼싸안으며 말했다.

"아이구, 반갑습니다. 귀한 손님들을 한꺼번에 두 분을 맞이하니 가슴이 벅차오릅니다."

정상봉이 포옹을 풀자 최상필과 이철환은 정상봉에게 큰절로 인사를 했다. 정상봉도 맞절로 인사하고는 먼저 자기소개를 했다.

"나는 울산 언양이 고향입니다. 23살 때인 44년에 이리로 끌려 왔지요. 서울에서 신학교를 다니다가 방학 때 언양 집으로 내려가 쉬고는, 개학을 맞아 상경하려고 울산으로 나왔다가 길에서 왜놈들에게 붙잡혔지요. 사할린으로 와서는 내처 이 브이코프 탄광촌에서 평생을 보냈지요."

그러다 잊었다는 듯이 동생 정상규 신부를 보고 말했다.

"정 신부도 박 회장님께 인사를 하소."

"박 회장 보시게. 내 동생일세. 내가 못 이룬 꿈을 대신 이루어 한국에서 신부가 되었다네."

박판도 회장은, 옛날에 국왕을 보고는 아비나 형도 말을 높이는 것을 알고 있었는데, 신부한테는 친형도 말을 높이는구나, 생각하면서 선 채로 인사했다. 신부가 선 채로 손만 내밀었기 때문이다. 박판도 회장이 명함을 내밀자 정 신부도 명함을 건넸다. 두 사람의 인사가 끝나자, 이철환이 정상봉에게 위로 겸 인사의 말을 했다.

"얼마나 고생이 많으셨겠습니까? 저의 아버님과는 특별히 교분이 깊으셨고, 또 작년 겨울에는 아버님께로 오시어 간병을 하시면서 겨울 한 철을 나셨다는 말씀을 박 회장님으로부터 들었습니다. 깊은 감사를 드립니다."

그러고는 고개를 숙였다.

"아, 아닙니다. 피차 오랜 독신 생활을 하다 보니 서로 의지한 셈이지, 내가 뭐 꼭 그분을 위해서 일한 거는 별로 없었지요."

"서로 의지가 되신 것만도 저로서는 더할 수 없는 고마움입니다."

"어쨌든 이문근 형님의 아드님이 이곳까지 오신 게 참 반갑습니다. 선고장께서 이 교수 자랑을 많이 하셨고, 또 이 교수께서 이리로 오신다는 소식을 듣고는 형님께서 한동안 마음이 설레어 잠을 이루시지도 못하셨지요."

박판도 회장과 동갑이라고 했지만 정상봉은 훨씬 더 노쇠해 보였다. 정상봉이 최상필을 보고도 한 마디 했다.

"최 교장, 선고장께서는 우리와 십 년 연장인데도 호형호제하면서 형제처럼 지냈습니다. 한국으로 보낸 편지의 답장이 왔다고 그렇게나 반가워했는데, 아드님을 만나지 못하고 세상을 떠나셨으니…"

정상봉은 혀를 끌끌 차다가 다시 이었다.

"오늘 성묘는 다들 하셨습니까?"

최상필과 이철환이 함께 그렇다고 답했다.

"잘 했습니다. 그래야지요. 저승에서도 두 분은 얼마나 반가웠겠습니까? 아마, 오늘 내리는 비는 저승에서 아드님을 보시고 두 분이 흘리는 눈물인지도 모르겠습니다."

두 사람은 정상봉의 이러한 말을 들으며 고개를 숙인 채 묵묵히 앉아 있었다. 아까 들어올 때는 여자가 아무도 보이지 않았는데, 중년 부인 한 사람이 술상을 차려 들어왔다. 그 여자는 박판도 회장과 허남보에게는 고개를 숙여 인사를 했다. 정상봉이 말했다.

"내 딸입니다."

그러고는 곧 이어서 딸을 보고 말했다.

"두 분께 인사 올려라. 이 분은 해자 술자 어른 아드님이시고, 이 분은 문자 근자 어른 아드님이시다."

정상봉의 양녀 인자가 다소곳이 고개를 숙이며 인사했다.

"먼 길 오시느라고…."

그들은 앉은 채 인사를 같이 하면서도 방금 독신이라고 했는데 딸이 웬 말인가 의아해했으나 물어볼 수는 없었다. 정상봉이 다시 일행들에게 말했다.

"자, 가까이들 앉으시오."

박판도 회장을 보면서 이었다.

"자네도 이 사람아, 들여 앉게. 반가운 손님들을 모시고 왔으니 얼마나 고마운고."

박판도 회장이 받았다.

"그래, 자네가 반가워하니 나도 생광스럽네."

술잔이 돌았다. 어제 과음을 했기 때문에 최상필과 이철환은 조심스럽게 마셨다. 그러나 술기운이 오르자 서서히 음주 속도가 빨라지기 시작했다. 정상규 신부도 술을 곧잘 마셨으나 정상봉만이 거의 마시지 못했다. 지금도 혼자 살고 있다고 했고, 딸이 같이 살자고 하지만 그냥 혼자 끓여먹고 있는 게 편하다고 했다. 그들은 많은 이야기를 순서 없이 나누었다. 이철환은 정상규 신부에게 깊은 관심을 보이며 이것저것 여러 가지를 이야기했다. 특히 그는, 러시아가 혁명 전에는 가톨릭의 뿌리가 상당히 깊었는데, 그 깊은 신앙이 볼셰비키 혁명 이후로 멸종되지는 않았을 것이고, 그렇다면 이런 변방으로 피해 나와 신앙을 지켜온 사람도 있지 않겠느냐고 정 신부에게 말했다. 그러나 답은 정상봉이 했다.

"이 교수의 생각은 나와 똑같은데, 나도 그런 관심을 가지고 유심히 살폈으나 이 사할린 섬에는 종교가 없었어요. 이 섬으로 건너온 러시아 사람들은 주로 중죄인으로 귀양 온 사람들이거나 아니면 본토에서 살지 못할 일이 있어 도피해 온 불량배들이라고 하니, 그런 사람 중에 신앙의 뿌리를 간직한 사람은 없었을 것이고, 2차대전 종전 후에 본토에서 많은 사람들이 건너왔으나, 그때는 이미 본토에 신앙이 사라진 뒤였지요. 최근에 한국에서 개신교 종파가 두엇 들어와서 열심히 선교 사업을 하고 있는데, 이건 매우 고무적인 일이지요."

이철환이 다시 물었다.

"천주교는 그런 움직임이 없습니까?"

정상봉이 말했다

"아직은 전혀 없어요. 아마, 장차는 천주교에서 그런 일을 해 오리라 기대하지만…."

정상규 신부가 모처럼 입을 떼었다.

"어제 비행기 안에서도 보았지만, 이 교수님도 교우이시고 하니, 언제 기회 봐서 우리끼리 미사를 봉헌할까요? 가만있자, 오늘이 무슨 요일이고? 23일 목요일이니까 26일이 주일이니 그때 다시 만날 수 있을까요?"

"아직 확실한 말씀을 드릴 수 없지만 일단은 찬성합니다."

이철환의 이러한 말에 정상봉이 감격에 찬 목소리로 말했다.

"사실 나는 어제 저녁에 내 아우 신부님께 고백성사를 보고, 오늘 아침에 단둘이서 근 50년 만에 처음으로 미사를 봉헌했지요. 성체를 모시고는 어떻게나 눈물이 나오는지…."

그러면서 그는 다시 손수건을 꺼내 두 눈을 눌렀다.

그들은 거기에서 저녁밥까지 먹고 유즈노사할린스크로 출발했다. 출발에 앞서 정상봉이 이철환에게 은근한 목소리로 말했다.

"내 이 교수님께만 긴히 드릴 말씀이 있으니 언제 시간 내어서 단둘이만 만났으면 좋겠습니다."

"좋습니다. 저의 아버님에 관한 말씀이십니까?"

"그렇습니다."

"예, 언제든지 시간 내어서 다시 찾아뵙도록 하겠습니다. 그때 신부님 모시고 미사도 드리면 되겠네요?"

"그렇게 하면 더욱 좋지요."

어제 저녁에 그렇게 과음을 하고, 오늘 또 술을 마셔버린 최상필과 이철환은 내일 어떻게 될지라도 기분이 마냥 좋았다. 차는 물론 허남보가 몰았다. 박판도는 이내 코를 골았고 최상필도 꾸벅꾸벅 졸고 있었다. 이철환이 허남보에게 말했다.

"아까 올 때처럼 차가 또 말썽을 부리면 어떻게 하지요?"

"또 내려서 밀지요 뭐. 말이 나온 김이지만 돌아가신 이문근 선생님이 이 차의 단골 정비사였지요. 이제 그런 분도 안 계시고, 이 차를 어디 가서 고쳐야 할지 걱정이네요."

허남보는 최상필과 이철환을 한사코 그의 집에 묵게 하고는 박판도 회장만 그의 집에까지 데려다주고 그는 터덜터덜 걸어서 돌아왔다. 허남보는 돌아오자마자 다시 술을 내왔고 그들은 늦도록 주거니 받거니 술을 마셨다. 이철환은 독신인 정상봉에게 웬 딸이 있느냐고 물었고, 허남보는 인자가 정상봉의 양녀임을 자세히 설명해 주었다. 잠자리에 들었을 때 시계를 보니 오전 두 시였다. 한국 시간 밤 12시였다.

사할린의 두 번째 밤이 깊을 대로 깊었다. 이철환과 최상필은 허남보가 안내해 준 방의 침대에 나란히 누워서 잠 속으로 빠져들었다.

98

이튿날인 5월 24일, 이른 아침 식사를 마치자마자 약속대로 박판도 회장이 찾아왔다. 허남보는 직장으로 출근하고, 이철환과 최상필은 박판도의 안내로 한글판 신문사인 '새고려신문사'로 찾아갔다. 신문사라고는 했지만 자그마한 건물의 2층을 쓰고 있는데, 박 회장은 이철환과 최상필을 편집국의 상급 기자인 민희숙 기자에게로 데리고 갔다. 그녀는 50대 중반이었고, 역시 자유 이주민의 2세라고 했다. 그들이 가지고 간 국어사전과 한글 맞춤법 관련의 책 한 권을 건네자 아주 기뻐하면서, 혹시 참고가 될지 모르니 가져가시겠냐고, 북한의 '조선어 문법' 책 한 권을 내밀었다. 1989년에 나온 것이었는데, 푸른색의 표지가 허술한 368쪽짜리 책이었다.

그녀는 한국의 실정을 이것저것 물어보고 나서는 말했다.

"사실은 저도 얼마 전에 한국을 다녀왔어요. 지난번 올림픽 때 이미 텔레비전 화면을 통해 알고 있기는 했지만 정말 놀랍던데요. 다만 아쉬운 것은 외세의 문물과 함께 우리 민족 고유의 정신유산이 급격하게 소멸되고 있는 것 같아 안타까웠습니다."

이철환은, 민 기자가 한국을 다녀왔으면서도 시침을 떼고 이것저것 물어보고 난 뒤에야 한국 방문 사실을 밝히는 것이 좀 불쾌

했지만 참을 수밖에 없었고, 그녀가 기자다운 안목으로 한국의 변화하고 있는 모습을 잘 보고 말한 데는 수긍하지 않을 수 없었다. 그녀는 혼잣말로 중얼거렸다.

"아이구, 이를 어쩌나. 귀한 손님들이 오셨는데도 차 한 잔을 대접할 수가 없으니…."

이러면서 방문객 셋을 향해 말했다.

"참, 오신 김에 사장님도 만나 뵙지요."

민 기자는 앞장서서 사장실로 안내했지만 박판도 회장은 슬그머니 처져 복도에서 어정거리며 따라 들어오지 않았다. 사장은 60대 중반의 남자였는데, 본래의 고향은 한국의 울산이라 했다. '서상호'라고 찍힌 명함을 내밀었다. 그도 대뜸 한국을 두 번이나 다녀왔노라면서 한국의 경제발전에 대하여 찬사를 아끼지 않았고, 사할린 동포들의 궁핍한 생활상을 여러분들이 자세히 보고 돌아가, 한국 정부 차원에서 많은 원조를 해주면 좋겠다고 말했다. 그러면서 그는 이었다.

"지난번에 한국에서 사할린 동포를 위한 사랑의 쌀 모으기 운동을 전개하여, 그 쌀을 한국해양대학의 실습선 '한바다호'가 싣고 코르사코프 항으로 왔었지요. 쌀의 양이 문제가 아니라 이러한 일은 한국 국민들이 사할린 동포를 잊지 않고 있다는 상징적인 의미를 띠고 있으므로 대단히 기뻤습니다. 이러한 우정과 사랑의 물꼬가 틔었으므로 앞으로는 정부 차원에서 더 많이 도와주었으면 좋겠습니다."

그러나 이러한 서상호 사장의 의견에 뭐라고 확실한 답변을 할 입장이 못 되는 이철환과 최상필이었다. 서 사장이 잊었다는 듯이 초인종으로 사람을 불러 차를 가져오라고 지시했다. 소련산 홍차였다. 민 기자의 방에서는 이런 홍차 한 잔도 없었던가 보다. 서 사장은 어릴 때의 기억을 더듬어 고향 울산 이야기를 하다가 살기가 어려워 부모를 따라 만주로 간 이야기며, 만주에서 다시 시베리아로 들어간 이야기, 그러다가 해방 이후 사할린까지 흘러들어온 이야기를 했다. 반백의 머리카락에 거무튀튀한 얼굴의 그는 태생지가 울산이라고 했지마는 말씨에 영남어투는 거의 사라지고 없었다. 한국의 어느 지역의 말인지 도무지 분간할 수 없는 억양의 말을 빠르게 구사하고 있었는데, 쉴 새 없이 엄지와 검지로 양쪽 입술꼬리를 문지르곤 했다. 말을 하면 입술꼬리에 허연 침이 밀려 나왔기 때문이다.

그들은 서 사장에게 한국산 담배와 일회용 라이터, 볼펜 한 자루를 기념품으로 전달하고 물러나왔다. 그는 문 바깥까지 따라 나와 배웅하면서, 사할린에 머무는 동안 불편한 일이 있으면 언제든지 연락하면 최선을 다해 편의를 제공하겠다는 친절까지 보였다. 박판도 회장은 그사이에 어디로 갔는지 보이지 않았다. 민 기자는 그들을 데리고 다시 자기 방으로 가, 새고려신문의 내력과 연혁을 설명하기 시작했다. 49년에 창립된 이 신문사는 본래 하바로프스크에서 '조선노동자신문'이라는 제호로 출발했으나, 1951년 사할린으로 이동해 왔다고 한다. 62년에 제호를 '레닌의 길로'라고 바꾸면서 사할린주 공산당 기관지 노릇을 해오다가 지난 91년 1월 1일부터 '새고려신문'이라는 제호로 다시 바꾸어 오늘에 이르렀다고 한다.

타국에서 한글로 신문을 내어 동포를 위해 봉사한다는 데 큰 보람을 느낀다며, 민족 언어, 문화전통의 계승 그리고 고국의 소식을 동포에게 전해주는 일, 사할린 동포가 안고 있는 여러 가지 문제를 해결하는 데에 앞장서서 일한다고 했다. 그러면서 그녀는 이었다.

"사할린 동포의 한국 방문은 90년 2월부터 시작되었고, 제1회에 110명이 한국가족들의 초청을 받고 3주간 고향을 방문했지요. 지난 1월부터는 한국 체재기간을 4주간으로 늘렸습니다. 여태까지 2천 7, 8백 명이 한국을 다녀왔습니다. 오는 5월 30일에는 19차 방문단이 한국행을 손꼽아 기다리고 있습니다."

그녀도 말을 많이 했었는데, 새고려신문사의 기자로서의 긍지와 자부심이 대단한 듯했다. 그녀가 다시 말했다.

"리산가족회와 손잡고 사할린 동포의 한국방문을 우리 신문사는 측면에서 지원하고 있지요."

최상필이 물었다.

"북한 방문은 어떻습니까?"

"지금은 한국 방문의 열기로 북한 방문은 거의 이루어지지 않고 있습니다. 그리고 북한 방문이 있었던 때도 그 자격 조건이 지극히 제한되어 있었으므로 별로 말씀 드릴 게 없지요."

최상필이 다시 손가방을 열어 지철기(스테이플러) 하나를 꺼내 "이것 쓰시겠습니까?"

하고 묻자, 그녀는 반색을 하면서

"아이구, 이렇게 귀한 물건을!"

하면서 받았다. 이철환도 여자용 스타킹 세 켤레, 세숫비누 2장, 타월 1장 등을 꺼내 그녀에게 주자, 두 손으로 받아 책상 서랍 속에 얼른 넣고는 말을 하며 일어섰다.

"점심 때가 되었는데 점심을 드셔야지요."

2층 계단을 내려오니 건물 현관 의자에 박판도 회장이 앉아 그들을 기다리고 있었다. 민 기자가 박 회장 옆자리에 앉으며 말했다.

"회장님 가가린공원 안에 있는 '아리랑식당'으로 가십시다."

박판도 회장은 말없이 차를 몰아 민 기자가 말한 가가린공원으로 갔다. 공원 안으로 들어서니 높직한 탑 위에 우주복을 입은 어떤 남자가 의자에 앉아 두 손을 치켜든 모습이 조각되어 얹혀 있었다. 소련 최초의 우주비행사 유리 가가린이라고 했다. 우주개척의 영웅 유리 가가린을 기념하여 조성된 공원이라고 했다. 공원은 수목이 우거지고 몇 군데의 놀이시설도 갖추어져 있었으나 허물어지고 낡아 있었다. 차를 내리자마자 참았던 소변을 보기 위해 화장실을 찾았다. 저만치 공중변소 비슷한 건물이 있어 들어간 이철환과 최상필은 얼굴을 돌리지 않을 수 없었다. 소변소와 대변소의 구별도 없는 화장실은 문이 떨어져 나가고 악취가 코를 찔러 지저분하기가 말할 수 없었다.

아리랑식당은 동포가 경영하는 한국 음식점이었다. 한국 유행가요가 스피커를 통해 왕왕거리는 가운데 러시아인과 한국인이 반반으로 섞여 음식을 먹고 있었다. 러시아인도 한국 음식을 먹고 있었다. 실내의 크기는 손님을 20명도 수용할 수 없어, 그들은 한참을 기다려서야 겨우 테이블 하나를 차지해 앉을 수 있었다. 식탁에 비치된 종이쪽지에 먹고 싶은 음식 이름을 적어 주면 그 주문서(?)에 의해 음식이 나오곤 했는데, 식당 건물의 바깥 간판만 서투른 한글로 '아리랑식당'이라 해 두었지, 식당 안의 메뉴판이나 주문서에 적는 글자도 모두 러시아 문자였다. 차려져 나온 음식은 이상한 생선회(미리 초즙을 쳐서 나왔음) 한 접시와 콩나물 한 접시, 깍두기 비슷한(재료는 무인데 전혀 맵고 짜지 않아 깍두기라고 볼 수 없는) 반찬과 고사리나물 한 접시였고, 주식은 큰 접시에 담은 비빔밥 비슷한(역시 한국의 비빔밥처럼 깔끔한 맛이 전혀 없이 들척지근한 위에 기름투성이의) 것과 만두 8개였다. 음식이 이러니 러시아 사람이 먹을 수 있었나 보았다. 결국 이름만 한국 음식점이지 한국 고유의 음식 맛은 볼 수 없는 그런 곳이었다. 외식을 처음 해서 그들은 다소 실망했지만, 그 뒤에도 식당 음식은 모두 이와 비슷한 것들이었다. 그러니까 동포의 가정집에서 먹은 음식들은 한국에서 온 손님을 위해 특별히 신경을 쓴 음식임을 뒤에야 알았던 것이다. 이철환과 최상필은 매일 밤낮 과음을 한 터여서 밥만 겨우 먹고 만두는 아예 손도 대지 않았는데, 민 기자는 남은 만두 4개를 종이에 싸서 가방에 넣었다. 식대도 민 기자가 지불했는데, 한국 돈으로 계산하면 얼마 되지 않았지만 루블화로는, 특히 민 기자의 월급으로는 거액이라 할 수 있는 돈이었다.

식사를 끝내고 민 기자와는 곧 헤어졌다. 그녀는 신문사로 돌아간다고 총총히 사라졌다. 박판도 회장이 그녀가 사라지자 뱉어놓기 시작했다.

"저 민 기자는 좀 낫소. 서상호 사장은 한 마디로 우리 동포들이 이를 가는 사람이오. 고르바초프가 등장하기 전에 공산당의 앞잡이로 우리 동포들에게 못할 짓을 얼마나 했는지, 특히 사사건건 북조선을 치켜세우면서 남조선을 얼마나 악선전했는지, 지금 생각해도 치가 다 떨리오. 그런 작자가 세상이 시르르 바뀔 기미를 보이자, 남 먼저 한국을 두 번이나 다녀오더군요."

아하, 그래서 그는 사장실로 따라 들어오지도 않았고 몸을 피해버렸구나, 이철환은 생각했다. 박 회장이 다시 말했다.

"가만있자, 나도 모처럼 이 공원으로 왔으니 여기서 좀 놉시다. 저 안으로 들어가면 못도 있고 꼬마 기차도 다니고 놀 데가 더러 있소. 그리고 참, 오늘은 마침 생맥주 배급이 있는 날이니 맥주 차가 오면 맥주를 좀 사서 저 안으로 들어가기로 합시다."

그들은 박판도의 차가 환히 보이는 곳의 잔디밭에 앉아 생맥주 차가 오기를 기다렸다. 얼마 안 있어, 박 회장의 말대로 노란색의 생맥주 차가 공원 입구로 와 섰다. 생맥주 차가 오기를 기다리고 있던 사람들을 비롯해서 잠시 사이에 사오십 명의 사람들이 저마다 맥주 받을 그릇이나 병들을 들고 맥주 차를 에워쌌다. 박 회장이 얼른 아리랑식당으로 뛰어가 커다란 빈병 3개를 가지고 왔다. 배급이라고 했으나 무상은 아니고 돈을 주고 타 먹는 생맥주였다. 커다란 고무호스 끝을 엄지손가락으로 막았다가 맥주를 받으려는 사람의 그릇에 부어주고는 또 손가락으로 호스 끝을 막곤 하는 러시아인은 무표정했다. 그러나 러시아 사람들이 맥주를 가득 더 따르라는 말인지 무슨 소리를 치면, 고무호스를 쥔 사람은 알아듣지 못할 소리로 무섭게 딱딱거렸다.

병 3개에 맥주를 받은 그들은 박판도 회장을 앞세워 공원의 숲속으로 걸어 들어갔다. 러시아 젊은 남녀들의 포옹이 여기저기 눈에 띄었고, 사람들이 앞을 지나도 러시아인 젊은이들은 조금도 개의치 않았다. 조금 걸어 들어가니 아름다운 인공 호수가 나타났다. 아름답다고는 했지만 호수의 둑은 허물어지고 둑에 놓인 벤치도 칠이 벗겨졌거나 등받이가 떨어져나가 있곤 했다. 그들은 그중 성한 벤치에 앉아 맥주를 마시기 시작했다.

맥주를 마시면서 한 시간 정도 이런저런 잡담을 나누었다. 최상필이 아랫배를 두 손으로 만지작거리면서 말했다.

"하하아, 또 시작하네. 맥주만 마셨다 하면 아랫배가 사르르 아프니…."

이철환이 마침 준비해 왔던 정로환 병을 꺼내 그에게 네 알을 주며 말했다.

"자, 이 약 드세요. 배탈에는 직효지요."

박판도 회장이 이철환의 정로환 병을 받아 눈앞에 대더니 말했다.

"이 약 이름의 유래를 아시오?"

"…."

"…."

그들은 가만히 있었다. 정로환이란 약 이름의 유래에 대해서 한 번도 생각해 보거나 들어본 적이 없었기 때문이다. 박판도 회장이 다시 이었다.

"내가 아는 바로는 노일전쟁 때 왜놈 군대가 러시아로 와서 좋지 않은 식수로 모두 배탈이 나자, 그때 왜놈들이 개발한 약이요. 병사들이 배탈이 나면 러시아를 정벌하지 못할 것 아니요. 그래서 러시아를 정벌하기 위해 약 이름을 정로환(征露丸)이라고 했는데, 한국산인 이 약은 칠정(征)을 바를정(正)으로 써놨네."

이철환과 최상필은 이 약 이름의 유래가 그런 줄은 처음 알았다. 이철환이 화제를 바꾸었다.

"지금 동포들의 생활은 어떻습니까?"

"1년 전만 해도 나는 연금만 가지고 살아갈 수 있었소. 그러나 지금은 물가가 워낙 폭등하는 바람에…."

최상필이 물었다

"연금은 얼마나 됩니까?"

"200루블 남짓하요. 여기에 가산금이라는 기 있는데, 합하면 280루블 남짓하지. 그런데 이런 말을 해도 두 분은 그 돈이 얼매나 될지 모를 끼라 생각되어서 하는 소린데, 한국으로 가기 위해서 달러를 바꿀라면 1000루블에 35달러 주요. 2년 전만 해도 1000루블이면 1600달러였는데 지금은 그 지경이요."

이철환은 혼자 계산해 본다. 1000루블에 35달러면 1달러가 몇 루블인가. 어림잡아 30루블이 조금 못 되는 것 같았다. 35달러는 한국 돈으로는 약 2만 4000원이다. 한 달 생활비를 300루블로 잡아도 한국 돈으로는 약 7000원 돈이다. 이철환은 그가 가지고 있는 달러가 700달러임을 알고 있다. 700달러면 사할린 동포에게는 엄청난 금액이 아닐 수 없다. 박판도 회장이 다시 말했다.

"남자는 직장 생활을 20년 이상 하고, 나이가 차야만 연금이 나오요. 소련제 시계 하나가 60루블이면 살 수 있었는데 지금은 100루블을 주고도 못 사요. 이래서 모든 동포들이 한국에만 가면 한 푼이라도 달러를 얻어 올라고 애를 쓰는 거요."

그러다 그는 대단히 엉뚱한 질문을 했다.

"임수경이는 운제꺼정(언제까지) 가두어 놔둘 끼요?"

그들은 깜짝 놀랐다. 답도 할 수 없었을뿐더러 임수경 양을 어떻게 아나 싶어서였다. 최상필이 답했다.

"그런 거야 우리가 알 수 없지요."

"이 늙은이가 무엇을 알 수 있겠소마는, 우리가 여기서 앉아 듣건대 한국 정부도 참 꼴짜분한 데가 있소."

"꼴짜분하다는 말씀은 무슨 뜻입니까?"

최상필이 묻자 박판도 회장이 답했다.

"좀 대범하지 못하고 너무 좁고 작다 그 뜻이지 뭐."

이철환이 말했다.

"어느 나라나 그 나라가 불가피하게 지켜야 할 법률이란 게 있지 않습니까."

그러면서 다시 화제를 바꾸었다.

"이제 사할린 동포의 한국 방문은 한국 가족의 초청만 있으면 된다니까 다행입니다. 그런데 박 회장님은 한국에 한번 오실 생각이 없으십니까?"

그러자 한숨을 쉬며 그가 말했다.

"내 고향은 경남 거창이요. 편지를 아무리 보내도 회답이 없소.

나를 초청해달라고 보내는 편지는 아닌데…. 우선 고향 가족소식이라도 듣는 기 내 소원이요. 나는 형님마저 여기로 와서 왜놈에게 학살됐소. 한국을 가보고 싶은 생각이야…."

그러고는 그 사연을 자세히 설명해 주었다. 어쩌면 이렇게 사할린에는 기구한 운명의 소유자만 모였을까. 이철환이 다시 물었다.

"사할린 동포가 북한을 방문하자면 어떤 조건을 갖추어야 합니까?"

"아주 까다롭소. 우선 북조선 공민증이란 기 있어야 되요. 금년부터는 사할린에서도 북조선 관광단을 조직하여 북한으로 가면 되지마는 그것도 보통 사람으로는 힘든 일이고. 힘이 와 드노 카몬 관광단 명단을 북조선 영사관에 보내몬 거기에서 심사 후에 합격자를 통보해 주는데, 지난번에 멋도 모르고 북한 관광을 신청했던 l구룹빠(그룹) 25명 가운데 제구(겨우) 6명이 통과되었다는 말을 들었소."

그리고 잠시 쉬었다 다시 말했다.

"참 딱한 일이 하나 있었소. 이곳의 76세 된 한 노파는 우찌우찌 해서 한국에 96세된 어머니가 살아계신다는 연락과 함께 한국 방문 초청장도 받았으나, 이 노파는 북한 국적을 가진 북한 공민증 소유자였소. 그래서 소련 당국에서는 한국 방문을 허락하지 않은 거요. 지난 4월에 마침 공민증 기한이 끝났는데, 북한 공민증을 재신청하지 않으면 무국적자가 돼요. 그러나 무국적은 북한 공민증 포기 3개월 뒤에사 무국적자의 자격을 주는데, 그 3개월을 못 지다리고(기다리고) 보름 전에 이 노파는 죽었소."

그러고는 한숨을 푹 쉬었다.

그들은 그 공원에서 2시간 이상을 놀다가 다시 나와 박판도 회장의 안내로 유즈노사할린스크 사범대학에서 한국어를 가르치는 교수 두 사람을 만났다. 전체 소련에서도 알아주는 송봉규 정(正)교수와 허명숙 조교수였다. 그들에게 가지고 간 책을 전하고 방문 기념품이란 명분으로 선물도 각각 전달했다. 송봉규 교수는 모스크바 대학에서 경제학을 전공하고 학위를 취득한 후 이곳으로 왔는데, 역시 자유 이주민의 후예였다. 그는 이철환에게 말했다. 이곳 대학의 동양학부에는 한국어, 중국어, 일본어, 동양사, 동양문화, 경제학을 강의하는 학과가 있고, 지금 문화센터를 설립하려고 하는데 한국의 어떤 대학과 자매결연을 맺고 싶다고 했다.

문화센터 설립 기금으로 5천만 루블이 필요한데, 이것은 미화 10만 달러이고, 미화 10만 달러는 한국의 웬만한 사업가는 큰돈도 아닐 테니, 이곳 동포를 위해서 희사해 줄 사람이 없겠느냐고 물어왔다. 참으로 딱한 일이었다. 그걸 어떻게 답할 수 있는가. 여러 가지 이야기 끝에 송봉규 정교수와 허명숙 조교수의 봉급을 물었더니 송 교수가 750루블, 허 교수가 250루블을 받는다고 했다.

그들은 돌아오면서 처음으로 박판도 회장의 안내로 은행에 가서 달러를 루블로 교환했다. 1달러에 28루블 60전으로 계산해 주었다. 호텔 1박 1식의 비용이 120달러나 된다고 한다. 그러니 외국인들을 보면 무조건 봉으로 생각하고 달러를 뜯어내려고 하는 것이 현재 러시아 사람들의 심보라고 박 회장은 러시아 사람들을 비난했다.

이날은 박판도 회장 집에서 묵기로 하고 이철환과 최상필이 그의 집으로 따라갔다.

35장

유언과 유산

99

이튿날 박판도 회장은 이철환과 최상필을 데리고 일단 김진규의 집으로 가서 그동안 김진규의 집에 머물고 있던 김종규와 합류했다. 혼자 지내면서 갑갑하고 심심하던 차였던지라 김종규는 그들을 매우 반가이 맞이했다. 박판도 회장이 웃으면서 말했다.

"김 교수님, 매구 오래비 본 듯이 반가워하네요."

김종규가 다소 멋쩍어하면서 말했다.

"벌써 저도 나이 먹어서 그런지 어떻게 피곤한지 어제는 종일 누워 쉬었지만 사실은 좀이 쑤셔 죽을 뻔했어요."

이철환이 말했다.

"그저께는 최 교장님과 함께 성묘를 다녔지요. 어제는 새고려신문사와 유즈노사할린스크 사범대학을 들러 만나 볼 사람들을 만나 보았고, 오늘은 박 회장님이 유즈노사할린스크 시내 구경을 시켜준다고 하시니 동행하자고 왔습니다."

김종규가 물었다.

"나는 우글레고르스크로 가야 하는데 최 교장님과 이 교수님 두 분 중 한 분은 저랑 동행하기로 했기 때문에, 오늘이 우글레고르스크로 가는 날인 줄 알았지요."

이철환이 답했다.

"우글레고르스크는 모레쯤 올라가십시다. 내일은 브이코프로 가서 한국에서 오신 신부님을 모시고 할 일도 있고, 정상봉 선생도 긴히 만나 뵈어야 할 일이 있으니까요."

최상필이 이철환과 김종규를 번갈아 보면서 말했다.

"우글레고르스크는 두 분만 다녀오십시오. 저는 이곳에서 할 일이 있습니다."

최상필이 남은 기간 부친의 무덤을 파서 유골을 화장하고 뼈를 가루 내어 한국으로 돌아갈 계획임을 박판도나 이철환은 알고 있었으므로 침묵을 지켰다. 김종규가 이철환을 보고 말했다.

"그럼 이 교수님은 저랑 동행하는 겁니다?"

"그렇게 하십시다. 다만 내일은 김 교수님도 저희들과 같이 브이코프로 가시도록 하고요."

김종규가 답했다.

"좋습니다. 그럼 오늘은 박회장님이 안내하는 대로 또 신세를 좀 져 볼까요?"

그들은 박 회장의 차에 올랐다. 김종규가 미술을 하는 사람답게 제안했다.

"회장님, 박물관이 있다는 말을 들었는데, 안내해 주실랍니까?"

박 회장이 말했다

"그렇게 합시다. 박물관이라고 해야 볼 것도 없을 끼요."

박물관 건물은 고색창연한 전형적인 일본식 건물이었다. 붉은색의 기와를 얹은, 지붕 위에 또 지붕이 사방으로 겹쳐진, 일본 궁궐의 건물처럼 멋있어 보였다. 앞마당에는 포신이 하늘을 향하고 있는 거대한 대포도 진열되어 있었다. 박물관 건물은, 일제시대에 사할린을 지배 통치하던 총독부의 청사로 쓰던 건물이라고 박 회장이 그 건물의 용도를 설명해 주었다. 3층 건물이었는데 입구에 입장권을 발매하는 러시아인 중년 여인이 앉아 있었다. 박 회장이 능숙하지 못한 러시아어로 그 여인에게 찾아온 목적을 말하자 돈을 내라고 했다. 이철환이 얼른 어제 바꾼 루블화 지폐를 박 회장에게 주었다. 넉 장의 표를 끊었다. 여인이 일행들에게 무어라고 한 마디 더 물었다. 박 회장이 카메라를 가지고 들어갈 거냐고 통역해 주었다. 모두들 고개를 주억거렸다. 러시아 여인이 그러면 입장료를 4배로 내어야 한다고 말했다. 입장료가 아무리 비싸다 해도 한국에서 간 사람들에게는 돈도 아니었지만, 박 회장에게는 몹시 불만스러웠던 모양이다. 이철환에게 다시 돈 얼마를 더 받아 지불하고 나서 일행을 향해 말했다.

"방금 보았지요? 하여간 요즘 로스케 치고 외국인으로부터 돈 울궈내는 데는 남녀노소 구별이 없어요. 사진기를 가지고 들어가서 사진을 찍는다고 진열해 놓은 물건이 닳나 우야노, 더어러버서…."

그들은 1층에서부터 차근차근 돌아보기 시작했다. 사할린 원주민이라 할 수 있는 원시족 같은 아이누족, 겔야크족, 니후족의 생활 모습을 사진으로 찍어둔 자료가 있었는데 일본은 종전 후 정책적으로 아이누족만 일본으로 데려갔다고 한다. 이 세 종족은 외면상으로는 거의 구별이 되지 않았다. 지금도 사할린 북부에는 겔야크족과 니후족이 꽤 많이 살고 있다고 했다.

일본이 사할린을 점령하기 전 사할린 주민들의 전통적인 생활 도구, 주로 농기구 등을 전시해 두기도 했고, 그들이 살던 움막 같은 가옥을 사진과 함께 몇십 분의 일로 축소해서 장난감처럼 재구성해 놓기도 했다. 원주민들이 쓰던 사냥용 활과 화살, 털옷 무기 같은 것도 진열하고 있었다. 눈이 많은 곳이라, 순록에 의해 썰매를 이용하는 원주민들의 모습도 사진으로 보관되어 있었고, 그러한 순록들은 실물이 박제로 진열돼 있었다. 야생동물을 박제로 만들어둔 것은 곰, 멧돼지도 있었다.

조선인들이 처음 사할린으로 자유 이주에 의해 들어왔던 당시의 조선인 복장을 그대로 진열해 놓았는데, 바지 저고리와 미투리, 치마 저고리와 버선 등이었다. 몇십 년 전의 것이어서 요즘 한국의 한복과는 판이했다.

한쪽 코너에는 본토에서 사할린으로 추방되어 온 러시아인 죄수들의 참혹한 모습의 사진들이 전시되어 있었다. 온몸이 털투성이의 반 벌거숭이었고, 그러한 사람들의 발목에는 영화 〈벤허〉의 군함에서 노를 젓는 노예처럼 굵은 쇠사슬이 채워져 있었다. 그런 사진 옆에는 쇠사슬의 실물도 매달려 있었는데, 투박하기가 도무지 사람의 발에 채우는 것으로 볼 수 없을 정도였다.

박판도 회장이 설명해 주었다.

"저런 짐승 같은 것이 이 섬에 사는 로스케들의 조상이요. 물론 1917 혁명 후에 망명해 온 사람도 있고, 종전 후에 본토에서 건너온 사람들도 있지마는 대개는 러시아에서 이리 쫓기고 저리 쫓기던 인종지말자들이나 건너왔었소."

2층과 3층에도 비슷한 것들을 진열해 두어서 별로 볼 만한 것은 없었고, 일본인들이 쓰던 무기, 특히 노일전쟁 때 쓰던 일본인들의 무기, 제정 러시아군대의 무기 같은 것도 있었다. 그들은 거기에서 기왕 돈을 입장료의 4배나 내었다는 생각에서 될 수 있으면 많은 사진도 찍고 구석구석을 돌아본 뒤에 물러나왔다.

박 회장이 다시 차를 몰면서 설명했다. 그는 아는 것도 많았다.

"1942년 전쟁 때 왜놈들은 사할린에 있는 외국인을 모두 둔나이 차, 왜놈 지명으로 가미기마나이란 곳에 수용소를 짓고 가두어 놓았소. 첩자 노릇을 염려해서였지. 그때까지만 해도 사할린에는 백계러시아인을 비롯해서 서양 사람은 천 명 안쪽이었는데 모두 수용해 두고 있었소. 내 말 알겠소, 다와라시?"

"다와라시가 뭡니까?"

"허허, 동무란 뜻이지. 지금은 다와라시란 말카마는 신사 숙녀란 뜻인 고스빠진 고스빠다란 말을 더 많이 쓰고 있지만."

다음 코스는 시내의 백화점이었다. 이름만의 백화점이었지, 도대체 백화점에 걸맞은 상품들이 거의 없었다. 그런데도 백화점이 문 열기를 기다려 장사진을 치고 있는 러시아 사람들은 하나같이 불만에 찬 모습이었다. 마침 이철환 일행이 백화점에 닿자 문을 열어, 안으로 우르르 몰려 들어갔으나 빵도 고기도 없었다. 러시아 사람들은 모두들 투덜거리며 탈기된 표정으로 돌아 나갔다. 백화점은 모두 국영이었는데 상품 진열장이 거의 비어 있었고, 물건이 어느 정도 차 있다면 수산물 진열장 정도였다. 볼 만한 것이 아무것도 없었다. 밍크라고 생각되는 모피가 있어 물어보았더니 싸기는 싼데 물건이 형편없었다. 무슨 밍크가 족제비보다 더 작았기 때문이다. 한 코너에서는 여자 점원이 낯간지럽게 '오토세이, 오토세이'라고 소리치고 있었다.

박 회장이 싱긋 웃으면서 낮은 소리로 속삭였다.

"쳐다보지도 마소. 전부 가짜요. 저것들이 쌓아두고 있는 해구신이 한 점포에도 수십 개나 되는데, 요새 오토세이가 어디에서 그리 많이 잡히오. 가짜 없는 게 없소. 녹용, 곰열(웅담)도 모두 가짜요. 그런 줄도 모르고 한국서 오는 사람들은 보는 대로 사 가니…."

신발, 의류 같은 것을 진열해 놓은 것도 도무지 한국의 백화점을 따라올 수 없을 정도로 엉성했고, 물건을 싸주는 포장지도 누런 재생지에다 되는 대로 둘둘 말아주는 것이 고작이었다. 게다가 계산대에 앉아 물건 값을 계산하는 여자들은 뚱뚱한 몸집 그대로 계산이 얼마나 더딘지, 옆에서 지켜보는 사람들이 짜증스러워 죽을 지경이었다. 전자계산기 같은 것도 있었는데, 그것은 쓰지 않고, 한국의 주산 비슷한 것을 가지고 느릿느릿 계산을 하고 있었다. 그들은 한국에 돌아가면 선물로 줄 볼펜을 샀는데, 물건이 좋아서는 아니고 사할린을 다녀왔다는 기념으로 가까운 사람들에게 나누어주기 위해서 2, 30자루씩 사 넣었던 것이다. 신발 같은 것은 견고한지는 몰라도 투박해서 세련미가 없어 보였고, 의류는 더군다나 볼 것이 없었다. 해산물을 진열한 코너에는 사할린으로 오던 날 저녁, 김진규의 집으로 허남보가 사 왔던 것과 같은 게가 수십 마리나 흡사 건축 공사장의 붉은 벽돌 무더기처럼 투명 냉동 저장고에 쌓여 있었다. 그 외에도 연어 알을 통조림한 것이 많이 있어 사려고 했더니, 박 회장이 극구 만류했다. 안 사도 된다는 것이었는데, 처음에는 그 이유를 몰랐다. 비슷한 크기의 백화점을 두어 군데 더 찾아다녔지만, 가는 곳마다 물건이 없었고, 특히 식료품을 파는 코너에는 사람들이 줄을 서서 아우성을 치고 있었다.
　이날도 그들은 어제 갔던 아리랑식당으로 가서 어제와 거의 같은 메뉴의 점심밥을 사 먹었다. 아리랑식당의 종업원으로 어제 보지 못 했던 초로의 노파 한 사람이 있어 말을 걸었더니 과연 한국 사람이었다. 우리 말도 잘했다. 이철환이 고향이 어디냐고 물었더니, 놀랍게도 경남 함안이라고 했다. 40년도에 아버지가 돈을 벌겠다고 먼저 이곳으로 온 후, 44년인 9살 때 그녀는 어머니와 동생들과 함께 이곳으로 아버지를 찾아왔다고 한다. 그런데 아버지는 다시 이곳에서 강제 징집되어 일본 규슈로 끌려갔고, 아버지와 생이별을 하게 된 가족들은 온갖 고생을 하며 여태까지 살아왔다고 말했다. 어머니도 작년에 돌아가시고 여기에서 결혼한 한국인 남편과도 몇 년 전에 사별하고, 자식들도 다 키워 결혼시킨 그녀는 혼자 식당에서 품을 팔면서 살아간다고 했다. 이철환은 손가방에서 여자용 스타킹 한 켤레와 타올 한 장을 내주었다. 그녀는 눈물을 글썽거리면서 고마워했다.

점심을 먹은 그들은 이번에는 주로 한국인 아낙네들이 채소와 과일과 반찬 등을 파는 시장으로 갔다. 지붕을 덮은 간이점포가 줄을 지어 서 있었고, 점포마다 여인 한 사람씩이 붙어 있었다. 개인 점포라고 했다. 주로 50대 이상의 여인네들이 반찬이며 채소, 과일, 꽃을 팔고 있었다. 아낙네들은 모두 머리에 뜨개질로 짠 모자를 썼거나 스카프를 쓰고 있었다. 옷들도 점퍼거나 두툼한 스웨터들이었는데 팔꿈치 밑으로는 얇은 천으로 만든 토시를 끼고 있었다. 옷을 아끼는 모습이 역력했다.

한국에서 온 손님들을 이미 많이 만나보았다고 하면서, 어떤 노파는 이번에는 어느 방송국에서 왔느냐고 물었다. 그들이 사할린으로 가기 전에 이미 한국의 KBS와 MBC에서 한 차례씩 다녀갔고, 연예인들을 인솔해 와 동포위문공연도 벌였다고 한다. 그래서 시장의 아낙네들은 김종규, 최상필, 이철환 모두 카메라를 어깨에 메고 다니는 것을 보고 한국의 방송국에서 온 줄 안 모양이었다. 박 회상이 말했다.

"이분들은 방송국 사람들이 아니고 사할린에 가족을 만나보러 오신 사람들이요."

그러자 50대 후반의 한 여인이 반색을 하면서 말했다.

"아이구, 그러십니까. 한국의 어데서들 오셨는데요?"

이철환이 말했다.

"우리는 모두 부산에서 왔지만 고향은 다들 다릅니다. 이분은 경남 합천, 이분은 경남 청도, 그리고 회장님은…."

그 아낙네가 말을 가로챘다.

"회장님 고향이야 경남 거창 아닙니까? 저는 충북 영동인데 고향에 한 번 가보고 싶어도 소식이 없어요. 선생님들 보니까 고향의 가족처럼 보여서…."

그러면서 그 여인은 터실터실하고 투박한 손등으로 눈을 훔쳤다. 이철환이 물었다.

"아주머니는 몇 살 때 이리로 왔습니까?"

"5살 때요. 그때가 42년이었지요."

"부모님들은 다 계십니까?"

"아버지는 돌아가시고 어머니만 계시지요. 저의 외가집, 그러니까 어머니의 친정은 경북 김천입니다. 그런데 김천에서도 아무런 소식이 없어요."

그들은 그 여인의 가게를 지나 반찬을 팔고 있는 노파 앞으로 갔다. 김치, 숙주나물, 콩나물, 고사리나물 이런 반찬들을 만들어 놓고 손님을 기다리고 있었는데, 마침 그때 러시아 여인이 와서 숙주나물을 샀다. 러시아 사람들도 한국 음식을 곧잘 먹는다고 했다. 그 노파는 고향이 전남 여수라고 했다. 그녀도 노부부가 함께 살고 있으며, 아들딸은 모두 러시아 사람들과 결혼해서 산다고 했다. 영감은 벌써 한국을 다녀왔다고 자랑스럽게 말했다. 김종규가 물었다.

"할머니는 같이 안 가셨어요?"

"지는 친정 식구가 다 없어져뿌렀고 이 점방도 비우기가 그래서 못 갔지라우."

노파는 일흔둘이라고 하면서도 정정했다. 하고한 날 난장에서 바람과 햇빛에 그을려 시장의 아낙네들은 한결같이 피부가 거칠고 검었는데, 이 노파도 얼굴색이 검어 그렇지 검버즘 같은 잡티는 한 군데도 없었다.

또 자리를 옮기면서 박 회장이 설명했다.

"여기에서 장사하는 사람들은 다 살기가 따시요. 반찬도 집에서 해다가 팔고 과일, 채소 모두 직접 생산한 것이요. 몇 년 전에는 저런 장사하는 여자 하나와 작고한 이문근 씨와 좀 사귀기도 했지."

이철환은 무슨 소리인지 묻고 싶었으나 다음에 묻지 했다가 그만 잊어버리고 말았다. 시장을 돌아보고 있는 중에 같은 비행기를 타고 한국에서 이곳으로 온 사람들인 성싶은 한국인들도 몇몇 눈에 띄었다. 백 명 가까운 사할린 방문객의 반수 이상은 지금도 유즈노사할린스크에서 먹고 자고 있을 것이니 시내에서 자주 부딪치는 건 자연스러운 일일 터였다. 아까 아리랑식당에서도 비행기에서 본 것 같은 안면 있는 남자가 그의 가족처럼 보이는 몇 사람들과 함께 식당으로 온 것을 보았기 때문이다.

사할린에는 약 70만의 인구가 있는데, 그 70만 인구가 먹는 채소는 모두 한국인들이 재배 생산하고 있다고 했다. 이철환과 최상필은 기껏해야 유즈노사할린스크에서 브이코프로 가본 것밖에는 없지만, 무엇이든지 씨만 뿌리면 잘 자랄 것같이 보이는 땅이 지천으로 놀고 있었던 것이나. 그러나 러시아 사람들은 아무도 그 땅을 개간하지도 않았고, 오로지 한국 동포만이 넓은 집터의 한 자락에 밭을 일구어 꽃을 가꾸고, 채소를 가꾸고, 과일 나무를 심는다고 했다. 브이코프의 정상봉의 집에서도 채소밭을 가꾸어야 할 사람이 아무도 없으면서도 밭을 일구어 채소를 키우고 있었고, 허

남보나 김진규의 집에서는 채소 농사가 거의 주업이다시피 되어
있었다. 특히 김진규의 집에서는 널찍한 밭 한 귀퉁이에 아예 농막
같은 것을 치고, 거기에 온갖 농기구를 잘 정리 정돈해 둔 것을 김
종규는 유심히 보았던 것이다. 가뭄에 대비해서 지하수를 끌어올
리는 모터장치는 물론, 커다란 물뿌리개도 몇 개나 그 농막의 천
장에 주렁주렁 달려 있었다. 지난밤에 묵은 박판도의 집도 마찬가
지였다. 박판도 회장은 눈을 비비고 일어나자마자 채소밭으로 나
가 호미질을 하고 울타리를 손보고 하는 것을 이철환과 최상필은
지켜보았던 것이다.

이날은 일찌감치 모두들 박판도 회장 댁으로 돌아갔다.

저녁을 먹고는, 반주가 얹힌 저녁상을 치우지도 않고 박 회장이
한국 인기가수의 유행가가 녹음된 테이프로 노래를 들려주며 말
했다.

"자, 이 노래가 누구 노랜지 알아 맞춰 보소."

많이 들어본 가락인데도 아무도 답하지 못했다. 아주 구성지고
도 텁텁한 느낌의 그 목소리의 주인공을 그들은 아무도 알지 못
했다.

"내 그럴 줄 알았지. 그래도 한국에서 내로라하는 교수가 두 분
에 교장 한 분이 이런 유명가수의 노래도 모르당이, 이기 바로 현
철의 '내마음 별과 같이' 앙이요?"

김종규가 말했다.

"맞다아! TV드라마에서 많이 들어본 노래다."

그들은 노래를 들으면서 그 노래에 맞추어 노래하기도 했다. 이
날 저녁 이들은 한국가수의 노래로는 설운도의 것, 김지애의 것
또 한국인으로 일본에서 활동하고 있는 어떤 여가수의 노래도 들
었는데, 박 회장은 그 나이에도 모든 노래를 따라 부를 줄 알았고,

노래를 할 때마다 눈을 지그시 감고 얼굴을 천장으로 향하는 그의 모습에서 깊은 연민의 정을 느꼈다.

<h1 style="text-align:center">100</h1>

이튿날, 늦은 아침을 먹고 최상필은 허남보의 집으로 가고, 김종규와 이철환은 박 회장의 차로 다시 브이코프로 올라갔다. 박 회장의 집을 떠나기에 앞서, 세 사람은 모여 박 회장의 집으로 또 올지 모르지만, 이틀 밤이나 먹고 잔 것, 22일 오후부터 꼬박 나흘 동안이나 자동차로 자신들을 안내해 다닌 노고에 보답하기 위해 가지고 온 선물들을 푸짐하게 내놓고, 세 사람이 300달러를 모아 박 회장에게 주었다. 박 회장은 깜짝 놀라며 이렇게 많은 돈을 주면 어떻게 하느냐고 정말 부담스럽다는 표정까지 지었으나, 가장 나이 든 김종규가 설득했다.

"회장님, 여기서는 이 돈이 큰 돈인 줄 우리도 압니다. 그렇기 때문에 드리는 겁니다. 유용하게 쓰신다면 드리는 저희들 또한 아주 기쁘겠습니다. 그리고 저희들로서는 사실 큰돈이 아니지 않습니까? 이곳 호텔의 1박 1식 비용이 120달러라는 말을 들었습니다. 그러니까 아무 말씀 마시고 받아두십시오."

박 회장이 고개를 푹 숙이며 기어드는 소리로 말했다.

"선생들이 처음 오시던 날 아빌(외국인 사증 사무소)로 갔을 때, 이 양말 3커리(켤레)중 내가 기어코 1커리를 도로 돌려 드린 것은 내가 1커리라도 더 얻을 심산이었소. 그새 많은 사할린 동포들이 한국을 다녀오면서 한국에서 가지고 온 많은 진귀한 물건들을 볼 때마다 나는 참 부러웠소. 그런데 오늘 이 귀한 선물을 이렇금이나 많이 주고, 그 우에 돈꺼정 이렇게 많이 주시몬…."

즉, 세 사람이 내놓은 선물인, 남녀 양말 비누 치약 칫솔 담배 라이터 볼펜 타월 이런 것만 해도 충분하고, 돈은 한 푼도 안 받아도 되는데, 박 회장의 한 달 연금의 10분지 1인 29루블로 겨우 1달러를 바꿀 수 있는, 이 귀한 달러를 한꺼번에 300달러나 쥐게 되니 도무지 상상 밖이라는 뜻이었다.

김종규는 첫길이었지만 이철환은 이미 두 번째 길이었다. 하늘도 쾌청했다. 처음 이리로 올 때만 해도 가지 끝에 겨우 뾰족뾰족 돋기 시작한 나무 잎사귀가 불과 4, 5일 만에 꽤 무성해졌다. 자동차도 그사이 야간을 이용하여 박 회장은 어느 전문가에게 보여 손을 보았기 때문에, 오늘은 가다가 내려서 밀어야 할 불상사 같은 것은 없을 것이라고 했다. 박 회장이 차를 몰면서 넌지시 한 마디 했다.

"최해술 형님은 죽어서라도 아들에 의해 고향으로 돌아가게 되었고, 갑장 정상봉이도 얼매 안 있어 동생의 초청으로 고향 구경을 하게 되었응이…."

잠시 말을 멈추었다가 그는 언제 적어 왔는지 고향의 주소가 적힌 종이쪽지 한 장을 뒷자리의 이철환에게 넘겨주며 말했다.

"이 교수, 자앙(매양) 바쁘겠지마는 한국으로 돌아가몬 이 주소에 연락을 하든지 한 분(번) 찾아가 보소."

이철환이 펴본 쪽지에는 경남 거창군의 그의 고향 주소가 적혀 있었다. 이철환은 마음 속으로 다짐하며 답했다.

"회장님, 염려 마십시오. 꼭 그렇게 하겠습니다."

그리고 정 초청할 사람이 없으면 자신이라도 한 번 초청하겠다는 말이 입안에서 맴돌았지만, 한국으로 돌아가서 초청할 때 하더라도 미리 밝힘으로써 말빚을 지지 말자는 생각에서 꾹 참았다.

그들이 정상봉의 집에 닿았을 때, 정상봉 형제는 미사를 봉헌할

준비를 해 두고 기다리고 있었다. 김종규와 정상봉 형제가 첫인사를 나누자 이내 미사가 시작되었다. 시작 성가는 결국 정상규 신부와 이철환 둘만 불렀고, 정상봉은 요즘 성가를 잘 몰라서 입술만 달싹거리고 있었다. 서툴렀지만 이철환이 정 신부를 도와 복사 노릇을 했다. 미사를 봉헌하면서 사제가 미사 경본을 보고 읽는 말씀 한 마디 한 마디가 이철환에게 그렇게 의미 깊게 전달될 수가 없었다. 김종규와 박 회장은 난생 처음 보는 광경을 넋 잃은 듯이 바라보고 있으면서도 정중하고도 경건한 분위기에 휩쓸려 엄숙한 표정을 짓고 있었다. 서로 축복의 인사를 나누는 시간에는 모든 사람들이 돌아가면서 악수를 했는데, 이철환은 정상봉의 두 손을 굳게 잡고 흔들었다. 정상봉의 눈에는 어느덧 물기가 어려 있었다. 그런 정상봉의 모습을 보아서 그런지 성체를 받아 모시자 이철환도 그만 걷잡을 수 없는 눈물이 흘렀다. 이윽고 미사가 끝날 무렵에 정 신부가 말했다.

"미사가 끝났으니 가서 복음을 전합시다."

"천주께 감사합니다."

이러한 사제의 말에 응답할 수 있는 평신도는 이철환 혼자뿐이었다. 다시 파견 성가 한 곡을 신부와 이철환이 부르고 미사가 끝났다. 오늘이 마침 26일 일요일, 이때쯤 철환의 교적이 있는 한국 부산 그의 본당에서도 미사가 진행될 시간이었다.

미사를 끝낸 뒤 점심을 먹었다. 전날처럼 처음에는 안 보이던 정상봉의 양녀가 나타나 점심상을 보았던 것이다. 허님보로부터 정상봉이 양녀를 얻어 키우게 된 경위를 자세히 들었던 터라 이철환은 인자를 눈여겨보고 있었다. 그러면서 다시 한 번 똑같은 생각을 하고 있었다. 숙부 이문근도 끝내 독신 생활을 고집하지 말고 재혼해서 살았던들 이런 사촌이라도 하나 남겼을 것 아닌가. 정상봉이 점심을 끝내고, 김종규를 향해 물었다.

"김 교수님은 우글레고르스크에 사촌 형제들이 살고 있다고요?"

"사촌 형제뿐 아니고 숙모님 당질들 재종손자들까지 수십 명이 지금도 함께 살고 있어요."

"그럼, 우글레고르스크로는 언제 가실 겁니까?"

"사실은 진작 갔을 텐데, 이러고 있어요. 사할린으로 오던 날 우글레고르스크에서 사촌동생 하나가 차를 가지고 비행장으로 마중을 왔더라고요. 그날 바로 올라가도 될 텐데, 유즈노사할린스크에 살고 있는 또 한 사람의 사촌 동생에게 붙들려 여태 있었지요."

"그럼 그 종제는 먼저 올라갔지요?"

"직장이 있으니까 안 갈 수 있습니까. 자기 직장 전화번호를 적어 주면서 우글레고르스크로 올라가는 날 미리 전화를 하면, 기차 종점으로 마중을 나오기로 했어요. 그 기차 종점 역 이름이 뭐더라?"

정상봉이 답했다.

"일린스크 역입니다. 우글레고르스크는 일린스크에서도 몇 시간이나 더 들어가야 하는 오지이지요."

이철환이 다시 김종규에게 물었다.

"그럼 기차를 타고 가신다 이 말씀입니까?"

"그럴 수밖에요"

박 회장이 말했다.

"요즘 사할린에 페레스트로이카의 바람이 불면서 이때꺼정 찍소리 못하던 불량배들이 사방에서 발호하고 있어요. 기차 여행이 몇 시간이나 걸리는데 기차 안에서 로스케 젊은 놈들의 행패가 아주 심해요. 그러니 러시아 말을 한 마디도 모르는 두 분만 갈 끼앙이고, 누가 한 사람 따라가야 되는데…."

그러나 그 자리에는 따라갈 만한 사람이 없었다. 박 회장이 한참 뒤에 다시 말했다.

"허남보보고 가라 캐 보까? 앙이지, 허남보는 최해술 형님 이장(移葬) 일을 거들어야 될 끼고…."

그러더니 좋은 수가 있다는 듯

"아, 맞다. 내일 유즈노사할린스크에서 재사할린고려인협회 지역 대표자 회의가 있어, 그 회의에 우글레고르스크 지부의 홍순칠이가 내려올 끼다…."

정상봉이 박판도를 보고 반색을 했다.

"영판 잘됐네. 홍순칠 선생이 지금도 고려인협회 우글레고르스크 지부장을 맡고 있는 모양이지?"

"인자, 그 사람도 나이 들어, 지나 내나 물러나야 되는데, 받을 사람이 있어야제."

정상봉이 다시 말했다.

"우리 1세는 말할 것도 없고, 2세까지는 그래도 민족의식도 조금은 있고 조선 풍습이나 예절도 아는 들어요. 그러나 3세부터는 피색만 조선 사람이지 완전히 소련 사람 다 되었는데, 그 3세들이 결혼해서 벌써 4세들이 태어나고 있는 형편입니다. 그러니 이 박 회장 이야기를 깊이 이해를 하셔야 됩니다. 1세는 한물갔지만 살아 있대야 동포들을 지도할 능력을 갖춘 사람이 거의 없는 형편이고, 각 지역의 지부장들은 대개 2세인데, 2세가 벌써 나이 많아 직장에서 쫓겨나고 있으니 걱정이란 뜻입니다. 홍순칠 선생도 2세로, 나이가 들어 직장에서 물러난 전직 교육자지요."

김종규가 물었다.

"1세 2세 3세는 어떻게 구별합니까?"

박 회장이 답했다.

"1세는 직접 한국에서 징집되어 사할린으로 온 사람들인데, 대개 70대가 되었소. 2세는 그 1세들의 자녀로 조선에서 나서 부모를 따라 이곳으로 온 사람들이요. 그러니께 2세들도 50대가 넘었소. 3세는 2세가 여기에서 낳은 아이들이요. 4세는 그 3세들의 자녀들이고…."

이철환이 다시 물었다.

"그러면 20년대나 30년대에 자유 이주로 들어온 사람들은 어떻게 구별합니까?"

"그 사람들도 방금 내가 말한 방법에 준하는데, 그래서 자유 이주로 들어온 사람들로 1세는 거의 죽었고, 2세들은 홍순칠 모양으로 나이가 벌써 60이 다 되어 있소."

정상규 신부가 모처럼 말문을 열었다.

"그렇다면 고국으로 영구 귀국을 바라는 세대라면…?"

그의 형 정상봉이 답했다.

"우선 기분이기는 하겠지만 1세는 여기서 결혼해 가족과 후손들이 있는데도 대개는 영구 귀국을 바라는 편이고, 2세들 가운데서도 그런 사람이 더러 있지마는 3세부터는 아주 소련을 모국으로 생각하고 있소. 4세는 물론이고."

박 회장이 정상봉을 보고 말했다.

"나는 영구 귀국 겉은 거는 바라지도 않는다네. 사실 여기서 장가 든 할망구와 여기서 낳은 자식들 두고 내 혼자 덜렁, 아니 할망구캉 같이 고향땅으로 간다 캐도 정말 살아갈 자신이 있나 카몬 그거는 자신이 없어. 붙은 자리 붙으라고, 그냥 여기서 살고 싶네. 그러나 그저 눈 감기 전에 고향산천 구경이라도 한번 했으몬 한이 없겠네, 자네사 인자 이 제씨가 빈미(어련히) 초청을 해 주겠는가?"

그러면서 정상규 신부를 바라보았다. 정 신부가 웃으면서 말했다.

"제가 돌아가면 형님뿐 아니고, 회장님께도 초청장을 보내겠습니다. 단지, 초청인의 조건에 가족관계 혹은 재산 정도 같은 것을 따지는 항목이 있으면 문제가 되겠지요. 사제는 본래 재산이 전무한 신분이거든요."

박 회장이 말했다.

"아이구, 신부님 말씀만 들어도 고맙소."

아까 차 안에서부터 하고 싶은 말을 억제해 왔던 이철환이 박 회장에게 말했다.

"저도 신부님과 함께 회장님을 초청하겠습니다. 저의 아버님께서 살아계셨더라면 마땅히 저는 아버님을 초청할 것입니다. 그런데 아버님께서 별세하셨으니 아버님과 친하셨던 회장님이라도 초청해야지요. 그러니 정 선생님과 회장님이 함께 오시면 더욱 좋겠습니다."

정상봉이 말했다.

"참 반가운 말씀입니다. 초청을 받으면 갈 때 가더라도 오늘은 우리 동포들이 잊을 수 없는 유서 깊은 곳이 있으니, 그리로 갑시다. 내가 안내하지요."

박 회장이 정상봉을 보고 물었다.

"자네, 폭포수 말이제?"

"그렇네. 그게 몇 년도 일인고? 거기에서 우리가 모여 흐루시초프에게 보내는 탄원서의 서명을 받고 안 했는가? 그 문안 작성하는 등 모든 일의 추진을 이문근 형님과 자네가 주동하지 않았는가?"

"내사 이문근 형님 손발만 되어 디렸지만, 자넨들 그날 얼매나 큰 역할을 했던고. 그라고 보니 생각나는데, 우글레고르스크의 김상문 씨 그 어른이 그날 대취해서 실족사하는 불상사도 안 있었던가?"

김종규가 눈을 번쩍 뜨며 말했다. 그러나 이 소식은 이미 알고 있는 것이었다.

"그분이 저의 백부님입니다. 키가 크시고….''

"키가 크다말다. 로스케 놈들도 그 양반 앞에서만은 절절 맸지.''

박 회장은 기억이 환하다는 듯이 말했다.

하기는 박 회장에게 김상문은 사장(査丈) 어른이었다. 김진규의 아들이자 그의 맏사위의 조부가 아닌가.

그들은 밖으로 나왔다. 박 회장의 차에 김종규와 정상규 신부를 타게 하고, 정상봉의 차에는 이철환만 타게 했다. 정상봉의 차가 앞장서서 달리기 시작했다. 옆자리에 앉은 이철환은 정상봉의 입에서 무슨 말이 나올지 긴장하면서 기다리고 있었다.

101

폭포로 올라가는 계곡은 경관이 수려했다. 바야흐로 산천은 신록의 새 생명이 온 골짜기를 환희의 도가니로 채우고 있는 듯했다. 계곡을 중심으로 양쪽 산비탈에서 급경사로 흘러내린 연초록 초목은 마치 부드러운 융단을 펼쳐놓은 것 같았다. 이철환은 정상봉이 무슨 말을 할지 기다리면서도 시선은 끝없이 전개되는 전방을 응시하고 있었다. 산중허리의 군데군데에 시커먼 아가리를 벌린 것처럼 구멍이 뻥뻥 뚫려 있는 것은 물어보나마나 일제 때 탄광의 폐갱일 터였다. 이윽고 정상봉이 입을 떼었다.

"이 교수, 양부님께서 별세 직전에 나에게 하신 유언이 있어요. 우선 당신이 쓰시던 오랜 일기첩을 이 교수가 오시면 드리라고 한 것이었고… 그러나 그런 것은 다른 사람 앞에서도 이야기할 수 있는 것이 아니겠습니까? 이문근 형님은 통장에 꽤 많은 저금을 남기고 별세했는데, 요즘처럼 날로 루블화의 가치가 하락하고 있는 판에 통장의 돈을 그냥 썩히고 두는 것은 엄청난 손해가 되는 것 같아요. 이 돈으로 산소를 꾸미고 싶었지만 마침 그때부터 한국과의 교류가 활발해지고 있었고, 또 양자인 이 교수가 오신다는 소식을 듣고 손꼽아 기다리고 있던 중이라 그냥 있었던 겁니다. 자 이거 보시오."

그는 통장 하나를 이철환에게로 건넸다. 전혀 뜻밖의 말이요, 돈이었다. 이철환은 통장을 펼쳐 저금 액이 얼만지를 보려다가 도로 정상봉에게로 건네며 말했다.

"수고스러우시겠지만 이것은 정 선생님께서 도로 가지고 계시다가 양부님의 산소를 남들처럼 꾸미는 데 써주십시오. 저도 아버님의 유골을 한국으로 모시고 갔으면 하지만 고향에 산소 자리도 마련해 놓지 못했고 해서 당분간은 이곳에 모셔두고 싶습니다. 그러니 제가 가지고 있어도 전 이 저금을 찾는 법도 모르지 않습니까? 만약에 이 돈으로 철책을 세우고 묘비를 세우는 데 돈이 모자라면 제가 보태겠습니다."

"이 교수의 생각이 정 그러시다면 내가 그 일을 하리다. 그런데 이것까지도 그렇게 우리 둘만이 만나 이야기할 것까지는 없지요."

그러면서 그는 오른손으로 핸들을 잡고 왼손을 호주머니로 넣어 봉투에 든 것을 꺼내 왼쪽 좌식에 앉은 이철환에게 주었다. 정상봉의 차도 일본 차여서 운전대가 오른쪽에 있었기 때문이다.

"이건 무엇입니까?"

말하면서 이철환은 봉투의 것을 꺼내 보았다. 그건 더욱 놀랍게도 작은 금덩이였다. 제법 어른 엄지손가락 두 개 굵기 만한 그것은 몇 냥이나 될지는 몰라도 돈으로 환산하면 꽤 거액이 될 것임에 틀림없었다. 이철환은 어리둥절한 표정으로 그를 보고 있다가 물었다.

"이런 게 저의 양부님께 어떻게 있었는지 궁금합니다."

"이야기를 다 하자면 참으로 복잡해요. 이 교수의 양부께서 사할린으로 입도한 동기는 아시리라 믿지만, 그 양반은 조선에서 일본으로 와, 북해도에서 일본인 선박회사에서 일을 했다고 합니다. 당시까지만 해도 사할린에는 억류되어 있는 일본인 고급 기술자가 많았습니다. 소련 당국은 왜놈들이 두고 간 공장을 돌려야 하는데, 아무도 돌릴 사람이 없었습니다. 그래서 소련 당국은 일본 기술자는 되도록이면 붙잡아두고 일본으로 돌려보내지 않았습니다. 핑계는 본인들이 잔류하기를 원한다고 했지요. 그래서 그런 사람들의 일본 가족들이 사할린으로 와서 몰래 빼내 가는 수가 더러 있었는데, 이시무라라는 사람은 우리와 함께 일한 일본인이었지만 우리가 모두 선생으로 호칭할 만큼 양심가였어요. 그는 왜놈들이 우리 조선인 노무자들을 탄광에 모아 폭살시키려는 음모를 사전에 탐지하여 우리 동포에게 귀띔해 준 은인이기도 했지요. 그 이시무라 선생도 그때까지 이 사할린에 붙잡혀 있었습니다. 그 이시무라 선생은 일본에서 천주교 신부로 있다가 끌려온 분이기도 했지요. 그 당시 이문근 형님은 사할린으로 오려고 일본 북해도까지 와서 왜놈 선박회사에 있었던 거요. 일이 잘 될라꼬 동경에 있는 이시무라의 부친이 이문근 형님과 손이 닿은 겁니다. 그래서 이문근 형님은 선박회사 사장 몰래 이시무라의 부친에게 배를 팔고, 그 배를 타고 사할린으로 들어왔지요. 이문근 형님은 일본에서 배를 판 돈으로 금을 샀던 모양입니다. 처음에는 이것보다 훨씬 많은 금이 있었는데 여기에서 그걸 많이 처분해서 어려운 동포를 돕기도 하고, 교육 사업에도 희사를 한 모양입니다. 내가 이런 사실을 어떻게 다 알겠습니까마는 일기첩 내용이 궁금하기도 하고, 또 할일 없는 내가 심심해서 읽고서 알아낸 것이지요. 나의 이러한 행위가 무례가 되었다면 용서하시오."

"아, 아닙니다. 천만의 말씀이십니다. 저는 저의 양부님의 새로운 면모를 발견하는 것 같아 매우 기쁩니다."

정상봉은 잠시 침묵을 지키다가 다시 말했다.

"이미 돌아가셨다고 하는 소리가 아니라, 나는 이문근 형님의 일기첩을 보면서 많이도 울었어요. 그분은 조선에 그냥 계셨더라면 교육자가 되어도 큰 사상을 지닌 훌륭한 분으로 역사에 남았을 분이고, 교육자가 아닌 다른 일에 투신했어도 분명히 큰 일을 하셨을 분이었어요. 그런 걸 생각하면 조선이란 나라가 너무 운이 없어요. 아까운 인물을 얼마나 죽였는지 나는 지금도 보도연맹이란 걸 일기첩의 군데군데에서 읽고 그 용어만 알지, 무엇인지 잘 모르고 있어요. 그런데 형님은 보도연맹에 걸려 죽음의 현장에서 살아났다고 했어요. 그래서 사람을 이런 식으로 없애는 남조선이 싫어, 이문근 형님은 북조선으로 올라갔지요. 물론 그것은 당신의 아내가 있는 이 사할린으로 오는 길을 찾기 위해서였지만. 그러나 도로 남조선으로 내려가 일본으로 도피했지요. 나는 북조선이란 곳이 웬만큼 사람 사는 곳으로 괜찮았다면 형님은 결국 거기에서 여생을 살았을 수도 있다고 보지요. 일기첩에 이 교수님의 집안 아저씨뻘 되는 이준근이란 분이 해방직후 월북하여 김일성이 밑에서 농림성 부부장 직위에 있었는데, 형님이 북조선에 갔을 때는 숙청되어 형편없는 모습으로 살고 있었다고 했어요. 그것을 목격했을 때, 당신은 북조선이란 나라의 비정함을 알았을 게 아닙니까. 그러니까 이 교수 양부께서 일본으로 간 것은 조선 천지가 다 사람 사는 곳이 못 됐음을 의미한 것이 아닙니까. 나는 요즘 와서 부쩍 그런 생각을 하고 있어요."

이철환은 손아귀에 든 금덩이를 힘주어 쥐고 있었다. 어느새 손바닥에 땀이 흥건히 배어 있었다. 아, 나의 양부 이문근. 나는 이러한 양의 위인도 모르고 난순히 나의 출세에 지장이 된다고 얼마나 원망하고 미워했던가. 그래서 결국 파양까지 하고 말았지만. 그는 때늦은 양심의 가책으로 진땀을 흘리고 있었다. 그러다가 보속이라도 하겠다는 마음으로 결심한 것이 있었다.

한참 뒤 정상봉이 다시 말했다.

"일기첩에는 이 교수의 이야기도 많이 나오던데요. 양부님께는 조카가 둘이 있었는데 큰조카인 경환 씨보다는 둘째 조카인 이 교수에게 많은 사랑을 쏟았다는 게 쓰여 있었어요. 그러니까 말이 일기첩이지 평생의 자서전 같은 것을 매일 일기처럼 써 모은 것이었어요. 젊은 시절에는 강화중이란 분하고도 아주 깊이 사귀어서 매사를 서로 의논하고, 해방 직후에는 처가가 있는 개성까지 같이 다녀온 걸로 되어 있어요."

이철환이 말했다.

"아! 강화중 선생님은 저도 잘 알지요. 저의 양부님과 같은 때에 종적을 감추었고 지금까지 소식을 모르지만, 풍문에는 일본으로 갔을 거라는 소리도 들렸습니다."

"그랬으면 얼마나 좋겠습니까. 이 교수 양부님께선 강화중 씨도 결국에는 붙잡혀 죽은 줄로 알고 있었어요."

어찌해서 내가 이 모양이었을까. 나는 삼촌과 둘도 없는 친구였던 강화중 선생을 그사이 왜 한 번도 생각해보지 않았을까. 그는 다시금 자기의 몰인정을 스스로 혐오스러워하고 있었다.

이윽고 차는 높은 낭떠러지 위에 멈추어 섰다. 따라오던 박판도 회장의 차도 멈추어 섰다. 그들은 낭떠러지를 내려갔다. 낭떠러지는 위험했고 그 위험한 낭떠러지에 지그재그로 오솔길이 트여 있어, 잡목 가지를 잡으면서 겨우 계곡으로 내려갔다. 박판도 회장이 계곡의 물가에서 낭떠러지를 쳐다보며 김종규에게 설명했다.

"저기에서 김 교수님 백부가 실족했지요. 그날 술을 많이 자시고서는…."

김종규는 침통한 표정으로 그의 백부가 떨어져 비명횡사했다는 낭떠러지를 굽어보고 있었다. 정상봉이 다시 계곡의 위쪽을 손가락질하며 말했다.

"저기가 옛날에는 폭포였어요. 그러나 소련당국에서 다이나마이트로 폭포를 폭파해서 폭포의 흔적조차 없애버렸지요."

"그건 왜 그랬을까요?"

이철환이 물었다.

"바다에서 알을 낳으러 올라오는 연어가 이 폭포에 막혀 더 올라가지 못하는 것을 알고 그랬소."

박판도 회장의 설명이었다. 그가 계속했다.

"물고기 한 마리라도 더 많이 생산해서 부족한 양식을 보충해야 하는 소련사람에게는 있을 수 있는 일이요. 사실 폭포를 없애버리자 연어는 훨씬 상류로 올라가서 알을 낳게 되었고, 연어의 어획량은 더 불어났거든. 연어란 놈은 이 계곡에서 부화되어 바다로 내려가서 3년 만에 성어가 되면 반다시 부화된 곳으로 돌아오는 법이요. 그래서 우리 동포들의 신세가 미물인 연어보다 못하다고 늘 한탄을 하지. 연어도 고향으로 돌아오는데 우리는 한번 떠난 고향을 여태까지 돌아가지 못하고 있으니…. 그러나 우리 조선 동포들이 제저끔(제각기) 먹고살 만하게 되면서부터는 이곳으로 다시는 오지 않았소. 죽은 고기 주워 먹던 기억이 챙피스럽기도 하고 자식들 키우고 공부시키고 먹고살기가 하도 바빠 아무도 이런 유원지에 올 생각을 못 냈소."

"죽은 고기를 주워 먹다니요?"

이철환이 물었다.

"연어는 알만 낳으면 죽어삐요. 그 죽은 연어가 우리들 양식이었소."

"그럼 여기가 유원지란 말씀입니까?"

김종규의 질문에 박 회장이 답했다.

"사할린에서도 잘사는 러시아 놈들은 무섭게 잘사요. 그놈들은 여름이 되면 피서를 할 줄 알고 겨울에도 피한을 해서 일본이나 다른 외국으로 나갈 줄 아는 놈들이요. 물론 공산당 간부들이지만, 그놈들도 인자 좋은 세월 다 갔지."

정상봉이 보충했다.

"저 안쪽 숲속으로 들어가면 그런 유원지 시설이 잘 돼 있습니다."

낚시를 즐기는 김종규가 말했다.

"연어가 알을 낳기 위해서 올라올 때 낚시를 하면 재밌겠는데…."

"모르시는 말씀이요. 알을 낳기 위해서 올라오는 연어는 아무것도 먹지 않소. 먹을 생각이 없는 연어가 낚시에 걸릴 택이 없지. 지금은 우리 동포들이 모두 먹고살 만하지만 해방 직후에는 연어가 알 낳으로 올라오는 철이 되몬 조선 사람들이 개미떼같이 이 계곡에 몰려들었소. 알만 낳고 나면 연어는 아무 데서나 죽어버리거든, 그 죽은 연어를 주워가서 배를 채웠지. 어떤 사람은 죽은 지 오래된 썩은 연어를 먹고 식중독을 일으켜 죽기도 했고…."

"아하, 아까 죽은 고기란 말씀을 이제 이해하겠네요."

그들은 지난번 재사할린조선인 각 지역대표가 모두 모여 탄원서에 서명을 하고 점심을 먹고 술을 마시던 자리까지 가 보고 깊은 생각에 잠기기도 했다. 그런데 그 자리는 그사이 브이코프 탄광 노무자들의 하계수련소가 들어서, 제법 번듯한 건물들이 여기저기 지어져 있었다. 박판도 회장이 이리로 오면서 한 이야기가 다시금 실감 났다.

여름철이 되면 한 20여 일쯤은 이곳도 몹시 더워, 그 더운 철을 이용해 탄광 노무자들은 여기에서 휴양 겸 정치교육을 받았다고 한다. 그러나 탄광 노무자들의 휴양 겸 교육을 위한 시설이란 하나의 핑계였고, 사실은 사할린 주 공산당 간부들이나 본토에서 온 정치부 간부들의 특별 휴양지로 더 많이 이용되었다고 했다.

이날 본 휴양소는 계절도 적기가 아니어서 그런지 방마다 문짝이 떨어져 나가고 침대도 아무렇게나 흩어져 있었다. 방들은 모두 지상에서 1m 이상 높이에 두꺼운 나무판자를 깔고 그 위에 다시 비닐 같은 것을 깔았는데, 아마 여름철 습기를 방지하기 위함인 것 같았다. 그 건물들은 널찍한 광장을 중앙에 두고 원형으로 빙 둘러서 있었고, 광장은 식수대를 중심으로 사방팔방 둘러선 건물들로 향해 방사형으로 보판을 깐 길이 틔어 있었다. 급수대도 수도꼭지가 고장 나 있었고, 급수대 위로 설치된 레닌의 상은 작은 타일로 모자이크된 것이었는데, 그 타일도 군데군데 떨어져 나가 레닌의 얼굴은 곰보처럼 되어 있었다. 그 숙소 건물 중 커다란 강당 같은 것이 있는, 그중 큰 규모의 건물은 아마 그 휴양소의 본부인 것 같았다. 유리창을 통해 본 내부는 책상이며 서류장 같은 기물도 벽에 반듯반듯하게 붙여 세워 두었는데 유독 그 건물에만 큼지막한 쇠통이 채워져 있었다.

그 큰 건물의 옆을 돌아 나가니 위쪽에 또 한 군데의 널찍한 풀밭이 있었는데, 그 풀밭에는 커다란 미그전투기가 놓여 있었다. 모

형 비행기가 아닌 실물이었는데, 미그기를 바로 옆에서 보는 것은
처음인지라 이철환과 김종규는 비행기의 이곳저곳을 살펴봤다. 비
행기의 앞머리가 송곳처럼 날카롭게 뻗어난 것이며, 두 개의 날개
가 뒤로 비스듬하게 뻗은 것이며 날개의 앞쪽으로 붙어 있는 기관
총 같은 무기가 보기에도 썸뜩했다.

아마 하계 휴양소로 따라온 사람들 자녀들의 놀이터였는지, 그
미그기는 아이들이 올라가 놀 수 있도록 해 놓았다. 외모는 멀쩡
해서 비행기의 모습 그대로였으나 조종실로 올라가 앉아보니 계
기판이며 조종대가 모두 녹슬고 낡아 망가질 대로 망가져 있었다.
얼마 안 있어 이 고물 비행기도 골치덩어리 공해물이 되리라는 생
각에 철환은 씁쓰레한 웃음이 절로 나왔다.

이런 것들을 한 바퀴 둘러보고 그들은 도로 정상봉의 집으로 내
려왔다. 다시 저녁까지 대접받는 자리에서 정상봉이 모든 사람에
게 이문근의 유언을 공개했다. 다만 금덩이만은 말하지 않았다. 이
자리에서 정상봉은 이문근이 남긴 저금통장의 돈을 찾아 이철환
이 떠나기 전에 이문근의 산소를 손볼 것을 제안했고, 모두들 그
렇게 하기로 했는데, 박판도 회장은 이미 이문근에게 저금통장이
있었다는 것을 이문근의 사후에 정상봉으로부터 들은 듯했다.

"고마 내 말대로 진작 묘비도 세우고 울타리도 했으몬 될 낀데."

정상봉은 박 회장의 그 말에는 아무 대꾸도 하지 않았다. 이철
환이 말했다.

"김종규 교수님과 저는 내일 우글레고르스크로 갔다가 3, 4일
지난 뒤에 내려오겠습니다. 죄송스럽지만 그동안에 정 선생님과
박 회장님께서 저의 아버님 산소에 갖출 묘비나 철책을 좀 준비해
두시겠습니까?"

"그라지."

박 회장이 쉽게 말했고, 정상봉은 박 회장을 향해 고개를 끄떡거려 주었다.

정상봉이 보자기에 싼 이문근의 일기장과 중요 서류를 이철환에게 넘겨주었다. 이철환은 정중히 꿇어앉아 그것을 두 손으로 받고는 그 자리에서 정상봉에게 깊이 허리를 숙여 예를 표했다. 그는 삼촌의 일기장이 싸인 보따리를 가슴에 안아보았다. 정상봉이 더없이 고마웠고, 불현듯 옛날 같은 방을 쓰면서 자취하던 시절의 엄격하고도 자상한 삼촌의 모습이 눈앞에 떠오르면서 그의 체온이 보따리에서 느껴지는 것 같았다. 언제까지나 그는 그 보따리를 가슴에 안고 있었으면 싶었다. 눈물이 솟았다. 산소에서도 눈물 한 방울 나오지 않던 자신이 그렇게 민망할 수가 없었는데, 지금 이 자리에서 새삼스럽게 우는 것이 오히려 민망스러웠다.

그는 손가방에 넣어 온, 한국에서 아내가 삼촌에게 드리라고 준비해 준 양복 한 벌, 와이셔츠, 구두와 그 외의 갖가지 선물들을 정상봉에게 두 손으로 바쳤다.

"저의 양부님께 드리려고 가져온 것입니다. 이제 정 선생님께 드립니다."

그는 양복 호주머니 속에 미화 200달러가 들어 있다는 것은 밝히지 않았다. 김종규도 그에게 50달러를 내놓았다.

이철환과 김종규, 박판도는 곧 유즈노사할린스크를 향해 길을 떠났다.

36장

기차 여행, 버스 여행

102

기차는 유즈노사할린스크가 시발역이었으므로 좌석이 많이 남아 있었다. 그들은 세 시 정각에 출발하는 기차를 출발 직전에야 겨우 올라탈 수 있었던 것이다. 차량들은 일본제였는데 비교적 새 것이었으나 승객들의 부주의로 의자며 창틀들이 많이 상해 있었다. 열차 내의 손님들은 어떻게나 시끄럽게 떠들든지 질서나 공중도덕 같은 것은 아예 생각할 수 없었다.

바퀴 달린 커다란 가방을, 마주 보고 앉게 되어 있는 의자 사이의 안쪽에 포개어 놓았다. 포개어 놓아도 공간을 너무 많이 차지해, 세 사람씩 앉게 되어 있는 좌석이 한 사람은 못 앉을 지경이었다. 그러나 아직은 승객이 붐비지 않았으므로 문제가 없었다. 김종규와 이철환이 나란히 앉고 그들을 보호(?) 안내해 갈 홍순칠 씨가 맞은편 의자에 앉았다. 그때야 김종규와 이철환은 홍순칠을 자세히 바라볼 수 있었다. 그는 햇볕에 되게 그을린 피부색깔이었고 이마도 너른 위에 눈도 시원스럽고 코도 우뚝해, 첫눈에 호감이 가는 인상이었다. 전직 교육자다운 풍모였다.

박판도 회장 집에서 아침을 먹자마자 이철환은 내용물이 좀 줄기는 했으나 그래도 무거운 커다란 가방을 다시 박판도 회장 차의 트렁크에 싣고 김종규와 함께 김진규의 집으로 가야 했다. 거기에 김종규의 큰 가방이 있었기 때문이다. 김진규의 부인은 그들을 반갑게 맞이했고, 기어코 점심을 준비하겠다고 서둘렀다.

그러나 박 회장은 고려인협회 회의장으로 갔다. 회장으로서 회의를 주재해야 했기 때문이다. 거기에서 그는 홍순칠을 만나, 이철환과 김종규를 데리고 우글레고르스크로 가라고 말할 참이었다.

점심 때가 아직 멀었는데도 무엇이든 대접하지 못해 김진규의 부인은 안달이었다. 김종규는 이 집에 머무는 동안 이웃의 동포로부터 벌써 두 군데나 초청을 받고 식사대접을 받았다고 했다. 동포들은 한국에서 온 손님이라면 무턱대고 반기면서 무엇이든 대접을 하고 싶어 했다. 고향 산천이 얼마나 그립고 가족들이 얼마나 보고 싶었으면 피 한 방울 섞이지 않은 고국 사람들에게 이런 정성을 보일까 싶으니 이철환은 가슴이 찡했다.

이른 점심을 먹었을 때 직장에서 김진규가 돌아왔다. 그들을 데리고 고려인협회 회의가 진행되고 있는 곳으로 가기 위해서였다. 아마 박 회장이 어디선가 김진규의 직장으로 전화를 했던 모양이다. 사할린에는 이때까지만 해도 개인의 가정에는 전화가 없었다. 그래서 전화를 하려면 부득불 직장 전화를 이용할 수밖에 없었고, 외국인들은 아예 전화를 할 엄두를 낼 수 없었다. 길거리에도 공중전화가 없었기 때문이다. 김진규가 종규를 보고 말했다.

"형님, 기차는 오후 3시에 있소. 사돈 이야기가, 회의는 2시 반이 돼야 마친다고 하니 여기서 좀 더 쉬시다가 시간 되면 나갑시다."

그들은 2시가 좀 넘어서 집을 떠났다. 진규의 부인은 돌아갈 때도 꼭 다시 오시라고 신신당부를 했다. 그럴 수밖에 없을 터였다.

회의를 하고 있는 건물에 닿았을 때는 거의 2시 반이 다 되어 있었다. 그들은 차 안에서 박 회장과 홍순칠이란 사람이 나오기를 기다렸다. 2시 40분이 넘어도 나오지 않았다. 기차표는 이미 김진규가 끊어 두었다고 하지만 기차역까지 가려면 시간이 꽤 걸릴 텐데 왜 이러는지 몰랐다. 기다리다 못해 김진규가 회의장 안으로 들어갔다. 그러나 도로 돌아 나오더니 두 손을 서양사람처럼 흔들며 고개를 절레절레했다. 회의 마칠 시간이 아직 멀었다는 것이었다. 김종규가 초조해하며 김진규를 보고 물었다.

"여기서 역까지 얼마나 걸릴까?"

"10분이면 돼요."

그러나 아무래도 불안했다. 이 기차의 종착역인 일린스크로 김광규가 마중을 나오기로 하지 않았던가. 우글레고르스크에서 일린스크까지는 기차로 3시간 이상 걸리는 거리라고 했다. 그때야 박 회장과 홍순칠 씨가 헐레벌떡 달려 나왔다. 그들은 차 안에 탄 채로 박 회장을 향해 손만 흔들었고 홍순칠이 김진규 옆에 타자 차는 출발했다. 기차역에 닿자마자 가방을 끌고 뛰다시피 해서 개찰을 했고, 플랫폼에서도 냅다 뛰어 겨우 승강구로 오르자마자 덜커덩 소리를 내며 기차는 출발했던 것이다. 그사이 이철환의 큰 가방은 내용물이 이미 반으로 줄어 있었지만 김종규는 거의 그대로여서 더욱 무겁기도 했다. 조금만 늦었어도 기차를 못 탈 뻔했다. 자리를 잡아 앉고 보니 그들 주변에도 동포가 많이 있었고, 그중 두 사람이 홍순칠 씨를 보고 다가왔다. 서로 아는 사이였다. 그들은 이철환과 김종규에게 악수를 청하면서 반갑게 인사했다. 홍순칠 씨는 박판도 회장으로부터 들어 알고 있는 두 사람에 대한 것을 그 낯선 동포들에게 소개했다. 자리가 다소 비좁기는 했지만 모두들 마주 보고 함께 앉아 자연스럽게 이야기가 시작되었다.

홍순칠 씨는 전북 익산 출신으로 58세라고 했다. 9세 때인 43년에 부모를 따라 사할린으로 왔는데, 부친은 징용이 아닌 모집이라고 했다. 부친은 81년, 모친은 83년에 각각 별세했는데 별세하시기까지 고향과 고향 사람들 이야기를 하루도 빼놓은 적이 없었다며 그는 안타까워했다. 90년 8월에야 한국의 친지들과 연락이 닿았으나 아직 고국 방문은 하지 못했다고 했다. 그런데 그는 지금은 비록 우글레고르스크에 살고 있지만 70년까지만 해도 유즈노사할린스크에서 살았으며, 유즈노사할린스크의 조선민족학교를 마치고 사할린 사범학교로 진학했다고 한다. 사범학교를 마치고 교편을 몇 년 잡다가 늦게야 다시 사할린 사범대학에 입학해서 수학과를 졸업했다고 한다. 소련의 대학은 이수 기간이 전공에 따라 달라서 3년부터 7년까지 있다고 하며 그는 5년제를 졸업했다고 했다. 그 첫 발령이 하필이면 우글레고르스크 지역이어서 줄곧 그곳의 중고교 과정을 가르치다가 몇 년 전에 정년퇴임을 했다고 한다. 김종규가 김진규로부터 조선민족학교 이야기를 들은 바 있으므로 홍순칠에게 물었다.

"조선민족학교에 다녔으면 김진규 씨라고 아십니까?"

"알다마다요. 아까 그 양반 아닙니까? 그 양반은 저희들이 졸업할 무렵에 강신귀 씨 후임교사로 들어왔지요. 강신귀 씨는 일본으로 갔지만 조선민족학교에는 훌륭한 선생님이 많이 있었지요. 그 중에 한 분이 이문근 선생님이었는데, 그분도 얼마 전에 세상을 떠나셨어요."

김종규가 홍순칠의 손을 잡고 흔들며 말했다.

"옆에 이 이철환 교수가 그 이문근 선생의 아들입니다."

홍순칠이 소스라쳐 놀라며 이철환의 손을 부여잡고 말했다.

"뭐라고요? 아니, 이 교수님이 우리 은사님의 자사님이시라고요?"

이철환은 세상은 정말 넓으면서도 좁다고 생각하며 그의 두 손을 마주 잡고 감격에 차 그를 바라보았다. 홍순칠이 말했다.

"그런데 이문근 선생님께서 고향에 아드님을 두셨다니, 저희들은 그런 걸 전혀 모르고 있었어요."

이철환이 말했다.

"그럴 만한 이유와 사정이 있습니다. 그건 그렇고 고향에 연락이 닿았으면 한 번 다녀오셨습니까?"

"웬걸요, 고향에는 저를 초청할 사람이 없는 것 같아요. 제가 5대 독자거든요. 제 밑으로 비로소 아들 셋을 두기는 했지만⋯."

김종규가 물었다.

"정년퇴임을 하셨으면 생계는 어떻게 유지하십니까?"

"연금이 좀 나오고, 퇴임을 했지만 계속 촉탁교사로 근무하여 18시간의 수업을 하고 있는데 200루블을 받습니다. 현역 교원은 평균 400루블 정도인데 저는 퇴임을 했기 때문에 수업은 현역 교사와 같이 하면서도 200루블밖에 못 받지요."

이철환이 물었다.

"연금은 얼마 나옵니까?"

"173루블이 정액인데, 가산금이 좀 붙어요. 그래서 250루블쯤 됩니다. 이걸 보태어도 생활비로는 부족하므로 밤이나 낮이나 시간만 나면 채소 농사에 매달리지요."

그래서 얼굴이 이렇게 검게 탔구나, 생각하고 있는데 그가 다시 이었다.

"소련은 지금 과도기적 상황이어서 2, 3년 전에 비해 생활이 훨씬 어려워졌습니다. 희망을 가지고 있지만 당장은 생활필수품이 지극히 부족하므로 희망만 가지고는 현실을 살아가기가 어려워요. 특히 지난 2월 23일에는 사전에 예고 한 마디 없이 중앙정부에서 화폐를 교환해버렸어요. 화폐 단위나 가치는 통일하지만 화폐 모양이 바뀌어서 바꾸지 못한 화폐는 휴지가 되어버렸지요."

이철환이 급히 질문했다.

"아니, 화폐 교환을 어떻게 했길래…?"

"화폐 교환 기간이 3일뿐이었어요. 외국으로 여행 나간 부자나 기타 다른 사정으로 남에게 돈을 빌려준 사람들은 한 푼도 교환하지 못하고 말았지요. 그런 사람이 아주 많았습니다. 위조지폐도 많이 유통되고 있었지요. 결국 위조지폐를 없애고 인플레 상태의 화폐를 교환이란 수단으로 한꺼번에 잡아버린 것이지요."

이철환은 소련의 화폐교환이란 말은 그때 처음 들었다. 화폐 개혁이 아닌 교환으로써 위조지폐를 없애고 떨어진 화폐의 가치를 되찾으려 했던 소련 당국의 고충을 이해할 수 있을 것 같았다. 그들의 곁으로 다가와 있던 동포 한 사람이 거들었다. 그의 고향은 경북 영천이라고 했는데, 그는 이미 한국을 다녀왔다고 했다.

"2년 전만 해도 사할린 동포가 한국에 가기 위해 환전을 하면 1천 루블에 1600달러를 주었어요. 다만 1인당 200루블까지만 교환되었지만 말입니다. 그러나 지금은 1천 루블에 얼마를 주는지 아십니까?"

이철환은 그의 말이 진정한 질문이 아닌 줄 알면서도 이틀 전에 환전을 해보았으므로 답했다.

"1천 루블에 35달러 바꿀 수 있지요."

그 낯선 동포가 답했다.

"맞습니다. 35달러면 한국 돈으로 2만 4, 5천 원 되지요. 그런데 1천 루블은 우리 같은 보통 직장인 두 달 월급이 훨씬 넘습니다."

또 한 사람의 동포가 끼어들었다. 그는 충북 중원이 고향인데 56세라고 스스로 소개했다. 그 역시 부친이 모집에 의해 사할린의 조선 공장에서 일하게 되어 5세 때에 이곳으로 이주해 왔다고 한다. 그도 지난 4월에 1개월 동안 한국을 다녀왔는데 한국의 사촌 동생들이 동네 사람을 다 모아 놓고 환영회까지 열어 주었으나 도장을 파 생계를 이으며 아들 셋까지 공부시키는 생활이 매우 어렵게 보였다고 한다. 돌아올 때는 선물까지 받았지만 마음이 아프더라고 말했다. 이들이 이런저런 화제의 꽃을 피우고 있는데, 또 한 사람의 조금 젊은 동포가 그들의 자리로 찾아왔다. 그가 오자 먼저 와 있던 동포 둘이 자기들 자리로 돌아가, 자리를 내주었다. 그 젊은 동포는 40세로 경남 고성이 고향이라고 했다. 물론 사할린에서 태어났다고 한다. 76세 된 아버지가 한국의 전처의 딸을 만나보기 위해 한국 방문을 신청해 두고 있는데 소식이 없다면서, 큰어머니(아버지의 본처)는 아무래도 개가한 것 같다고 침통해했다. 그는 한국어가 퍽 서툴었지만 말이 막히면 중간중간에 러시아어를 섞어가면서 다양한 제스처로 말했고 그것을 홍순칠 씨가 통역해 주었다. 그는 이었다. 아버지가 꼭 한국에 가시어 큰어머니를 만나 봤으면 좋겠다고. 그러기를 사할린의 어머니도 바라고 있다고.

　기차는 심하게 흔들리면서도 빠른 속도로 내달렸고, 군데군데의 역에서 서곤 했다. 많은 승객들이 내리고 탔다. 그들과 대화를 나누던 승객들도 모두 다 내리고 그때마다 새로운 얼굴의 동포들이 용하게 알고 찾아와 앉았다. 벌써부터 기차는 빈자리가 없었다. 군데군데 러시아 사람이 앉은 자리가 비어 있어도 하나같이 그 빈자리를 피해서 좀 비좁다 싶은 이철환, 김종규, 홍순칠의 자리로 와서 비집고 앉곤 했다. 그들은 이철환과 김종규의 차림새만 보고도 사할린 동포가 아님을 금세 알아채고 반갑게 손을 내밀며 한국에서 오셨느냐고 인사했다.

유즈노사할린스크를 떠난 기차는 한 시간 반쯤 뒤에 오른쪽에 바다를 끼고 달렸다. 드넓은 바다는 아주 잔잔했고, 푸르기가 고등어등빛 같았다. 그런데도 이상한 것은 아무리 보아도 배가 한 척도 보이지 않는 것이었다. 그들의 자리로 새로 비집고 들어앉은 동포는 3세였는데, 우리말보다는 러시아어가 훨씬 능숙했다. 몇 마디 이철환과 김종규에게 말을 건네다가 통하지 않자, 아예 눈을 홍순칠 씨에게 고정시킨 채 그의 통역을 바라고 있었다. 그는 엉뚱하게도 소련이 격추한 칼(KAL)기 사건에 대하여 이철환과 김종규의 견해를 물어왔다. 그들이 그 젊은이의 정체를 모르기 때문에 홍순칠을 바라보며 답을 망설이자, 홍순칠 씨가 시원스럽게 답해 주었다.

"그때는 모든 사할린 동포가 소련의 짓인 줄 뻔히 알면서도 말 한 마디 못하고 분해했지요. 북조선이 소련을 두둔하여 남조선 공세를 취할 때 남조선 출신인 우리 동포들은 더욱 가슴 아파하고 슬퍼했답니다."

홍순칠의 이러한 말을 대강은 알아듣는 듯, 그 젊은 동포도 비통한 표정을 지으며 연신 고개를 끄떡이고 있었다. 홍순칠 씨가 말했다.

"그러나 이렇게 말하고 있는 저도 사실은 북조선에는 두 번이나 다녀왔지요. 제가 조선 사람이면서도 비교적 신분이 확실한 소련의 교육 공무원 아닙니까. 물론 저는 오래전부터 북조선 국적을 취득하고 있지요. 그래서 저는 북조선을 다녀왔는데, 일단 한국을 방문하고 온 동포는 북조선 방문이 힘들지요. 지난해 8월에는 사할린 동포의 약 50명이 평양에서 있었던 범민족대회에 다녀올 수 있었어요. 이때에도 한국을 방문한 동포는 제외되었지요. 그런데 이러한 처사가 범민족대회라는 취지에 위배되므로 저는 한국을

방문하지 않았지만 북한으로도 가지 않겠다고 항변했더니, 그 항
변이 받아들여져 형식상으로는 북한 방문에 아무런 제약을 두지
않겠다는 약속을 받고 평양으로 가서 2주간 머물렀습니다. 그런
데 사실은 한국을 다녀온 동포 치고 북조선에 간 사람은 아무도
없었거든요."

　그는 북조선 혹은 북한, 남조선 혹은 한국이란 말을 아무런 거
리낌 없이 뒤섞어 쓰고 있었다. 박판도 회장이나 허남보, 김진규
같은 사람들이 철저히 한국이라고 부르는 것과는 퍽 대조적이었
다. 홍순칠의 이야기는 끝이 없었다.

　"백두산 천지에 올라가서 군중집회를 열었는데, 세계 각처에서
모여든 조선인 대표가 북조선 사람의 인솔에 따라 일사불란하게
움직였습니다. 우리는 판문점까지 내려가서 주한 미군 물러가라
는 구호를 외쳤는데, 물론 이것은 북조선 당국의 사주에 의해서였
고 각본에 따라 움직일 수밖에 없었어요. 그때 임수경이란 처녀와
문규현이라는 남조선 신부도 평양에 와 있었다는 말은 들었지만
보지는 못했지요."

　그는 잠시 입을 닫고 있었지만 도무지 심심해서 못 견디겠다는
듯이 다시 이야기하기 시작하였다.

　"지난 79년의 일로 기억됩니다. 브레즈네프가 집권할 때였는데,
이때 약간 해빙 기운이 감돌았어요. 그 해빙 기운을 틈타 우리 조
선 동포들이 고향인 남조선으로 돌아가겠다고 시위를 벌인 일이
있었어요. 물론 단체 시위도 아니고, 이래도 죽고 저래도 죽을 수
밖에 없어 악에 받친 사람들의 마지막 발악이었지요. 그런데 그런
사람들은 쥐도 새도 모르게 붙잡혀 행방불명이 되어버렸지요. 언
론자유가 없는 소련 사회에서는 그런 일이 보도될 까닭이 없었지
요. 그런 줄도 모르고 이번에는 40명이나 되는 동포들이 겁도 없

이 한국으로 보내달라는 구호를 외치며 집단 시위를 하다가 소련 당국에 몽땅 붙잡혀 간 겁니다. 어디로 보내진 줄 아십니까?"

이철환과 김종규는 시베리아 강제노동수용소로 갔겠거니 생각하면서도 답은 하지 않고 있었다. 그러자 한국어가 서툴던 그 젊은 동포가 답했다.

"북조선, 수타르듭스크!"

이철환과 김종규가 수타르듭스크란 말을 몰라 멍한 표정으로 홍순칠을 바라보자 그가 말했다.

"북한에 있는 강제수용소로 갔다고 합디다. 그 뒤로는 우리 동포들 끽 소리 한 마디 못하고 죽은 듯이 입을 닫고 살아왔지요. 가슴에 한이 안 맺힌 조선 사람이 있다면 정신 이상자일 겁니다."

그 젊은 동포도 다음 역에서 내렸다.

열차는 한국으로 치면 완행과 급행의 중간쯤 되는 수준이어서 작은 역은 더러 쉬지도 않고 통과했다. 그런데 이번에는 왼쪽 차창을 통해 푸른 바다가 나타나기 시작했다. 서쪽 바다였다.

홍순칠은 다변적인 기질이 있어, 묻지도 않은 이야기를 풀어내었다.

"지금은 소련이 분명히 북한보다는 남한 쪽에 더 우호적이지요. 김일성이 그런 것을 눈치 못 챌 리가 있습니까. 작년에 소련 외무장관이 평양으로 갔는데, 역사상 최초로 김일성 주석이 소련 외무장관을 만나주지 않았다고 해요. 김주석의 불편한 심기를 드러낸 것입니다. 이때 소련 외무장관은 김일성 주석은 못 만났지만 북한의 한 고위 관리를 만나, 79년도에 사할린에서 북한으로 강제 압송된 40명의 조선 동포의 행방에 대해 물었으나 끝내 정확한 답을 듣지 못했다고 합니다. 제가 그런 사정을 어떻게 다 알겠습니까. 최근 소련 언론은 하루가 다르게 페레스트로이카의 물결을 타고 지난날의 이런 비화도 자유롭게 들추어내고 있어요. 소련 신문에서 며칠 전에 방금 말한 이런 기사를 읽었지요. 특히 올림픽 뒤부터는 사할린의 '새고려신문'은 물론, 소련 신문들도 이제 북조선보다는 남조선 쪽에 기울어져 있어요."

이철환은 아까부터 의문이었던, 바다에 배 한 척이 없는 데 대하여 그 이유를 물었다. 한 시간 전 동쪽 바다에도 배 한 척이 없었는데, 지금의 서쪽 바다에도 망망대해가 깨끗하게 비어 있었기 때문이다. 홍순칠의 답이 재미있었다.

"지금 소련 사람들은 너나없이 놀고먹기 시합을 하고 있어요. 노동자의 천국이라고 하는 사회주의에 그 천국의 주인공인 노동자가 모두 놀려고만 할 때 과연 그 천국이 유지되겠습니까. 육지 공장의 일도 하기 싫은 사람들이 무엇 때문에 위험한 바다에 배를 타고 나갑니까. 소련에서는 개인이 배를 타고 나가는 일은 아예 없거든요."

그런데 그때 저만치에서 자기들끼리 술을 마시며 아까부터 이쪽을 보고 있던 러시아 청년이 술병을 들고 다가왔다. 그는 이미 잔뜩 취해 있었다. 얼굴은 붉다 못해 구워놓은 가재 같았다. 입에서 독한 술 냄새를 풀풀 풍기며 그는 막무가내로 두 사람이 앉아 있는 사이로 비집고 들면서 이철환에게 술잔을 건네고 뭐라고 지껄였다. 홍순칠이 그에게 좋게 타일렀다. 외국에서 오신 손님이므로 술을 강제로 권하면 실례라는 말을 했으리라. 그런데 이 러시아 청년의 생긴 모습부터가 마음에 걸렸다. 흔히 미국의 서부 영화에서 악역을 맡은 총잡이와 같은 인상이었기 때문이다. 볼품없이 좁고 긴 얼굴, 눈꼬리가 위로 찢긴 모습, 유달리 튀어나온 이마와 턱 뼈…. 이러한 모습의 새파란 눈이 충고하는 홍순칠 씨를 한동안 노려보는 것 같았다. 그러더니 홍순칠 씨를 향해 무어라

258 사할린

고 항의조로 몰아붙이더니 다시 철환에게 술잔을 코밑까지 들이대었다. 오른쪽 팔로 철환의 목을 감싸면서 자기의 볼을 철환의 볼에 비비기도 했고, 왼쪽 손에 들고 있는 술잔을 철환의 입에다 대고 마시라고 억지를 부렸다. 철환은 참으로 난감했다. 말이 통해서 이러는 법이 아니라고 하겠는가, 그렇다고 술잔을 뿌리치며 눈을 흘기겠는가. 이미 며칠간의 음주에 지칠 대로 지쳐 보드카는 냄새만 맡아도 진저리가 쳐지는 판인데, 그 큰 술잔을 받아 마실 수도 없고 정말 난감했다. 철환이 웃는 얼굴로 손을 내젓는 일방, 이 작자가 뭐라고 하느냐고 홍순칠에게 물었다. 홍순칠 씨가 답했다.

"한국에서 오신 손님이라니까 더욱 반갑다면서 끝까지 다 안 마셔도 좋으니 잔을 입에 대기라도 하라는군요."

철환은 사할린에서 배운 스파시이브(감사합니다)란 말을 하며 잔을 받아 억지로 반쯤 마시고 돌려주었다. 그랬더니 그는 오른쪽 엄지손가락을 치켜세우며 까레이 어쩌고 올림픽 어쩌고 하면서 연방 그의 어깨를 두드렸다. 이제 물러가라는 손짓을 홍순칠과 이철환이 조심스럽게 하자 그는 유감이 많다는 눈짓 같기도 하고 미련이 있다는 표정 같기도 한 애매한 눈길을 거두어 일단 물러갔다. 물러가서도 그는 자기 동료들과 술을 마시면서 계속 이쪽으로 눈길을 주고 있었다. 홍순칠 씨가 말했다.

"이게 페레스트로이카의 과도기적 현상입니다. 한 마디로 저런 인간들은 소련 사회에서도 쓰레기 같은 인간이지요. 옛날만 해도 법이 무서워 옴쭉달싹 못하다가 법이 바뀌니까 제일 먼저 저런 게 설쳐대죠. 저 친구 눈을 보세요. 자칫하면 무엇인가 꼬투리를 잡고 행패를 부릴 눈 아닙니까. 행패를 부리면 우리만 당하는 겁니다. 왜? 사할린은 자기네들 땅이고 자기네들은 우리 같은 소수민족의 상전이란 생각에 가득 차 있거든요."

잠시 침묵을 지키다 다시 말했다.

"이 차 안에도 우리 동포가 얼마나 많이 있어요. 하지만 그 누구
도 개입하려 들지 않지요. 러시아 사람들과의 시비에 끼어들어 덕
볼 것이 아무것도 없기 때문이지요."

그의 말이 미처 끝나기도 전에 다시 그 러시아 청년이 구부정한
자세로 다가와 철환의 앞에 쭈그리고 앉았다. 그러더니 호주머니
에서 수첩을 꺼내 빈 종이에 무엇인가를 써달라는 손짓과 함께 지
껄였다. 철환은 다시 난감한 표정으로 홍순칠 씨를 바라보았다.

"싸인을 해 달라는군요. 이것은 호의의 표현이니까 안심하고 이
교수님 싸인을 해 주십시오."

철환이 내민 수첩을 받아 한글 이름 밑에 영문까지 쓴 싸인을
해 주자 그가 그것을 받아 한참을 들여다보더니 알 수 없다는 듯
이 어깨를 으쓱하고는 싸인에다 입을 맞추는 시늉까지 했다. 그러
다 돌아갔다. 이제 그 녀석 때문에 세 사람은 노이로제에 걸릴 지
경이었다. 또 와서 수작을 걸면 어떻게 하느냐, 세 사람 모두 잠시
우울한 표정이 되어 침묵을 지키고 있었다. 아니나다를까 그는 다
시 찾아와 이번에는 자기도 철환에게 싸인을 해주겠다고 하는 것
이었다. 철환도 자기 수첩을 내어 빈 종이를 펴주었다. 그랬더니
그는 술이 취하기도 했거니와 기차도 심하게 흔들렸으므로 무슨
글자인지 도무지 알아볼 수 없는 것을 써주더니 차고 있던 시계를
얼른 풀어 철환에게 주었다. 값싼 전자시계인데, 시계 줄도 얇고
좁은 천으로 땀이 끈끈하게 배여 있었다. 그런 것을 한사코 맡기
며 기념으로 받아두라고 했다.

기념이라니, 생면부지의 외국인에게 차고 있던 헌 시계를 풀어
주는 것이 아무리 악의 없는 행동이라고 하나 이해가 가지 않았다

그러나 한편 생각하니까 아무 목적의식도 없는 인간 본연의 순수한 인정이라 생각되어 시계를 받아 넣었더니, 그럴 수 없이 좋아하면서 철환의 손을 끌어다 입을 맞추는 법석을 떨었다. 시계를 볼 때마다 자기를 기억해 달라는 말도 잊지 않았다. 철환은 열쇠를 채워둔 가방을 열고 러시아 사람이 보면 죽고 못 산다는 미국 담배 말보로 한 갑과 고급 볼펜 한 자루를 그에게 주었다. 그가 철환을 보고 뭐라고 말했는데, 홍순칠이 통역했다.

"이 담배는 집에 가서 모든 가족들과 나누어 피울 것이며, 이 볼펜을 쓸 때마다 당신을 생각하겠다고 합니다. 보기보다 악한은 아닌 것 같습니다."

얼마 뒤 천만다행히도 기차가 종착역에 닿았다. 소련 청년은 기차에서 내려 웃으며 손을 흔들어 주었다. 그때야 철환은 인간은 누구나 이해만 하면 사귈 수 있는 존재란 생각을 했다.

출찰구를 통해 역 밖으로 나오니 김광규가 나와 기다리고 있었다. 7시 40분이었다. 기차를 3시간 40분이나 탄 셈이었다. 그러나 해가 훤했다. 일린스크 역은 황량하기 짝이 없었고 여기저기 우뚝우뚝 서 있는 전봇대만 빼고 나면 바로 한국의 시골 농협 창고 같았다. 홍순칠과 김광규는 평소에 잘 아는 사이여서 반갑게 인사했고, 광규는 이어서 종규와 철환을 보고 기차 타고 오면서 아무 일 없었느냐고, 마치 러시아 청년의 악의 없는 소란을 알고나 있었다는 듯이 물었다. 홍순칠 씨는 웃으면서 아무 일 없었노라고 답했다. 그러나 김종규가 광규에게 말했다.

"말도 말아라. 오늘 우리끼리 왔으면 무슨 봉변을 당할지 모를 뻔했네."

103

    역전 광장에는 기차에서 내리는 손님을 싣기 위해 버스가 한 대 기다리고 있었다. 누우런 색깔의 낡은 버스였다. 그 버스에는 입추의 여지없이 손님으로 꽉 차 있었다. 김광규는 버스에 올라 러시아인 운전수의 귀에 대고 뭐라고 속닥거리더니 운전수를 차 밖으로 데리고 내렸다. 운전수를 차 꽁무니로 데리고 간 그는 무엇인가 운전수의 호주머니에 푹 찔러주고 운전수의 어깨를 툭툭 쳤다. 김광규가 먼저 버스에 오른 뒤 세 사람은 버스에 올랐다. 입추의 여지없이 북적대던 버스의 운전수 뒷좌석 네 자리가 비어 있었다. 사할린은 아직까지 운전수의 기세가 대단한 모양이었다. 그렇기에 자리 네 개가 그새 비워져 있는 게 아닌가. 가방 두 개를 운전석 바로 뒤에 바싹 붙여 세우고는 김종규와 이철환이 나란히 앉고, 김광규와 홍순칠이 그 뒷자리에 앉았다. 버스는 이내 달리기 시작했는데, 일린스크에서 우글레고르스크까지는 이 도로가 유일한 것이어서, 포장은 안 돼 있었지만 길은 비교적 잘 닦여 버스는 제법 빨리 달렸다. 낡은 버스여서 먼지가 창문 틈으로 혹은 바닥을 통해 얼마나 새어 들어오는지 차 안은 이내 먼지로 가득 찼다. 김광규는 역에서 혼자 기다리며 이미 술을 한 잔 했는지, 차가 떠나자 바로 입을 벌린 채 코를 드르렁드르렁 골았는데, 보드카 냄새가 김종규와 이철환의 코에까지 스며들었다. 그 먼 길을 왕복했던 탓인지 홍순칠도 이내 곯아떨어졌다. 그러나 김종규와 이철환은 손수건을 꺼내 입과 코를 막고서도 눈은 쉴 새 없이 차창 밖으로 전개되는 경치에서 거두어들일 수가 없었다. 먼 산마루는 하나같이 흰 눈을 이고 있었고, 길은 황무지의 벌판에 일사천리로 뚫려 있었다. 황무지를 지나면 이번에는 종류를 알 수 없는 빽빽한 수목 사이로 틔어진 길을 수킬로미터를 달리곤 했는데, 그 나무는 모두 껍질이 하얗게 돼 있었다. 이렇게 벌판과 수목 사이를 달리기를 두 시간쯤 한 다음에 차는 멈추어 섰다. 자던 사람들도 툭툭 털고 일어났고, 서서 이리 쏠리고 저리 쏠리며 부대끼던 사람들도 모두 차에서 내려와 옷에 밀가루처럼 앉은 먼지를 털기도 하고 코를 풀거나 침을 뱉어내기도 했다. 말하자면 소변을 보고 잠깐 휴식을 취하라는 것이었다. 버스의 정류소임에 틀림없는데도 아무리 찾아도 화장실 같은 곳이 없었다. 자세히 살피니 저만치 간이화장실이 설치돼 있었다. 그러나 남자들은 아무 데나 서서 소변을 보았고, 여자들은 조금 더 걸어 숲속으로 들어가고 있었다. 시계를 보니 벌써 9시였다. 한국 시각 7시. 점심을 일찍 먹어서도 그렇지만 배가 출출해지기 시작했다. 얼마나 더 가야 되느냐니까 한 시간 반은 더 가야 된다고 했다. 기차로 4시간 가까이 걸렸는데, 버스로 3시간 반이 걸린다면 얼마나 먼 거리인가. 기차를 이용하지 않고 바로 버스를 타거나 승용차를 타도 7시간 이상 걸린다고 했다. 한 십 분 휴식을 취하고는 다시 차에 올랐다. 차에 오르자 여기저기서 한바탕 소동이 벌어지고 있었다. 여태까지 앉아 온 사람은 좀 서고, 서서 온 사람이 앉자는 승강이었다. 김종규와 이철환이 자리를 양보하려 하자 뒷자리의 김광규와 홍순칠이 일어서며 두 사람에게는 한사코 그냥 앉아 있으라고 했다. 뒷자리에는 모처럼 휴가를 가는 군인들 두 사람이 앉게 되었다. 차 속은 한동안 시끌벅쩍했다. 이까 군인들이 섰던 지리인, 이철환의 옆에 선 홍순칠에게 주로 무슨 말들이냐고 물었다. 일주일 전보다 물가가 무섭게 더 올랐다는 이야기들이라고 말해주었다.

북쪽으로 올라갈수록 산세가 험했고, 눈도 산중허리까지 쌓여 있었다. 구름 같은 먼지를 일으키며 내닫는 버스는 겁 없이 달리기만 했다. 운전석 바로 뒤에 앉은 이철환과 김종규도 졸다가 깨다가 했고, 깰 때마다 눈앞의 원숭이 사진을 자세히 들여다보곤 했다. 운전석과 승객석 사이에는 두꺼운 판자로 가려져 있었는데, 그 판자에는 아주 못난 모습의 커다란 원숭이 사진이 천연색으로 붙어 있었다. 머리카락인지 털인지 분간 못할 것들이 하늘을 향해 쭈뼛쭈뼛 서 있었고, 새까만 눈에 눈동자만 하얗게 점으로 찍혀 있는 늙은 원숭이. 놀란 모습으로 코를 찡그린 채 입을 벌렸는데, 인중이 어떻게나 긴지 얼굴 길이의 반이나 되어 보였다. 이철환이 이 선명한 원숭이의 사진을 보고 있다가 김종규에게 말을 걸었다.

"우리의 이번 여행이 자칫하면 이 원숭이의 장난만도 못할 수 있다는 생각이 들지 않습니까?"

"인생 자체가 일장춘몽이란 말이 있지 않습디까. 우리가 하는 일 자체가 모두 한바탕 꿈이요 허무한 장난이지요."

"저는 여기까지 왔다가 저의 양부님도 뵙지 못하고, 그렇다고 최상필 교장처럼 양부님의 산소를 이장해 갈 형편도 못 되고 허무한 느낌만 듭니다."

김종규가 원숭이의 코를, 가운데 손가락으로 퉁기며 말했다.

"양부님의 이장은 다음 기회에 해도 늦지 않을 겁니다."

이미 창밖은 어두워졌고 버스 속의 승객들도 모두 입을 닫고 있었다. 좌석에 앉은 사람은 하나같이 자고 있었고, 서서 손잡이를 잡고 있는 사람들도 모두들 눈을 감고 있었다. 40대 이하의 러시아인 남자 치고 콧수염을 기르지 않은 사람은 없었고, 그들의 복장은 모두 한겨울의 것이었다. 그런데 이철환과 김종규는 가벼운 봄옷이어서 사람들로 빽빽한 버스 안인데도 추위가 느껴졌다. 일린스크 기차역에서 출발하여, 단 한 사람도 길을 걷는 사람이나 마주 오는 자동차를 보지 못했다. 전조등이 일직선으로 비추는 버스의 전방은 다시 짙은 숲속이었다. 서서 눈을 감고 있던 김광규가 어느새 잠을 깼는지 혼잣말처럼 했다.

"한 10년 전만 해도 이 길로는 낮에도 혼자 다니기가 무서웠소. 곰이 버글버글했거든."

김종규가 물었다.

"지금은 곰이 없다 이 말인가?"

"이런 들판에는 보이지 않습니다. 지금도 깊은 산에 가면 곰이 더러 있지마는."

"우리 어릴 때, 지금 가고 있는 에스토루(우글레고르스크)에서 살 때 곰을 얼마나 자주 만났노."

이철환이 물었다.

"인가에까지 곰이 그렇게 자주 출몰했습니까?"

"빨래하러 가면 곰이 물고기를 잡아먹는 것을 볼 수 있었고, 학교에 가다가도 곰을 만날 수 있었기 때문에 우리는 항상 여럿이 떼를 지어 다녔지요."

홍순칠이 다른 화제의 말을 꺼냈다.

"추워지지요? 저희들은 겨울옷이니까 괜찮지만 선생님들은 아마 추우실 겁니다. 사할린에는 4계절인 봄 여름 가을 겨울이 이름만 있지, 사실은 거의 겨울뿐이라 해도 과언이 아니지요. 6월에도 눈이 오는 수가 있고 9월 말이면 벌써 겨울이 시작되니까요. 그래서 무덤을 파보면 묻힌 지 30년 된 시체가 전혀 변하지 않고 그대로 있는 수가 있어요. 여름에도 비만 오면 속옷을 껴입어야 하니까요. 그런데도 한여름에는 기온이 30도까지 올라가는 때가 있는데, 습기 때문이지요. 습기가 너무 많아서 우리 동포 치고 나이 50만 넘으면 신경통을 앓지 않는 사람이 거의 없답니다."

김광규가 생각난 듯이 말했다.

"할 말은 아니지마는 나도 겨울 내내 양쪽 다리의 관절이 아파 얼마나 고생을 했는지…."

홍순칠이 또 다른 말을 했다.

"해방 직후에 소련 군정이 실시되다가 46년부턴가 7년부턴가 민정으로 바뀌었지요. 그때 우리 동포들 중에서도 좀 영리한 사람들은 자기의 영달을 위해 동포를 배신한 사람이 많이 있었지만 그런 사람들은 지금도 유즈노사할린스크에 다 살고 있고, 이 위쪽 우글레고르스크에는 그야말로 순박한 조선 사람들만 살고 있어요."

김광규가 받았다.

"그것도 옛날 이야기지. 요새 와서야 모두 어떻금 돈에 눈이 밝은지…. 지난 2월 23일 화폐 교환 뒤에는 조선 사람들의 인심도 하루가 다르게 변해가요. 돼지고기 1kg에 25루블, 소고기 1kg에 30루블까지 하니 인자 고기 맛보기도 어렵게 됐소"

모두들 잠시 침묵을 지키고 있었다. 그때 김광규가 다시 투덜거리기 시작했다.

"도대체 노태우 대통령 뭐하는 사람이요? 왜놈들은 죽은 뼈도 전부 다 파 가는데, 남조선 정부는 우얀다고 그리 태평인지. 이승만이나 박정희나 한 사람 사할린에 있는 조선 사람을 생각해 본 대통령이 있었소? 이 우글레고르스크에서만도 고국이 그리워 자살한 사람이 내가 알기만도 열 사람이 넘소."

이철환과 김종규는 할 말이 없었다. 마치 그들이 한국의 정치가이기나 한 것처럼 기가 죽어 얼굴을 들 수 없었다.

드디어 버스가 우글레고르스크에 도착했다. 일린스크 역에서 3시간 반이나 걸린 뒤였다. 우글레고르스크 시의 번화가라고 할 수 있는 버스 터미널은 외등도 켜지지 않아 컴컴했지만, 김종규를 마중 나온 가족들이 10여 명이나 기다리고 있었다. 시(市)라고는 했지만 한국의 읍보다 훨씬 못한 도시였다. 얼마 뒤 그들은 마중 나온 사람들과 함께 김광규의 집에 도착했다.

104

김광규의 집은 유즈노사할린스크에서 본 김진규나 허남보, 박판도의 집보다 훨씬 허술했다. 유즈노사할린스크에서 본 집들의 현관은 그래도 시멘트 바닥이었는데 김광규의 집은 맨흙바닥이었고 현관문도 옛날 한국 시골의 사립문같이 나뭇가지로 얽어 놓은 것이었다. 그런데도 명색 거실이라고 할 수 있는 마루에는 유즈노사할린스크보다 훨씬 더 큰 난로가 있었다. 말이 난로이지 온 집 안으로 더운 물을 순환시키는 보일러였다. 따라서 난로에 연결된 어른 팔목만 한 파이프는 벽 중간에서부터 좀 가는 파이프로 갈라져 이곳저곳으로 흩어져 나갔다. 석탄불을 활활 피워 방에서는 뜨거운 열기가 넘쳐, 이중 창문을 활짝 활짝 열어놓지 않으면 안 되었다.

김종규의 또 다른 사촌 동생 창규 가족들도 와 있었다. 창규는 광규보다 한 살 아래여서 말을 서로 놓고 있었다. 김종규 집안의 족보를 다시 말하면, 김종규의 부친이 막내 김상주, 진규와 광규의 부친이 김상문으로 김상주의 형이었다. 김창규는 김종규의 중부 상식의 아들이었다. 그러니까 진규와 광규는 형제간이었지만 다른 사람들은 모두 사촌간이었다. 창규는 우글레고르스크 버스 터미널에서부터 김종규를 맞이해 왔지만 방 안으로 들어서자 다시 김종규에게 큰절을 했다. 이철환에게도 큰절을 했다. 광규가 종형인 종규보다도 철환을 보고 말했다.

"집은 누추하지마는 내 집처럼 생각하고 우리 형님캉 같이 지내시이소."

커다란 방이 세 개나 되었는데 방마다 사람들로 가득했다. 이웃에 살고 있는 김 씨 일가족이거나 김 씨 가문에 장가든 췌객(贅客)들이었다. 남자만도 20명은 족했고 아낙네는 아낙네들대로 다른 방에 모여 있었는데, 남자들 방을 들여다보면서 끊임없는 호기심을 보이고 있었다. 김종규를 보고 '오빠'라는 여인들도 많았고. '형부'라는 여인들도 있었고 '아지벰(아주버님)'이라고 부르는 사람들도 있었다. 남자들의 방에서도 마찬가지였다. 김종규에게 대부분 형님이라고 불렀는데 그런 사람들 중에는 김종규 사촌 누이들의 남편도 있었다.

다른 사람들과의 인사를 다 끝낸 다음 김종규가 창규에게 물었다.

"작은어무이는 참…?"

"누워 계십니더."

"왜, 많이 편찮으신가?"

"노환 앙입니꺼."

"지금이라도 인사를 드리러 가야 할 거 아니가."

"집이 여어서 한참 멉니더, 내일 가입시더."

김창규의 말에 광규도 말했다.

"내일 같이 가입시더. 유즈노사할린스크의 진규 형님도 작은어매 뵈로 올라 캤습니다."

시간이 밤 11시나 되었다. 그러나 한국 시간으로는 9시였다. 유즈노사할린스크에서 일린스크까지 기차로 3시간 반, 일린스크에서 우글레고르스크까지 버스로 3시간 반, 차에 시달린 터라 피곤했지만 저녁상 겸 술상으로 온갖 음식을 가득 차려 내놓았는데 드러눕자고 할 형편이 못 된 김종규와 이철환은 서로 눈을 찡긋거리며 억지로라도 어울리지 않을 수 없었다. 김광규의 집도 겉보기와는 달리 집 안에는 대형 컬러텔레비전과 전축 등이 있었고 장식용처럼 보이는 찬장에는 진귀한 그릇이나 병들도 들어 있었다.

모두들 고향 안부를 묻고 가족들이 어떻게 지내는지 궁금해했다. 남자들 가운데는 김씨 일가가 아닌 타성들도 몇 사람 와 있었는데, 그들도 가족처럼 스스럼이 없었고 밥이나 술을 똑같이 먹고 마시면서 함께 즐겼다. 그중에서도 꼬장꼬장 마른 노인 한 사람은 김광규의 사돈이라고 했는데, 고향은 경남 양산이고 임 씨라고 했다. 갓 20살 되던 해인 44년 6월 논을 매다가 들판에서 붙잡혀 신발도 못 신은 채 트럭에 올라탔다고 한다. 금년에 67살인 그는 75살은 돼 보였다. 그런데 그에게 바로 3일 전에 고향 사람으로부터 편지가 왔는데, 가족들은 엉뚱하게 대구에서 살고 있다고 했고, 그 임 노인의 아버지가 87살로 지금도 기골이 정정하다고 했다. 이제 이 임 노인은 자칫하면 고향의 아버지보다 먼저 죽을지도 모른다면서 그 아버지를 만나 보는 것이 소원이라고 했다. 김광규가 사돈을 위로했다.

"사돈 내가 먼첫번 한국에 갔을 때 사돈 고향으로 전화를 했지마는 전혀 가족들이 없다는 사실을 안 알려 드립디꺼. 오래전에 몽땅 대구로 이사했으니 연락이 될 택이 있습니꺼. 요행히 동생들 편지를 받았으니 사장 어르신을 뵐 수 있을 낍니더. 그러니 사돈이나 많이 자시고 건강을 조신하이소."

그 임 노인이 김종규를 보고 간곡한 부탁을 했다. 김종규를 보고도 사돈이라 불렀다.

"사돈, 한국에 가시몬 지 동상(동생)들한테 연락 좀 해주이소이."

그러면서 김종규에게 대구의 전화번호를 알려주었다.

또 한 사람의 타성은 아까부터 조용한 모습으로 앉아 있었는데, 충남 논산 출신의 신명근 씨라 했다. 58세의 그는 2세 동포로 부친이 44년 2월에 사할린으로 오자 어머니와 그의 형제들은 44년 겨울에 이리로 왔다고 한다. 그러나 아버지가 탄광에서 사고로 죽어버리자 해방되기도 전부터 온갖 고생을 다하며 살았다고 한다. 사남매가 해방 직후 남의 집에 뿔뿔이 흩어져 밥을 얻어먹으며 자랐다고 한다. 그는 술도 별로 마시지 않고, 한국에서 귀한 소님이 와서 인사차 왔다고 정중하게 인사만 하고는 돌아갔다. 그가 나가자 광규가 종규의 귀에 대고 속삭였다.

　"해방 직후 즈구매(자기 어머니)꺼정 개가를 했는데 요새 와서 모친이 다시 방금 그 신명근이를 찾아왔다요. 그 사람 그래도 지난번에 한국을 다녀왔는데, 남의 집에 살면서 신 씨가 되는 바람에 고향의 친척들하고는 성이 달라져 많이 부끄러웠다고 하더만. 그 사람 본래 성은 전(田)가라요."

　그런 말을 듣고 있던 창규가 말했다.

　"신명근이 같은 사람은 그래도 나은 편이지. 온 형제자매가 전부 성이 달라져버린 경우가 얼마나 많다고."

　김광규가 말했다.

　"우리 김해 김씨는 용하게도 성을 바꾼 사람이 한 사람도 없응이 하느님이 돌보셨지."

　김광규의 집에서는 사촌형 김종규가 왔다고 낮에 돼지 한 마리를 잡았다고 한다. 그러나 살코기는 내오지 않고 내장만 내놓고 있었다. 돼지 고기값이 워낙 좋아, 시장에 내다 팔 작정으로 광규의 아내가 그렇게 한 것을 알고 광규가 그의 아내를 꾸짖었다.

　"형님 오신다꼬 돼지 잡아가지고 살은 한 점도 안 주고 내장만 내놓는 이런 인심이 오데 있더노!"

그의 아내가 얼굴을 붉히면서 그때야 슬그머니 나가 살코기를 내왔다. 사실은 술안주는 돼지고기 말고도 많이 있었으므로 고기를 내와도 김종규와 이철환은 별로 손을 대지 않았다. 다들 술이 오르자 노래를 부르기 시작했고 한국에서 옛날에 술만 마시면 젓가락 장단을 두드린 것처럼 그곳 사람들은 지금도 술만 마시면 젓가락으로 상을 두들겼다. 노래는 모두 옛날 한국의 노래였는데 '낙화유수', '나그네 설움', '노들강변', '도라지 타령'에, 그 외에도 한국에서 자주 불리고 있는 흘러간 옛노래를 그들도 모두 알고 있었다. 나중에는 합창을 하게 되었는데 이쪽 방에서 남자들의 노래가 끝나고 나면 중간에 문이 트여 있는 저쪽방의 아낙네의 합창이 메들리로 이어지곤 하여 정말 즐거운 잔치 분위기였다. 3, 4시간 이상을 그렇게 놀다가 밤이 깊을 대로 깊어서야 갈 사람은 가고 잠자리에 들었는데, 김종규와 이철환은 각각의 침대에 따로 누웠으나 다른 사람들은 침대 옆이며 거실에서 얼기설기 끼여 자야만 했다.

　이 우글레고르스크에도 집집마다 개를 키워 밤새도록 동네의 개 짖는 소리가 그치지 않았고, 집 옆으로 바로 큰 도로가 나 있어, 자동차들이 어두운 밤거리를 가끔씩 무서운 속도로 지나가곤 해서 이철환은 좀처럼 잠을 이룰 수가 없었다. 그가 뒤척거리고 있는 것을 눈치 챈 옆 침대의 김종규가 말했다.

　"이 교수, 잠이 안 오지요? 나도 여기 와서 매일 술을 마시는 바람에 속털이 나시 지금 배도 아프고 잠도 안 옵니다."

　이철환이 부스럭거리며 일어나 정로환 병을 그에게 건네었다.

　"이 약 드십시오. 술 자시고 배탈 나는 데는 효과가 좋습니다."

　김종규는 몇 개를 먹어야 하느냐고 물었고, 약 4알을 머리맡의 물로 먹었다. 그리고 그가 말했다.

"내일은 내가 어릴 때 놀던 곳을 다 찾아가 봅시다. 보통학교, 우리 아버지와 삼촌들이 벌목을 해서 나무를 강물에 밀어 넣던 곳이며 곰이 자주 나오던 산에도 한번 가 봅시다."

여태 자는 줄 알았더니 침대 밑 방바닥에 누워 있던 김광규가 한 마디 했다.

"형님도 곰열(웅담) 탐냅니꺼? 요새는 곰 잡다가 들키몬 징역 살지마는 내일은 곰이 있는 산으로 가 봅시더."

37장

김해 김씨 화태공파

105

이튿날 늦은 아침을 먹은 김종규, 창규, 이철환 등은 광규의 차를 타고 창규의 모친을 뵈러 한참 떨어진 창규의 집으로 갔다. 들판을 하나 지나야 하는 곳이었다. 하늘은 구름이 잔뜩 끼었고, 기온은 낮았다. 보우터 같은 것이 붙은 구식 오토바이가 많이 지나다녔다. 승용차보다는 그런 오토바이나 트럭 등의 왕래가 많았고, 그래서 길은 온통 먼지가 끊일 때가 없었다.

창규의 집은 아파트였다. 평수로 말하면 20평이 될까 말까 한 소형 아파트였다. 아파트라고는 했지만 아파트의 입구부터가 도무지 한국의 그것과는 비교도 할 수 없을 만큼 허술했다. 투박한 판자로 된 출입문이 한 번 열면 닫히지를 않아서 굵은 용수철을 안으로 매달아, 문을 열 때마다 자동으로 닫히면서 무서운 소리를 꽝꽝 내었다. 그런 문을 열고 들어서면 5층까지의 거친 시멘트 계단이 나 있었는데 계단에는 종이쪽지며 꽁초가 지저분했다. 창규의 집은 5층이었다. 가구마다 아파트 문 밖에서 신발을 벗고, 벗은 신발을 들고 안으로 들어가야 했다. 들고 들어간 신발은 거실 입구에 놓도록 돼 있었다. 아파트가 한국처럼 출입문 안쪽에 현관이 없었기 때문이다. 거실은 대단히 좁았고, 그 좁은 거실을 중심으로 방들은 'ㄱ'자로 배치되어 있었다.

창규의 어머니는 그런 아파트의 맨 갓방에 누워 있었다. 82살이라 했다. 머리카락이 귀찮아서였는지 소녀처럼 싹둑 끊어버려, 백발이 나풀나풀했다. 누워서 일어나지도 못하고 손만 벌려 종규를 끌어안았다. 환자가 누워 있는 상태여서 종규는 절을 하지 못하고 무릎걸음으로 다가가 앙상한 가슴에 상체를 숙였다.

"큰어머님…."

불러놓고는 그도 말을 잇지 못했고, 노파는

"아이구, 내 조카야!"

하면서 울기 시작했다. 잠시 후 울기를 멈추고 종규를 뚫어지게 쳐다보면서 말했다.

"이 에스토루에서 일분(일본)으로 떠날 때가 어지(어제) 겉는데 벌써 조카도 늙었구나. 그래 질부도 잘 있고…?"

"예에, 다 잘 있습니다."

조금 앉아 있다가 그들은 창규의 눈짓에 의해 거실로 나왔다.

창규의 아내도 얼굴이 창백한 환자 모습이었다. 부석부석 부어 있는 것 같기도 했다. 그러나 말하는 품이나 인사하는 태도는 광규의 부인보다 훨씬 분명해 보였다. 그녀는 큰절로 종규와 인사한 다음에 한쪽 무릎을 세워 꿇어앉은 자세로 인사를 차렸다.

"아주버님, 먼 길 오시느라고 얼마나 수고하셨습니까? 한국의 형님께서도 편안하시고 조카들도 잘 있습니까? 보시다시피 저희들 사는 것이 이렇지만 오신 김에 마음 놓고 좀 푹 쉬시다가 가십시오."

그녀 아버지의 고향은 대전이라고 했다. 즉 창규의 장인도 자유 이주로 일본을 거쳐 사할린으로 들어와, 제지회사의 간부로 있었다고 한다. 창규의 부인도 유즈노사할린스크의 사범학교를 졸업하고 오랫동안 교편을 잡았다고 한다. 놀랍게도 그녀도 유즈노사할린스크 조선민족학교 출신이어서 이문근을 잘 알고 있었다. 광규가

"제수 씨, 혹시 옛날 조선민족학교 이문근 선생 기억나십니꺼?"

하면서, 이철환이 그의 아들이라고 하자 종규에게보다 더 반가운 표정을 지으며 인사했던 것이다.

"아이구, 그렇습니까? 이문근 선생님은 우리가 모두 존경한 훌륭하신 분이었는데 돌아가셨다는 말씀을 듣고도⋯."

창규가 말했다.

"우리 집은 환자 투성입니더. 어무이가 저렇지요, 이 사람이 늘 꼬랑꼬랑하지요. 몸이 아픈데 인사를 다 차릴 수가 있습니꺼."

철환이 조심스럽게 물었다.

"부인께서는 어디가 편찮으십니까?"

창규가 대신 답했다.

"늘 심장이 두근거려서 문 밖 출입을 못하지예. 그래서 작은메느리를 데리고 있지예."

그때 아까 선 채로 허리를 굽혀 절했던 젊은 부인이 상을 차려왔다. 또 술상이었다. 방금 창규가 말한 작은며느린가 보았다. 그때 네댓 살 된 사내아이 하나가 달려와 창규 부인 무릎에 앉았는데, 그 사내 아이의 피색이 흰국 이이외는 달랐다. 노란 머리카라에 눈빛마저 서양 사람처럼 새파란 빛이었기 때문이다. 창규 부인이 러시아 말로 조용히 타일렀다. 그러자 아이가 방으로 들어가버렸다. 그 아이에 대해서는 더 이상 아무도 말하지 않았다. 대신 둘러앉아 술을 마시기 시작했다. 안주라고는 배추도 아니고 무도

아닌 채소로 김치 같은 걸 담갔는데 고춧가루나 마늘이 전혀 들지 않은 것이었고, 소금에 절인 가자미 같은 생선이 썰어져 접시에 담겨 있었다. 발효가 된 젓갈 종류도 아니고 말린 것도 아닌, 생 가자미를 소금에 절여 오래 둔 것이었다. 비린내에 짠맛이 심해 굽거나 꼈으면 좋을 것 같았다. 창규가 말했다.

"저녁에는 우리도 음식을 좀 준비하겠습니다."

신통찮은 안주가 미안한 듯이 창규가 말하자, 그의 아내가 거들었다.

"차린 것이 이렇게 없어서…."

진규와 광규는 술을 마셨지만 종규와 철환은 이제 정말 더 마실 수가 없었다. 대신 목욕을 가고 싶은 생각이 간절했다. 종규는 집이 온천장이어서 매일 온천욕을 했고, 철환은 이웃의 목욕탕을 단골로 정해두고 매일 목욕을 해온 터였다. 그런데 이들은 벌써 일주일째나 목욕을 못했던 것이다. 종규가 창규에게 물었다.

"우글레고르스크에 공중목욕탕이 있는가?"

"예, 있지요. 형님 목욕 가실랍니꺼? 모두 같이 가입시더."

그들은 술상을 밀쳐놓고 아파트 단지 입구에 있는 목욕탕으로 갔다. 목욕탕 건물의 문을 열고 들어가자 옷을 입고 있는 사람, 벗고 있는 사람으로 실내가 대단히 소란스러웠다. 입구에 앉은, 무섭게 살이 찐 러시아 여인이 좀 기다리라고 했다. 그들 넷은 밖으로 나와서 기다리다가 안으로 들어가서 아직 멀었냐고 물어보기도 하면서 한 시간은 좋이 기다렸다. 그런데 한 시간도 더 기다린 뒤에야 그 러시아 여인의 이야기는 전기가 나가 물을 더 끓일 수 없어 목욕이 불가능하다고 퉁명스럽게 말하는 것이었다. 물론 그렇게 말한다고 창규가 이야기해 주었다. 그들은 도로 창규의 집으로 돌아왔다. 창규가 말했다.

"형님, 우리 문화주택(아파트)에는 목욕탕이 없지마는 내 친구 집에 목욕탕이 있으니 그리로 갑시더."

광규가 물었다.

"조용수 집 말이제?"

"그래 그 집에 가몬 목간 될 끼구마는."

광규가 다시 말했다.

"넘우(남의) 집에서 우리가 목간을 다 하기는 미안코 형님하고 이 선생님만 모시고 가거라."

"그라지."

그들은 창규를 따라 얼마 떨어져 있지 않은 조용수란 사람의 집으로 갔다. 창규가 사정을 말하자 쾌히 승락하면서 급히 목욕물을 데웠다. 조용수는 경북 선산 출신으로 55세였고 2세 동포였다. 그의 부친이 40년에 자유이주로 먼저 들어와 광산에서 조선인으로는 드물게 광산 사무실의 간부로 있었는데, 조용수는 7살 때인 43년에 어머니랑 같이 사할린으로 왔다고 했다. 그도 한국에서 초청장을 받아두어, 곧 한국으로 갈 거라며 희망에 부풀어 있었다. 부모는 오래전에 별세했고, 슬하에 아들 둘, 딸 둘을 두었는데 아들 둘은 하바로프스크에서 대학을 마치고 거기에서 기술자로 살고 있으며, 딸 둘은 사할린에서 11학년까지 마치고 출가했다고 한다. 목욕물이 데워지자 한 사람씩 들어가 목욕을 하게 되어, 철환을 먼저 하라고 종규가 고집을 부렸다. 철환이 욕실로 들어가고 조용수가 잠깐 자리를 비웠을 때 칭규가 말했다.

"형님, 저 사람도 고민이 많습니다. 막내딸이 한사코 러시아 머스마와 사귀어 결혼을 했거든요."

종규가 예사롭게 받았다.

"그게 뭐 고민이란 말인고?"

"그기 흉이 아니란 말입니꺼?"

"무슨 흉?"

"지는 큰자슥 때민에…. 집사람이 아픈 것도 큰자슥 때민이지예."

"아니, 그게 무슨 소린데?"

그때 조용수가 상에다 맥주를 차려 들어왔다. 이야기는 중단되고 말았다. 30분쯤 뒤 이철환이 나왔다. 좁은 목욕탕 안에서 옷을 벗고, 또 옷을 입어야 했으므로 땀투성이가 되어 나왔다. 마침 집안에 여자가 아무도 안 보였으므로 종규는 겉옷은 모두 거실의 소파 위에 벗어놓고 속옷만 입고 욕실로 들어갔다. 욕실은 좁았고 욕실 안에서 불을 때어 물을 끓이도록 되어 있었다. 욕조가 있는 건 아니었고 커다란 물통과 샤워기만 있었지만 아쉬운 대로 충분히 몸을 씻을 수는 있었다.

목욕을 하고 마시는 맥주 맛은 일품이었다. 점심을 먹고 가라고 붙드는 조용수를 뿌리치고 그들은 다시 창규의 집으로 돌아왔다. 유즈노사할린스크에서 진규가 와 있었다. 진규가 말했다.

"우리 나가입시더. 밖에 나가서 점심 먹읍시더."

진규도 창규의 아내가 몸이 성찮음을 알고 하는 소리였다. 그러나 저녁에는 꼭 이 문화주택에서 김해 김씨 일가들이 모두 모여 놀기로 했다며, 저녁은 먹지 말고 오라고 창규의 처가 강조했다. 광규의 차를 타고 시내로 나가 제법 큰 식당의 이 층에서 점심을 먹었다. 처음으로 순수 소련 음식을 먹었다. 먼저 수프가 나왔는데 크림수프도 야채수프도 아니었다. 그리고 야채가 나왔는데 오이만 잔뜩 썰어 한옆에 마요네즈 같은 것을 놓았는데, 이 마요네즈가 한국에서 먹던 것과는 맛이 딴판이었다. 그리고 주식으로 커다란 접시에 삶은 감자와 콩과 고기가 섞여 나왔는데 고기는 비프스텍도 아니었고 그렇다고 비프까스도 아니었다. 즉, 구운 것도 튀긴 것도 아닌 것이 국물이 흥건했다. 도무지 먹을 수가 없었다. 식사를 마치자 아이스크림이 나왔는데 그 색깔이 팥죽처럼 불그 죽죽했다. 아이스크림을 담은 그릇도 싯누런 놋그릇이었다. 사할 린에 살고 있는 진규, 광규, 창규는 모처럼 먹는 고급 요리여서 대 단히 맛있게들 먹었지만 종규와 철환은 삶은 감자만 좀 먹고 그대 로 남겼다. 그랬더니 광규와 창규가 마저 먹었다. 식대가 사할린 사람들로서는 수월찮았지만 광규가 선뜻 내었다. 식사를 마치고 그들은 종규가 말하는 곳을 여기저기 찾아다녔다. 옛날에 그들의 아버지들이 벌목을 하던 산은 이미 벌거숭이산이 되어 있었고, 벌 목한 나무를 밀어 넣었던 그 강은 물 한 방울 없는 개울로 변해 있 었다. 종규가 물었다.

"이게 옛날에는 큰 강이었는데 왜 이렇지?"

광규가 말했다.

"강은 무슨 강요? 물만 말랐다뿐이지 변한 게 아무것도 없는 데요."

"물은 왜 말랐지?"

"이 내의 물이 필요 없게 되자 저 우(위)에서 막아삔 기지요."

종규의 아버지와 백부, 힘센 형제들이 경영하던, 벌목꾼을 재우 고 먹이던 합숙소(함바) 자리는 잡초가 우거진 황무지로 변해 있 었다. 종규가 추억을 더듬으며 말했다.

"이 길로 쭉 가다가 근 냇물 위로 닌 다리를 건너 흔참 기면 학 교가 있었는데, 한번 가보자."

그들은 다시 차를 타고 달렸다. 종규가 말했다.

"어느 해 겨울 눈이 오던 날 집에서 기르던 고양이를 버릴라고 품에 안고 이 길을 걸었지요."

차는 잠시 사이에 다리 위에까지 왔다. 그러나 그 다리는 어릴 때처럼 높거나 큰 다리도 아니었다.

"이 다리 위에서 저 밑으로 고양이를 집어 던졌지요. 나는 안심하고 학교로 갔습니다. 그런데 그 고양이가 뒤쫓아 와 나의 품 안으로 들어오더니 내 가슴을 할퀴는 것이었어요. 겨우 고양이를 끄집어내어 저 산으로 갔어요. 나무 그루터기의 가운데가 썩어 푹 파진 곳에 고양이를 집어넣고 눈덩이를 꽁꽁 뭉쳐 구멍을 막았지요. 그러고는 학교에 갔다 오면서 그 나무 그루터기에 가보니 고양이는 뭉쳐 넣은 눈덩이를 어떻게 헤집고 나왔는지 없었어요. 집과 반대 방향으로 눈 위에 고양이의 발자국이 나 있었어요. 그 뒤에 나는 몇 날을 두고 고양이가 다시 집으로 찾아와 가족들을 해치는 악몽 때문에 잠을 못 잤지요."

학교도 사라지고 없었다. 그들은 되돌아왔다. 광규가 커다란 제지 공장 앞에 차를 세웠다. 여느 공장에서와 마찬가지로 공장 입구 높은 벽에는 영웅 칭호를 받은 노동자들의 커다란 사진이 10여 개 게시되어 있었고, 사진마다 그들의 공적이 설명되어 있었다. 공장 건물 옥상에는 대머리에 콧수염을 기른 레닌의 입간판이 설치되어 있었으나 군데군데 페인트가 벗겨져 있었다.

그러한 공장을 한참 지나 산길로 접어들었다. 처음에는 민둥산이었으나 얼마 가지 않아 깊은 수림 속으로 길이 틔어 있었고, 길 가장자리에 녹지 않은 눈이 희끗희끗 남아 있었다. 한참을 더 올라가자 이제 눈 때문에 차가 더 나아갈 수 없었다. 일행들은 모두 차에서 내렸다. 광규가 설명했다.

"몇 년 전만 해도 이 골짜기가 곰 사냥터였소. 그러나 지금은 곰을 잡다가 들키면 감옥을 살아야 하기 때문에 곰열(웅담)이 아무리 탐이 나도 함부로 곰 사냥을 못하지예."

하늘을 가린 원시림 때문에 햇빛도 비쳐들지 않았다. 높은 나뭇가지 사이로 음산한 소리를 내면서 바람이 지나가고 있었다. 그 바람결은 땅에 선 그들에게까지 심한 추위를 느끼게 했다. 5월 하순의 적설, 김종규는 감개에 잠겨 눈밭을 걸어 올라갔다. 이철환, 김진규, 광규, 창규가 마치 사열이라도 하듯 눈밭 속을 걸었다. 눈이 덮인 땅 위로는 산토끼인지 노루인지 구별할 수 없는 조그마한 발자국들이 여기저기 어지럽게 찍혀 있었다. 아주 큰 발가락이 세 개씩 분명히 찍힌 새의 발자국도 있었다. 새털이 뭉떵 빠져 있고 그 곁에 가느다란 뼈가 흩어져 있기도 했다. 아마 산짐승이 새라도 덮쳐 잡아먹은 것 같았다.

맨 가에 서서 걷고 있던 광규가 소리쳤다.

"형님, 여어 한번 와 보이소!"

그들은 광규가 소리친 곳으로 몰려갔다. 창규가 말했다.

"곰 발자국이네."

철환은 곰 발자국을 처음 보았다. 아니 그는 개나 소 발자국 외에는 아는 것이 없었다. 진규가 말했다.

"발자국 봉이 큰 놈이네. 이래 큰 곰이몬 우리 다섯이라도 총 없이는 위험하요. 내려가입시더."

그러자 광규가 덧붙였다.

"겨울잠에서 깨어난 곰은 아무거나 보는 대로 공격합니더. 그런 곰 만나 식겁한 사람이 이 우글레고르스크에는 더러 있지예."

그들은 급히 차 있는 데로 내려와 그 산을 나왔다.

106

저녁이 되자 창규의 집으로, 우글레고르스크에 살고 있는 광규

대소가의 모든 사람들이 다 모였다. 유즈노사할린스크로 내려가 있는 김진규가 가문의 가장 연장자이고 종손이었지만, 진규보다 나이가 많은 종규가 한국에서 왔으므로 우글레고르스크 일대의 집안 사람은 물론 그 밖의 김해 김씨들도 소문을 듣고 모두 모였다. 김종술도 왔다. 그는 6·25전쟁 때 사할린에서 인민군으로 참전했던 사람이다. 사할린 내의 동포들은 결혼이나 회갑 잔치는 말할 것도 없고 생일잔치에도 이웃 사람들이 모두 함께 모여 즐기는 좋은 풍속을 지니고 있었다. 제사 때에도 집안사람은 촌수가 멀어도 한 사람 빠짐없이 다 모였고, 이웃 아낙네들도 와서 부엌일을 거들고 남자들은 제사 뒤의 음식을 함께 먹곤 했다.

아예 저녁 식사를 창규의 집에서 한 사람도 있었지만, 많은 사람들은 저녁 식사만은 각자의 집에서 하고 술 한 병씩을 들고 찾아온 것이다. 김해 김씨 아닌 사람도 두엇 있었는데, 그중의 한 사람이 유즈노사할린스크에서 우글레고르스크까지 종규와 철환을 보호(?)해 온 홍순칠이었다. 그도 술 한 병을 들고 왔다.

아파트의 구조가 거실이 마치 복도처럼 좁고 길게 되어 있어, 모인 사람들은 상을 중심으로 두 줄로 길게 늘어앉아야만 했다. 아낙네들도 끼리끼리 모여 방에서 거실 쪽을 내다보고 있었고, 노파들은 아예 거실에 나와 한쪽 구석에 끼여 앉아 같이 웃고 떠들곤 했다.

종규가 어렸을 때 집안 아이들의 대장이 되어 온갖 해찰궂은 장난을 도맡아 한 것을 기억하고 있는 노파도 있었다. 종규는 그가 사촌 동생들을 데리고 마차에 올라 암말의 거기를 건드리다 말꼬리에 맞아 온 얼굴이 부어오른 일을 떠올리며, 저 할머니가 그런 말을 꺼내면 어쩌나 간이 조마조마하기도 했었다. 한겨울에 산토끼를 잡았던 일, 종규 아버지가 여름에 냇물에서 먹 감다가 커다란 물뱀에 허리를 칭칭 감겼던 일, 종규 어머니가 빨래를 하다가 새끼를 거느린 곰이 둑 위에서 한참이나 노려보는 바람에 혼이 난 일 등을 사람들은, 마치 기억력 되살리기 시합이라도 하듯이 들추어내었다. 한 남자가 말했다.

"지금은 그런 물뱀도 없고, 곰들도 안 보이니 다 어데로 갔을꼬?"

그러자 또 한 사람이 아는 척을 했다.

"그런 물뱀이 살 수 있는 냇물도 말랐고, 곰이 살 수 있는 숲이 없어져삤는데 말하면 뭐하요."

집주인인 창규가 말했다.

"그런 말 말게, 오늘 형님들 모시고 제지공장 안쪽에 있는 산으로 한참 올라갔더니 눈밭에 큰 곰 발자국이 있었네."

광규가 말했다.

"그 곰은 아매 커도 엄청시리 큰 곰일 끼라."

또 한 사람이 말했다.

"곰열 탐을 낸 사람들이 요새도 그 산으로 가서 더러 곰을 잡아 온다요."

"곰열 하나만 구하몬 한국에 몇 번 갔다 오고도 남을 비용이 된다 카던데."

이러한 이야기를 주고받으면서 한동안 술잔을 돌렸다. 김종규와 이철환은 이제 술에 데일 만큼 데여 잔만 받아놓고 거의 마시지 않았으나, 다른 사람들은 모두들 맥주컵 같은 잔에 따른 보드카를 맥주 마시듯 벌컥벌컥 마셨다. 김종규는 생각했다. 좌우간 사할린에 사는 동포 치고 보드카를 맥주 마시듯 하지 않는 사람이 없구나.

작년 추석 무렵, 한국의 KBS가 연예인들을 데리고 와 유즈노사할린스크에서 동포위문공연을 했을 때는 우글레고르스크에서도 버스를 전세 내어 유즈노사할린스크로 내려갔다고 한다. 대부분의 동포들은 감격해서 눈물을 감출 수가 없었는데, 그때의 이야기도 누군가의 입에서 튀어나왔다. 한 노파가 입을 오물거리며 말했다. 그녀도 그때 유즈노사할린스크까지 그 먼 길을 다녀온 모양이었다.

"내 옆에 앉은 한 할망구는 조선에서 온 가수가 노래할 때마다 손빡을 치고 찔끔찔끔 울어쌓는데, 아 자꾸 그 할망구 옆의 아들이 그캐쌓는 할망구한테 지천(지청구)을 하는 기라. 가만히 보니 그 아들은 북조선 쪽 사람이라 지가 북조선 편이몬 귀경(구경) 안 하몬 될 낀데 백찌(백쮀)와 가지고서는 즈구매(자기 어머니)만 나무라쌓는 기 보기 싫어서 내가 한 마디 했지."

"뭐라 캤는데요?"

"보기 싫으몬 나가면 될 꺼로, 어마이가 눈물로 흘리거나 좋아서 손빡을 치거나 보고 있지 와 이캐쌓노, 이캤지."

이제 분위기는 무르익을 대로 무르익어서 저쪽에서는 KBS 공연 이야기가 계속되는데, 또 이쪽에서는 북한쪽 사람들에 대한 험담이 나오기도 하여 좌중은 온통 시끌벅적하니 도무지 통일성이 없게 되어 버렸다.

그런데 아까부터 종규와 철환의 눈에 전혀 색다른 여자 하나가 얼른 나타났다가 또 사라지곤 했다. 그야말로 참깨들깨 노는 데 아주까리 낀 격으로 그녀의 모습은 어색하고도 어울리지 않았다. 이웃 사람 치고는 저런 러시아 여자가 이런 자리에 참석할 까닭이 없을 것이고, 그렇다면 누구란 말인가, 하는 의문을 가지고 있으면서도 물어볼 수가 없었다. 이철환이 김종규의 무릎을 꼬집으며 눈짓으로 그녀가 누구인지 물었다.

"글쎄요. 나도 아까부터…."

이 집 주인 창규는 술도 함께 마셔 불쾌하게 취한 얼굴로 웃고 떠들었으나, 그의 아내는 몸도 불편해서였겠지만 모습을 잘 나타내지도 않고 있었는데, 낮에 잠시 본 노랑 머리카락에 푸른 눈동자의 어린애를 업고 저만치 주방 쪽에 서 있는 것이 보였다. 그때야 김종규와 이철환은 짐작되는 바가 있었다. 특히 김종규는 오전에 목욕을 하러 창규의 친구 조 씨 집으로 갔을 때 창규가 무슨 말인가 하려다가 그만둔 것이 바로 이 아들과 며느리의 문제였구나를 직감했다. 그래서 이철환에게 은밀한 눈짓으로 귀에 대고 속삭였다.

"아하, 짐작되는 게 있습니다."

"저도 마찬가지입니다. 러시아 여인은 창규 씨 며느립니다."

"그런 거 같아요."

그러나 그 자리에 모인 사람들은 아무도 그 러시아 여인에게나 러시아 어린이에게 관심을 두지 않고 있었다. 모든 사연을 다 알고 있다는 눈치였다. 김창규가 이제 때가 되었다는 듯이 다른 집에서처럼 한국 유행가요의 테이프를 녹음기에 끼워 넣었다. 한국에서 익히 듣던 구성진 여가수의 노래가 흘러나왔고, 그들은 모두 그 가수의 노래에 맞추어 합창을 했다. 남자 가수의 노래도 나왔다. 사할린 동포의 어느 집에서나 들었던 현철, 설운도, 김지애 등의 노래와 더불어 노가수 김정구, 현인 등의 노래도 나왔다. 사할린 동포의 웬만한 집에는 한국 유명 가수의 테이프가 다 있었고, 한국의 인기 가요는 사할린 동포들도 기의 다 부를 줄 알았다. 테이프 노래 사이사이에 동포들의 독창도 간간히 튀어나왔고 합창도 있었다. 분위기는 바야흐로 절정에 달한 듯했다. 그때 창규가 장농 위에 있던 태극수기를 꺼내 마치 응원단장처럼 흔들었다. 좌중에서 약속이나 한 듯 와 하는 함성과 함께 박수 소리가 터져나왔다. 바로 작년에 KBS, MBC 등의 한국 방송사가 사할린으로 왔을 때 동포들에게 나누어준 수기였다. 사람들은 더러 손수건을 꺼내 눈으로 가져가기도 했고, 방에서 문을 열어놓고 내다보고 있던 한 젊은 여인은 감격에 복받친 듯 88올림픽 때 코리아나가 부른, '손에 손잡고'를 부르기 시작했다. 사람들은 저절로 앉은 채 어깨 동무를 하거나 손을 맞잡고 어깨를 좌우로 흔들며 그 노래를 함께 흥얼거렸다. 이 노래가 끝나면 이날 밤의 잔치는 파장일 터였다. 그러나 그것은 오산이었다. 그 노래가 끝나자 또 한 사람의 젊은 사람이 일어나 '하늘엔 조각 구름, 강물에는 유람선 아아, 대한민국 우리조국' 어쩌고 하는 노래를 비장하리만한 어조로 불렀다. 그 노래가 끝나자, 김종규가 일어서서 두 손을 들어 조용히 하라는 동작을 취하고는 폐회선언인 듯한 인사를 했다.

"여러분, 대단히 감사합니다. 정말 감격스럽습니다. 제가 태어나기는 한국에서 태어났지만 가장 개구장이 시절은 이 에스토루에서 보내다가 일본을 거쳐 귀국한 것이 해방 직후였습니다. 오늘 근 50년 만에 어릴 때 뛰놀던 이곳을 찾아와 일가친척들을 만나 뵈니 감개가 무량하여 여러분에게 뭐라고 인사해야 될지 잘 생각나지 않습니다. 아무쪼록 우리 김해 김씨 일족은 물론이고 이 자리에 오신 모든 분들의 가정에 신의 축복과 영광이 함께하시기를 기원합니다. 그리고 여기에 또 한 분 귀한 손님이 와 계시니까 이분의 인사 말씀도 잠깐 듣도록 하겠습니다. 이철환 교수님도 한마디 하시지요."

그는 갑작스러운 지명에 엉거주춤 일어났으나 새삼스럽게 무슨 말을 하는 것이 오히려 덜 어울릴 것 같아 농담 섞어 한 마디 했다.

"옛날부터 한 가문에 우뚝하신 어른이 태어나시면 그 어른의 후손들은 새로운 파를 만듭니다. 제가 듣기로 여기 모이신 김해 김씨들은 삼현공파 후손인 줄 알고 있지만, 이 이역만리 사할린 즉 화태 땅에 와서도 이렇게 우애 깊고 화목하게 오손도손 잘 지내시면서 자손 또한 흥성하여 김해 김씨 일족이 백여 명이나 된다 하니, 저는 감히 김해 김씨 화태공파라는 새로운 명칭을 붙여드리고 싶습니다. 아무쪼록 방금 김종규 교수님 말씀대로 여러분의 가정마다 하느님의 은총과 평화가 충만하시기를 기원합니다. 대단히 감사합니다."

박수가 터져 나왔다. 이제 자연스럽게 이날 밤의 모임은 파한 셈이었다. 그런데 바로 그때 전혀 낯선 사람 하나가 나타났다. 큰 키에 콧수염과 턱수염을 무성하게 기르고 움푹 들어간 커다란 눈에 안경을 낀 30대의 젊은이였다. 그가 방으로 들어서자 김창규는 그를 무서운 눈으로 노려보았고, 방 안의 모든 사람은 일시에 숨을 죽였다. 그러자 김창규의 부인이 얼른 나타나 그 젊은이를 데리고 밖으로 사라졌다. 그때 아낙네 중의 한 사람이 창규에게 말했다.

"오빠, 소련 땅에 살고 있는 우리는 소련 사람입니다. 소련 사람이 소련 여자하고 결혼하는 기 어데 저 조카뿐입니꺼. 그러니 오빠도 마음을 풀고 참아야지, 언제꺼정 부자지간에 의를 끊고 살 낍니꺼."

창규가 다소 떨리는 소리로 말했다.

"내가 참았길래 이래라도 집인이 유지된 기 앙이가. 내 맘 허니 잘못 묵었으면 지도 나도 다 죽고 이 세상에 없었지. 내가 살아 있는 한 지는 내 자식도 앙이고 김해 김씨도 아인께네 내 앞에 나타나지도 마라 캤는데, 와 오늘 불각시리(갑작스레) 나타나 사람 간을 히떡 뒤집노 이 말이다."

이러자 몇 사람이 더 창규에게 아들을 용서하라고 충고했다. 창규는 아들이 러시아 여인과 결혼을 하자 몇 년 동안을 아들과는 말 한 마디 하지 않고 살아왔다. 물론 집 안에 발걸음을 들여놓지도 못하게 했다. 그런데도 가끔 창규가 없을 때 그 아들은 다녀가는 눈치였고, 그때마다 창규는 아내에게 호통을 치곤 했다. 그도 그럴 것이 창규의 아들은 러시아 여인과 결혼을 해도 처녀와 만난 것이 아니었다. 이혼한 젊은 과부였는데, 그녀에게는 전 남편의 젖먹이까지 딸려 있었다. 동포의 자식이라도 피 한 방울 섞이지 않은 남의 자식을 좋아할 수 없는 것이 사람의 감정이었다. 그런데 이 자식은 머리카락도 노랗고 눈도 새파래서 쳐다보기만 해도 만정이 떨어지는 젖먹이까지 딸린 이혼녀를 한사코 아내로 맞이하겠다고 고집을 부렸다. 창규의 눈에 흙이 들어가기 전에는 용납할 수가 없었던 것이다. 그런데 요즘 와서는 부쩍 그 러시아 여자가 제법 며느리랍시고 집안을 들락거렸고, 어떤 때는 그 아이마저 창규의 아내에게 떼어놓고 가곤 하는 모양이었다. 창규는 그런 꼴을 볼 때마다 속이 뒤집혀 술을 마시지 않을 수가 없었다.

언젠가 창규가 말한 적이 있다.

"분명히 말하거니와 아들이 둘이었기에 망정이지, 하나가 이런 식이었다면 자살을 해도 진작하고 말았을 것이다."라고.

방 안의 분위기가 갑작스럽게 싸늘하게 변했고, 김종규도 고개만 숙이고 있었다. 그러던 김종규가 한숨을 한 번 길게 내쉬더니 거실 밖을 향해 소리쳤다.

"제수 씨요오! 제수 씨 밖에 계십니까? 방금 그 사람 데리고 이리 들어오세요!"

창규의 부인은 거실 문 밖에서 아들을 데리고 서 있었던 모양이었다. 그녀는 눈물을 훔치며 키 큰 아들의 손목을 잡고 들어왔다.

김종규가 그 젊은이에게 말했다.

"니 내한테 절해라."

젊은이는 두 손을 모으고 공손스럽게 절을 했는데, 절하는 자세가 전통 큰절 예법 그대로였다. 당질의 절하는 모습을 애정 어린 눈으로 바라보던 종규가 젊은이의 손을 붙잡으며 말했다.

"내가 너의 큰당숙이다. 당숙이란 말은, 너의 아버지와 내가 사촌이란 뜻이다. 더 쉽게 말하면, 너의 아버지의 할아버지가 바로 내 할아버지란 뜻이다. 너의 증조부님은 왜놈들에게 항거하시다가 돌아가신 훌륭하신 분이다. 네 몸의 혈관에는 그런 훌륭한 조상의 피가 흐르고 있다는 것을 알아야 한다."

젊은이는 종규의 그러한 말을 알아듣는 듯 꿇어앉은 채 머리를 숙이고 있었다. 김종규가 이었다.

"와서 들으니 내가 네 아버지만 나무라지도 못하겠고, 그렇다고 너를 잘했다고도 못하겠다. 너는 네 아버지의 마음을 이해하고 부모님의 마음을 풀어드려야 한다. 오늘밤에 찾아온 것은 한국에서 온 나에게 인사하려는 목적도 있겠지만 부모님과 화해하려는 마음이 더 컸으리라 짐작한다."

그러자 그 젊은이가 우리말을 다 알아 들은 듯

"큰아부지."

하면서 무릎걸음으로 한 걸음 다가와 종규의 무릎에 얼굴을 묻고 흐느꼈다. 모두들 침묵을 지키고 있었고 아낙네들은 대부분 훌쩍거리고 있었다. 김종규가 그의 등을 두드리며 말했다.

"이 사람아, 대장부가 그만 일에 울기는! 자아, 아버지한테 큰절하고 용서를 벌어라. 제수씨도 이리 와서 애 절 받으세요."

그러나 창규의 아내는 그 자리에 보이지 않았다. 아마 방에 들어가서 울고 있는 모양이었다. 오죽하면 남편과 아들 사이에 끼여 심장을 썩이다 심장병이 걸렸겠는가.

젊은이는, 그사이 돌아앉아 천장만 쳐다보고 있던 그의 아버지 앞으로 다가가 아부지, 하고 불러만 놓고는 무너져 내리듯 그의 아버지를 끌어안고 울기 시작했다. 드디어 창규도 그러는 아들을 부여잡고 어깨를 들먹거리기 시작했다. 이제 방 안의 남자들도 손등으로 눈물을 닦고 있었다.

창규의 아들은 직장의 타자수인 러시아 여인과 결혼을 했는데, 그게 5년 전이라고 했다. 그러나 앞에서 말한 대로 전 남편의 아들이 딸린 이혼녀란 게 더욱 창규의 속을 뒤집었던 것이다. 경북 청도에 고향을 둔, 뼈대 있는 왕손 김해 김씨의 후예가 '노랑대가리 여자', 그것도 '새 지집도 아닌 헌 지집'을 얻어 살겠다는 자식을 어찌 쉽게 용서하겠느냐고 김종규도 사촌 동생 창규를 충분히 이해할 수 있을 것 같았다. 그때야 창규의 부인이 나타나 울면서 그동안의 고충을 하소연하면서 어미가 자식 가정교육을 잘못시켜 이런 일이 생겼다고 집안 사람들에게 사과의 말을 했다. 그러자 한 남자가 그녀를 위로했다.

"형수씨, 그런 말쌈 마이소. 말이 나왔으니 하는 소리지, 가정교육에 형수씨만큼 관심 있는 사람이 있을라꼬예? 사할린 천지 자식교육에 형수씨를 덮을 사람이 오데 있습니꺼."

또 한 남자가 거들었다.

"이사람 말쌈이 옳소. 자슥이 부모 마음대로 될빼끼사 무신 걱정이 있겠는교. 제수씨야 그래도 우리가 못 댕긴 사범학교까지 졸업하고 선생질을 얼매나 오래했는교."

창규가 생각난 듯이 그의 아내를 보고 말했다.

"아까 며느리 온 것 같딩이 지금 있으몬 데리고 나오지, 인사나 하거로(하게)."

그녀가 방에서 러시아 여인 한 사람을 데리고 나왔다. 그녀도 분위기를 눈치 채고 죄인인 듯 방 안에 숨어 있다가 상기된 얼굴을 숙인 채 거실로 나왔다. 창규의 아내가 러시아 말로 몇 마디 하자 그녀가 종규와 철환 쪽을 향해 허리를 깊이 숙이며 예를 표했다.

"안녕하세요?"

한 마디만은 비교적 똑똑한 발음으로 말했다. 종규가 반가운 표정으로 앉으라는 시늉을 하면서 우리말로 했다.

"어, 반갑네. 거기 앉게."

창규 아내가 다시 그 말을 러시아 말로 통역했다. 그녀가 앉자 종규가 다시 말했다. 물론 통역을 기대하고 하는 말이었다.

"이제 질부도 하루 빨리 우리말도 배우고 우리 풍속을 익혀야 하네. 한국에서도 국제결혼을 하는 사람들이 많이 있으니, 그런 문제를 가지고 더 이상 신경을 쓰지 말고 어찌하든지 부모님을 잘 받들고 형제자매들끼리 우애 깊게 지내고 일가친척들끼리도 친해져야 하네."

창규의 부인이 차근차근 통역해 주었고, 며느리는 더욱 고개를 숙인 채 시어머니의 손목을 잡고 다소곳이 듣고 있었다. 참으로 감동적인 광경이었다. 광규가 말했다.

"인자 종손자 보겠네. 기훈이가 즈그 아부지가 즈그 부부를 인정하지 않는 한 자식을 낳지 않겠다고 만난 지 5년이 넘도록 아이가 없었거든."

기훈이가 바로 창규의 문제의 아들이었다. 그런데 그 아들이 아버지와 화해하기 전까지는 자식을 낳지 않겠다고 한 것은 딴은 대단한 의지처럼 보여 종규에게는 더욱 돋보였다. 종규는 기분이 너무 좋았다. 술 한 잔을 안 마실 수가 없었다. 그가 소리쳤다

"제수씨, 여기 술상 새로 봐주시오."

이래서 술판은 다시 벌어졌고 종규가 기훈이에게 잔을 돌리며 너의 아버지에게도 한 잔 올리라는 눈짓을 했다. 창규의 아내가 러시아인 며느리에게도 눈짓을 하자 며느리도 시아버지인 창규에게 두 손으로 술잔을 올렸다. 창규는 두 잔을 거푸 받아 마셨다. 종규가 말했다.

"귀한 술이네. 동생도 아들 부부에게 한 잔씩 주시게."

종규의 그다음 말이 창규의 마음을 더 크게 움직인 듯했다.

"한국에서는 6·25 때 귀한 아들을 잃은 사람이 얼마나 많은지 아는가? 부모 먼저 죽은 자식보다는 비록 러시아 여자와 결혼을 했을망정 오늘 같은 날 제 발로 찾아온 아들이 얼마나 대견스러운가. 사실 우리 김해 김씨는 시조 할아버지부터 인도 여자와 결혼을 하신 분이 아니신가. 그러니 이 조카가 소련 땅에서 소련 여자와 결혼한 게 뭐가 그리 큰 잘못이란 말인가. 우리 시조 할아버지이신 수로대왕께서는 주인이신 당신 땅에서도 동족을 두고, 배 타고 들어오신 외국 처녀와 결혼하신 국제결혼의 선구자일세. 우리는 그 후손이고 말이네."

김종규의 이러한 입담에 한 방 가득한 사람들은 옳은 말씀이라고 손뼉을 치며, 부자간의 오랜 갈등이 화해로 바뀌는 이 시간을 마음껏 축하했다. 창규가 아들 부부에게 잔을 건네자 그들은 다 같이 돌아앉아 두 손을 끝까지 잔에 댄 채 잔을 비웠다. 창규의 아내는 눈물만 훔치고 있었다. 그런 그녀가 종규 앞으로 와 술잔을 올렸다.

"아주버님, 정말 고맙습니다."

술잔을 받으며 김종규가 답했다.

"제수씨, 그동안 참 고생 많았습니다. 사람 사는 게 다 이런 겁니다. 이제 건강을 회복하시고 이들 젊은 부부가 더 마음 놓고 사랑할 수 있도록 다독거려 주십시오."

창규의 부인은 이철환에게도 술잔을 건네며 좌중을 둘러보고 말했다.

"이 이 교수님은 옛날 제가 유즈노사할린스크에서 조선민족학교에 다닐 때, 제가 사범학교에 합격할 수 있도록 성심성의껏 저를 지도해 주신 은사님이신 이문근 선생님의 아드님이십니다. 저는 정말 이문근 선생님 같은 교육자는 지금까지 만나보지 못했습니다. 그런데 저는 그 은사님께 이런 잔 한 잔 올린 적이 없었습니다. 은사님은 돌아가셨지만, 아드님이신 교수님께 이 잔을 드립니다."

이철환은 그 뜻 깊은 잔을 받아 단숨에 비우고 잔을 그녀에게 주려 했으나 아예 받지 않았다. 그럴 터였다. 심장병에 술은 대단히 해로운 것일 테니까.

결국 새벽 4시가 가까워서야 잠자리에 들었다. 앞날 광규의 집에서처럼 집이 가까운 사람들은 돌아갔지만 조금 먼 사람들은 방마다 구석구석에 끼여 함께 잤다. 종규와 철환만이 침대에서 편하게 자는 것이 미안했지만 눕자마자 깊은 잠이 들었다. 술기운 때문이었다.

이튿날은 종일 집에서 쉬었다. 종규나 철환 두 사람 다 이제 몸이 파김치가 되어 꼼짝을 할 수 없었기 때문이다. 문 밖에도 나가지 않고 사할린 사람들이 찔레비전이라고 부르는 TV만 시청했다. 말은 알아들을 수 없었지만 화면의 흐름으로 보아 내용을 대강 짐작할 수 있는 애정 드라마도 보았고, 뉴스 시간에는 소련 국내 사건으로, 여객기가 추락하여 산마루에 비행기의 잔해가 흩어진 모습이며 희생자를 구조하는 광경도 방영하고 있었다. 창규가 말했다.

"몇 년 전만 해도 저런 소식은 절대로 알려주지 않았습니다. 부끄럽다 이기지예. 그런데 고르바초프가 들어선 다음부터는 세상이 달라졌지예. 범죄가 많이 발생하고 물가가 폭등하는 나쁜 점도 많지마는….'

해외 뉴스에서는 한국의 학생 시위와, 이를 제지하는 경찰관과의 충돌 모습도 비추어 주었다. 화염병을 던지고 최루탄을 쏘아대는 모습들이 딱하기만 했다.

이튿날은 날씨가 유달리도 추워 영하 5, 6도나 내려갔다. 겨울옷을 아예 준비해 오지 않은 종규와 철환은 잠옷 추리닝까지 껴입고 밖으로 나갔으나 현지 사람들은 모두 털옷에 털모자를 깊숙이 쓰고 다녀, 종규와 철환은 초라하기 짝이 없는 모습이었다. 5월도 그믐께가 아닌가. 이러한 기온을 전혀 예측하지 못한 것이 실수라면 실수였다. 광규의 차로 우글레고르스크 곳곳을 돌아다녔는데 광규는 바닷가의 어떤 탑 앞으로 그들을 데려갔다. 우글레고르스크의 서해인 그 바닷가에는 무서운 바람에 파도가 요란한 소리를 내며 해안으로 몰려와 허옇게 부서지고 있었다. 광규가 설명했다.

"45년 8월 16일인가 7일인가 잘 기억을 못하겠지마는 소련군들은 일본이 손을 든 것을 알고도 이 해안으로 물밀듯이 몰려왔소. 그 당시 이 바닷가는 왜놈 군대가 진을 치고 지키고 있었는데, 왜놈 군대는 수도 없이 상륙해 오는 소련 군인들을 당해낼 재주가 없었소. 그래서 왜놈들은 이 바닷가에서 몰살을 한 깁니더. 왜놈들 입장에서 보면 억울한 건 틀림이 없지예. 그러나 우리 조선 동포들이 왜놈들에게 끌려와 이 낯선 땅에서 고생하고 죽고 한 것은 눈꼽만큼도 생각지도 않고 왜놈들은 즈그 위령탑을 여기에 이리 떠억 세운 깁니더. 한 번 잘 둘러 보이소!"

종규와 철환은 바람결에 몸이 날려갈 것 같은 것을 무릅쓰고 탑을 한 바퀴 둘러보았다. 대리석 비슷한 색색가지의 돌을 쌓아 올린 탑에는 러시아와 일본 문자로 글자가 새겨져 있었다. '전몰일본장병위령탑(戰歿日本將兵慰靈塔)'이란 글자가 커다랗게 새겨져 있었다. 그런데 자세히 보니 탑 밑둥 귀퉁이가 뭉떵 떨어져 나가고 거기에 이색적인 시멘트로 때워놓은 것이 보였다. 광규가 설명했다.

"이기 바로 우리가 이 탑 제막식날 아침에 이놈의 탑을 파괴해 삘라고 다이나마이트를 장치했지마는 실패한 흔적 앙입니꺼."

종규와 철환은 깜짝 놀라며 그렇게 말하는 광규와 그 옆의 창규를 바라보았다. 그러나 그들은 찬바람에 질린 듯 털옷의 깃을 치켜세워 그 속으로 목을 있는 대로 움츠러 넣고 저만치 차 쪽을 향해 걸어가고 있었다. 그들은 차로 돌아와 소련 깃발이 옥상에 나부끼는 소련 공산당 우글레고르스크 지구 사무실 옆을 지나 여기저기를 차로 드라이브했다. 차 안에서, 탑을 파괴하려다 실패한 이야기를 들었다. 유즈노사할린스크에서 올라온 진규가 이제 내일은 우글레고르스크를 떠나자고 했다. 그래서 그들은 바로 우글레고르스크 아빌로 가서 여행 허가증을 내보이며 우글레고르스크를 떠난다는 신고를 해야 했다.

사할린에 와서 본 러시아 사람들은 말이 러시아 사람이지, 인종도 가지각색이었다. 백계 러시아인 수가 그중 많기는 했지만, 피부색깔이며 머리칼 눈동자 색깔 키 등이 가지각색이었다. 마치 인종전람회처럼 온갖 인종이 뒤섞여 있었다. 남자는 물론이고 여자들 중에서도 살이 무섭게 찐 거대한 몸집의 여성들, 게다가 코 밑에는 남자처럼 거무스름한 수염마저 돋은 여성들을 얼마나 만났는지 모른다. 그런데 어쩌다 드물게 보는 젊은 여성들은 어쩌면 그렇게 아름답고 깨끗한지 정말 홀릴 지경이었다. 유즈노사할린스크 공항에서 입국자의 여권을 검사하던 아가씨도 그렇게 예뻤다. 하얀 피부, 날씬한 몸매, 어깨까지 늘어진 곱슬곱슬한 금발, 크고 시원한 푸른 눈동자, 오똑한 콧날. 그때 종규와 철환은 남남북녀라더니 과연 북쪽 여자가 예쁘구나 생각했다가, 수염 난 뚱보 여자들에게 질려왔던 터였는데 이날 아빌의 이 여성이 공항의 그 여성만큼 예뻤다. 그러고 보니 소련 당국은 외국인들을 대하는 곳만은 이런 예쁜 아가씨들을 배치하는가 보았다.

그 아가씨는 인상과는 달리 매서운 눈초리로 철환과 종규를 훑어보면서 우글레고르스크로 오는 즉시 신고하지 않고 왜 떠나는 마당에서야 신고하느냐고 따졌다. 창규가 유창한 러시아어로 뭐라고 설명했다. 광규도 웃으면서 너스레를 떨 듯 거들었다. 그러나 아가씨는 그 너스레가 아니꼽다는 듯 거들떠보지도 않았다. 아가씨는 종규와 철환이 지니고 있던 여권까지 내게 해서 뒤적거려 보더니 둘 다 신분이 교수임을 알고는 한풀 누그러진 표정으로 설명했다. 불순한 여행도 아닌 것 같고, 신분도 고등 교육자이고 해서 사인을 해 드리겠는데, 앞으로는 반드시 여행 목적지에 닿자마자 아빌로 제일 먼저 가서 신고하라는 말이었다. 종규와 철환은 사할린에 와서 배운 고맙다는 뜻의 '스파시이브'를 말하며 작은 선물 한 가지씩을 꺼내 주었다. 종규가 말보로 미국 담배 1갑을, 철환이 여자 스타킹 1켤레를 주었다. 그제야 그녀는 생긴 모습대로의 아름다운 미소를 보이며 즐거운 여행이 되기를 바란다고 말하며 문 앞까지 따라 나왔다. 창규가 건물을 나오며 말했다.

"하여간 이놈의 나라가 무엇이 어찌 될란지…."

이튿날 일찍 종규와 진규와 철환은 창규 집을 나섰다. 창규 집에도 여러 가지 선물과 달러를 주는 것을 잊지 않았다. 창규의 부인은 종규와 철환에게 마른 고사리와 생선 통조림을 안겨 주었는데, 부피나 무게가 너무 많이 나가 불편했으나 안 받을 수가 없었다. 통조림은 연어알이었다. 백화점에서 사려고 했을 때 박판도가 사지 말라고 하던 그 연어알 통조림이었다. 창규의 부인은 눈물을 글썽거리며 아파트 계단을 내려와 마당에까지 나와서 그들을 전송했다. 그들은 광규의 집으로 건너가 광규의 부인에게도 선물들과 달러를 내주면서 작별 인사를 하고, 버스 터미널로 나왔다. 그저께 창규 집으로 모였던 사람들이 거의 나와 떠나는 그들을 전송했다. 버스는 우글레고르스크로 올 때와는 달리 유즈노사할린스크까지 바로 간다고 했다. 누런 칠을 입힌 버스는 올 때와 다른 것이었는데도 차 바닥에서 먼지가 올라오기는 마찬가지였다.

4시간쯤 달리다가 길가에 차를 대고 점심을 먹도록 했다. 더러는 집에서 준비해 온 도시락을 먹는 러시아 사람도 있었으나, 진규와 종규, 철환은 버스 운전수가 들어가는 길가의 식당으로 들어가 점심을 시켰다. 우글레고르스크 시내의 식당에서 먹었던 점심보다 훨씬 맛도 없고 싼 것이었는데도 진규만은 잘도 먹었다.

그들이 유즈노사할린스크로 돌아왔을 때 허남보와 박판도 회장이 마중을 나와 있었다. 그러나 진규의 고집에 의해 진규의 집으로 가지 않을 수 없었다. 철환은 박판도 회장에게 맨 먼저 물었다.

"아버님 산소 꾸미는 쥰비가 거의 되었습니까?"

"모레면 울타리도 치고 비석도 세울 거요."

이철환은 거듭 물었다.

"최상필 교장 부친 이장 준비는 어떻게 되었습니까?"

허남보가 답했다.

"모든 일이 잘 진행되고 있습니다."

박판도 회장이 다시 말했다.

"내일은 사할린의 이산가족회와, 한국의 이산가족회 간부들이 합동으로 환영 겸 환송회를 개최하니 거기에 참석해야 돼요."

38장

만남의 자리

107

최상필은 이철환과 김종규가 우글레고르스크로 간 사이, 허남보와 박판도 회장의 도움으로 아버지의 무덤을 팠다. 깊이가 2m가 넘어 70대의 동포 6명과 60대의 러시아인 3명이 3시간 이상을 고생해서 겨우 관을 끌어올렸다. 관 뚜껑을 열었더니 아직도 다 부패되지 않은 최해술의 모습을 볼 수 있었다. 무덤에서 꺼낸 최해술의 모습을 보고 최상필은 하염없이 울었다. 묘비의 사진과는 또 다른 모습의 아버지에게서 말 못할 슬픔을 곱씹어야 했기 때문이다. 미리 준비해 놓은 나무에 불을 질러 관을 불 위에 올려놓았다. 중간중간에 석유를 뿌렸는데도 화장에는 꼬박 4시간이 걸렸다. 그러니 산소에서 하루 종일 걸린 셈이었다. 모든 사람들이 너무 열심히 일을 해서 일을 마치고 최상필은 25루블씩을 동포들과 소련 인부들에게 주려고 했으나 절대로 안 받겠다고 했다. 아무리 돈에 눈이 어둡기로서니 이런 일을 우리가 안 도우면 누가 돕겠느냐고, 돈을 주려고 하는 최상필을 불순하다는 식으로 나무라기까지 했다. 그런 면에서 러시아 사람들도 순박하기는 마찬가지였다.

참으로 감동적이었다. 일을 하면서도 술은 마시지 않을 수가 없었는데, 동포 중에 한 사람은 일을 마치고 나서 술만 한 잔씩 달라고 했다. 그러나 최상필은 나중에 그들에게 주라는 말과 함께, 허남보에게 한국에서 가져온 선물을 맡겨두었다.

화장이 끝난 백골을 수습하여 가루로 만들고 그것을 사기단지에 넣고 그 단지를 나무 상자에 넣었을 때는 이미 밤이 깊었다. 그 때야 최상필은 맥이 풀렸다.

한국에서 이곳으로 올 때, 그도 아버지에게 드리려고 여러 가지를 준비했다. 양복 한 벌과 내의, 구두, 와이셔츠에 넥타이까지 준비해 왔고 한국산 과일도 갖가지를 준비해 왔는데 과일 같은 것은 모두 허남보의 집에 내놓았다. 그러나 옷은 박판도 회장에게 주어버렸다. 그러나 구두는 허남보에게 주었다.

최상필이 보기에 박판도 회장은 정말 속이 넓고 깊은 사람이었다. 어투는 투박했지만 진솔한 면이 강해 그가 한 마디 뱉은 말은 꼭 실천되었다. 이곳으로 와서 허남보로부터 들은 이야기지만 젊은 시절의 박판도 회장은 지금보다 훨씬 더 많은 동포들의 지지와 신임을 받았다는 말이 결코 과장이 아닌 것 같았다. 최상필은 선친의 유해를 한국으로 모셔 갈 만반의 준비를 끝내놓고 이제 우글레고르스크에서 이철환과 김종규가 돌아오기만을 기다리고 있었다.

이문근의 산소. 며칠 사이에 다른 무덤들처럼 철책을 두르고 흰 천으로 둘러씌운 묘비 앞에 많은 사람들이 늘어서 있었다. 우글레고르스크에서 돌아온 이철환, 김종규, 그리고 이렇게 무덤을 꾸미는 일을 주로 맡아 한 정상봉과 그를 도와준 박판도 회장, (그는 최해술의 유골을 화장하는 일 때문에 이문근의 무덤을 새롭게 꾸미는 일에 많이는 나서지 못했지만 그래도 브이코프에서 내려온 정상봉 형제를 자기 집에 숙식을 시켰다.) 그리고 정상규 신부, 허남보, 김형개, 김진규, 그 외에도 많은 동포들이 묘비 앞에 늘어서 있었다. 정상봉이 앞으로 한 걸음 나서며 말했다.

"그러면 지금부터 고 이문근 선생의 묘비 제막식을 거행하도록 하겠습니다."

이철환과 정상봉, 박판도 회장 등이 앞으로 나가 묘비에 덮여져 있는 하얀 천을 걷어내었다. 정상봉이 다시 말했다.

"그럼 이어서 이문근 선생의 유덕을 기리고 선생의 명복을 비는 묵념을 올리겠습니다."

묵념 시간이 3, 4분이나 계속되었다. 묵념을 하면서 이철환은 여러 가지를 생각하고 있었다. 양부의 기구한 운명이 어쩌면 한국민족 전체의 그것을 축약해 놓은 것 같은 생각에 가슴이 저렸다. 누구 때문에, 왜 이런 운명 속에 평생을 마쳐야 했는가를 생각하자 주먹이 떨렸다. 고통과 인욕으로 점철된 그의 생애를 떠올리며 양부보다 먼저 세상을 떠난 양모의 명복까지 함께 빌고 있었다.

묵념이 끝나고 고인의 약력을 소개하는 순서에서 박판도 회장이 미리 준비한 원고를 또박또박 읽어 나갔다. 출생과 학력, 경력, 사할린 입도 동기와 입도 이후의 공적 사항까지를 소상하게 밝혔다. 다시금 박판도 회장의 기억력과 치밀성에 탄복하지 않을 수 없었다.

끝으로 유가족 대표의 인사로 이철환이 모인 사람들에게 진심에서 우러난 감사의 인사를 올렸다. 최상필이 그의 선친의 유골을 고국으로 모셔가는 데 대하여 자신은 이렇게 산소를 꾸미기만 하고 고향 산천으로 이장해 가지 못함을 부끄럽게 여긴다는 말과, 그러나 반드시 다시 와서 이장해 가겠다는 것을 다짐했다. 동포 여러분들의 변함없는 관심으로 산소를 잘 돌봐달라는 당부의 말로 끝냈다.

저녁에는 소련 적십자사 사할린주 지사 이산가족 부장이며 '사할린 한인리산가족회' 서기 김영길 씨의 집으로 초대되어 갔다. 초대받은 사람들은 이철환, 김종규, 최상필, 정상봉, 정상규 신부, 박판도 회장, 허남보, 김형개 등이었다.

김진규로부터 김영길이란 동포가 초대한다고 했을 때, 김영길이 어떤 사람인지 궁금했었다. 그런데 와서 보니 이철환에게는 낯이 익은 사람이었다. 사할린으로 오던 날 김영길은 유즈노사할린스크 비행장에 나와 시종일관 한국에서 온 사할린 방문단을 안내하고 시중들었던, 훤출한 키의 50대 후반의 남자였기 때문이다.

그는 한국어는 말할 것도 없고 러시아어 일본어 등에 능통한 지식인이었고, 그사이 한국 방문은 물론 모스크바나 일본도 여러 번 다녀온 사람이었다. 그 집의 거실에는 노태우 대통령의 사진과 태극기가 액자에 넣어져 걸려 있었다. 그의 부인이 한국 방문을 마치고 바로 그저께 돌아왔다면서 그가 말했다.

"선생님들을 진작 청했을 건데 약 20일간 홀아비 생활을 하느라고 오늘에야 모시게 되었습니다."

그의 집에는 그들 말고도 또 한 사람의 현지 동포가 와 있었는데, 그는 40대 중반의 의사인 남필우였다. 김영길이 자유이주민의 2세 동포인 데 비하여 의사 남필우는 강제징용 동포의 2세라고 했다. 어느 동포의 집에서나 마찬가지로 저녁 식사 겸 술상이 차려져 나와 마음껏 먹고 마셨다. 이철환은 그의 집 안을 유심히 살펴보았다. 안방의 한쪽 벽이 완전히 서가로 꾸며져 책으로 가득 차 있었다. 러시아 책, 일본 책, 한국 책, 북한 책이 같은 비중으로 꽂혀 있었는데 러시아어로 된 책은 무엇인지 도통 알아볼 수 없었지만 표지에 톨스토이, 체홉, 도스토예프스키 등의 사진이 있는 것으로 보아서 그러한 사람들의 문학서인 것 같았고, 일본책은 현지 일본의 정치, 경제, 문화 등 다양한 서적들이었다. 한국의 책들 중엔 한국 주요 신문사가 내고 있는 월간 종합지를 비롯해서 역시 한국의 정치, 경제, 문화에 대한 책들이 골고루 갖추어져 있었다. 북한 것은 '우등불', '두만강의 봄', '념원(念願)' 같은 제목의 소설도 있었지만 주로 정치 문제를 다룬 책이었다. 놀라운 것은 한국의 천주교에서 쓰고 있는 공동번역 성서가 꽂혀 있었던 점이었다.

이철환은 나중에 기회를 봐서 그에게 물었다.

"서가에 성서도 있던데 읽어 보셨습니까?"

"가끔씩 읽어 보지요. 현실과 전혀 맞지 않는 내용의 글귀도 있지만 성경을 읽으면 마음이 편안해져요."

정상규 신부가 관심을 보이며 물었다.

"그 성서는 어떤 연유로 어디에서 구하셨습니까?"

"작년에 한국에 처음 갔을 때, 한국의 동포로부터 선물 받았지요. 그런데 옛날에 저의 어머니께서 살아계셨을 때, 밥을 해서 밥을 푸기 전에 꼭 주걱을 가지고 밥에다 열십자를 그으면서 무엇인가 혼자말씀을 하시곤 했어요. 그때 저는 어려서 그게 무슨 뜻인지 몰랐지만 요즘 와서 생각하면 저의 어머니께서는 예수를 믿으신 것 같아요. 그래서 한국에서 성서를 선물로 받았을 때 아주 기뻤습니다."

의사 남필우가 말했다. 그는 모스크바에 유학하여 의사가 된 사람이라고 했다. 한국어가 서툴렀지만 그런대로 의사소통은 되었다.

"제가 모스코에서 공부할 때 봤는데, 소련 사람 중에서도 정부 몰래 보흐(하느님)를 믿으면서 기도하는 사람들이 더러 있었습니다. 그런 사람들을 대할 때 저는 머리가 숙여졌습니다. 들키면 고생 많이 하는데 자기 신념을 끝까지 지키는 것이 참 좋게 보였기 때문입니다."

그 의사의 부인도 함께 왔는데, 부인은 남편과 같은 병원의 간호사라고 했다. 또 누군가가 보수 이야기를 꺼냈다. 의사가 되면 초임이 270루블쯤 받게 되고, 종합병원의 원장쯤 되면 550루블쯤 받는다고 했는데 남필우는 부원장이라고 했다. 그의 아내는 1급 간호사로 경력이 22년인데 430루블을 받기 때문에 부부의 수입을 합하면 생활은 괜찮다고 했다. 옛날에는 풍족했는데 지금은 겨우 먹고살 정도라고 했다. 외과의사로서 수술실에 근무하면 시간 외의 근무수당이 있기 때문에 1200루블까지 받는다고 하면서 사할린 동포들이 가장 선호하는 직업이 의사라고 했다. 김영길 씨에게도 수입이 얼마나 되냐고 누가 물었다. 그는 웃으면서 말했다.

"지금 내가 하고 있는 일은 모두 무보수 봉사직입니다. 옛날에 다니던 직장에서 연금을 받는데 300루블 가까이 나옵니다."

박판도 회장이 설명했다.

"김영길 씨는 사실은 처가가 일본에 있소. 처가 도움을 많이 받소. 우리 가운데 제일 좋은 차를 가진 사람이 김영길 씬데, 그 차도 작년에 처가에서 보내준 것이지."

이날도 막판에 가서는 노래를 불렀고, 젓가락으로 상을 두들기며 장단을 쳤다. 김영길 씨 집에는 책도 많았지만 일본의 전자제품, 주방기구들도 눈에 띄게 많이 있었다. 그는 말수가 적으면서도 예리했고 철저히 한국 편을 들면서 북한을 미워하고 있었다. 그의 부친이 옛날에 북한에서 파견된 정치부원에 의하여 심한 핍박을 받았다고 한다. 그때만 해도 젊었던 김영길 씨가 사할린의 소련 공산당 간부와 잘 아는 사이가 아니었다면 그들 가족도 어쩌면 북한으로 강제 압송되었을지 모른다고 했다.

밤이 늦어서야 김진규 집으로 돌아왔다. 이철환, 김종규, 최상필은 이튿날 김형개 부부와 함께 가까운 산으로 등산을 갔다. 김형개 부부는 등산 안내를 한다면서도 아예 고사리를 캘 만반의 준비를 해가지고 왔다. 사할린은 고사리로 유명하고 사할린 고사리가 일본 등지로 수출되어, 동포들은 짭짤한 재미를 본다고도 했다.

유즈노사할린스크 시내에서 별로 멀지 않은 산이었다. 좀 잘 산다는 러시아 사람들이 즐기는 스키장이 있는 산이었다. 그 무렵이 사할린에서는 고사리가 가장 토실토실 살찔 때여서, 김형개 부부는 한국 손님들의 등산 안내도 할 겸 고사리를 캘 마음이었다. 김형개도 승용차가 있어 그들은 차로 산 중턱까지 올라갔다. 산은 많이 훼손되어 있었는데 스키장을 닦느라고 여기저기의 생살을 파내 불도저로 밀어붙여 계곡 하나를 완전히 버린 상태였다. 그러니까 스키장까지 자동차 길이 급경사로 나 있었다. 폭이 약 500m, 경사의 길이가 1km가 넘는 스키장은 온통 고사리 밭이었다. 이철환도 김종규도 최상필도 모두 몇십 년 만에 처음으로 고사리를 꺾어봤다. 솜 같은 뽀얀 털을 뒤집어쓰고 고개를 팍 숙인 살찐 고사리는 그야말로 어린애의 귀여운 손같이 탐스러웠다. 순식간에 한 줌을 꺾을 수 있었고, 고사리가 손아귀에 넘치면 여기저기 모아두고 계속 꺾으며 올라갔다. 김형개 부부는 커다란 자루를 가지고 연방 꺾어서 모아둔 고사리를 거두는 일방 자기들도 꺾으며 따라 올라왔다. 햇빛은 이제 따뜻하다기보다 이마가 뜨거웠다. 땀도 흘렀다. 스키장을 지나자 짙은 숲이 나타났고 그들은 숲 사잇길을 계속 걸어 올라갔다. 유즈노사할린스크 바로 이웃의 산이었지만 사람들의 발자취가 거의 없는 원시림이었다. 사할린 사람들은 한국 사람들과 달리 등산을 즐기지 않는 모양이었다. 한참을 걸어 올라가다가 그들은 되돌아 내려왔다. 김형개가 뒤에서 소리쳤기 때문이다. 김형개 부부가 있는 곳으로 내려왔을 때 김형개가 말했다.

"여기 좀 앉으이소, 더 올라가면 위험합니다. 군사시설이 있어요."

그렇게 말하는 김형개도 벌써 64살이었다. 최상필이 그에게 물었다.

"고사리를 이렇게 많이 캐어 무엇에 씁니까?"

"이것을 수집하는 데가 있지요. 저울에 달아서 근수대로 돈을 받습니다. 한국에서 귀한 손님들 오셨다는 말씀 듣고 진작에라도 만나 뵈었을 낀데 지금 이때가 고사리 철이어서 우리 영감 할맘이 이거 캐니라고…."

이철환이 말했다.

"아이구, 고사리가 생계에 도움이 되신다면 캐셔야지요. 고향은 어디십니까?"

"지 고향은 경남 으렁(의령)입니다. 마산상업학교 재학 중인 17살 때, 그때가 1944년입니다. 3월에, 마산에서 기차를 타고 군북까지 가서 기차를 내려가지고, 으렁으로 걸어가야 했는데, 길가에서 왜놈들한테 붙들려 와비린 기지요."

최상필과 김종규가 혀를 끌끌 찼고, 이철환이 다시 말했다.

"저는 고향이 함안입니다. 함안과 의령은 이웃 군이지요"

"아이구, 그렇습니까? 함안 오뎁니까?"

순간, 김형개는 아차했다. 물을 필요가 없는 질문을 했기 때문이다. 그의 고향을 알고 있었기 때문이다.

"오석골입니다. 오석골 아십니까?"

"알고말고요. 가 보지는 않았지만 우리 에릴 때 문중 비석이나 상석은 모두 오석골 돌로 해쌓아서 많이 들은 데지요."

말은 이렇게 했지만 김형개는 자기의 실수에 심한 후회를 하고 있었다. 오석골은 바로 아내 박소분의 친청 곳이 아닌가. 일이 묘하게 얽혀 드는 것 같았다. 이철환의 나이라면 같은 동네의 박소분이 정신대로 끌려 나간 사실을 기억하지 못할 리가 없다고 생각했기 때문이다. 김형개는 해방 후부터 오늘까지 아내의 전력을 감추어왔다. 다행히 아는 사람들은 아무도 없었다. 왜냐하면 박소분이 있었던 브이코프 탄광 일본인 간부들을 위한 위안소는 조선인 노무자들이 아무도 출입할 수 없는 금지 구역이었기 때문이다. 더군다나 박소분은 일본을 거쳐 사할린으로 온 지 얼마 되지 않았을 때에 김형개를 만난 터였고, 김형개를 만나고 또 얼마 안 되어 해방을 맞아, 단 둘이 피신했기 때문이다. 그럴뿐더러 작고한 이문근의 고향이 오석골이라는 것도 김형개는 알고 있었지만, 그 사실을 아내에게는 한 번도 말해준 적이 없었다. 왜냐하면 틀림없이 이문근과 박소분은 서로 잘 아는 얼굴일 테고, 그렇다면 박소분은 자기의 경력도 깜박 잊어버린 채, 이문근이 고향 사람이라는 이유 하나만 가지고 무턱대고 이문근을 만나보고 싶어 했을 것이기 때문이다. 사할린 조선인들은 고향과 가족들이 그리운 나머지 해방 후 조선(주로 북한)에서 온 사람이라면 무조건 반기고 정을 주고 살아왔던 터였다. 그래서 지금까지 김형개는 이문근과 아내와의 만남을 용하게 피하며 살아왔다. 그러다 작년에 이문근이 세상을 떠났지만. 그런데 오늘 김형개 자신의 실수로, 뻔히 알고 있는 이철환의 고향을 새삼스레 물은 것이었다

최상필이 물었다.

"17살 때 이리로 오셨으면 지금 연세가?"

"연세라 쿨 끼야 있습니까. 금년에 육십넷입니다."

"저쪽에 계시는 부인하고는 이곳에서 만났겠네요?"

김종규의 질문이었다. 김형개는 눈을 들어 한참 떨어진 저쪽에서 부지런히 고사리를 뜯고 있는 아내 박소분을 바라보았다. 브이코프 탄광에서 폭발 직전의 가스 구멍을 막아낸 공으로 조선인이 갈 수 없는 일본인 간부들 위안소로 가 박소분을 만난 것이 어제 같았다. 해방이 되자 박소분이 그를 찾아왔었고, 몇 시간 뒤 그는 박소분과 함께 종적을 감추어 이곳 유즈노사할린스크로 숨어들었던 것이다. 그는 지난날을 떠올리자 눈앞이 가물가물 흐려졌다. 해방 직후부터 아내 박소분은 이 산으로 와서 고사리를 캐어 연명했던 것이 아닌가. 그때는 박 회장 부인과 같이 산으로 와 알게 모르게 신경전을 벌이기도 했다는 말을 아내로부터 들은 것이 벌써 50년 가까운 세월이 되었다. 이철환이 물었다.

"고향과는 연락이 닿았습니까?"

"편지를 네 번이나 보냈는데…"

"좀 더 기다려 보십시오."

김형개가 말했다.

"사실은 제 출신지가 경남 으령이고 원 고향은 고성입니다. 조부님 때는 고성에서 큰 부자로 살았지요. 그런데 조부님께서 미두를 하시다가 실패하시고 고향을 떠나 으령으로 이사를 하셨지요. 부친께서는 으령에서 서당 훈장 노릇을 하셨고…"

　김형개는 그때 사춘기를 막 넘어섰을 무렵에 서로 사랑했던 안점옥이를 떠올렸다. 점옥이도 자신이 사할린으로 끌려오던 그해에 정신대에 나갔다는 어머니의 편지를 받았던 것이다. 그가 탄광 내의 가스 구멍을 막는 돌격대에 지원한 것도 그러한 어머니의 편지를 받은 충격에서 정신을 못 차리고 헤맬 때였다. 어쩌면 그는 본래부터 정신대 출신을 아내로 맞이해야 할 운명이었는지도 몰랐다. 그렇기에 첫사랑의 여인도 정신대에 끌려갔고, 이곳에서 만난 아내도 정신대로 끌려온 여자가 아닌가. 안점옥도 형개와 동갑이었다. 그래서 형개는 생각했다. 텐교쿠(점옥)도 지금 어딘가 살아있다면 볼품없는 할망구가 되었으리라.

　김형개가 지나온 날을 다 풀어낸다면 아마 며칠이 걸려도 못다 할 것이었다. 해방 직후 브이코프 탄광의 일본인 간부들이 조선 노무자들을 탄광의 쌍굴에 가두어 폭살시키려고 한다는 음모를 알려준 사람이 일본인 이시무라 씨였고, 그것을 맨 먼저 귀띔 받은 사람이 김형개 자신이었다. 김형개는 그 사실을 다시 정상봉에서 알려서 엄청난 참사를 모면케 했던 것이 아닌가. 모두 지난 일이지만 지금 다시 생각하니 치가 떨리기도 했고, 꿈 같은 일이기도 했다. 김형개는 먼 산을 바라보고 있다가 한숨을 푹 쉬며 말했다.

　"어제 이문근 선생님 산소에 모인 사람들 중에 정상봉 씨나 박판도 씨, 허남보 씨, 이런 사람들은 참말로 사할린에 살고 있는 조선 사람들 가운데서는 인물입니다. 사할린에 사는 조선 사람 치고 가슴에 한이 안 맺힌 사람이 없겠지마는 이 양반들은 모두 가슴에 한이 맺혀도 크게 맺힌 사람들이지요."

　김형개는 끝내 자신의 이야기는 숨기고 하지 않았다. 이시무라 씨로부터 그 무서운 사실을 전해 듣고 정상봉에게 알려 3500여 명의 조선 노무자들을 살린 일은 큰 자랑일 수도 있었지만.

　김형개는 멍하니 하늘을 보고 있다가 생각난 듯 벌떡 몸을 일으키며 말했다.

　"자, 고마 내려가입시다. 우리 집에 가서 점심이나 같이 드입시다."

　그러면서 소리쳐 아내를 불렀다.

　"임자아, 고마 내려가지. 손님들 점심이라도 대접해야지."

　김형개 부부가 꺾은 고사리는 큰 포대로 두 개나 되었다. 차 트렁크에 실었으나 트렁크의 뚜껑이 덮이지 않았다. 소련제 소형차였기 때문이다.

이철환이 말했다.

"김 선생님, 저희들은 그만 시내로 나가 점심을 먹고 싶습니다. 댁으로 가실 게 아니고 저희들과 같이 시내로 나가시지요."

사실 현지 동포들에게는 식당 음식 값이 보통 비싼 게 아니었지만 달러를 루블로 환전한 그들에게는 너무 싼 값이었기 때문에 조금도 겁날 것이 없었다. 그러나 김형개는 펄쩍 뛰었다.

"제가 점심 대접을 하겠다고 한 소리는 그냥 해 본 소리가 아닙니다. 박판도 회장이나 정상봉 선생이나 허남보, 김진규 이런 양반들과는 옛날부터 제하고는 각별한 사이였습니다. 돌아가신 최해술 어른이나 이문근 선생과도 물론이고요. 그런데 제가 존경하고 따랐던 최해술 어른이나 이문근 선생의 자사들이고 김진규의 종형이 오셨으니 저에게도 얼마나 귀한 손님입니까. 다른 사람들은 벌써 몇 번씩 초청해서 대접을 했는데 저는 여태 못했으니 말이 됩니까."

그의 아내는 김형개보다 오히려 한술 더 떴다.

"우리가 이런 데서 이래 산다고 안 오실라 쿠시면 참 섭섭할 낍니데이. 고향 가족들이 보고 싶어서 이 양반은 요새 저녁마장(마다) 혼자 한숨 짓고 술 마시는데, 낮에라도 잠시 오셔가이고 함께 계시야지예. 저녁에는 또 다른 모임이 있다 쿵께네 지들은 낮에 안 모시면 인자 모실 시간이 있습니꺼."

김종규가 말했다.

"좋습니다. 저희들은 김 선생님 댁에 폐가 될까 봐서 사양한 거지, 다른 뜻은 전혀 없었습니다."

형개의 아내가 다시 말했다.

"폐는 무슨 폐예? 당찮은 말씀 다 하십니더. 지금 집에 가면 메느리들이 점심준비를 다 해놓았을 낍니더."

그들이 김형개의 집에 닿았을 때, 과연 김형개의 자부 두 사람은 정성껏 음식상을 준비하고 있었다. 세 사람이 방으로 먼저 들어간 뒤, 김형개는 가지고 온 고사리 포대를 풀어 멍석에 널어야 했다. 왜냐하면 포대에 든 채로 오래 두면 이내 뜨고 말기 때문이었다. 멍석에 골고루 다 널고 손발도 씻고 하느라고 바깥에서 시간을 지체하고 있었다. 김형개의 아내는 방으로 먼저 들어온 손님들 앞에서 민첩하게 상을 차리고 있었다. 그녀는 예사로 말했다.

"한국에서 오시는 가족들을 만나는 이웃 사람들을 보면 얼마나 부러운지…. 오늘 지도 영판 친정 동생들을 만난 기분이라예."

이철환이 말했다.

"감사합니다. 저도 새로운 누님 한 분을 찾은 것 같습니다."

그녀가 다시 이철환에게 물었다.

"이 선생님은 고향이 어뎁니꺼? 지는 경남 함안 오석골이거든예."

이철환이 깜짝 놀라며 그녀를 뚫어져라 바라보았다.

"아니, 고향이 오석골이라고요? 제가 바로 오석골이 고향인데요."

철환의 말이 떨어지는 순간 박소분은 당황하는 눈빛이더니 이내 침착을 되찾고 말했다.

"그러면 혹시 오석골에 사시던 박 재자 규자 어른을 기억하십니꺼?"

철환이 잠시 눈을 깜박거리다가 되물었다.

"왜정시대 면에 나가시던…?"

"예, 맞습니더. 지가 그분의 딸 앙입니꺼."

철환은 워낙 어릴 때의 일이어서 박재규라는 사람까지는 기억이 났지만 그의 딸은 기억해 낼 수 없어 조금은 어리둥절한 표정을 짓고 있을 수밖에 없었다. 그러나 박소분은 이미 철환에게로 다가와 두 손을 잡고 눈물을 흘리고 있었다.

"우리 아부지 어무이는 우찌 됐습니꺼? 살아계십니꺼?"

다급하게 물었다. 철환이 고향 오석골을 떠난 지가 얼마만인가. 그러나 앞에 앉아 흐느끼고 있는 이 노파의 부모가 살아 있을 까닭은 없었다. 다만 언제 어떻게 세상을 떠났는지 모를 뿐이었다. 철환은 좀 더 아득한 표정을 지으며 박소분을 바라볼 수밖에 없었다. 이 순간만큼 곤혹스러운 때는 아마 일찍이 없었던 듯했다. 그러다 그는 변명 삼아 말했다.

"해방 될 때 저는 아홉 살이었습니다. 그래서 기억나는 게 별로…."

박소분이 거듭 물었다.

"그런데 이번에 선생님은 누구를 찾아오셨다고 했습니꺼?"

"저의 숙부 문자 근자 어른을 찾아왔더니 별세하시고…."

"아니, 이문근 선생님이 선생님의 숙부라 그 말입니꺼? 세상에 이럴 수가, 세상에…."

그러면서 그녀는 몸을 돌이켜 두리번거렸다. 그때 마침 김형개가 방으로 들어섰다. 그녀는 남편에게 대어들듯 퍼부었다.

"보이소, 작년에 돌아가신 이문근 선생님이 바로 우리 친정 동네 분이었어예. 이녘은 그거로 몰랐던교?"

김형개는 눈만 끔벅거리고 있었다.

"말 좀 해 보이소, 그 선생님이 오석골에서 오신 분이란 거로 내가 알았다면 한 번도 안 만나 볼 택이 없을 낀데…. 세상에는 이름 같은 사람도 하도 많애, 나는 예사로 같은 이름 가진 사람인 줄만 생각하고 있었더니…."

이렇게 넋두리처럼 늘어놓다가 다시 생각난 듯 말했다.

"이문근 선생님 부인이 내카마 몇 달 먼저 여기로 자원해서 왔는데, 공부도 많이 한 개성 사람이었는데, 이문근 선생님은 여기 와(왜) 왔습니꺼? 대관절 우찌 된 깁니꺼?"

그러나 이 복잡한 사연들을 누가 새삼스럽게 박소분에게 세세히 설명해 주겠는가. 한참 뒤에야 이철환은 오석골에서 여자 정신대로 첫 희생자가 된, 별명 '눈보'라는, 아라이 소훈을 생각해 낼 수 있었다. 이철환이 그 일을 기억해 내지 못한 것은 아라이 소훈(박소분)이 오석골을 떠난 것이 1943년이었기 때문이다. 그래 눈이 커서 '눈보'라는 별명이었지. 국민학교를 졸업하던 해에 정신대로 끌려갔다는 사실이 어렴풋이 떠올랐던 것이다. 이번에는 이철환이 너무 감격스러워 그녀를 끌어안았다. 나이도 자신보다 7, 8살은 위였을 터였다.

"누님, 얼마나 고생하셨습니까. 여기에 와서 살아계셨군요. 저도 고향 오석골을 떠난 지가 오래 되었지만 한국으로 돌아가면 즉시 오석골로 가서 누님의 가족들을 찾아뵙고 즉시 연락을 드리겠습니다."

박소분은 이철환을 친동생인 듯 끌어안고 하염없이 울었다.

"참말로 친동생을 만난 기분입니더. 이런 일이 있을라고 그랬던지 이 며칠 동안 고향 산천 꿈이 우째 그리 서언하게 꾸이던지…."

침통한 표정으로 이들을 지켜보고 있던 김형개가 이철환을 보고 말했다.

"내 잘못이 컸습니다."

그러나 이철환은 그 말뜻을 미처 알지 못했고, 박소분도 그것을 따지려고 하지 않았다. 이래저래 이날 낮에도 모두들 술을 마시지 않고서는 배길 수가 없는 분위기였다.

점심을 먹고 떠날 때, 이철환은, 혹시 한국으로 올 때 쓰일지도 모르니 받아 두라면서 박소분에게 달러 두 장을 손에 뒤어 주었다. 100달러짜리였다. 김진규의 집에 맡겨놓은 가방에는 아직도 한국에서 가져온 선물이 많이 남아 있었다. 떠나기 전에 다시 만나 박소분에게 줄 생각이었다.

108

저녁 9시 '사할린리산가족회' 사무실 옆의 레스토랑에서 '사할린리산가족회'와 한국 대구에 있는 '중소이산가족회'가 공동 주최하는 만남의 자리가 마련되었다. 사할린에 거주하는 동포로는 박판도, 정상봉, 김형개, 허남보, 김진규를 비롯해서 사할린주 고려문화센터 위원장 곽경호, 새고려신문사 서상호 사장, 소련 적십자사 사할린주 지사의 리산가족부장 김영길, 사할린 조선말 방송국 라디오 방송원 하상대, 사할린 리산가족회 고문(노인회 회장) 도경동 외에 수명의 인사와 대구 중소이산가족회 회장 이두훈 씨 및 그 수행원들, 그리고 사할린을 방문한 한국인으로 이철환, 김종규, 최상필, 정상규 신부를 비롯한 10여 명, 좀 색다르게 일본 사진작가 협회 회원인 일본인 한 사람도 참석했었다.

테이블을 한 줄로 기다랗게 이어 붙이고 테이블 위에는 하얀 보를 덮었다. 음식이라야 사할린에서 몇 번이나 먹어본 볼품없는 소련 요리였다. 사할린 동포들과 한국 방문객들이 서로 마주 앉았다. 이두훈 회장은 한국 방문객들의 한중간에 자리 잡았다. 김영길 씨가 서서 사회를 맡았다. 그의 사회는 세련되었고 회의를 이끌어가는 솜씨가 매끄러웠다. 한국에서 찾아온 사람들보다도 사할린에 살고 있는 동포들의 이야기가 너무 많아, 김영길은 중간중간에 재치 있게 그들의 남은 이야기를 요약 대변하거나 화제를 바꾸어 모임을 딱딱하거나 지겹지 않게 이끌어 나갔다.

맨 먼저 일어서, 그동안의 경과와 한국에 있는 중소이산가족의 애로와 고충, 그동안의 성과를 설명하는 이두훈 회장의 인사말도 흔히 빠지기 쉬운 자화자찬의 함정을 잘 피하고 있었다. 그는 한국 정부의 고충을 깊이 헤아려 주면서도 사할린 동포에 대한 무성의를 잠깐씩 비추기도 했고, 무엇보다도 일본 정부에 대한 공격을 신랄하게 했다. 사할린 동포를 대표해서 박판도 회장도 격한 감정을 억제하면서 말했다.

"오늘 이런 자리에서 고국의 귀한 손님들을 만나 뵙게 되니 진실로 감개가 무량합니다. 혈기 왕성한 청춘의 나이에 끌려온 저희들은 보시다시피 이렇게 완전 노인이 되었지만 반백년 이역생활에서 한시도 조국과 고향산천을 잊어본 적이 없는 저희들입니다. 자나 깨나 앉으나 서나, 비가 오면 비가 오는 대로 눈이 오면 눈이 오는 대로 고향 산천과 두고 온 부모님, 처자식들 생각으로 모진 목숨을 오늘까지 이어왔습니다. 수구초심이란 말도 있고 지성이면 감천이란 말도 있듯이 죽어서나마 고향땅에 묻히고 싶은 우리들의 간절한 소망을 하늘이 아셨던지 오늘날 이두훈 회장의 희생적인 노고로 우리가 이렇게 상봉을 하게 되었고, 많은 동포들이 고국 땅을 밟아보고 왔습니다. 바라건대 한국 정부와 국민 제위께서는 이곳에 팽개쳐진 이 사람들을 외면하지 마시기를 무릎을 꿇는 심정으로 앙망하는 바입니다. 그리고 이 척박한 오지에서 살아가는 우리 동포 제위께서도 더욱 자중자애하면서 서로 인화하고 우애를 돈독히 하는 가운데 건강을 유지하며 오래오래 살아야 되겠습니다. 세상은 많이 바뀌었습니다. 앞으로 더 많이 바뀔 것입니다. 그런고로 우리가 오래만 살면 우리 1세 동포들이 바라는 영구귀국도 가망이 없지 않을 것입니다. 오늘 모처럼의 이 뜻깊은 자리에 자실 것은 별로 없으나마 피차 심금을 털어놓고 화기애애한 분위기가 되었으면 더 바랄 것이 없겠습니다. 고맙습니다."

이 외에도 몇몇 사람의 축사, 격려사라는 이름의 말씀이 있었다. 모처럼 모인 사할린 동포 가운데는 박판도 회장이나 사회를 맡은 김영길 씨에게 질의하고 건의하고 싶은 말이 많이 있었지만 김영길 씨가 그때마다

"그런 말씀은 우리끼리 있을 때 하시면 얼마든지 경청하고 건의를 받아들이겠습니다. 오늘은 손님을 모신 자리이므로 그 말씀을 다음 기회에 해주시면 좋겠습니다."

하면서 자칫 어색해지려는 분위기를 조정해 나갔다. 식사가 끝나고 술이 몇 순배 돌자, 악단이 들어왔다. 러시아 사람으로 구성된 6인조 밴드였다. 그런데 그들은 들어오자마자 '아리랑'과 '고향의 봄'을 연속으로 연주했다. 동포들이 앞으로 나가 마이크를 받아 쥐고 한국 유행가의 곡목을 말하면 그들은 용하게 알아듣고 전주에 이어 반주를 해 주었다. 이철환은 참 희한하다는 생각이 들었다. 한국에서야 웬만한 술집이면 그 정도 실력의 밴드야 흔하지마는 이 사할린에서, 그것도 러시아 사람들이 한국 유행가를 이렇게나 정확하게 알고 있다니.

노래가 한창 무르익어 갈 무렵에 이번에는 엉뚱한, 일본 사진작가 협회 회원이란 작자가 마이크를 잡고 일본 노래를 하려고 했다. 동포 중에 한 사람이 일어서더니 그 일본 사람을 향해 삿대질로 항의했다.

"여기가 어디라고 당신 같은 사람이 와서 일본 노래를 하려고 하느냐? 우리가 누구 때문에 아까운 청춘을 빼앗기고 지금까지 이 고생을 하는데? 당장 마이크 도로 주고 이리로 내려와!"

그는 조선말 방송국 하상대 방송원(아나운서)이었다. 일본 사람

이 머쓱한 표정으로 사회를 맡았던 김영길 씨를 바라보았다. 김영길 씨가 유창한 일본어로 통역해 주었다. 그러자 그 일본 사람이 허리를 깊이 굽혀 절을 하고는 발언했다. 그것을 다시 김영길 씨가 통역했다.

"존경하는 한국 국민 여러분, 저는 이 자리에서 여러분 앞에 일본 사람임을 내세우고 싶은 생각은 추호도 없습니다. 오히려 저는 여러분 속에 섞인 단 한 사람의 일본 사람임을 이 순간만큼 불행하게 생각한 적도 없었습니다. 이제 고백합니다마는 저도 사할린에서 태어났습니다. 물론 저의 부모는 여러분을 학대했고 핍박한 일본 사람이었습니다. 저는 사할린에서 태어나 7살 되던 해까지 살다가 종전을 맞아 구사일생으로 일본으로 돌아갈 수 있었습니다. 저는 일본에 살면서도 사할린에 억류되어 계시는 한국인 여러분을 한시도 잊은 적이 없었습니다. 이것은 저의 진심입니다. 그리고 이번으로 세 번째 사할린을 방문한 것입니다. 앞서 두 번의 방문은 일본에서 사할린으로 바로 왔지만, 이번에는 한국을 거쳐 사할린 방문단과 함께 왔습니다. 제가 온 목적은 이 사진기에 여러분의 실상을 담아 일본 사람들에게 알려주기 위해서였습니다. 저는 올 때마다 바늘방석에 앉은 기분으로 한국인들을 만나 뵙고 그들의 모습을 사진에 담았습니다. 여러분, 저의 행위가 여러분을 노하시게 했다면 용서하십시오. 그리고 저는 전체 일본 사람들을 대신해서 진심으로 여러분들에게 일본의 과오에 대하여 용서를 빕니다."

그 일본인의 말하는 표정이나 태도도 공손했거니와 서너 번으로 나누어 통역한 김영길의 어조도 흥분한 하상대 및 동포들의 마음을 어루만져 주기에 족했다. 하상대가 일어나 뚜벅뚜벅 걸어나가 그와 악수를 나누며 한국어로 말했다. 하상대 역시 예순이 넘은 사람이어서 일본말에는 능숙한 사람이었다.

"조금 전에는 실례했습니다. 일본인들 가운데 당신 같은 양심적인 사람이 있기 때문에 그나마 일본은 천벌을 받지 않고 번영하고 있는 겁니다. 당신 노래를 듣고 싶으니 한 곡 하십시오."

김영길이 또 그에게 일본어로 통역해 주었다. 그 일본인은 일본의 고전 가곡 한 가락을 뽑고는 자리에 앉았고, 그의 노래가 끝나자 동포들은 박수를 보내주었다.

이제 디스코 음악이 연주되었다. 그러자 언제 와 있었던지 동포 3세에 속하는 비교적 젊은 사람들 한 무리가 무대로 나가 마구 몸을 흔들어댔다. 한국 도시의 디스코장을 옮겨 놓은 듯한 광경이었다.

이날 밤의 모임은 이 디스코 춤을 끝으로 막을 내리는 듯했다. 그러나 그게 아니었다. 디스코 음악이 울리면서 젊은 축에 속하는 동포들이 나와 몸을 흔들자 어디에서 나타났는지 한 무리의 러시아 청년 남녀들도 함께 어울려 춤을 추기 시작한 것이다. 이제 나이 든 동포들은 시끄러운 음악과 광란의 춤판에는 관심도 두지 않은 채 끼리끼리 마주 보고 술잔을 기울이며 큰 소리로 대화를 나누고 있었다. 음악 소리가 너무 커서 어떤 사람은 몇 번이나 무대 쪽을 흘겨보았지만 아무도 말리지 않았다. 저런 디스코 음악도 이제 곧 끝날 것이었기 때문이다. 최상필과 이철환은 각기 부친의 이장 이야기를 하고 있었고, 이두훈 회장은 김영길과 더불어 무대 쪽에 눈을 주고 있었다. 이 디스코 음악만 끝나면 폐회를 선언할 생각이었다.

그때 춤판 한가운데서 갑작스러운 고함 소리가 들려왔다. 빠르고 격한 음성의 러시아어들이 마치 화로에서 알밤이 튀듯했다. 음악이 그쳤다. 고막을 찢을 것 같은 음악소리가 그치자 싸우는 사람들의 말소리가 훨씬 더 거칠고 크게 들렸다. 러시아 청년들과 한국 사람들의 편싸움이 바야흐로 시작될 판이었다. 호사다마라더니 남의 잔치에 뛰어들어 이런 소란을 일으키는 러시아 청년들이 얄밉기 짝이 없었지만, 일단은 싸움부터 말려놓고 볼 일이었다. 김영길 씨가 앞으로 나가 먼저 한국 청년들을 제지해 놓고, 러시아 청년들에게 왜 그러느냐고 물었다. 흥분한 러시아 청년이 앞으로 나오며 김영길 씨에게 삿대질을 하며 고함쳤다. 김영길이 듣고 있다가 잘 알았다는 듯이 두 손을 들어 진정하라는 동작을 취하며 뭐라고 설득했다. 그때 한국 청년 한 사람이 나서며 또 그 러시아 청년에게 대들었다. 김영길이 한국 청년을 러시아말로 호되게 꾸짖으며 다시 러시아 청년을 달래듯 무엇인가 이야기하고 있었다. 이러기는 6, 7분이나 걸렸다. 드디어 러시아 청년과 한국 청년의 악수가 있었고, 러시아 청년들은 밖으로 몰려나갔다. 동포 청년들도 슬그머니 흩어져 나갔다. 김영길이 자리로 돌아오면서 탄식했다.

"참, 큰일입니다. 마주치면 싸우려고 드니. 로스케 애들이야 그렇다 치더라도 우리 조선 아이들이 모국어는 한 마디도 모르면서 로스케 애들 이상으로 버릇도 없고 무례하다니까요."

"방금 뭣 때문에 그 난리요?"

누가 묻자 김영길이 설명했다.

"아, 러시아 애들 남녀가 마주보고 춤추는 데를 조금 전에 그놈이 처녀를 가로채서 춤을 추려고 했으니 가만 있겠어요? 까딱했으면 또 큰 싸움 날 뻔했지요."

박판도 회장이 탄식했다.

"고약한 놈들! 조선 피를 받고 태어났으믄 조선 사람이 돼야 할 낀데, 와 모도 소련 사람으로 변해 삐리는지 내 알다가도 모르겠

소. 쯧… 쯧….'

이두훈 회장이 말했다.

"지금 한국에서도 저놈의 뒤스콘가 앞스콘가 때문에 온 국민 다 버리고 있어요. 시골이 도시 되고, 도시 변두리가 중심지로 변하는 거야 좋다고 할 수 있지요. 그런데 문제는 꼭 이런 낭비적인 퇴폐 문화가 시골을 점령하고 도시 변두리를 점령하면서 시골이 도시 되고, 도시 변두리가 번화가로 된다 이 말씀입니다. 지금 한국의 이 시간에도 온 나라의 구석구석이 퇴폐와 환락으로 타락하고 있어요. 어두워지면서 네온사인이 켜지면, 그것은 벌써 악마의 눈길이 되어 선량한 국민을 유혹하는 겁니다."

이철환과 김종규, 최상필 모두들 이런 문제에 대해서는 일가견을 가진 사람들이었지만 꾹 참고 있었다. 다만 이민족끼리의 패싸움이 이 정도로 그친 것이 무엇보다도 큰 다행이었다.

모임을 파하고 김진규의 집으로 김종규와 이철환이 돌아왔고, 최상필은 허남보의 집으로, 정상규 신부는 상봉과 함께 박판도 회장의 집으로 갔다.

두 개의 침대에 나란히 누운 김종규가 이철환에게 작은 소리로 말했다.

"이 교수, 우글레고르스크에서 제수로부터 선물을 하나 받았는데, 자기는 아주 귀한 거라면서 내 가방에 억지로 넣어주었어요."

이철환이 물었다.

"그게 뭔데요?"

"글쎄요. 나도 그게 궁금해서 아까 낮에 몰래 내어 보았더니 한국여자들이 60년대에 입던, 몸에 달라붙는 주름치마였어요."

이철환이 진심으로 말했다.

"부인께서 좋아하시겠는데요?"

"글쎄, 좋아하면 다행이겠는데…."

"선물 받고 안 좋아하는 사람 봤습니까."

"내 말은 그 주름치마가 한국에서 60년대 초에 입던 것이어서 지금은 아무도 안 입는다 이 말입니다. 그보다 더 좋은 옷도 유행이 조금만 지나면 입지 않는데, 30년이나 지난 나일론 주름치마를 누가 입겠어요. 그러나 여기 사람들은 그게 아주 귀한 옷이거든요. 귀하다고 억지로 주는 걸 안 받자니 그렇고, 받아 가자니 버릴 것이 뻔한데…."

이철환이 말했다.

"저도 김 교수님의 제수씨, 광규 씨의 부인으로부터 선물을 하나 받았거든요."

"아, 나도 그 제수씨로부터 받았는데."

"그래요? 나도 그럼 주름치만가?"

"어디 한번 꺼내 봐요."

그는 껐던 불을 다시 켜고 가방을 뒤적거려 그것을 꺼냈다. 그러나 주름치마가 아닌 브래지어였다. 김종규가 벗어놓은 돋보기를 찾아 끼더니 브래지어의 안팎을 자세히 들여다보았다. 그러더니 그가 웃으면서 물었다.

"이거 누구 갖다 줄 겁니까?"

이철환은 김광규 부인의 말을 떠올렸다. 그녀는 작은 소리로 말했던 것이다.

"선생님 따님 있다고 했지요?"

"예."

"그럼 이거 따님 갖다 주십시오. 본토의 모스코를 다녀온 사람이 선물로 준 겁니다."

"아니, 그런 귀한 물건을?"

"귀하니까 선생님께 드리고 싶어서요."

이러한 대화를 떠올리다가 그는 웃고 있는 종규에게 답했다.

"광규 씨 부인이 딸이 있느냐고 물어서 있다고 했더니 주던데요."

김종규는 갑자기 박장대소를 하며 한참이나 웃다가 겨우 웃음을 그치고는 말했다.

"딸내미한테는 더군다나 주어서는 안 됩니다. 요즘 한국 여자들은 브래지어의 천도 다 면이거든요. 이건 백퍼센트 나일론 아닙니까. 모르면 몰라도 이걸 하면 아마 한 시간도 못 돼서 가려워서 못 견딜 겁니다."

이철환이 멍청한 소리를 했다.

"나일론 제품은 피부에 닿으면 가렵습니까?"

"옛날 우리 몸에 이가 끓을 때는 가려운 줄 몰랐지요. 몸에서 이가 사라지고 나니까 이제 조금만 이상한 것이 닿아도 알레르기 반응을 일으키면서 가려워지는 것이 현대 도시인들의 생리라니까요. 어쨌든, 이 물건 딸내미한테 갖다 주어 보세요. 아마 학을 뗄 겁니다."

이철환은 학(학질) 아니라 염병을 뗀다고 해도 '귀한 선물'을 그냥 버릴 수는 없다고 생각하며 도로 싸서 가방에 집어넣었다. 침대에 다시 누워 눈을 감았다. 그사이에 가족들의 얼굴이 몹시 보고 싶었다.

109

사할린 남부의 항구 도시 코르사코프. 6월 1일의 바다는 맑고 깨끗했다. 일망무제로 탁 트인 바다는 저 멀리 수평선 쪽에만 기다란 띠 같은 구름이 살짝 끼어 있을 뿐, 하늘과 바다가 온통 같은 빛깔이었다. 띠같이 생긴 가느다란 구름만 없었다면 정말 하늘과 바다가 구별이 되지 않을 지경이었다.

일본 지명으로 오토마리. 이 항구를 통해서 얼마나 많은 동포들이 미지의 세계에 대한 불안과 높은 임금에 대한 기대를 안고 상륙했던가.

또 얼마나 많은 동포들이 해방 직후에 이곳, 바다가 환히 내려다보이는 이 언덕 위에 서서 고향 쪽을 그리워하며 가슴을 태웠던가. 만리타국에서 해방을 맞은 동포들은 며칠을 굶으면서 허위단심 이 항구까지 내려왔지만 일본으로 가는 연락선의 문턱에서 밀려나야 했었다. 조선 사람이라는 이유 하나 때문이었다.

기나긴 방파제와 하역 작업에 필요한 듯한 거대한 크레인들이 환히 내려다보이는 펑퍼짐한 언덕 위에 그들은 차를 세웠다. 언덕 위 저쪽 나무 위에서 까마귀들이 울고 있었다. 사할린에는 까마귀들이 유난히 많았다. 그리고 그 까마귀가 한국의 그것보다 훨씬 커서 중닭만씩 해 보였는데 그 울음소리조차 한국 동포들에게는 언제나 슬픔을 자아내기에 족했다.

박판도 회장과 정상봉이 차를 몰고 왔었다. 박판도의 차에는 김종규, 최상필, 허남보가 탔었고, 정상봉의 차에는 정상규 신부와 이철환이 탔었다. 유즈노사할린스크에서 코르사코프까지는 꽤 먼 거리여서 전속력으로 아마 3시간 가까이는 달린 듯했다.

어제 만남의 자리에서 헤어지는 마당에 박판도 회장이 제안했던 것이다.

"이제 모레면 떠나시는데 마지막으로 코르사코프 항구에나 한 번 가시지?"

허남보가 말했다.

"좋은 의견입니다. 해방 직후에 장인어른과 저는 코르사코프 항구에서 이철환 교수님의 양모이신 최숙경 씨와 그 부인의 동행인 김말숙 씨를 만나 부부인 척해서 일본으로 가는 연락선을 타려고 했으나 쫓겨났지요. 그때까지만 해도 조선 사람이라도 아녀자만은 승선이 가능해서 여자 두 사람은 배를 탔는데, 우리는 닭 쫓던 개 지붕 쳐다보는 격으로, 왜놈들이 가슴을 쳐내는 바람에 밀려났지요."

박판도 회장이 덧붙였다.

"작고한 이문근 형님이, 아내가 이 항구를 통해 떠난 줄도 모르고 새삼스럽게 사할린으로 들어온 곳도 바로 그 코르사코프였지."

김종규도 말했다.

"내가 3살 때 어머니 품에 안겨 사할린에 첫 발을 디딘 곳도 그 항구였고, 11살에 일본으로 떠날 때도 그 항구를 통해서였습니다. 그때가 44년 늦가을이어서 우리는 겨울옷을 입고 있다가 북해도에 닿자마자 옷을 갈아입은 기억이 새롭습니다."

최상필이 말했다.

"사실은 나도 가고 싶었던 곳이었습니다."

이철환도 말했다.

"그러니까, 사할린까지 왔다가 코르사코프를 찾아보지 않는다면 닭고기를 먹으면서 꽁무니 살을 빠뜨리는 격이군요."

정상봉이 말했다.

"가만있자, 박 회장 차에 다 탈 수 있나? 천상 내가 또 하루 더 봉사를 해야겠네."

박 회장이 잽싸게 받았다.

"자네 제씨인 신부님만 동행 안 한다면 다 탈 수야 있지. 그러나 그럴 거 있나. 자네가 가게 되면 차도 좀 더 너르고 좋을 꺼로."

정상규 신부가 그의 형을 보고 말했다.

"형님, 같이 가십시다."

이래서 이들은 이날 아침 여유를 가지고 유즈노사할린스크를 출발했던 것이다.

평퍼짐한 언덕 위에 차를 세우고 내린 그들은 감회 어린 눈으로 남쪽으로 까마득하게 펼쳐진 바다를 언제까지나 바라보고 있었다. 모두들 깊은 생각에 잠긴 표정들이었다. 특히 허남보는 해방 직후의 그때를 떠올리며 눈을 지그시 감았다 떴다 했다. 예쁘고 세련된 여자인 최숙경이 최해술의 아내가 되고 병색이 완연한 촌뜨기가 자기 아내로 된 것이 비록 임시 부부이긴 했지만 기분이 상했던 것이 떠오르자 부끄러워졌다. 그런 생각을 하고 있던 허남보가 말했다.

"이 교수님의 숙모님은 그때만 해도 참 젊고 예뻤습니다."

박판도가 받았다.

"최 교장, 어머니가 잠시 되셨던 부인…."

박 회장의 말에 장난이 섞였으므로 모두들 웃음을 터뜨렸다. 박 회장이 다시 이었다.

"최해술 형님은 아마 그때부터 여자 복이 있었던 모양이라."

허남보가 다시 말했다.

"그때나 지금이나 이 지대가 바뀐 것은 아무것도 없는데, 저 밑 부둣가는 말할 것도 없고, 이 언덕 우에꺼정 사람들이 눕고 앉고 발디딜 틈이 없이 복닥거렸습니다. 인산인해란 말이 있지마는 나는 정말 한 장소에 사람들이 그만큼 많이 모인 기는 안죽도 본 적이 없습니다. 지난번 한국의 MBC 방송국에서 사할린 동포 위문하러 왔을 때도 많이 모이기는 했지마는 해방 직후 이 언덕배기에 모인 사람들에 비하몬 아무것도 아니었지예. 왜놈은 왜놈들대로 모여 속닥거리고, 조선 사람은 조선 사람들대로 모여 연락선 얻어 탈 궁리를 했지예. 유언비어도 많이 떠돌아, 소련군 폭격기가 조선 사람이건 일본 사람이건 몰살시킨다는 풍문이 나도는데 마침 소련 비행기 한 대가 낮게 떠 날라오는 기라예. 그라자 밥을 묵던 사람들은 밥냄비를 걷어차고, 어린 애 젖을 빨리던 아낙네들은 젖먹이도 내빼린 채 미리 겁을 묵고 도망을 치던 모습이 지금도 눈앞에 서언합니더. 아, 이기 사람인가 싶었지예."

최상필이 물었다.

"그래서 어떻게 됐어요?"

"그놈의 비행기는 일없이 낮게 떠서 한 바쿠 비잉 두르더니 그냥 북쪽으로 날라가삐맀지예."

박판도가 말했다.

"그때는 폭격을 안 했지만 그 뒤 유즈노사할린스크 역사(驛舍)와 광장을 공습한 거는 자네도 알고 안 있나."

"와 아니라예. 그 이바구는 좀 있다가 하입시더. 나는 이 언덕에서 하룻밤을 새우고 이튿날 최해술 어른을 만났지예. 서로 의지할 사람이 생겨 울매나 반갑던지! 바로 그때 최숙경, 김말숙 두 여자분도 만났고…."

정상봉이 말했다.

"그때 이야기를 지금 다 할 수가 있는가. 지난날을 생각하면 모두 꿈같지."

허남보가 다시 말했다.

"맞습니더. 결국 배도 못 타고 이틀이나 걸려 도로 유즈노사할린스크로 가서 역에 있다가 비행기 폭격을 만난 기라예. 그런께네 저는 이 자리에서 최해술 어른을 처음 만나가지고 또 장인어른으로 모시게 되고 그 뒤로 돌아가실 때까지 가까이에서 모셨지예."

최상필은 그렇게 말하는 허남보를 애정이 넘치는 눈으로 바라보고 있었다.

　그들은 그 언덕에서 바다를 등지고 기념사진을 찍고는 부두 쪽으로 내려갔다. 언덕 위에서 내려다본 것과는 달리, 부두로 내려와 보니 의외로 선착장에는 작은 배들이 많이 매여 있었다. 언덕 위에서는 높은 건물에 가려 안 보였던 것이다. 바닷물이 기름기 하나 없이 맑고 깨끗했다. 부러운 것이 있다면 바로 그렇게 청정한 바닷물이었다. 그들은 방파제를 타고 방파제가 끝나는 데까지 걸어가 보았다. 큰 배들이 몇 척 떠 있었을 뿐, 방파제 주위의 바다는 너무 한적했다. 한국 부산의 방파제에서처럼 해산물을 파는 사람들도 없었고, 산보 나온 사람들도 없었다. 다만 6월 초하루의 삽상한 바람만 설렁설렁 불어와 제법 따끈한 햇살과 조화를 이루고 있었다. 그들은 다시 돌아와 부둣가에서 식당을 찾았다. 되도록이면 소련 음식이 아닌 조선 음식이 먹고 싶었다. 물론 한국처럼 구멍가게 같은 그런 식당이 있을 리가 없었다. 이때까지만 해도 좀 큰 식당들은 대개 무슨 레스토랑이란 이름의 국영이었고, 그런 식당은 러시아 사람들이 경영하고 있었다. 그런데 아까의 그 언덕으로 올라가는 길목에 작은 식당 하나가 보였고, 마침 동포로 보이는 중늙은이 남녀가 우두커니 앉아 있었다. 그들은 예사 동포인 줄 알고 '점심 됩니까', 하면서 들어갔다. 그러나 그 중늙은이 부부는 웃기만 했지, 말을 하지 않았다. 알고 보니 그들은 일본사람들이었다.

　사할린에는 일본으로 돌아가지 못한 일본 사람들이 더러 있었는데, 그들 부부도 그런 사람 중의 하나였다. 일본 말을 쓸 수밖에 없었다. 박판도 회장이 우동을 시켜놓고 기다리는 동안에 일본인 남자 중늙은이에게 말을 걸었다.

　"왜 일본으로 돌아가지 않았소?"

그러나 그는 묘한 표정을 지으며 침묵을 지키다가 말했다.

"고향이라고 다 좋은 법이 있습니까. 저는 사할린에서 태어났고 자랐을뿐더러 고향에는 일가 친척이 아무도 없어 그냥 눌러 살았지요."

박 회장이 다시 물었다.

"이 코르사코프에 일본 사람들이 더러 있습니까?"

"있고말고요. 조선인들이 서로 돕고 살듯이 우리들도 자주 만나 서로 위로도 하고 그러지요."

허남보가 물었다. 그도 일본 말이 유창했다.

"사할린에 살고 있는 당신네 일본 사람들의, 조선인들에 대한 감정은 어떻소?"

이번에도 그가 잠시 침묵을 지키더니 말했다.

"옛날에 우리 아버지, 할아버지 세대가 조선 사람들한테 못할 짓을 많이 했지, 지금 우리 세대는 그런 악행을 할래야 할 수도 없지 않습니까? 따라서 저는 이제 여기에 남아 있는 일본인이나 조선인들은 같은 운명의 피해자로서 서로 이해하고 도와야 한다고 믿습니다."

허남보가 다시 물었다.

"사할린에 살고 있는 일본 사람들도 스스로 피해자라고 생각합니까?"

"물론입니다. 솔직히 말씀드리면 저희들도 한때는 일본으로 가려고 애쓴 적이 있었지요. 스스로 고국을 포기한 것이 아니고, 타의에 의해서 우리는 고국을 포기하지 않으면 안 되었어요. 일본으로 돌아가려고 몇 번이나 발버둥쳤는데 그때마다 우리도 모르게 제외되었어요. 다른 사람들은 다 갔는데…. 이런 것을 운명의 장난이라고 하던가요."

정상봉이 말했다.

"그 뒤에라도 얼마든지 일본으로 돌아갈 기회가 있었을 텐데…?"

"그런 기회가 있었는지는 몰라도 어쨌든 저희들 부부에게는 그런 기회가 오지 않았습니다. 일본에서도 돈이 많거나 권세가 좋은 사람들은 여기에 남아 있는 가족들을 몰래 빼내 갔지요. 목숨을 건 모험이었지만. 그러나 저는 아까 말씀드린 대로 일본에 그런 친지들이 없었지요."

허남보가 다시 물었다.

"자녀들은 없습니까?"

"있지요. 장성해서 가정을 이루어 유즈노사할린스크에 살고 있습니다."

허남보가 다시 물었다.

"자주 옵니까?"

"웬걸요. 올 일이 있습니까?"

올 일이 없다니? 늙은 부모가 있는데. 그러나 그들은 더 이상 대화를 하지 않았다. 우동이 나왔기 때문이다.

식사를 마치고 나올 때 최상필이 계산을 하면서 처음이자 마지막으로 한 마디 했다. 일본말이었다.

"오래 오래 건강하게 사십시오."

그러자 그 일본인이 최상필에게 물었다.

"선생님들은 한국에서 오셨지요? 남은 여정 부디 무고하시기를 기원합니다."

"고맙습니다."

광장처럼 평퍼짐한 언덕 위로 다시 올라와 그들은 새파란 풀밭에 앉아 담배 한 대씩을 피웠다. 박 회장이 말했다.

"아까 그 일본인 부부는 우리보담 더 불행하다."

정상봉이 물었다.

"왜?"

"아, 자식들이 있어도 생전에 찾아오지도 않는다고 안 하더나."

김종규가 말했다.

"지금 한국도 그렇게 돼 있습니다, 벌써."

39장

가까운 하늘

110

6월 2일 오후 유즈노사할린스크 공항. 지난 5월 22일 이곳에 도착할 때보다 훨씬 더 많은 동포들이 각처에서 몰려들었다. 한국으로 떠나는 가족을 환송하기 위해서였다 공항 청사 앞의 광장이 그렇게 좁은 편은 아니었는데도 사람들로 발디딜 틈이 없을 지경이었다.

사할린 방문객들과 환송 나온 가족들은 구석구석에 모여 언제까지나 손을 맞잡고 흔들면서 혹은 울고 혹은 정담을 나누기에 바빴다. 어떤 사람들은 얼른 눈물을 훔치고 떠나는 한국의 가족을 중간에 세우고, 사할린에 남는 사람들이 양쪽으로 늘어서서 사진을 몇 번이나 되풀이해서 찍기도 했다.

이절환, 최상필, 김풍규를 위해시도 많은 사람들이 배웅을 나왔다. 몇 밤씩 묵은 집에서는 말할 것도 없고, 초청해서 한 끼 식사를 대접해준 집에서도 모든 가족이 몰려나와 이별을 슬퍼했다. 참으로 감동적이었다. 사할린에 와서 만나 무엇인가 선물을 주고받은 동포 치고 공항으로 나오지 않은 사람이 거의 없

는 것 같았다. 새고려신문사의 서상호 사장, 민희숙 기자, 유즈
노사할린스크 사범대학의 송봉규 교수를 비롯하여 우글레고르
스크에서는 몸이 불편한 창규 어머니와 부인만 빼고 대소가의
일가족들이 솔권을 하다시피 그 먼 길을 내려왔다. 김종술도 끼
어 있었다. 그는 이철환을 한참 동안 찾아 헤맸는지 가쁜 숨을
몰아쉬며 다가와 말했다.

"여기 이문근 선생님 아드님 되시는 분이 누굽니까?"

이철환이 웃으면서

"전데요. 지난번 우글레고르스크에서 뵙지 않았습니까?"

"와 아니라요. 그래도 나는 그때꺼정 선생님이 이문근 선생
님 아들이라는 거는 몰랐는 기라요. 그라고 이문근 선생님이 기
어코 사할린으로 오셔 가지고 그동안 국적도 없이 독신 생활을
하셨다는 것도 몰랐는기라요. 세상에, 같은 사할린에서 40년 가
까이 삼시로 그런 일을 모르고 있었으니…. 세상은 좁고도 넓은
긴지…."

그는 잠시 그쳤다가 다시 이었다.

"선생님이 들어서 아실랑가 몰라도 이문근 선생님은 내가 평
양에서 만나 뵈었는데 그때 사할린으로 오실라 카는 이유를 들
었지요. 그런데 천신만고 끝에 오신 기 헛수고가 됐으니…. 참
말할 수가 없네요."

그러면서 그는 안타까운 표정을 지으며 이철환의 두 손을 잡
고 흔들어대었다. 눈에는 눈물까지 글썽글썽했다. 그러다가 또
말했다.

"그라고 부택이가 하나 있습니다. 부산에서 김해 대동면꺼정
은 얼매 안 되는 길이고 하니, 이 주소대로 꼭 한번 찾아가 봐
주이소. 부모님들이사 별세하셨겠지마는 조카들은 있을 낀데

통 소식이 없네요."

이철환은 그가 꼬깃꼬깃 접어주는 종이쪽지를 받아 지갑 속에 간수하면서 답했다.

"예, 제가 한국에 돌아가면 시간을 내어서 한 번 가보겠습니다. 가족을 만나게 되면 편지를 드리도록 하겠습니다. 주소는 써놓았지요?"

"예, 내 주소는 아까 그 쪽지에 다 적어놓았습니다."

정상봉도 이철환에게 다가와 손을 잡으면서 말했다.

"이 교수, 공직에 바쁘시겠지만 부친의 유골을 고향땅으로 모셔가는 것을 잊지 마시기 바랍니다."

"예 선생님, 명심하겠습니다. 그리고 신부님과 함께 정 선생님을 한국으로 모셔가는 것도 잊지 않겠습니다. 특히 아버님의 일기장 같은 유품을 챙겨주신 데 대하여서는 뭐라고 감사의 인사를 드려야 할지 모르겠습니다."

이철환이 진심으로 고마움의 마음을 그렇게 표했을 때, 정상봉이 이철환의 손을 꼭 잡으며 속삭이듯 말했다.

"그 값진 옷들만 해도 분에 넘치는데 옷 속에…."

이철환이 얼른 그의 말을 막으며 말했다.

"아닙니다. 한국에 초청되어 오실 때 드는 비용의 일부라도 되셨으면 합니다."

정상규 신부가 옆에 와 있다가 그의 형과 함께 이철환의 손을 잡으며 밀했다.

"이 교수님, 정말 고맙습니다. 한국으로 돌아가면 이제 자주 만나 뵙도록 하십시다."

정상규 신부도 형으로부터, 이철환이 새옷 속에 돈을 넣어놓았더라는 말을 들은 것이 분명했다. 이철환이 정상규 신부에게 살짝 말했다.

"신부님, 나중에 긴히 드릴 말씀이 있습니다."

말하면서 이철환은 은박지에 몇 번이고 싸서 양복 안주머니 속에 들어 있는 금덩이를 더듬어 만지작거렸다. 정상규 신부가 답했다.

"비행기 안에서 말씀 나누십시다."

최상필과 허남보 부부는 언제까지나 손들을 마주 잡고 이별을 아쉬워하고 있었다. 최상필은 누가 봐도 환히 표가 나게 하얀 보자기에 싸인 상자를 줄로 목에 걸어 가슴에 안고 있었다. 부친 최해술의 뼛가루였다. 최상필이 말했다.

"자형님, 제가 한국으로 돌아가면 꼭 하동으로 가보겠습니다. 그리고 자형님을 초청할 만한 가족이 있거나 없거나 제가 자형님 부부를 초청할 테니까 그때 다시 뵙도록 하입시다."

허남보는 눈물을 글썽거리며 말했다.

"처남 고맙네. 장언어른께서 살아계셨다면 더 말할 것도 없겠지마는 별세하셔도 고향산천으로 가시게 되었으니 얼마나 좋은 일인가. 그리고 내 초청한다는 말씀, 말씀만으로도 족하네. 다만 하동에는 꼭 한 번 가봐주시게."

이런 광경을 옆에서 지켜보고 있던 박판도 회장은 생각했다. 최해술 형님과 허남보의 사이는 사실 옹서(翁婿)지간이 아니었는데도, 진짜 옹서지간 못지않게 지내더니 작고해서도 유가족들마저 친 처남 남매 간처럼 정을 주고받는구나. 박판도 회장은 자신의 처지를 생각하다가 또 눈물이 핑그르르 도는 것을 느끼고 얼른 돌아서버렸다.

우글레고르스크에서 내려온 많은 가족들과 이야기를 나누던 김종규가 박 회장에게로 다가와 인사했다.

"회장님 정말 고맙습니다. 이번에 저희들을 위해서 여러 가지 애서 주신 은혜는 잊지 않겠습니다. 기회 있으시면 한국을 한 번 다녀가십시오."

박 회장이 얼른 눈물을 감추고 말했다.

"고맙소. 내가 이 교수에게도 말했지만, 김 교수도 한국에 가시면 이 교수랑 같이 내 고향 거창을 한 번 찾아가 보시기 바라요. 그리고 인자 이리로 오는 길이 틔었으니 내 죽기 전에 한 번 더 오소."

김종규가 그의 손을 잡고 말했다.

"회장님 무슨 그런 말씀을 하십니까. 저희들이 오는 것도 오는 것이지만, 그 전에 회장님이 먼저 한국을 한 번 다녀가셔야지요."

그때 김형개가 헐레벌떡 그들 앞으로 다가왔다.

"아이구, 여기 계셨네. 나는 혹시 못 만나면 우짜노 하고 걱정을 했더니."

그러면서 그가 이었다.

"그라고 보니, 여기 모인 사람들은 와 한 사람도 한국하고 연락이 안 되노? 연락된 사람들은 모두 아들도 못 보고 세상을 떠나삐고."

김진규가 말했다.

"이번에 이분들이 돌아가시면 모두 고향을 찾아가 확인을 하시고 연락을 주기로 했으니 조금만 기다려 보입시다."

동포들의 집집에서 온갖 선물을 다 받았는데, 주로 사할린 특산물인 말린 고사리와 연어알 통조림, 보드카 술 등이었다. 그런데 김형개도 큼지막씩한 봉지를 네 개나 가지고 와 김종규, 이철환, 최상필, 정상규 신부에게 하나씩 주었다. 이제 그들의 가방 속에는 아무것도 더 넣을 수가 없는 상태였다.

드디어 시간이 되었다. 현지 시간 오후 4시 탑승 완료. 5시에 이륙하기로 되어 있었다. 많은 환송객들이 무더기무더기 서서 손을 흔들고 잘 가라며 소리소리 지르고 눈물을 훔치면서 지켜보는 가운데, 그들도 다른 사람들과 함께 공항 청사 안으로 들어갔다. 입국 때와 달리 출국 때는 가방 검사가 별로 까다롭지 않았다. 다만 보드카 등 술은 한 사람이 3병 이상씩 가져갈 수 없다고 하면서도 일일이 가방을 열어보라는 말은 하지 않았다. 이철환, 김종규, 최상필 등은 96도짜리 스필드를 비롯하여 10병 가까운 보드카 병이, 가지고 간 헌 옷 가지들 속에 싸여 있어 마음이 아주 조마조마했지만 무사히 통과되었다. 출국 수속을 하면서도 연방 청사 바깥쪽의 환송객들에게 눈을 주면서 손수건으로 눈물을 닦는 사람들도 있었다.

타고 올 때와 똑 같은 비행기였다. 승무원도 같은 사람들이었다. 이두훈 회장이 비행기 트랩 위에서 사할린 방문객들 한 사람 한 사람에게 웃으면서 인사하고 있었다.

"그동안 가족들 만나보시고 잘 지내셨습니까?"

비행기 안으로 들어가자 철환은 정상규 신부를 찾아 옆자리에 앉았다. 탑승이 끝나고도 한 시간이나 여유가 있었으므로 이제 방문객들은 서로 한 번씩 트랩 쪽으로 나가, 그때까지 돌아가지 않고 비행기 쪽을 향해 서 있던 환송객들을 향해 무턱대고 손을 흔들기도 했다.

이철환의 좌석 건너편에 낯익은 사람이 앉아 있었다. 김포 공항에서 사할린으로 올 때 맨 나중에 나타났던 창녕의 성일경 씨였다. 사할린으로 올 때는 아주 말쑥한 차림새였는데 돌아가는 비행기 안에서의 그는 허름한 점퍼 차림에 신발도 낡은 운동화였다. 그러한 그의 모습을 눈여겨보고 있던 이철환을 의식했던지 그가 스스로 밝혔다.

"만나보고 가니 마음이 더 안 편습니다. 저는 삼촌을 뵈러 왔더니 삼촌은 별세하시고 사촌들만 있었는데 우애 그리 못살던지, 제가 입고 온 옷이고 신이고 속옷꺼정 다 벗어주고 갑니다."

그러면서 그는 발을 들어 보였고, 헌 점퍼의 앞섶을 흔들어 보였다. 그가 계속했다.

"제가 가지고 있는 거 전부를 다 주고 오는데도 아깝기는커녕 마음이 이리 아프네요. 한국의 일부 허영스러운 도시 사람들은 연고자가 없어도 사할린에 와서 동포들이 사는 모양을 한 번 돌아보기만 해도 정신을 채릴 끼라는 생각이 듭디다."

정상규 신부가 눈을 감고 고개를 끄떡끄떡하고 있었다. 이철환이 성일경을 바라보며 말했다.

"정말 그렇습니다. 한국 사람들은 너무 많이 아까운 것들을 버리고 있으니까요. 괜히 동남아나 유럽으로 돌아다니면서 헛돈 쓰지 말고 앞으로는 사할린으로 가서 동포도 위로하고 사할린 사람들을 위해서 돈을 좀 썼으면 합니다."

잠시 후 이철환은 자리에서 일어나, 대구에 사는 할머니로, 시외사촌을 만나러 간다던 노파를 찾아보았다. 그 노파는 저만치 뒷자리의 창 쪽에 앉아 눈을 감고 있었다. 조심스럽게 다가가 말을 걸었다.

"힐미니, 안녕히 십니끼? 시외사촌 되시는 분은 잘 만나 보셨습니까?"

노파는 이철환을 기억하고 있었다.

"아, 또 만나네예. 시외사촌도 만나 봤고, 조카들도 만나 봤습니더."

"사는 게 어떻던가요?"

"저그는 사할린에서 잘사는 셈이라고 합디더마는 내가 볼 때 그기 사는 기랑이예? 한국에서 그 흔한 비누가 있나, 치약이 있나, 생활필수품이 그렇게 귀해서야 온…. 선생님은 누구를 만나 보러 가신다 캤더라?"

"저도 아버님을 뵙기 위해 갔는데, 돌아가시고 안 계십디다."

"아이구, 저런! 쯧쯧쯧, 얼매나 섭섭하셨겠습니꺼."

노파는 사할린 동포들의 사는 모습에 대해서, 그래도 생각보다는 잘사는 편이더란 의견도 덧붙였다.

"안 할 말로 땟거리를 놓고 굶고 있어 보이소. 돌아오는 우리 마음이 어떻겠습니꺼. 비누 치약 귀하다고 죽는 거는 앙이다 앙입니꺼. 그래서 마음 놓고 돌아오고 있으니 그래도 다행이지예."

그러고는 그녀도 창녕의 성일경과 같은 소리를 했다. 즉 한국 사람들 함부로 먹고 쓰고 버리는 것을 아꼈다가 사할린 동포들에게 좀 가져다주었으면 얼마나 좋겠느냐고. 이철환은 노파와 한참 동안 이런저런 이야기를 주고받다가 제자리로 돌아왔다.

이윽고 비행기가 이륙할 시간이 되었다. 안전벨트를 매라는 안내 방송이 있었고, 이내 비행기는 활주로를 미끄러져 갔다. 잠시 뒤 귀를 찢을 것 같은 바퀴소리가 사라지면서 비행기가 허공으로 떴다. 적당한 고도에서 비행기는 유즈노사할린스크 시가지 위를 한 바퀴 선회하고는 곧장 서북쪽으로 기수를 잡았다. 올 때와 마찬가지로 하바로프스크 상공과 일본 북해도, 니가타 상공을 거쳐 서울로 돌아오는 항로였기 때문이다. 귀가 멍해지는 통증을 한동안 느끼면서 점점 멀어지는 유즈노사할린스크 시가지를 내려다보며 이철환은 나직한 소리로 중얼거렸다.

"안녕, 사할린!"

얼마 뒤에 안전벨트를 풀어도 좋다는 안내 방송이 들리자 이윽고 옆자리의 정상규 신부에게 말을 걸었다.

"신부님, 아까 긴히 드릴 말씀이 있다고 했는데…."

정상규 신부가 기내에서 돌린 국내 일간지를 들여다보고 있다가 이철환을 바라보며 말했다.

"예, 지금 말씀하시지요."

"정상봉 선생님께서 선친의 유언과 유품을 저에게 전해주셨습니다. 그 유품 가운데 이런 것이 있었어요."

그러면서 그는 은박지에 싸인 금덩이를 내어 신부에게 보였다. 정 신부가 의아한 눈길로 이철환을 바라보았다.

"정상봉 선생님께서 가지셔도 될 물건이었습니다. 사실 정상봉 선생님께서 이것을 그냥 지니고 계셨어도 아무 문제 될 것은 없었지요. 왜냐하면 저의 아버님께서는 정상봉 선생님께 이것을 유용하게 쓰시라고 유언을 하셨던 것입니다. 그런데 선생님께서는 기어코 저에게 주셨습니다."

그러고는 잠시 말을 그쳤다. 이철환의 말이 이어지기를 기다리다 정 신부가 말했다.

"그래서 저에게 하실 말씀이란?"

"예, 이것을 현금으로 바꾸면 얼마가 될지는 모르겠지마는 하느님께 봉헌하고 싶어서요. 신부님, 받아주십시오."

"이니, 이 교수님 생각이 정 그러시다면, 이 교수님 본당의 신부님께 드리는 게 더 좋지 않겠습니까?"

"아닙니다. 저희 본당은 큰 본당이고 살림살이가 그런대로 괜찮다고 생각하고 있습니다. 그러나 신부님 본당은 저희 본당보다 교세가 적은 데다 떨어져나간 신설 본당 성전 건립에 얼마나

애를 많이 쓰고 계십니까. 그래서 이것을 신부님께서 성전 건립
에 보태쓰십사 하고….”

“말씀은 고맙지마는 이런 걸 제가 받아도 되겠습니까?”

정 신부는 쉽게 받지 않고 사양했다.

“신부님, 제가 한두 살 먹은 어린애도 아니고, 더군다나 즉흥
적으로 마음먹은 일도 아니지 않습니까. 저는 정상봉 선생님으
로부터 이것을 받는 즉시 신부님께 드려야겠다고 생각했습니
다. 아니, 이것은 제가 신부님께 드리는 것이 아니고, 사실은 신
부님의 형님이신 정상봉 선생님께서 신부님께 드리는 것입니
다.”

그러면서 그는 정상규 신부에게 그것을 억지로 쥐어주었다.

정상규 신부가 이철환의 손길을 두어 번이나 뿌리치다가 마
지못해 받으면서 말했다.

“저의 형님께서 주신다기보다 돌아가신 이문근 선생께서 주
시는 것이지요. 고맙게 받겠습니다. 그리고 뜻있게 쓰겠습니
다.”

이철환은 정 신부와 몇 마디 이야기를 더 나누었다. 이기주의
가 얼마나 무서운 것인지가 화제에 올랐다. 국가 이기주의, 직
장 이기주의, 집단 이기주의, 교회 이기주의, 본당 이기주의 등
에 대하여 많은 의견을 교환했다. 가령 교회만 치더라도 교회
안의 불균등이 허다한 것을 예로 들어, 어떤 본당은 성전을 너
무 호화스럽게 꾸미고 신자들의 헌금 액수도 많아 교회가 살림
을 살고도 남을 만큼 풍족하지만 가난한 시골의 이웃을 위한
복지사업이나 사랑의 실천에는 냉담하다는 이야기라든가, 또
어떤 본당은 너무 가난해 성전이 남이 보기에 민망할 만큼 초라
하지마는 이웃 본당에서는 그런 것을 내몰라라 하고 있으니, 이

래서야 어떻게 하느님의 참사랑을 나눈다고 할 수 있겠는가. 세태가 점점 통속화되고 사람들이 중산층화 되어간다고 해서 교회마저도 세속화의 길을 걸으면서 중산층 기호에 영합해서야 되겠느냐는 등의 말도 했다.

최상필은 아버지의 유골을 가슴에 안고 부산의 집에 도착했을 때의 광경을 상상해 보았다. 아버지께서 별세했으리라고는 아무도 상상도 하지 못하고 있기 때문에, 사전에 아무 연락도 없이 불쑥 이렇게 유골을 모시고 들어갔을 때 가족들이 얼마나 놀라고 비통해할 것인가. 특히 어머니나 아내의 표정을 생각해 보면 정말 가슴이 무너질 것 같았다. 그러나 그렇더라도 어쩔 수 없는 일. 그런 것보다도 고향 합천에서의 아버지 산소 자리를 생각해 보았다. 문중 산이 있기는 했지만 그 문중 산인들 쉽게 산소 자리가 나올지도 의문이었고, 나온다고 해도 여러 가지 복잡한 경로를 거쳐야 무덤을 쓸 수 있을 것이었다. 이런 경우에 날짜는 어떻게 잡을 것이며, 일은 어떻게 치러야 되는지 도무지 가닥이 잡히지 않았다. 일찍 고향을 떠나, 교편생활을 하면서 나이가 예순이 가깝도록 고향의 흉사에 자주 얼굴을 내밀지 못한 것이 부끄럽기도 했고 후회스럽기도 했다. 혹시 어머니께서 충격으로 무슨 일이나 생기지 않을까. 아내는 또 평소의 신경성 위장병이 더하지는 않을 것인가. 객지에 흩어져 살고 있는 아들딸들을 모두 불러야 하는 것인지, 막막하기만 했다. 그러다 그는 고개를 절레절레 흔들어버렸다. 그리고 어세 코르사코프의 그 언덕에서 바다를 바라보는 순간에 떠올랐던 시상을 다시 한 번 정리해 보기로 했다.

최상필이 코르사코프의 그 평퍼짐한 언덕에 섰을 때, 불현듯 그는 허남보로부터 들은 아버지에 대한 이야기가 떠올랐다. 그의 아버지는 해방 직후에 유즈노사할린스크에서도 멀리 떨어진 사할린 서해안으로 자주 나가 파도가 밀려오는 바다 저쪽을 하염없이 바라보고 있었다고 한다. 그때마다 허남보를 데리고 나갔다고 한다. 그들은 아직 직장을 잡기 전이어서 아무 하는 일 없이 놀고 있을 때였다. 코르사코프에서 연락선을 얻어 타지 못한 최해술은 사할린 서해안의 한적한 포구에서라도 혹시 일본으로 가는 배 한 척을 만날 수 있을까 하는 요행심도 있었고 게다가 바다 쪽으로 가서나마 바다 저편의 고향 땅을 생각해 보기 위해서 그 먼 바닷가로 가곤 했다고 한다. 말할 것도 없이 고향이 그리워서였다.

그는 어제 코르사코프에서 바다가 내려다보이는 그 언덕에 섰을 때, 자신을 아버지와 대치(代置)시켜 보았다. 아버지가 저 망망한 바다를 바라보면서 무슨 생각을 했겠는가를 깨달을 수 있었다. 최상필은 시인은 아니다. 그러나 한때는 시인이 되고 싶었던 때도 있었고, 소설가가 되고 싶었던 때도 있었다. 지금은 수필을 쓰고 있지만, 그러나 옛날에 시를 습작하던 시절이 있었기에 그는 아버지의 유골을 모시고 가는 비행기 안에서 시 한 편을 짓고 있었다. 이윽고 그는 수첩을 꺼내 머리속에 정리된 시구를 끄적거리기 시작했다.

김종규는 불과 열흘 남짓한 기간 동안에 만나본 사할린 일가 친척들의 얼굴을 한 사람 한 사람 떠올리며 눈을 감고 있었다. 특히 사촌동생 창규 가정의 일을 다시금 곰곰이 생각해 보았다. 그날 저녁, 몇 년 동안이나 부자간의 의를 끊고 말도 하지 않던 창규가 아들과 며느리의 술잔을 받고 화해하는 모습을 보았지만, 그것이 분위기에 휩쓸린 일시적인 화해가 아니기를 그는 바라고 있었다. 사람 사는 것은 어디서나 마찬가지여서 가족 간에도 크고 작은 온갖 갈등과 알력이 있는 것은 어쩔 수가 없었다. 자신도 아들딸 남매를 낳아 키웠지만 결혼 때마다 얼마나 많은 갈등을 빚었던가. 그럴 때마다 아내는 어쩐지 모든 것을 아들딸의 편만 들고 아들딸만 감싸고 드는 것이 원망스러웠으나, 그날 저녁 창규의 집에서 창규의 부인이 끝내 창규와 그 아들의 중간에서 완충지대 노릇을 한 것을 보면 역시 어머니란 아들딸의 편이 되어주는 것이 가정의 평화를 위해서 좋은 것이란 생각도 했다.

그는 이철환과 최상필 모르게 백화점에서 호박 몇 개를 사 넣었다. 소련은 호박이란 보석의 명산지로 유명하다고 했고, 특히 사할린 바닷가에는 파도에 밀려오는 모래에 섞여 호박이 흔히 발견된다고도 했다. 호박 안에 개미나 나비 같은 곤충이 들어 있고, 그것이 투명하게 비치는 것이 값진 것이란 말을 들었기 때문에 그는 그것들을 몇 개 골라 사 넣었던 것이다. 아내와 며느리와 시집간 딸에게 주고 싶어서였다. 그 외에 등산을 즐기는 종규인지라 겨울 등산용으로 필요할 것 같아 털모자도 사 넣고, 역시 겨울 등산용 장갑도 샀다. 전혀 세련된 맛은 없었지만 대단히 질겨 보여서 호감이 갔던 것이다. 그리고 우글레고르스크의 친척들로부터 얻은 그 많은 고사리와 연어알 통조림, 보드카와 스필드, 이런 것들을 누구누구에게 나누어 주느냐도 잠시 생각해 보았다. 그러나 그런 일보다도 가족들로부터 답장을 받지 못한 사람들이 쉬어준, 사할린 사람들의 고향을 일일이 찾아가 볼 일이 걱정되었다. 눈앞에서 차마 거절은 하지 못하고 받아 모은 쪽지들이 대여섯 장은 될 것 같았고, 그중에서도 강원도 정선까지 가봐 달라는 부탁은 지금 생각하니 괜히 약속을 했다는 후회도 되었다.

이철환은 아까부터 혼자 하얀 보자기에 싸인 유골함을 안고 앉아 있는 최상필 곁으로 갔다. 뜻밖에 그는 울고 있었다. 이철환은 할 말이 없었다. 무슨 말로 위로해야 하는가. 그가 조심스럽게 최상필의 등을 두드리자, 최상필이 억지 미소를 지으며 말했다.

"이 교수, 내가 시를 한 편 끄적거렸습니다. 한 번 봐 주실랍니까."

그러면서 펼쳐진 수첩을 내밀었다. 이철환이 말했다.

"최 교장님은 문학을 하시는 분이시지만 저는 딱딱한 어학을 하는 사람인데 제가 시를 어떻게 봐드리겠습니까."

"허허, 그냥 한 번 읽어 봐주소."

이철환은 수첩을 받아들고 최상필의 옆자리에 앉아 그의 시를 들여다보았다.

해협 하나 건너
바로 거기가 북해도인데
바다는 한사코 달아나기만 하였고
오오츠크의 사나운 파도만 밀려왔다.
남으로 향하여 말없이 앉아 계셨던 이곳
사할린스크 코르사코프의 언덕 위엔
까마귀 울음소리만 그늘을 드리우고 있었다.
조선으로 가자, 조선!
하시던 조선은 저승길보다 멀었는가.
유지나야 까레야(남조선)의
길이 열렸는데.

이철환은 시를 다 읽고 중얼거렸다.

'얼마든지 갈 수 있는 땅은 천리 만리보다 더 멀었고, 결코 닿을 수 없는 하늘이 오히려 더 가까웠던 사할린 동포! 그래서 나의 양부나 최상필의 부친은 가까운 땅을 두고, 하늘로 먼저 가셨는가.'

비행기는 망망대해의 바다 위를 전속력으로 날고 있었다.

작가 약력

이규정(李圭正)

1937년 경남 함안 출생. 경북대학교 사범대학 국어과 졸업, 동아대학교 대학원 국문과 석사. 자호 흰샘

학교경력

1963-1978	마산고, 부산남여상, 경남상고, 부산여고, 부산상고 교사
1979-1982	동원공업전문대학(현 동명대학교) 조교수
1983-2002	신라대학교 사범대학 국어교육과 교수(학보사 주간, 교무처장, 교수평의원회 의장, 사범대학장 역임)

문단경력

1977	단편 「부처님의 멀미」를 월간 『시문학』지에 발표하면서 작품활동 시작
1979	계간 『문예중앙』에 의해 80년대의 신예작가 10인에 선정됨
1979-2017	자유실천문인협회(현 한국작가회의) 회원, 자문위원, 고문 역임, 현 평회원
1981-1985	제3문학동인(동인 김춘복 백우암 윤정규 이정호 이규정)
1993-1997	부산가톨릭문인협회 회장, 현 고문
1994-1998	부산소설가협회 회장, 현 고문
1986-2005	부산일보 · 국제신문 신춘문예 소설부문 심사위원 역임
2000-현재	『윤좌(輪座)』 동인(창립 1965, 발기인 김하득 이주홍 유치환 김정한)
2003-현재	요산문학상 운영위원 및 심사위원. 요산기념사업회 이사
2003-현재	『길』 동인회 창립(현재 이규정)

저서

소설집	『부처님의 멀미』(1979, 서울 시문학사)
	『들러리 만세』(1984, 부산 지평)
	『아겔다마』(1988, 부산 지평)
	『첫째와 꼴찌』(1993, 부산 해성)
	『아버지의 적삼』(1997, 부산 해성)
	『퇴출시대』(2000, 부산 지평)
	『당신 손에 맡긴 영혼』(2002, 서울 박이정)
	『멀고도 먼 길』(2006, 부산 해성)
	『치우(癡友)』(2013, 부산 산지니)
짧은 소설집	『아버지의 브래지어』(2001, 부산 해성)
중편집(문고판)	『패자의 고백』(1990, 서울 고려원)
신앙소설선집	『쏟아지는 빛다발』(1994, 서울 황석두 루까서원)
전작장편	『돌아눕는 자의 행복』(1980, 서울 유림사)
대하소설	『먼 땅 가까운 하늘』 전 3권(1996, 서울 동천사)
동화	『눈 오는 날』(2005, 서울 자유지성사)
이론서	『현대소설의 이론과 기법』(1998, 서울 박이정),
	『현대작문의 이론과 기법』(1999, 서울 박이정)
산문집	『우리들의 가면무도회』(2009, 부산 푸른별)
신앙칼럼집	『아름다운 누룩』(2009, 부산 푸른별)
그외 공저 2권	『소설, 이렇게 쓰라』, 『한국현대문 학사』

사회활동

1990-1992	부산참여자치시민연대 초대 공동대표, 현 고문
2000-2006	(사)부산민주항쟁기념사업회 이사
2006-2010	(사)부산민주항쟁기념사업회 이사장
2005-2010	(사)지역경영연구소 이사장
2006-2010	(사)민주화운동기념사업회(서울) 부이사장
2006-2010	과거사정리위원회(서울) 자문위원
2011-현재	민족의 길 민족광장 공동의장

종교활동

1999-2001	천주교 부산교구 평신도사도직협의회 회장, 고문 역임
2001-2003	천주교 부산교구 꾸르실료 사무국 주간, 현 고문

수상

1986	일봉문학상(수상 단편 「아무데나 봐 형님」)
1988	부산시문화상 문학부문
2001	한국가톨릭문학상(수상 소설집 『퇴출시대』)
2002	존경받는 인물상(부산흥사단 제정)
2002	신라학술상(수상 저서 『현대소설의 이론과 기법』)
2002	정부로부터 홍조근정훈장
2002	요산김정한문학상(수상 소설집 『당신 손에 맡긴 영혼』)
2003	PSB(현 KNN) 부산방송 문화대상 문화예술부문
2003	가톨릭대상 문화부문(천주교 한국평협 제정)
2005	부산가톨릭문학상(수상 단편 「멀고도 먼 길」)
2014	이주홍문학상 수상(수상 소설집 『치우』)

사할린 ❸

초판 1쇄 발행 2017년 5월 15일

지은이 이규정
펴낸이 강수걸
편집장 권경옥
편집 정선재 윤은미 문윤호
디자인 권문경
펴낸곳 산지니
등록 2005년 2월 7일 제333-3370000251002005000001호
주소 부산시 해운대구 수영강변대로 140 BCC 613호
전화 051-504-7070 | 팩스 051-507-7543
홈페이지 www.sanzinibook.com
전자우편 sanzini@sanzinibook.com
블로그 http://sanzinibook.tistory.com

ISBN 978 89 6545 416 8 04810
       978-89-6545-413-7(세트)

:: 산지니 문학 ::

길 위에서 정태규 소설집 *2008 이주홍문학상 수상도서

달콤쌉싸름한 초콜릿, 이야기 옥태권 소설집 *2008 부산작가상 수상도서

빛 김곰치 장편소설 *2008 문화예술위원회 우수문학도서

우리 집에 왜 왔니 - 처용아비 박명호 소설집

부산을 쓴다 정태규 외 27인 지음 *2009 부산시 원북원부산 후보 도서

그는 바다로 갔다 문성수 소설집

테하차피의 달 조갑상 소설집 *2010 문화체육관광부 우수교양도서 *2011 이주홍문학상 수상도서

물의 시간 정영선 장편소설 *한국문화예술위원회 문학창작지원 도서

불온한 식탁 나여경 소설집 *2011 한국도서관협회 우수문학도서 *2011 부산작가상 수상도서

1980 노재열 장편소설

댄싱맘 조명숙 소설집 *2012 한국도서관협회 우수문학도서 *2012 이주홍문학상 수상도서

한산수첩 유익서 소설집 *2012 한국도서관협회 우수문학도서 *2012 성균관문학상 수상도서

삼겹살 정형남 장편소설 *2012 문화체육관광부 우수교양도서

즐거운 게임 박향 소설집 *2012 한국도서관협회 우수문학도서 *2012 부산작가상 수상도서

밤의 눈 조갑상 장편소설 *2013 문화예술위원회 우수문학도서 *2013 만해문학상 수상도서

장미화분 김현 소설집 *2013 문화예술위원회 우수문학도서

작화증 사내 정광모 소설집 *2013 문화예술위원회 우수문학도서 *2013 부산작가상 수상도서

서비스, 서비스 이미욱 소설집

치우 이규정 소설집 *2013 문화예술위원회 우수문학도서 *2014 이주홍문학상 수상도서

목화 - 소설 문익점 표성흠 장편소설 *2014 세종도서 우수문학도서

만남의 방식 정인 소설집 *2015 백신애문학상 수상도서

감꽃 떨어질 때 정형남 장편소설 *2014 세종도서 우수문학도서

이상한 과일 서정아 소설집

청학에서 세석까지 정태규 소설집

고도경보 김헌일 항공소설집

편지 정태규 창작집 *2015 세종도서 우수문학도서

번개와 천둥 - 소설 대암 이태준 이규정 장편소설 *2015 부산문화재단 우수도서

조금씩 도둑 조명숙 소설집

다시 시작하는 끝 조갑상 소설집

날짜변경선 유연희 소설집 *2015 세종도서 우수문학도서

레드 아일랜드 김유철 장편소설 *2015 부산국제영화제 아시아필름마켓 북투필름 참가작 선정도서

끌 이병순 소설집 *2015 부산작가상 수상도서 *2016 세종도서 우수문학도서

내 안의 강물 김일지 소설집

붉은 등, 닫힌 문, 출구 없음 김비 장편소설

아디오스 아툰 김득진 소설집

씽푸춘, 새벽 4시 조미형 소설집

진경산수 정형남 소설집

칼춤 김춘복 장편소설

토스쿠 정광모 장편소설 *2016 세종도서 우수문학도서

고래그림비 유익서 소설집 *2016 세종도서 우수문학도서

독일산 삼중바닥 프라이팬 오영이 소설집

올가의 장례식날 생긴 일 모니카 마론 지음 | 정인모 옮김

마르타 엘리자 오제슈코바 지음 | 장정렬 옮김

쓰엉 서성란 장편소설

가을의 유머 박정선 장편소설

내게 없는 미홍의 밝음 안지숙 소설집